Entre o amor e a vingança

Série O Clube dos Canalhas - 1

SARAH MACLEAN

Entre o amor e a vingança

5ª reimpressão

TRADUÇÃO: Cássia Zanon

GUTENBERG

Copyright © 2012 Sarah Trabucchi
Copyright © 2015 Editora Gutenberg

Título original: *A Rogue by Any Other Name*

Publicado originalmente nos Estados Unidos pela Avon, um selo da HarperCollins Publishers.

Todos os direitos reservados pela Editora Gutenberg. Nenhuma parte desta publicação poderá ser reproduzida, seja por meios mecânicos, eletrônicos, seja via cópia xerográfica, sem a autorização prévia da Editora.

EDITORA
Silvia Tocci Masini

EDITORAS ASSISTENTES
Carol Christo
Nilce Xavier

ASSISTENTE EDITORIAL
Andresa Vidal Vilchenski

REVISÃO
Andresa Vidal Vilchenski
Monique D'Orazio

CAPA
Carol Oliveira
(Arte da capa por Alan Ayers)

DIAGRAMAÇÃO
Christiane Morais

Dados Internacionais de Catalogação na Publicação (CIP)
Câmara Brasileira do Livro, SP, Brasil

MacLean, Sarah
  Entre o amor e a vingança / Sarah MacLean ; tradução Cássia Zanon. – 1. ed.; 5. reimp. – Belo Horizonte : Editora Gutenberg, 2020.

  Título original: A Rogue by Any Other Name
  ISBN 978-85-8235-293-9

  1. Ficção histórica 2. Romance norte-americano I. Título.

15-04138   CDD-813

Índices para catálogo sistemático:
1. Romances históricos : Literatura
norte-americana 813

A **GUTENBERG** É UMA EDITORA DO **GRUPO AUTÊNTICA**

São Paulo
Av. Paulista, 2.073, Conjunto Nacional, Horsa I
23º andar . Conj. 2310-2312 .
Cerqueira César . 01311-940 São Paulo . SP
Tel.: (55 11) 3034 4468

www.editoragutenberg.com.br

Belo Horizonte
Rua Carlos Turner, 420
Silveira . 31140-520
Belo Horizonte . MG
Tel.: (55 31) 3465 4500

Para Meghan,
irmã no que importa.

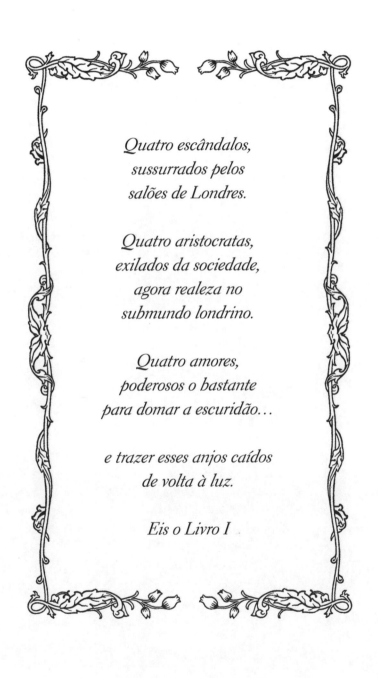

*Quatro escândalos,
sussurrados pelos
salões de Londres.*

*Quatro aristocratas,
exilados da sociedade,
agora realeza no
submundo londrino.*

*Quatro amores,
poderosos o bastante
para domar a escuridão…*

*e trazer esses anjos caídos
de volta à luz.*

Eis o Livro I

Bourne

Londres
Inverno de 1821

Um oito de ouros o arruinou.

Se tivesse sido o seis, ele poderia ter se salvado. Ou se tivesse sido o sete, ele teria ido embora com o triplo do que possuía. Mas foi o oito... O jovem marquês de Bourne viu a carta deslizar sobre o viçoso pano verde e tomar o lugar ao lado do sete de paus que estava exposto à mesa, provocando-o. Seus olhos já estavam se fechando; o ar, deixava o ambiente em um movimento único e insuportável.

Vingt et deux. Um a mais do que os *vingt et un* em que ele havia apostado. Nos quais apostou tudo...

Houve um suspiro coletivo no salão, enquanto ele acompanhava o movimento da carta com a ponta de um dedo – e os espectadores, com o ávido prazer de quem escapou por pouco da própria desgraça, assistiam ao horror se desenrolar. Então, começaram os comentários.

"Ele apostou tudo?"

"Tudo o que não estava comprometido. Jovem demais para saber o que estava fazendo."

"Agora está velho o bastante. Nada amadurece um homem mais rápido do que isso. Ele realmente perdeu tudo?"

"Tudo."

Seus olhos se abriram e focaram o homem do outro lado da mesa, cruzando com o frio olhar cinzento que conhecia por toda a vida. O visconde de Langford havia sido amigo e vizinho do pai, escolhido a dedo pelo velho marquês de Bourne para ser guardião de seu único filho e herdeiro. Depois da morte dos pais, Langford foi escolhido para proteger o marquesado de Bourne, aumentar o patrimônio em dez vezes e garantir sua prosperidade. E então, o havia tomado. Vizinho, talvez. Amigo, jamais. O jovem marquês se viu atingido pela traição.

"O senhor fez isso de propósito." Pela primeira vez em seus 21 anos, ouviu a juventude de sua voz. E a odiou.

Não havia qualquer emoção no rosto do oponente ao levantar o bilhete do centro da mesa. Bourne resistiu ao impulso de recuar do rabisco arrogante de sua assinatura na página branca – a prova de que ele havia perdido tudo.

"Foi *sua* escolha. Foi *sua* a escolha de apostar mais do que estava disposto a perder."

Ele havia sido depenado. Langford o pressionou sem parar, fazendo-o ir mais e mais além, deixando-o vencer, até que ele não conseguia mais se imaginar perdendo. Era uma tática antiga, e Bourne era jovem demais para percebê-la. Ansioso demais. Bourne ergueu o olhar, com raiva e frustração que lhe engasgavam as palavras.

"E foi *sua* a escolha ganhar."

"Sem mim, não haveria nada a ganhar", disse o homem mais velho.

"Meu pai." Thomas Alles, filho do visconde e o melhor amigo de Bourne, deu um passo à frente, com a voz trêmula. "Não faça isso."

Lentamente, Langford dobrou o bilhete e levantou-se da cadeira, ignorando o filho. Em vez disso, olhou friamente para Bourne.

"Você deveria me agradecer por lhe ensinar uma lição valiosa tão cedo na vida. Infelizmente, agora não tem nada além da roupa do corpo e um solar vazio." O visconde lançou um olhar para a pilha de moedas em cima da mesa – as sobras de seus ganhos da noite.

"Posso deixar o dinheiro. O que lhe parece? Um presente de despedida, ou como queira. Afinal, o que seu pai diria se eu lhe deixasse sem nada?"

Bourne levantou-se num salto da cadeira, atirando-a para longe da mesa.

"Não tem o direito de falar em meu pai."

Langford ergueu uma sobrancelha diante do descontrole e deixou o silêncio reinar por um longo momento.

"Sabe, creio que eu deva levar o dinheiro, afinal, e sua filiação a este clube. Está na hora de você ir embora."

Bourne sentiu o rosto queimar diante das palavras. Sua filiação ao clube, suas terras, seus criados, cavalos, roupas, tudo. Tudo exceto uma casa, alguns hectares de terra e um título. Um título agora em desgraça.

O visconde levantou um lado da boca em um sorriso irônico e jogou um guinéu na direção de Bourne, que o apanhou instintivamente, segurando a moeda de ouro que cintilava sob as luzes brilhantes da sala de jogos.

"Gaste-o com sabedoria, rapaz. Foi a última coisa que recebeu de mim."

"Meu pai...", Tommy tentou novamente. Langford virou-se para ele.

"Nem mais uma palavra. Não aceitarei que implore por ele."

O mais velho amigo de Bourne virou os olhos tristes para ele, erguendo as mãos em um sinal de impotência. Tommy precisava do pai, do dinheiro e do apoio dele.

Coisas que Bourne não tinha mais. O ódio tomou conta por um breve instante, antes de desaparecer, extinto por uma fria determinação. Então Bourne pôs a moeda no bolso e virou as costas para seus pares, seu clube, seu mundo e a vida que sempre conheceu.

Jurando vingança...

Capítulo Um

Início de janeiro de 1831

Ele não se mexeu quando ouviu a porta da sala reservada abrir e fechar silenciosamente. Ficou parado no escuro, como um vulto diante da janela pintada que dava para o salão principal do mais exclusivo antro de jogatina de Londres. Do salão do clube, a janela se parecia apenas com uma impressionante obra de arte – uma peça imensa de vitral, retratando a queda de Lúcifer. Em tons brilhantes, o imenso anjo – seis vezes o tamanho de um homem de estatura mediana – tombava em direção ao chão, lançado aos recantos sombrios de Londres, pelo exército do Paraíso.

O Anjo Caído. Uma lembrança, não apenas do nome do clube, mas do risco que assumiam aqueles que ali entravam, depositavam suas apostas sobre o feltro macio, lançavam os dados de marfim e assistiam à roleta girar em um borrão de cor e tentação. E quando o Anjo Caído vencia, o que sempre acontecia, o vitral lembrava, àqueles que haviam perdido, o quanto eles tinham caído. O olhar de Bourne vagou para uma mesa de *piquet* na ponta do salão.

"Croix quer aumentar a linha de crédito."

O gerente do salão não se moveu de onde estava, perto da porta da sala dos sócios.

"Sim."

"Ele deve mais do que jamais será capaz de pagar."

"Sim."

Bourne virou a cabeça, encontrando o olhar oculto pela sombra de seu funcionário mais confiável.

"O que ele está disposto a dar como garantia, em troca de mais crédito?"

"Oitenta hectares em Gales."

Bourne observou o lorde em questão, que suava e se remexia nervosamente, enquanto aguardava uma decisão.

"Aumente a linha de crédito. Quando ele perder, acompanhe-o para fora do clube. Sua filiação estará revogada."

As decisões dele raramente eram questionadas, e jamais pelos funcionários do Anjo Caído. O outro homem seguiu para a porta, tão silenciosamente como havia entrado. Antes que saísse, Bourne disse:

"Justin..."

Silêncio.

"A terra primeiro."

O suave clique da porta fechando foi a única indicação de que o gerente do clube havia estado lá. Momentos depois, ele apareceu no salão abaixo, e Bourne observou o sinal ser passado do chefe ao crupiê. Ele observou a jogada ser feita e o conde perder. De novo. E de novo... E uma vez mais...

Havia os que não compreendiam. Aqueles que nunca haviam jogado – que nunca haviam sentido a excitação de ganhar –, que não haviam negociado consigo mesmos mais uma rodada, mais uma carta, mais uma jogada – *apenas até chegar a cem, a mil, dez mil...* Ou ainda, aqueles que nunca haviam experimentado incomparável, sedutora e eufórica sensação de saber que uma mesa estava boa, que a noite era deles, que com uma única carta, tudo poderia mudar.

Eles jamais compreenderiam o que mantinha o conde de Croix em sua cadeira, apostando sem parar, com a velocidade de um relâmpago, até perder tudo. De novo... Como se nada do que ele tivesse apostado jamais houvesse lhe pertencido. *Bourne compreendia.*

Justin aproximou-se de Croix e falou discretamente ao ouvido do homem arruinado. O nobre levantou-se sem firmeza, franzindo a testa com a afronta, enquanto a raiva e o constrangimento o lançavam para cima do gerente. *Um erro.* Bourne não conseguia ouvir o que era dito, mas não precisava. Tinha ouvido o mesmo centenas de vezes antes – assistido a uma longa lista de homens perderem primeiro o dinheiro e depois a calma com o Anjo Caído. Com ele...

Viu Justin dar um passo à frente, com as mãos erguidas no sinal universal de cautela e os lábios do gerente se moverem, tentando – sem conseguir – resolver e acalmar a situação. Observou os demais jogadores perceberem a comoção e viu Temple, o imenso sócio de Bourne, seguir na direção da contenda, ávido por uma briga.

Bourne então se mexeu, estendendo a mão para a parede e puxando uma corda, ativando uma complexa combinação de polias e alavancas, colocando em funcionamento uma pequena sineta embaixo da mesa de *piquet* e atraindo a atenção do crupiê, avisando-o que Temple não teria sua briga naquela noite.

Bourne a teria em seu lugar.

O crupiê conteve a força impossível de Temple com uma palavra e um aceno na direção de onde Bourne e Lúcifer observavam, ambos desejando enfrentar o que quer que viesse a seguir. Os olhos negros de Temple recaíram sobre o vitral, e ele assentiu com a cabeça uma vez antes de guiar Croix através da multidão presente.

Bourne desceu da sala dos sócios para encontrá-los em uma pequena antecâmara isolada do salão principal do clube. Croix vociferava como um

marinheiro no cais quando Bourne abriu a porta e entrou. Ele se virou para Bourne com os olhos estreitados de ódio.

"Seu miserável! Você não pode fazer isso comigo! Não pode pegar o que é meu!"

Bourne recostou-se contra a pesada porta de carvalho, cruzando os braços.

"Você cavou a própria cova, Croix. Vá para casa. Agradeça que eu não tome mais do que me é devido."

Croix atravessou a saleta num salto, antes de ter uma oportunidade de reconsiderar o gesto. Bourne moveu-se com uma agilidade que poucos esperariam, segurando um dos braços do conde e torcendo-o até seu rosto estar firmemente pressionado contra a porta. Bourne sacudiu o homem magro uma, duas vezes antes de dizer:

"Pense muito bem antes de agir novamente. Creio que não esteja me sentindo tão generoso como estava poucos instantes atrás."

"Quero ver Chase.", As palavras foram ditas arrastadas contra a madeira.

"Em vez dele, verá a nós."

"Sou membro do Anjo Caído desde o começo. Você me deve. *Ele* me deve."

"Pelo contrário, é *você* quem deve a *nós*."

"Eu dei muito dinheiro para este lugar..."

"Que generoso da sua parte. Vamos pegar o livro e ver o quanto ainda nos deve?", Croix ficou paralisado. "Ah... Vejo que está começando a compreender. As terras são nossas agora. Mande seu advogado nos procurar pela manhã com a escritura, ou eu mesmo irei atrás de você. Está claro?", Bourne não esperou por uma resposta, apenas deu um passo para trás e soltou o conde.

"Saia."

Croix se virou para encará-los, o olhar cheio de pânico.

"Fique com a terra, Bourne, mas não com a minha filiação de membro do clube... não tire a filiação. Estou prestes a me casar. O dote dela cobrirá mais do que todas as minhas perdas. Não tire minha filiação."

Bourne detestou a lamúria e a ansiedade por trás das palavras do conde. Sabia que Croix não resistiria ao impulso de apostar e à tentação de ganhar. Se Bourne tivesse um grama de compaixão dentro de si, sentiria pena da noiva inocente. Mas compaixão não era uma característica de Bourne. Croix virou-se para Temple com os olhos arregalados.

"Temple, por favor."

Uma das sobrancelhas negras de Temple levantou, enquanto ele cruzava os braços imensos diante do peito.

"Com um dote tão generoso, estou certo de que um dos antros inferiores o receberá."

Claro que sim. Os antros inferiores – repletos de assassinos e trapaceiros – receberiam aquele inseto em forma de homem e sua sorte terrível de braços abertos.

"Danem-se os antros inferiores", Croix disparou. "O que as pessoas irão pensar? Quanto querem? Pago o dobro... o triplo. Ela vale muito dinheiro."

Bourne era um homem de negócios.

"Case com a garota, pague suas dívidas, com juros, e talvez lhe devolvamos a filiação."

"O que faço até lá?" O som do lamento do conde era desagradável.

"Talvez possa experimentar moderação", Temple sugeriu, casualmente.

O alívio deixou Croix burro.

"Quem é você para falar? Todos sabem o que fez."

Temple paralisou, e sua voz se encheu de ameaça.

"E o que foi que eu fiz?"

O pavor acabou com qualquer resquício de inteligência dos instintos do conde, e ele deu um soco em Temple, que segurou o golpe em um de seus punhos imensos e puxou o sujeito menor na direção dele com má intenção.

"O que foi que eu fiz?", ele repetiu.

O conde começou a choramingar feito um bebê.

"N-nada. Sinto muito. Não quis dizer isso. Por favor, não me machuque. Por favor, não me mate. Vou embora. Agora. Juro. Por favor... n-não me machuque."

Temple suspirou.

"Você não vale a minha energia." Ele soltou o conde.

"Saia", Bourne disse, "antes que eu decida que vale a *minha*."

O conde saiu correndo da sala. Bourne o observou ir embora antes de ajustar o colete e endireitar o paletó do fraque.

"Achei que ele ia se borrar todo quando você o segurou."

"Não seria o primeiro." Temple sentou-se em uma cadeira baixa e estendeu as pernas à frente, cruzando um tornozelo sobre o outro. "Imaginei quanto tempo você levaria."

Bourne passou uma das mãos pelo centímetro de punho da camisa que aparecia por baixo do casaco, certificando-se de que o tecido estava alinhado, antes de voltar a atenção novamente a Temple e fingir não compreender a pergunta.

"Para fazer o quê?"

"Para devolver sua roupa à perfeição." Um dos lados da boca de Temple se curvou em um sorriso irônico. "Você parece uma mulher."

Bourne encarou o imenso interlocutor.

"Uma mulher com um gancho de direita extraordinário."

O pequeno sorriso se abriu, e a expressão escancarou o nariz quebrado e cicatrizado de Temple, em três pontos diferentes.

"Você não está honestamente sugerindo que seria capaz de me vencer em uma luta, está?"

Bourne estava avaliando as condições da gravata em um espelho próximo.

"Estou sugerindo exatamente isso."

"Posso convidá-lo para o ringue?"

"A qualquer hora."

"Ninguém vai subir no ringue. Certamente não com Temple." Bourne e Temple se voltaram na direção da voz, dita de trás de uma porta escondida na ponta da sala, onde Chase, o terceiro sócio do Anjo Caído, os observava.

Temple riu e se virou para encarar Bourne.

"Está vendo? Chase sabe o bastante para admitir que você não é páreo para mim."

Chase serviu um copo de uísque de uma garrafa sobre uma mesa lateral.

"Não tem nada a ver com Bourne. Você parece uma fortaleza de pedras. Ninguém é páreo para você." O tom se tornou irônico. "Ninguém além de mim, quero dizer."

Temple se recostou na cadeira.

"Quando quiser me enfrentar no ringue, Chase, deixarei minha agenda livre."

Chase voltou-se para Bourne.

"Você limpou Croix."

Ele percorreu o perímetro da sala.

"Foi como tirar doce de uma criança."

"Cinco anos neste negócio, e eu ainda me surpreendo com esses homens e suas fraquezas."

"Não é fraqueza. É doença. O desejo de ganhar é uma febre."

Chase ergueu as sobrancelhas diante da metáfora.

"Temple tem razão. Você é uma mulher."

Temple soltou uma gargalhada e levantou os dois metros de corpo da cadeira.

"Preciso voltar ao salão."

Chase observou Temple atravessar a sala, a caminho da porta.

"Ainda não teve sua briga da noite?"

O outro sacudiu a cabeça.

"Bourne a tirou de mim."

"Ainda há tempo."

"A esperança é a última que morre." Temple deixou a sala, fechando a porta com firmeza atrás de si, e Chase foi servir mais um copo de uísque, caminhando até onde Bourne estava parado, olhando atentamente para a lareira. Ele aceitou o copo, tomando um grande gole da bebida dourada, apreciando a forma como o líquido queimava na garganta.

"Tenho novidades para você." Bourne virou a cabeça, à espera. "Novidades de Langford."

Aquelas palavras o deixaram alerta. Durante nove anos, ele vinha esperando por aquele exato momento, por qualquer coisa que saísse da boca de Chase a seguir. Durante nove anos, ele vinha esperando por novidades sobre aquele homem que lhe havia privado de seu passado, de seu patrimônio, de sua história... *De tudo.* Langford havia lhe tirado tudo naquela noite: as terras, os investimentos, tudo! Exceto um solar vazio e um punhado de hectares de terra no centro de uma propriedade maior – Falconwell. Ao ver tudo ir embora, Bourne não compreendia os motivos daquele homem mais velho – não conhecia o prazer de transformar uma propriedade em algo vivo e próspero. Não compreendia o quanto seria inteligente entregá-la a um simples garoto.

Agora, uma década mais tarde, não se importava. Queria sua vingança. A vingança pela qual vinha esperando. Levou nove anos, mas Bourne reconstruiu sua fortuna, e ele a dobrou. O dinheiro da sociedade no Anjo Caído, junto com diversos investimentos lucrativos, deram-lhe a oportunidade de construir uma propriedade que competia com as mais extravagantes na Inglaterra. Mas ele nunca conseguiu recuperar o que havia perdido. Langford mantinha tudo com punho cerrado, não queria vender, sem se importar com o quanto lhe fosse oferecido, ou o quão poderoso fosse o homem que fizesse a oferta. E homens muito poderosos haviam feito propostas. *Até agora...*

"Conte-me."

"É complicado."

Bourne virou-se de costas para o fogo.

"Sempre é." Mas ele não havia trabalhado todos os dias para construir aquela fortuna para ter terras em Gales, Escócia, em Devonshire e Londres. Ele havia feito isso por Falconwell.

Quatrocentos hectares de propriedade verdejante que um dia foi o orgulho do marquesado de Bourne. As terras que seu pai, avô e bisavô haviam acumulado ao redor do solar, que passava de marquês para marquês.

"O que foi?" Ele viu a resposta nos olhos de Chase antes que as palavras fossem ditas, e soltou um xingamento. "O que foi que ele fez?"

Chase hesitou.

"Se ele a tornou impossível, vou matá-lo."

Como deveria ter feito anos atrás.
"Bourne..."
"Não." Ele acenou com uma das mãos no ar. "Eu esperei *nove anos* por isso. Ele tirou tudo de mim. *Tudo!* Você não faz ideia."
O olhar de Chase encontrou o dele.
"Eu tenho bastante ideia."
Bourne parou, diante da compreensão nas palavras. Diante da verdade delas. Foi Chase quem o havia resgatado de seu momento mais baixo; quem o acolheu, limpou e lhe deu trabalho. Quem o salvou...
Ou que pelo menos havia tentado salvá-lo.
"Bourne...", Chase começou, as palavras repletas de cautela. "Ele não está mais com ela."
Um pavor frio tomou conta de Bourne.
"O que quer dizer com *ele não está mais com ela*?"
"Langford não é mais o dono da propriedade em Surrey."
Bourne sacudiu a cabeça, como se tentasse forçar a compreensão.
"Quem é o novo proprietário?"
"O marquês de Needham e Dolby."
O nome trouxe de volta uma lembrança de uma década – um homem corpulento, de rifle na mão, marchando através de um campo enlameado em Surrey, seguido por um grupo barulhento de meninas pequenas, cuja líder tinha o olhar azul mais sério que Bourne jamais tinha visto. Seus vizinhos de infância, a terceira família na santíssima trindade da nobreza de Surrey.
"Needham está com as minhas terras? Como ele as conseguiu?"
"Ironicamente, em um jogo de cartas."
Bourne não conseguiu achar graça no fato. Na verdade, a ideia de que Falconwell tivesse sido casualmente apostada e perdida em um jogo de cartas – mais uma vez – o deixou inquieto.
"Traga-o aqui. O jogo de Needham é *écarté*. Falconwell será minha."
Chase reclinou-se para trás, demonstrando surpresa.
"Você quer jogar por ela?"
A resposta de Bourne foi imediata.
"Farei o que for necessário."
"O que for necessário?"
Bourne ficou imediatamente desconfiado.
"O que você sabe que eu não sei."
Chase levantou as sobrancelhas.
"O que o faz pensar isso?"
"Você sempre sabe mais do que eu. Você gosta disso."

"Eu apenas presto mais atenção."
Bourne cerrou os dentes.
"Seja como for..."
Chase fingiu interesse num ponto em uma das mangas do casaco.
"As terras que um dia foram parte de Falconwell..."
"As *minhas* terras."
Chase ignorou a interrupção.
"Você não pode simplesmente recuperá-las."
"Por que não?"
Chase hesitou.
"Foram vinculadas a... outra coisa."
Bourne foi dominado pelo mais puro ódio. Ele havia esperado uma década por aquilo... pelo momento em que finalmente recuperaria as terras ao redor do Solar Falconwell.
"Vinculadas a quê?"
"A *quem*, é mais correto."
"Não estou com ânimo para suas charadas."
"Needham anunciou que as antigas terras de Falconwell serão incluídas no dote de sua filha mais velha."
O choque fez Bourne ficar em pé subitamente.
"Penélope?"
"Você a conhece?"
"Faz anos desde que a vi pela última vez... quase vinte."
Dezesseis. Ela estava lá no dia em que ele havia deixado Surrey pela última vez, depois do sepultamento de seus pais, 15 anos de idade e despachado para um mundo novo, sem família. Ela o tinha visto subir na carruagem e manteve o sério olhar azul fixo, enquanto o observava dar início ao longo trajeto para longe de Falconwell. E não desviou o olhar até ele virar na estrada principal. Ele sabia disso porque também ficou olhando para ela. Era sua amiga... *Quando ele ainda acreditava em amigos.*

Era também a filha mais velha de um marquês com mais dinheiro do que alguém seria capaz de gastar em uma vida inteira. Não havia motivo para ela ter se mantido solteira por tanto tempo. Deveria estar casada e com uma ninhada de jovens aristocratas para criar.

"Por que Penélope precisa de Falconwell para um dote?" Fez uma pausa. "Por que não está casada ainda?"
Chase suspirou.
"A mim me agradaria se algum de vocês se interessasse pelo clube como um todo, em vez de apenas nossa mísera parceria."
"Nosso clube, ou *mísera parceria* tem mais de quinhentos associados.

Cada um deles com um arquivo da espessura do meu polegar, repleto de informações, graças aos seus sócios."

"Ainda assim, tenho coisas melhores a fazer com minhas noites do que passá-las educando-os a respeito do mundo em que nasceram."

Bourne estreitou o olhar. Nunca ficou sabendo de Chase passar uma noite de qualquer outra forma que não inteiramente só.

"Que coisas?"

Chase ignorou a pergunta e tomou mais um gole de uísque.

"Anos atrás, Lady Penélope fez o noivado do século."

"E?"

"O noivado foi ofuscado pelo romance do noivo dela."

Era uma história antiga, que ele tinha ouvido inúmeras vezes, e ainda assim Bourne sentia uma emoção desconhecida em relação à ideia de que a garota de quem ele se lembrava tivesse sido magoada pelo noivado rompido.

"Romance", ele zombou. "Provavelmente uma candidata mais bonita ou mais rica. E foi isso?"

"Soube que foi cortejada por diversos candidatos nos anos que se seguiram e, no entanto, permanece solteira." Chase parecia estar perdendo o interesse na história, continuando com um suspiro entediado. "Embora eu imagine que não por muito tempo, com Falconwell para adoçar o pote de mel. A tentação atrairá um enxame de pretendentes."

"Vão querer uma chance de me sobrepujar."

"Provavelmente. Você não está no topo da lista dos nobres preferidos."

"Não estou em nenhum lugar da lista dos nobres preferidos. Ainda assim, as terras serão minhas."

"E você está preparado para fazer o que for preciso para consegui-las?" Chase parecia estar se divertindo.

Bourne não ignorou sua intenção. Vislumbrou uma jovem e gentil Penélope, o oposto do que ele era. Do que ele havia se tornado. Afastou o pensamento... Havia passado nove anos aguardando por aquele momento, pela chance de restaurar o que havia sido construído para ele, o que havia sido deixado para ele e que ele havia perdido. Era o mais próximo que conseguiria da redenção e nada ficaria em seu caminho.

"Qualquer coisa." Bourne se levantou e endireitou cuidadosamente o casaco. "Se uma esposa vier com as terras, que seja."

A porta fechou com força atrás dele.

Chase brindou ao som e falou na sala vazia:

"Felicidades!"

Capítulo Dois

Caro M,

Você definitivamente precisa voltar para casa. A vida está terrivelmente tediosa sem você aqui. Victoria e Valerie não são boas companhias para a margem do lago. Tem certeza absoluta de que precisa frequentar a escola? Minha tutora parece bastante inteligente. Estou certa de que pode ensinar tudo o que precisa saber.

Sua P
Solar Needham, setembro de 1813

Cara P,

Receio que terá de suportar o tédio terrível até o Natal. Se serve de consolo, eu nem sequer tenho acesso a um lago. Posso sugerir ensinar as gêmeas a pescar?

Tenho certeza de que devo frequentar a escola... sua tutora não gosta de mim.

M
Eton College, setembro de 1813

Fim de janeiro de 1831
Surrey

Lady Penélope Marbury, nobre e bem-nascida, sabia que deveria se sentir bastante grata quando, em uma fria tarde de janeiro, do alto de seus 28 anos de idade, recebeu o quinto (e provavelmente último) pedido de casamento. Ela sabia que metade de Londres não a consideraria totalmente fora de si, caso viesse a se unir ao excelentíssimo Sr. Thomas Alles de joelhos e agradecesse a ele e ao Criador pela oferta amável e extremamente generosa. Para uma mulher não tão jovem, com um noivado rompido e apenas um punhado de pretendentes no passado, o cavalheiro em questão era bem-apessoado, gentil, tinha todos os dentes e a cabeça coberta de cabelos – uma combinação rara de características.

Ela também sabia que seu pai, que sem dúvida havia abençoado a união em algum instante anterior àquele momento – em que ela olhava para o topo da cabeça de Thomas –, gostava dele. O marquês de Needham e Dolby gostava "daquele Tommy Alles" desde o dia em que, havia mais de vinte anos, o garoto arregaçou as mangas, agachou-se no estábulo de sua casa e ajudou no parto de uma das cadelas de caça preferidas do marquês.

Daquele dia em diante, Tommy foi um bom menino, do tipo que Penélope sempre acreditou que o pai gostaria de ter como filho. Isso, é claro, se ele tivesse tido um filho, em vez de cinco filhas. E havia ainda o fato de que Tommy viria um dia a se tornar visconde – e rico. Como a mãe de Penélope, sem dúvida, estava dizendo de seu lugar além da porta da sala de estar, onde certamente estava assistindo ao desenrolar da cena em um silencioso desespero: *Mendigos não podem ser exigentes, Penélope.*

Penélope sabia de tudo isso. E foi por esse motivo que, quando encontrou os olhos castanhos do garoto, amigo querido que conhecia a vida inteira transformado em homem, se deu conta de que era o pedido de casamento mais generoso que ela jamais iria receber e que deveria responder "sim". De maneira ressoante. No entanto, ela não o fez... Em vez disso, perguntou:

"Por quê?"

O silêncio que se seguiu foi pontuado por um dramático "O que ela pensa que está fazendo?", de trás da porta da sala de estar, e o olhar de Tommy se encheu de divertimento e nem um pouco de surpresa ao voltar a ficar em pé.

"Por que não?", ele respondeu, amigavelmente, acrescentando depois de um instante. "Somos amigos há uma era. Apreciamos a companhia um do outro. Eu preciso de uma esposa, e você, de um marido".

No que se referia a motivos para um casamento, aqueles não eram terríveis. No entanto...

"Estou disponível há nove anos, Tommy. Você teve todo esse tempo para pedir minha mão."

Tommy teve a elegância de demonstrar decepção antes de sorrir, sem parecer nem um pouco com um cão d'água.

"Isso é verdade. E não tenho uma boa desculpa por ter esperado, exceto que... bem, me alegro em dizer que ganhei juízo, Pen."

Ela sorriu para ele.

"Tolice. Você jamais ganhará juízo. Por que eu, Tommy?", ela pressionou. "Por que agora, Tommy?"

Quando ele riu diante da pergunta, não foi sua risada alegre, ruidosa e amigável. Foi um riso nervoso. O que ele sempre dava quando não desejava responder a uma pergunta.

"Está na hora de eu sossegar", ele disse, antes de entortar a cabeça para um lado, dando um largo sorriso, e continuando, "Vamos lá, Pen. Vamos fazer uma tentativa, que tal?".

Penélope havia recebido anteriormente quatro pedidos de casamento e imaginado inúmeros outros em uma infinidade de maneiras, desde a gloriosa interrupção dramática de um baile, ao pedido maravilhoso em um gazebo isolado no meio de um verão de Surrey. Imaginou declarações de amor e paixão eterna, profusões de sua flor preferida (a peônia), cobertores adoravelmente estendidos em um campo de margaridas selvagens e o sabor alegre do champanhe em sua língua, enquanto toda Londres erguia as taças para brindar sua felicidade. A sensação dos braços de seu noivo ao seu redor, enquanto ela se atirava no abraço dele e suspirava: *Sim... Sim!*

Era tudo fantasia – cada pedido mais improvável do que outro –, e ela sabia disso. Afinal, uma solteirona de 28 anos não estava exatamente tentando livrar-se de pretendentes. Mas certamente ela não estava louca de esperar por algo mais do que *Vamos fazer uma tentativa, que tal?*

Soltou um pequeno suspiro, sem querer contrariar Tommy, que claramente estava fazendo o melhor possível. Mas os dois eram amigos havia muito tempo, e Penélope não pretendia acrescentar mentiras à amizade àquela altura.

"Você está com pena de mim, não está?"

Ele arregalou os olhos.

"O quê? Não! Por que você diz isso?"

Ela sorriu.

"Porque é verdade. Você está com pena da sua pobre amiga solteirona. E está disposto a sacrificar a própria felicidade para garantir que eu me case."

Ele lançou a ela um olhar exasperado – do tipo que apenas um velho amigo muito querido poderia dar a outro –, e segurou suas mãos nas deles, beijando os nós de seus dedos.

"Tolice. Está na hora de eu me casar, Pen. Você é uma boa amiga." Ele fez uma pausa, demonstrando a decepção de uma forma tão gentil, que tornava impossível irritar-se com ele. "Fiz uma confusão, não fiz?"

Ela não conseguiu se conter. Sorriu.

"Sim... Um pouco... Você deveria jurar amor eterno."

Ele pareceu cético.

"Com a mão na testa e tudo mais?"

O sorriso se alargou.

"Exatamente. E quem sabe compor um soneto."

"*Ó, Lady Penélope, tão bela... Poderei eu casar-me com ela?*"

E riu. Tommy sempre a fazia rir. Era uma boa qualidade.

"Uma tentativa triste de fato, milorde."

Ele fingiu uma careta.

"Não poderia por acaso criar uma nova raça de cão? Chamá-la de Lady P?"

"Romântico, de fato...", ela disse. "Mas levaria um bom tempo, não acha?"

Houve uma pausa enquanto os dois aproveitavam a companhia um do outro, antes dele dizer, subitamente muito sério:

"Por favor, Pen. Deixe-me protegê-la."

Foi uma coisa estranha de dizer, mas como ele havia fracassado em todas as outras etapas do processo de pedido de casamento, ela não se concentrou nas palavras. Em vez disso, considerou a oferta, seriamente. Ele era seu amigo mais antigo. Um deles, ao menos. *O que não a havia abandonado.* Ele a fazia rir, e ela gostava muito, muito dele. Ele foi o único homem que não a desertou completamente após o seu desastroso noivado rompido. Só isso já era um bom motivo. Ela deveria dizer sim. *Diga, Penélope.* Ela deveria se tornar Lady Thomas Alles, 28 anos de idade e salva, no último instante, de uma eternidade de solteirice. *Diga: sim, Tommy. Vou me casar com você. Que gentil da sua parte.* Ela *deveria* dizer, mas não disse...

~⌒

Caro M,

Minha tutora não gosta de enguias. Ela certamente é culta o bastante para saber que apenas por você ter chegado trazendo uma delas não o faz uma má pessoa. Despreze o pecado, não o pecador.

Sua, P
PS – Tommy esteve fazendo uma visita na semana passada, e fomos pescar. Ele é oficialmente meu amigo preferido.
Solar Needham, setembro de 1813

~⌒

Cara P,

Isso me parece estranhamente um sermão do vigário Compton. Você tem prestado atenção na missa. Estou decepcionado.

M
PS – Ele não é seu melhor amigo.
Eton College, setembro de 1813

~⌒

O som da grande porta de carvalho se fechando atrás de Thomas ainda ecoava na entrada do Solar Needham quando a mãe de Penélope apareceu no patamar do primeiro andar, um andar acima de onde Penélope se encontrava.

"Penélope! O que você fez?" Lady Needham desceu a ampla escadaria central da casa, seguida pelas outras filhas, Olivia e Philippa, e três dos cães de caça de seu pai.

Penélope respirou fundo e se virou para encarar a mãe.

"O dia foi bem tranquilo, na verdade", ela disse, casualmente, seguindo para a sala de jantar, sabendo que sua mãe a seguiria. "Escrevi uma carta para a prima Catherine. Sabia que ela continua sofrendo com aquele terrível resfriado que pegou antes do Natal?"

Pippa riu. Lady Needham não achou graça.

"Não estou nem um pouco preocupada com sua prima Catherine!", disse a marquesa, aumentando o tom de voz junto com a ansiedade.

"Que indelicado, mamãe. Ninguém gosta de estar resfriado." Penélope empurrou a porta para a sala de jantar e encontrou o pai já sentado à mesa, ainda vestindo as roupas de caça, lendo silenciosamente o jornal, enquanto aguardava o contingente feminino da residência. "Boa noite, papai. Teve um bom dia?"

"Está terrivelmente frio lá fora", disse o marquês de Needham e Dolby, sem erguer os olhos do jornal. "Creio que eu já esteja pronto para o jantar. Quero algo quente."

Penélope pensou que talvez seu pai não estivesse pronto para o que viria durante aquela refeição em especial, mas preferiu empurrar um *beagle* que estava em sua cadeira e assumiu seu lugar, à esquerda do marquês, e à frente das irmãs, ambas de olhos arregalados e curiosas quanto ao que viria a seguir. Ela fingiu inocência, desdobrando o guardanapo.

"Penélope!" Lady Needham estava parada logo depois da porta da sala de jantar, absolutamente ereta, com os punhos cerrados, confundindo os lacaios, paralisados de incerteza, imaginando se o jantar deveria ou não ser servido. "Thomas a pediu em *casamento!*"

"Sim. Eu estava presente nessa parte", Penélope disse.

Desta vez, Pippa ergueu a taça com água para esconder o sorriso.

"Needham!" Lady Needham decidiu que ela precisava de apoio extra. "Thomas pediu Penélope em casamento!"

Lorde Needham abaixou o jornal.

"Foi mesmo? Sempre gostei desse Tommy Alles." Voltando a atenção para a filha mais velha, ele disse: "Tudo certo, Penélope?".

Penélope respirou fundo.

"Não exatamente, papai."

"Ela não aceitou!" O tom com que a mãe falou era adequado apenas ao mais comovente lamento de um coro grego, embora aparentemente tivesse o objetivo adicional de fazer os cães começarem a latir.

Depois que ela e os cachorros encerraram os uivos, Lady Needham aproximou-se da mesa, com a pele terrivelmente manchada, como se tivesse atravessado uma moita de urtiga.

"Penélope! Pedidos de casamento de jovens ricos e disponíveis não dão em árvores!"

Especialmente não em janeiro, imagino. Penélope sabia que não devia dizer o que estava pensando. Quando um lacaio se aproximou para servir a sopa que daria início à refeição noturna, Lady Needham atirou-se em sua cadeira e disse:

"Leve embora! Quem pode comer numa hora dessas?"

"Eu estou com muita fome, na realidade", Olivia observou, e Penélope engoliu um sorriso.

"Needham!"

O marquês suspirou e virou-se para Penélope.

"Você o recusou?"

"Não exatamente", Penélope disse de modo evasivo.

"Ela não o *aceitou*!", gritou Lady Needham.

"Por que não?"

Era uma pergunta justa. Certamente uma pergunta que todos na mesa gostariam de ter respondida. Inclusive Penélope. Só que ela não tinha uma resposta. Não uma boa...

"Eu queria pensar na proposta."

"Não seja tola. Aceite a proposta", disse Lorde Needham, como se fosse simples assim, e chamou o lacaio com um aceno para servir a sopa.

"Talvez Penny *não deseje* aceitar a proposta de Tommy", Pippa observou, e Penélope pensou em beijar a racional irmã mais nova.

"Não tem a ver com desejar ou algo parecido", disse Lady Needham. "Tem a ver com vender quando possível."

"Que sentimento tão encantador", Penélope disse com ironia, tentando ao máximo manter o bom humor.

"Bem, é verdade, Penélope. E Thomas Alles é o único homem da sociedade que parece disposto a comprar."

"Gostaria que pudéssemos pensar em uma metáfora melhor do que compra e venda", Penélope disse. "E, sinceramente, não acho que ele queira se casar comigo mais do que eu quero me casar com ele. Acredito que esteja apenas sendo gentil."

"Ele não está apenas sendo gentil", disse Lorde Needham, mas antes que Penélope pudesse fazer qualquer comentário em relação a isso, Lady Needham estava falando novamente.

"Não tem relação com *querer* se casar, Penélope. Você está muito além disso. Você *deve* se casar! E Thomas estava disposto a se casar com você! Fazia quatro anos que não recebia uma proposta. Ou se esqueceu disso?"

"Eu havia me esquecido, mamãe. Muito obrigada pela lembrança."
Lady Needham empinou o nariz.
"Suponho que sua intenção seja fazer graça?"
Olivia ergueu as sobrancelhas, como se a simples ideia de a irmã mais velha estar tentando fazer graça fosse inacreditável. Penélope resistiu ao impulso de defender o próprio senso de humor, o que ela gostava de pensar que estivesse intacto. Claro que ela não havia esquecido. Na realidade, era um fato difícil de esquecer, levando em consideração a frequência com que sua mãe a lembrava de seu estado civil. Penélope ficava espantada que a marquesa não soubesse o número de dias e horas que haviam se passado desde a proposta em questão. Ela suspirou.

"Não estou tentando fazer humor, mamãe. Eu simplesmente... não estou segura de que queira me casar com Thomas. Ou com qualquer um que não esteja seguro de que quer se casar *comigo*, sinceramente."

"Penélope!", sua mãe disparou. "O que você *quer* não tem importância nesta situação!"

Claro que não. Não era assim que os casamentos funcionavam.

"Realmente. Assim como muito ridículo!" Houve uma pausa enquanto a marquesa se recompunha e tentava encontrar suas palavras. "Penélope... não há mais *ninguém*! Nós procuramos. O que será de você?" Ela se atirou elegantemente para trás na cadeira, levando uma das mãos à testa, em um gesto dramático que deixaria qualquer atriz dos palcos de Londres orgulhosa. "Quem *aceitará* você?"

Era uma pergunta justa e que Penélope provavelmente deveria ter levado mais em consideração antes de revelar sua incerteza sobre seu futuro marital. Mas ela não havia exatamente *decidido* fazer tal anúncio, pelo menos não até fazê-lo. E agora aquela parecia ser a melhor decisão que havia tomado em muito tempo. Acontecia que Penélope teve várias oportunidades de ser "aceita" nos últimos nove anos. Houve um tempo em que ela era o assunto de todas as rodas – razoavelmente atraente, bem-comportada, educada, polida, perfeitamente... perfeita. Havia inclusive ficado noiva, de um equivalente igualmente perfeito. Sim, era um par perfeito, exceto pelo fato de que ele era perfeitamente apaixonado por outra pessoa.

O escândalo facilitou que Penélope pusesse fim ao compromisso, sem ser rejeitada. Bem, pelo menos não precisamente. Ela não descreveria a situação exatamente como uma rejeição, mas mais como uma sacudida, na verdade. E não uma *sacudida* indesejada. *Não que ela fosse dizer isso à mãe.*

"Penélope!" A marquesa se endireitou novamente, olhando, angustiada, para a filha mais velha. "Responda! Se não Thomas, *quem*, então? Quem você imagina que a *aceitará*?"

"Pelo visto, terei de aceitar a mim mesma."

Olivia arfou. Pippa fez uma pausa, parando com a colher a caminho da boca.

"Ah! Ah!" A marquesa atirou-se para trás uma vez mais. "Você *não* pode estar falando sério! Não seja *ridícula*!" Pânico e irritação dominaram o tom de voz de Lady Needham. "Você é mais do que uma *solteirona*! Oh! Não me faça pensar nisso! Uma *solteirona*!"

Penélope pensou que na realidade as solteironas é que eram mais fortes do que a mãe, mas resistiu em dizer tal coisa a ela, que parecia estar prestes a cair da cadeira, em um estado de absoluto desespero. A marquesa prosseguiu.

"E que será de mim? Não nasci para ser *mãe de uma solteirona*! O que irão *pensar*? O que irão *dizer*?"

Penélope tinha uma boa noção do que todos já pensavam, do que já diziam...

"Houve um tempo, Penélope, em que você deveria ser exatamente o oposto do que se tornou, e eu seria a mãe de uma *duquesa*!"

E ali estava. O espectro que pairava entre Lady Needham e sua filha mais velha. *Duquesa.* Penélope se perguntava se a mãe algum dia a perdoaria pela dissolução do noivado... Como se de algum modo tivesse sido culpa de Penélope. Ela respirou fundo, tentando usar um tom razoável.

"Mamãe, o duque de Leighton estava apaixonado por outra mulher..."

"*Um escândalo ambulante!*"

A *quem ele amava absurdamente.* Mesmo agora, oito anos depois, Penélope sentia uma pontada de inveja... não pelo duque, mas pela emoção. Ela deixou o sentimento de lado.

"Escândalo ou não, a dama é a duquesa de Leighton. Um título, devo acrescentar, que ela detém há oito anos, período durante o qual ela deu à luz o futuro duque de Leighton e mais três filhos para o marido."

"Que deveria ter sido *seu* marido! *Seus* filhos!"

Penélope suspirou.

"O que desejava que eu fizesse?"

A marquesa levantou-se uma vez mais.

"Bem, você poderia ter se *esforçado* um pouco mais... Poderia ter aceitado diversos pedidos de casamento depois do feito pelo duque." Atirou-se novamente para trás. "*Foram quatro*! Dois condes", ela relembrou, como se os pedidos de casamento pudessem ter sido esquecidos por Penélope, "e George Hayes... E agora *Thomas*! Um futuro visconde! Eu poderia *aceitar* um futuro visconde."

"Que magnânimo da sua parte, mamãe."

Penélope recostou-se em sua cadeira. Imaginava que fosse verdade. Deus

sabia que ela havia sido treinada para fazer muito esforço para conseguir um marido – bem, tanto esforço quanto fosse possível fazer sem parecer estar fazendo esforço demais. Mas, nos últimos anos, ela não esteve envolvida de coração. Não de verdade... Durante o primeiro ano depois do noivado rompido, era fácil dizer a si mesma que ela não queria se casar porque estava abalada pelo escândalo de um noivado rompido, e ninguém demonstrava muito interesse nela como noiva potencial.

Depois disso, houve alguns pedidos, de homens com motivos ocultos, todos ansiosos para se casar com a filha do marquês de Needham e Dolby, fosse por suas carreiras políticas ou seus futuros financeiros, e o marquês não se importava nem um pouco quando Penélope declinava educadamente dessas propostas. Ele não se importava por que ela dizia não. Não lhe ocorreu que ela pudesse ter recusado por ter tido um vislumbre do que o casamento poderia ser – porque ela viu a forma como o duque de Leighton olhava, amo-rosamente, nos olhos de sua duquesa. Ela viu que poderia ter algo mais de um casamento, se ao menos tivesse tempo suficiente para encontrá-lo. Mas, de alguma forma, durante aquele período em que dizia a si mesma que estava esperando por algo mais, ela perdeu sua chance. Ela se tornou velha demais, simples demais, maculada demais.

E naquele dia, enquanto via Tommy – um amigo querido, mas não muito mais do que isso – se oferecer para passar o resto da vida dele ao seu lado, apesar de seu próprio desinteresse no casamento dos dois... ela simplesmente não conseguiu dizer sim. Não podia estragar as chances *dele* de algo mais. Não importava o quanto fossem desastrosas essas chances.

"Ah!" A lamúria recomeçou. "Pense nas suas *irmãs*... O que será *delas*?"

Penélope olhou para as irmãs, que estavam acompanhando a conversa como se fosse uma partida de *badminton. Suas irmãs ficariam ótimas.*

"A sociedade terá de se contentar com as Marbury mais jovens e mais bonitas. Levando em consideração o fato de que as duas Marbury casadas são condessa e baronesa, acho que tudo ficará bem."

"E graças a Deus pelos excelentes casamentos das gêmeas."

Excelentes não seria exatamente a descrição que Penélope usaria para des-crever os casamentos de Victoria ou Valerie – realizados pelo título, pelo dote e pouco mais –, mas seus maridos eram relativamente inofensivos e ao menos discretos com suas atividades fora do leito marital, de modo que Penélope não discutiu a questão. Não importava. Sua mãe estava seguindo em frente.

"E o que será do seu *pobre pai*? Parece que você se esqueceu de que ele foi amaldiçoado com uma casa cheia de meninas. Seria diferente se você tivesse sido um menino, Penélope. Mas ele está definitivamente morrendo de preocupação por você!"

Penélope virou-se para olhar o pai, que mergulhava um pedaço de pão na sopa e o deu ao grande cão d'água preto sentado ao lado de sua mão esquerda, encarando-o, com a língua cor-de-rosa comprida pendurada na lateral da boca. Nem o homem nem o animal pareciam especialmente preocupados.

"Mamãe, eu..."

"E Philippa! Lorde Castleton demonstrou interesse nela. O *que* será de Philippa?"

Agora Penélope estava confusa.

"O que será de Philippa?"

"Exatamente!" Lady Needham agitou um guardanapo de linho branco de forma dramática. "*O que será de Philippa?*"

Penélope suspirou e virou-se para a irmã.

"Pippa, você acredita que minha recusa a Tommy afetará a corte de Lorde Castleton?"

Pippa sacudiu a cabeça com os olhos arregalados.

"Não consigo imaginar como. E se afetasse, eu sinceramente não ficaria arrasada. Castleton é um pouco... bem, desinteressante."

Penélope teria usado a palavra *estúpido*, mas compreendeu a delicadeza de Pippa.

"Não seja tola, Philippa", disse a marquesa. "Lorde Castleton é um *conde*. Mendigos não podem ser exigentes."

Penélope cerrou os dentes com o ditado, o preferido da mãe durante discussões sobre as perspectivas das filhas descasadas. Pippa voltou os olhos azuis para a mãe.

"Não tinha noção de que estava *mendigando*."

"É claro que está! Todas vocês estão! Mesmo Victoria e Valerie tiveram de mendigar. Um escândalo não *desaparece* simplesmente."

Penélope ouviu o significado das palavras, mesmo que elas não tivessem sido articuladas. *Penélope estragou tudo para vocês.* Foi atravessada por uma pontada de culpa, que tentou ignorar, sabendo que não devia sentir-se culpada. Sabendo que não era sua culpa. *Só que poderia ter sido.* Ela afastou o pensamento. Não foi. Ele amava outra. *Mas por que ele não a amava?* Foi uma pergunta que fez a si mesma inúmeras vezes durante aquele inverno longínquo, quando ficou enfurnada ali, no campo, lendo os jornais de escândalos e sabendo que ele havia escolhido alguém mais bonita, mais charmosa e mais excitante do que ela. Sabendo que ele era feliz, e ela... era indesejada. Ela não o amava e não havia pensado muito nele, na verdade. Mas a situação a feriu mesmo assim.

"*Eu* não tenho intenção de mendigar", Olivia entrou na conversa. "É a minha segunda temporada, sou bonita e encantadora e tenho um dote bem grande. Maior do que qualquer homem poderia ignorar."

"Ah, sim. Muito encantadora...", Pippa disse, e olhou para o prato, para esconder o sorriso.

Olivia captou o sarcasmo.

"Riam o quanto quiserem, mas eu sei o meu valor. Não vou deixar acontecer comigo o que aconteceu com Penélope. Vou conseguir um verdadeiro aristocrata."

"Um belo plano, querida." Lady Needham ficou radiante de orgulho. Olivia sorriu.

"Felizmente aprendi minha lição com você, Penny."

Penélope não pôde deixar de se defender.

"Eu não o afastei, Olivia. Papai rompeu o noivado por causa do escândalo da irmã de Leighton."

"Tolice. Se Leighton quisesse você, ele teria brigado por você, azar do escândalo", disse a irmã mais nova apertando os lábios, uma verdadeira ingênua. "Mas ele não queria. Você, quero dizer. E ele também não brigou por você. E posso apenas imaginar que ele não fez nem uma coisa nem outra, porque você não se esforçou o suficiente para atrair a atenção dele."

Sendo a mais jovem, Olivia nunca precisou pensar muito sobre como sua forma de falar, sempre um pouco sincera demais, podia ferir. Aquela não era uma exceção. Penélope mordeu a bochecha por dentro, resistindo à vontade de berrar: *Ele amava outra!* Mas ela reconhecia uma atitude inútil quando se deparava com uma. Noivados rompidos eram sempre culpa da mulher, mesmo quando a mulher em questão era sua irmã mais velha.

"Sim! Ah, Olivia, apenas uma temporada e já está tão esperta, minha querida", Lady Needham "piou", antes de gemer: "E não se esqueça dos outros."

Todos pareciam haver se esquecido que ela não quis se casar com os outros. Mas Penélope ainda sentia como se devesse se defender.

"Eu recebi um pedido de casamento esta tarde, não sei se vocês se recordam."

Olivia agitou uma das mãos de forma depreciativa.

"Um pedido de casamento de *Tommy*, e que não é um *bom* pedido de casamento. Apenas um tolo acreditaria que ele pediu sua mão por *querer* se casar com você."

Sempre se podia contar com Olivia para dizer a verdade.

"Então por que ele fez o pedido?", Pippa questionou, sem intenção de ser cruel, Penélope tinha certeza disso. Afinal, ela havia feito a si mesma, e a Tommy, aquela mesmíssima pergunta uma hora antes.

Ela gostaria de responder: *Porque ele me ama*. Bem, isso não era exatamente a verdade. Ela gostaria de dizer isso, mas não sobre Tommy. E justamente por isso não havia respondido sim. Em todos seus anos de

vida, jamais se imaginou casando-se com Tommy. *Nunca foi com ele que ela sonhou...*

"Não importa *por que* ele fez o pedido", Lady Needham interferiu. "O importante era que ele estava disposto a aceitar Penélope! Que ele estava disposto a lhe dar um lar e um nome e a cuidar dela da mesma forma como seu pai cuidou por todos esses anos." Ela encarou Penélope. "Penélope, você precisa *pensar*, querida... Quando seu pai morrer, como será então?"

Lorde Needham ergueu os olhos de cima de seu faisão.

"Como assim?"

Lady Needham acenou uma das mãos no ar como se não tivesse tempo para pensar nos sentimentos do marido, preferindo continuar:

"Ele não viverá para sempre, Penélope! Como será *então*?"

Penélope não conseguia entender por que aquilo era de algum modo relevante.

"Bem, isso será muito triste, imagino."

Lady Needham sacudiu a cabeça, com frustração.

"Penélope!"

"Mamãe, eu sinceramente não faço ideia do que a senhora esteja querendo dizer."

"Quem cuidará de você quando seu pai morrer?"

"Papai, está planejando morrer em breve?"

"Não", seu pai respondeu.

"Nunca se sabe..." Os olhos da marquesa estavam se enchendo de lágrimas.

"Ah, pelo amor de...", Lorde Needham estava farto. "Eu não vou morrer. E considero bastante ofensivo o fato de que a ideia simplesmente saiu da sua boca." Ele virou-se para Penélope. "E quanto a você, irá se casar."

Penélope endireitou os ombros.

"Não estamos na Idade Média, papai. O senhor não pode me obrigar a me casar com alguém com quem eu não deseje me casar."

Lorde Needham não tinha muito interesse nos direitos femininos.

"Eu tenho cinco filhas e nenhum filho, e que Deus me livre de deixar uma de vocês solteira e cuidando de si mesma, enquanto aquele meu sobrinho idiota leva minha propriedade à falência." Ele sacudiu a cabeça. "Eu a verei casada, Penélope, e bem-casada. Está na hora de parar de barganhar e aceitar um pretendente."

Penélope arregalou os olhos.

"O senhor acha que eu estou barganhando?"

"Olhe o linguajar, Penélope. Por favor."

"Mamãe, papai usou a expressão primeiro", Pippa observou.

"Isso é irrelevante! Não criei minhas meninas para falarem como gente... gente... ah, vocês sabem."

"É claro que está barganhando. Faz oito anos desde o ocorrido com Leighton. Você é filha de um marquês com dois títulos e o dinheiro de Midas."

"Needham! Que grosseiro!"

Lorde Needham olhou para o teto em busca de paciência.

"Não sei pelo que você está esperando, mas sei que eu a mimei por tempo demais, ignorando o fato de que o ocorrido com Leighton lançou uma sombra sobre todas vocês." Penélope olhou para as irmãs, que estavam ambas olhando fixamente para o próprio colo. Sentiu-se atravessada pela culpa enquanto o pai continuava: "Para mim basta. Você se casará nesta temporada, Penny".

Penélope sentiu a garganta apertada, esforçando-se por engolir, apesar do nó que parecia ter se instalado ali.

"Mas... fazia quatro anos que ninguém além de Tommy me pedia em casamento."

"Tommy foi apenas o começo. Você começará a receber pedidos agora."

Ela havia visto a expressão de certeza absoluta nos olhos do pai vezes suficientes na vida para saber que ele tinha razão. Encarou-o nos olhos.

"Por quê?"

"Porque acrescentei Falconwell ao seu dote."

Ele disse isso da mesma forma como qualquer um diria coisas como, *Está meio frio*, ou, *Este peixe está sem sal*. Como se todos na mesa simplesmente fossem aceitar as palavras como verdadeiras. Como se quatro cabeças não fossem se virar para ele com os olhos arregalados e boquiabertas.

"Ah! Needham!" Lady Needham atirou-se novamente.

Penélope não desviou o olhar do pai.

"Perdão?"

Um lampejo de lembrança... Um garoto de cabelos escuros dando risada, pendurado em um galho baixo de um imenso salgueiro, estendendo os braços e chamando Penélope para se unir a ele em seu esconderijo. O terceiro do trio. *Falconwell era de Michael.* Mesmo que não pertencesse a ele havia uma década, ela sempre pensaria na propriedade dessa forma. Não parecia correto que ela de algum modo fosse, estranhamente, sua agora. Toda aquela terra linda e verdejante, tudo exceto pela casa e os arredores – a herança. O direito de nascença de Michael agora era dela.

"Como o senhor conseguiu Falconwell?"

"*Como* não é relevante", o marquês disse, sem levantar o olhar da refeição. "Não posso mais arriscar os sucessos de suas irmãs no mercado de casamentos. Você precisa se casar. Não será uma solteirona pelo resto de seus dias. Falconwell garantirá isso. Aparentemente, já garantiu. Se não gosta de Tommy, já recebi meia dúzia de cartas de homens de toda a Grã-Bretanha interessados."

Homens interessados em Falconwell. *Deixe-me protegê-la.* As palavras estranhas de Tommy mais cedo faziam sentido agora. Ele a havia pedido em casamento para preservá-la das propostas que se seguiriam por seu dote. Ele a pediu em casamento porque era seu amigo. E a pediu em casamento por Falconwell. Havia um pequeno pedaço de terra pertencente ao visconde de Langford na ponta distante de Falconwell. Algum dia, seria de Tommy, e se eles casassem, ele teria Falconwell para anexar.

"É claro!", Olivia observou. "Isso explica tudo!"

Ele não havia contado a ela. Penélope sabia que ele não estava realmente interessado em casar-se com ela, mas a descoberta disso não era exatamente algo agradável. Ela permaneceu focada no pai.

"O dote... É público?"

"É claro que é público. Qual a vantagem de triplicar o valor do dote da sua filha sem tornar o fato público?" Penélope passou um garfo por seu purê de nabo, desejando estar em qualquer lugar que não naquela mesa, naquele momento, quando seu pai disse: "Não fique parecendo tão infeliz. Agradeça às estrelas que finalmente terá um marido. Com Falconwell em seu dote, você poderá conseguir um príncipe."

"Estou me cansando de príncipes, papai."

"*Penélope*! Ninguém se *cansa* de *príncipes*!", a mãe observou.

"Eu gostaria de conhecer um príncipe", Olivia interrompeu, mastigando pensativamente. "Se Penélope não quer Falconwell, eu adoraria tê-la como parte do meu dote."

Penélope olhou para a irmã mais nova.

"Sim, imagino que sim, Olivia. Mas duvido de que você vá precisar." Olivia tinha o mesmo cabelo claro, a mesma pele pálida e os olhos azul-claros de Penélope, que em vez de fazerem Olivia se parecer com Penélope, deixavam-na impressionantemente bonita. O tipo de mulher capaz de estalar os dedos e atrair os homens para seu lado. E o pior é que ela sabia.

"Você *precisa* disso, especialmente agora", disse Lorde Needham, de modo pragmático, antes de se virar novamente para Penny. "Houve um tempo em que você era jovem o bastante para atrair a atenção de um homem decente, mas já passou muito disso."

Penélope desejava que uma de suas irmãs entrasse na conversa para defendê-la. Para protestar contra as palavras do pai. Para dizer, talvez, *Penélope não precisa disso. Alguém maravilhoso vai aparecer e se apaixonar por ela. À primeira vista, obviamente.* Ela ignorou a pontada de tristeza que sentiu diante da aceitação silenciosa daquelas palavras. Penélope via a verdade no olhar do pai. A certeza... E ela sabia, sem dúvida, de que iria se casar conforme seu pai desejava, como se fosse mesmo a Idade Média, e ele estivesse cedendo parte de seu feudo. Só que ele não estava cedendo nada.

"Como é possível que Falconwell agora pertença ao marquês de Needham e Dolby?"

"Isso não deveria preocupá-la."

"Mas me preocupa", Penélope pressionou. "Onde o senhor a conseguiu? Michael sabe disso?"

"Não sei", o marquês respondeu, erguendo a taça de vinho. "Imagino que seja apenas uma questão de tempo até que ele saiba."

"Quem sabe o que *Michael* sabe", sua mãe zombou. "Ninguém na sociedade *civilizada* vê o marquês de Bourne há anos."

Ninguém o vê desde que ele desapareceu no escândalo. Desde que ele perdeu tudo para o pai de Tommy. Penélope sacudiu a cabeça.

"O senhor tentou devolvê-la a ele?"

"Penélope! Não seja ingrata!", a marquesa estremeceu. "O acréscimo de Falconwell ao seu dote é um belo exemplo da generosidade do seu pai!"

Um exemplo do desejo do pai de se livrar da filha problemática.

"Eu não quero isso."

Ela sabia que as palavras eram uma mentira no instante mesmo em que as pronunciou. Claro que ela queria. As terras ligadas a Falconwell eram exuberantes, vibrantes e cheias de lembranças de sua infância. *Com lembranças de Michael.* Fazia anos que ela não o via. Era uma criança quando ele deixou Falconwell, e mal havia sido apresentada à sociedade quando o escândalo dele se tornou o assunto preferido dos aristocratas de Londres e dos criados de Surrey. Agora, se ouvia falar algo sobre ele eram apenas fofoca de mulheres mais experientes da sociedade. Uma vez, tinha ouvido de um grupo especialmente tagarela de mulheres, em um salão feminino, que ele estava em Londres, administrando um cassino, mas não havia perguntado onde, parecendo saber instintivamente que damas como ela não frequentavam o local em que Michael havia pousado, depois de cair em desgraça.

"Você não tem escolha, Penélope. É tudo meu. E em breve será de seu marido. Homens de toda a Grã-Bretanha virão em busca de uma chance de conquistá-la. Case-se com Tommy agora ou com um deles depois, se desejar. Mas irá se casar nesta temporada." Ele se recostou na cadeira, estendendo as mãos sobre sua ampla circunferência. "Um dia, irá me agradecer."

Irá se casar nesta temporada.

"Por que não devolveu a propriedade a Michael?"

Needham suspirou, atirando o guardanapo em cima da mesa, encerrando a conversa.

"Ele foi descuidado com ela, antes de mais nada", ele disse simplesmente, antes de deixar a sala, com Lady Needham logo atrás.

Talvez fossem os dezesseis anos desde que ela o tinha visto pela última vez, mas parte dela ainda considerava Michael Lawler, o marquês de Bourne, um amigo querido, e não gostava da forma como o pai falava dele, como se ele tivesse pouco valor e importância. Por outro lado, ela não conhecia Michael de verdade – não o homem. Quando permitia a si mesma pensar nele, mais frequentemente do que gostaria de admitir, ele não era um rapaz de 21 anos de idade que havia perdido tudo em um tolo jogo de azar.

Não... Em seus pensamentos, Michael continuava sendo seu amigo de infância – o primeiro que jamais teve –, com 12 anos de idade, guiando-a através da paisagem enlameada em uma aventura ou outra, rindo em momentos inoportunos até que ela não conseguisse resistir a rir junto com ele, enlameando os joelhos nos campos molhados que se estendiam entre suas casas e atirando pedrinhas na janela dela nas manhãs de verão antes que seguisse para pescar no lago que se estendia pelas terras de Needham e Bourne.

Imaginava que o lago agora fizesse parte de seu dote. Michael precisaria pedir permissão para pescar ali. *Precisaria pedir permissão ao marido dela para pescar ali.* A ideia seria cômica se não fosse tão... errada. E ninguém parecia perceber. Penélope levantou a cabeça, encontrando, primeiro, o olhar de Pippa do outro lado da mesa, olhos azuis arregalados piscando atrás dos óculos, e então os olhos de Olívia, cheios de... alívio? Diante da expressão questionadora de Penélope, Olivia disse:

"Confesso que não gostava da ideia de uma irmã fracassada no mercado de casamentos. É muito melhor assim para mim."

"Que bom que alguém pode ficar satisfeita com os acontecimentos do dia", Penélope disse.

"Ora, francamente, Penny", Olivia continuou, "você precisa admitir que seu casamento ajudará a todas nós. Você foi uma razão significativa para que Victoria e Valerie se conformassem com seus velhos maridos tediosos."

Não era como se ela tivesse planejado aquilo.

"Olivia!", disse Pippa, baixinho. "Isso não é muito gentil."

"Ah, tolice. Penny sabe que é verdade."

Ela sabia? Olhou para Pippa.

"Eu dificultei a situação para você?"

Pippa foi evasiva.

"De forma alguma. Castleton mandou dizer a papai na semana passada mesmo, que estava planejando me fazer a corte de verdade, e aparentemente não estou entre as debutantes mais comuns."

Era um eufemismo. Pippa era uma mulher erudita, muito focada em ciências, fascinada pela parte interna de seres vivos, de plantas a pessoas. Uma vez, havia roubado um ganso da cozinha e o dissecado em seu quarto. Tudo ia bem até uma criada entrar, descobrir Pippa enfiada até os cotovelos nas tripas da ave e gritar como se tivesse deparado com uma cena de crime. Pippa foi severamente repreendida, e a criada, transferida para os andares mais baixos do solar.

"Ele deveria se chamar Lorde Simpleton", Olivia disse, sinceramente.

Pippa riu.

"Pare. Ele é bom. Gosta de cachorros."

Olhou para Penélope.

"Assim como Tommy."

"Foi a esse ponto que chegamos? Escolhendo nossos maridos potenciais por gostarem de cães?", Olivia perguntou.

Pippa levantou um ombro simplesmente.

"É como isso é feito. Gostar de cães é mais do que a maioria dos maridos e esposas da sociedade têm em comum."

Ela tinha razão. Mas não era assim que as coisas deveriam ser. Mulheres jovens, com a aparência e a criação de suas irmãs deveriam estar escolhendo os maridos com base em mais do que companheirismo canino. Elas deveriam ser as preferidas da sociedade, com todos em suas mãos, esperando para serem imitadas. Mas não eram, por causa de Penélope, que, ironicamente, foi considerada a predileta das preferidas da sociedade quando foi apresentada – a noiva escolhida do impecavelmente bem-comportado e de pedigree impecável, duque de Leighton.

Depois que o compromisso dos dois se dissolveu em uma perfeita tempestade de jovens moças arruinadas, filhos ilegítimos e um caso de amor, Penélope – tragicamente, para suas irmãs – perdeu o status de preferida. Em vez disso, foi relegada a boa amiga da sociedade, depois conhecida bem-vinda e, mais recentemente, convidada, finalizando com um longo tempo de boas-vindas. Ela não era bonita, não era inteligente, não era muito mais do que a filha mais velha de um aristocrata muito rico e nobre. Nascida e criada para ser esposa de um aristocrata igualmente rico e nobre. E quase havia sido exatamente isso. Até que tudo mudou. Inclusive suas expectativas... Infelizmente, expectativas não rendiam bons casamentos. Nem para ela, nem para suas irmãs. E, assim como não era justo que ela sofresse por causa de um noivado rompido quase uma década antes, também não era justo que suas irmãs sofressem por ele.

"Eu nunca tive a intenção de dificultar os casamentos de vocês", ela disse, baixinho.

"Então tem sorte de poder corrigir a situação", Olivia opinou, evidentemente desinteressada nos sentimentos da irmã mais velha. "Afinal, as *suas* chances de encontrar um marido com qualidades podem ser poucas, mas as minhas são realmente boas. Ainda melhores se você se casar com um futuro visconde."

A culpa se instalou, e Penélope virou-se para Pippa, que a estava observando atentamente.

"Você concorda, Pippa?"

Pippa meneou a cabeça, pensando nas alternativas, e finalmente disse: "Mal não fará, Penny."

A *você não, pelo menos*, Penélope pensou, tomada por uma onda de melancolia, ao perceber que iria aceitar o pedido de Tommy, pelo bem das irmãs. Ela poderia se sair muito pior, afinal. Talvez, com o tempo, viesse a amá-lo.

Caro M,
Queimaram o sujeito esta noite em Coldharbour, e todo o clã Marbury seguiu para a impressionante demonstração.

Precisei escrever, já que fiquei bastante angustiada ao descobrir que nenhum jovem estava disposto a testar a própria habilidade para subir a pilha de lenha e roubar o chapéu do Sr. Fawkes.

Talvez no Natal você possa lhes ensinar alguma coisa.

Sua amiga leal, P
Solar Needham, novembro de 1813

Cara P,
Eles não precisam que eu lhes ensine nada – não com você aí, perfeitamente capaz de roubar aquele chapeuzinho você mesma. Ou agora é dama demais para isso?

Estarei em casa para o Natal. Se for uma boa menina, levarei um presente.

M
Eton College, novembro de 1813

Naquela noite, com toda a casa dormindo, Penélope vestiu sua capa mais quente, pegou a pele para aquecer as mãos, uma lamparina da escrivaninha e foi dar uma caminhada por suas terras. Bem, não exatamente suas terras. As terras que estavam vinculadas ao seu dote no casamento. As terras que Tommy e incontáveis jovens pretendentes aceitaria de bom grado em troca de tirar Penélope do seio familiar e aceitá-la como esposa.

Que romântico. Ela havia passado muitos anos esperando por mais.

Acreditando – embora dissesse a si mesma para não fazê-lo – que poderia ter tanta sorte também, que poderia encontrar algo mais, *alguém* mais. Não. Ela não pensaria nisso. Especialmente não agora que estava justamente na direção do tipo de casamento que sempre esperou evitar. Agora, não tinha dúvidas de que seu pai estava decidido a casar a filha mais velha antes do final daquela temporada – com Tommy ou outro alguém. Pensou nos homens solteiros da sociedade que estivessem desesperados demais para casarem-se com uma mulher de 28 anos de idade e um noivado rompido no passado. Nenhum deles pareceu o tipo de marido de quem ela pudesse gostar. *Um marido que ela pudesse amar.* Então, era Tommy. Seria Tommy...

Protegeu-se contra o frio, abaixando o rosto para dentro da capa e puxando o capuz por cima da testa. Damas bem-criadas não davam caminhadas na calada da noite, ela sabia disso, mas toda Surrey estava dormindo, o vizinho mais próximo ficava a quilômetros de distância, e o frio extremo era comparável à sua intensa irritação com os acontecimentos do dia.

Não era justo que um noivado rompido no passado longínquo resultasse em um presente tão desafiador. Seria de imaginar que oito anos teriam feito Londres esquecer o lendário outono de 1823, mas, em vez disso, Penélope era amaldiçoada por sua história. Nos bailes, os sussurros prosseguiam. Nos salões femininos, os leques ainda se agitavam como asas de beija-flores, escondendo as conversas silenciosas das quais, de vez em quando, ela captava trechos – especulações cochichadas sobre o que ela havia feito para que o duque perdesse o interesse, ou sobre por que ela se considerava boa demais para rejeitar as outras propostas. Não porque ela se achasse melhor, mas porque ela esperava por mais. Por uma promessa maior. De uma vida com mais do que o marido que ela havia sido treinada a esperar que gostasse dela, mas não a amasse, e do filho ou dois que ela sempre supôs que a amariam mas não a conheceriam. Era pedir muito? Aparentemente, sim.

Ela seguiu por uma ladeira coberta de neve, fazendo uma breve pausa no topo, olhando para a escuridão do lago abaixo que marcava a divisão entre as terras de Needham e de Bourne... Ou as *antigas* terras de Bourne. E, ali parada, olhando fixamente para a escuridão, pensando em seu futuro, ela se deu conta do quão pouco queria uma vida tranquila em tons pastéis, quadrilhas e limonada morna.

Ela queria *mais*. A palavra passou sussurrando por seus pensamentos em uma onda de tristeza. *Mais*. Mais do que ela teria, no fim. Mais do que ela jamais deveria ter sonhado. Não que se sentisse infeliz com a própria existência. Era uma vida luxuosa, na verdade. Ela era bem-cuidada, bem-alimentada e faltava-lhe muito pouco. Tinha uma família que era, na maior parte do tempo, tolerável, e amigos com quem podia passar uma tarde vez ou outra. E, sendo bem honesta, seus dias não seriam muito diferentes de agora, caso ela se casasse com Tommy. Então por que ela ficava tão triste ao pensar em se casar com ele? Afinal, ele era gentil, generoso, tinha uma pitada de bom humor e um sorriso carinhoso. Não era tão bonito a ponto de chamar a atenção, nem tão inteligente a ponto de intimidar, mas todas pareciam características favoráveis.

Imaginou-se pegando a mão dele e permitindo que a acompanhasse a um baile, ao teatro, a um jantar. Imaginou-se dançando com ele. Sorrindo para ele. Imaginou a sensação da mão dele na sua. *Era... pegajosa.* Não havia motivo para crer que Tommy tivesse mãos úmidas, é claro. Na realidade, ele provavelmente tivesse mãos quentes e perfeitamente cuidadas. No entanto, Penélope passou as palmas enluvadas nas saias. Maridos não deviam ter mãos fortes e firmes? Especialmente na fantasia? Por que Tommy não tinha? Ele era um bom amigo. Não era muito gentil da parte dela imaginá-lo com mãos suadas. Ele merecia mais do que isso.

Penélope respirou fundo, aproveitando a pontada de ar gelado, fechou os olhos e tentou de novo... fez o máximo para imaginar-se como Lady Thomas Alles. Sorriu para o marido. Carinhosamente. Ele sorriu para ela: *"Vamos fazer uma tentativa, que tal?"* Ela abriu os olhos. *Droga.* Desceu a ladeira na direção do lago gelado. Iria se casar com Tommy. *Para seu próprio bem. Pelo bem das irmãs.* Porém, não parecia nada bem. Não de verdade... Ainda assim, era o que filhas mais velhas de boa criação faziam. *Faziam o que lhes era dito.* Ainda que absolutamente não quisessem fazer. Ainda que quisessem mais. E foi então que viu a luz à distância, no bosque de árvores na beira do lago.

Parou, apertando os olhos na escuridão, ignorando o vento gelado no rosto. Talvez fosse a sua imaginação ou tivesse sido a lua cintilando na neve. Uma possibilidade razoável, não fosse a neve caindo, bloqueando a visão da lua no céu. A luz cintilou novamente, e Penélope arfou, dando um passo para trás, arregalando os olhos enquanto tentava ver através das árvores. Apertou os olhos na escuridão, inclinando-se para frente sem mexer os pés, focando no local onde uma fraca luz amarela brilhava no meio do bosque, como se poucos centímetros fossem facilitar a visão da fonte da luz.

"Há alguém...", ela sussurrou, deixando as palavras desaparecerem no silêncio frio.

Havia alguém lá. Poderia ser um criado, mas parecia improvável. Os criados de Needham não tinham motivos para estar às margens do lago no meio da noite, e fazia anos que os últimos haviam deixado Falconwell. Depois que eles partiram, os bens da propriedade foram retirados, e a imensa estrutura de pedra foi deixada vazia e descuidada. Ninguém entrava na casa havia anos. *Ela precisava fazer alguma algo.* Poderia ser qualquer coisa, um incêndio, um invasor, um fantasma...

Bem, provavelmente não era esse último, mas era bem possível tratar-se de um invasor – em breve usurpador – prestes a tomar Falconwell. Se fosse, algo precisava ser feito. Afinal, simplesmente não se podia permitir que intrusos passassem a residir na propriedade do marquês de Bourne. Se o próprio homem não ia garantir sua propriedade, ao que tudo indicava, a tarefa recaía sobre Penélope. Ela tinha igual investimento em Falconwell àquela altura, não? Se o solar fosse tomado por piratas ou bandidos, isso certamente afetaria o valor de seu dote, não? *Não que ela estivesse empolgada com a perspectiva de usar seu dote.* Ainda assim, era uma questão de princípios.

A luz cintilou novamente. Não parecia haver muitos bandidos por lá, a menos que tivessem vindo equipados com poucas fontes de iluminação. Pensando melhor, era improvável que piratas ou bandidos estivessem planejando estabelecer residência em Falconwell, com o oceano estando tão distante.

Ainda assim, havia alguém lá. A questão continuava sendo *quem...* E por quê. Mas havia uma coisa de que Penélope tinha certeza: filhas mais velhas de boa criação não inspecionavam luzes estranhas no meio da noite. Definitivamente, isso seria aventureiro demais. Seria *mais...* E isso foi o que a fez tomar a decisão, na verdade. Havia dito que queria mais, e algo *mais* estava acontecendo. O universo trabalhava de maneiras maravilhosas, não?

Ela respirou fundo, endireitou os ombros e seguiu em frente, levada pelo entusiasmo, na direção de um aglomerado de arbustos de azevinho na beira do lago, antes de pensar na estupidez de suas ações.

Ela estava ao ar livre, no meio da noite, no frio intenso, seguindo na direção de um número desconhecido de criaturas nefastas e questionáveis. E ninguém sabia onde ela estava. Subitamente, casar-se com Tommy não pareceu tão mau. Não quando era muito possível que ela estivesse prestes a ser assassinada por piratas do campo. Ouviu o barulho da neve por perto e parou de repente, levantando a lanterna para o alto e espiando na escuridão para além dos arbustos, na direção das árvores onde tinha visto a luz antes. Agora, não via nada. Nada além de neve caindo e uma sombra que poderia facilmente ser a de um urso raivoso.

"Que tolice", sussurrou para si mesma, com o som da própria voz reconfortante no escuro. "Não há ursos em Surrey."

Ela não se convenceu, nem ficou por mais tempo para descobrir se aquela sombra escura era, de fato, um urso. Tinha coisas a fazer em casa. A primeira delas, aceitar o pedido de casamento de Tommy e então, passar algum tempo com seu bordado. Porém, no exato instante em que ela decidiu dar meia-volta e retornar, um homem surgiu através das árvores, com uma lanterna na mão.

Capítulo Três

Caro M,

Um presente! Que extravagante. A escola certamente o está transformando em um belo homem. No ano passado, você me deu um pedaço meio comido de pão de mel. Ficarei muito empolgada de ver o que planejou.

Suponho que isso queira dizer que terei igualmente de encontrar um presente para você.

Até breve, P
Solar Needham, novembro de 1813

Cara P,

Aquele era um excelente pão de mel. Devia ter desconfiado que você não saberia reconhecer minimamente minha generosidade. O que aconteceu com a intenção e o quanto ela vale?

Será bom estar em casa. Sinto falta de Surrey. E de você, Seis Cents (embora doa admitir isso).

M
Eton College, novembro de 1813

Fuja!

𝒜 palavra ecoou através dela como se tivesse sido berrada na noite, mas as pernas de Penélope pareciam incapazes de seguir o comando. Em vez disso, ela se agachou, escondendo-se atrás dos arbustos e desejando ardentemente que o homem não a visse. Ouvindo seus passos sobre a neve próxima, ela seguiu ao longo da cerca viva na direção do lago, preparando-se para disparar para longe dele quando pisou na barra da capa, perdeu o equilíbrio e caiu em cheio sobre o arbusto de azevinho. Que era cheio de espinhos.

"Uf!" Estendeu uma das mãos para evitar se enroscar na planta daninha, mas acabou sendo atingida por um galho seco. Mordeu o lábio e paralisou quando os passos pararam.

Penélope prendeu a respiração. Talvez ele não a tivesse visto. Afinal, estava muito escuro. *Se ao menos ela não estivesse segurando uma lanterna.* Ela atirou a luz dentro do arbusto. Não ajudou, uma vez que ela foi quase que instantaneamente inundada por uma diferente fonte de luz. A *dele...* Que deu um passo em sua direção... Ela se jogou ainda mais para dentro do arbusto, considerando as folhas afiadas preferíveis ao vulto sombrio.

"Olá."

Ele parou, mas não respondeu, e os dois permaneceram em um longo e insuportável silêncio. O coração de Penélope batia forte, a única parte de seu corpo que parecia se lembrar de como se mover. Quando não conseguiu suportar mais o silêncio, falou de onde estava, desequilibrada sobre um arbusto de azevinho, tentando utilizar seu tom mais firme.

"Você está invadindo uma propriedade particular."

"Estou?" Para um ladrão, ele tinha uma voz boa. Saía do fundo de seu peito, fazendo-a pensar em penas de ganso e conhaque quente. Ela sacudiu a cabeça diante do pensamento, evidentemente produto do frio que pregava peças em sua mente.

"Sim... Está. A casa ao longe é o Solar Falconwell, propriedade do marquês de Bourne."

Passou-se um instante.

"Impressionante...", disse o invasor, e ela teve a nítida sensação de que ele não estava nem um pouco impressionado.

Ela tentou se levantar com altivez mas fracassou duas vezes. Na terceira tentativa, passou as mãos nas saias e disse:

"É... bastante impressionante, e posso lhe garantir que o marquês não gostará nada de saber que você está" – ela acenou a mão com a luva no ar – "fazendo o que quer que esteja fazendo... em suas terras."

"É mesmo?" O ladrão pareceu despreocupado, baixando a lanterna, deixando sua metade superior na sombra e seguindo em frente.

"Sim." Penélope endireitou os ombros. "E vou lhe dar um conselho: não é bom brincar com ele."

"Parece que você e o marquês são muito próximos."

Ela levantou a lanterna e começou a se afastar.

"Ah, sim. Somos bastante próximos. Muito próximos, inclusive."

Não era exatamente uma mentira. Os dois haviam sido próximos quando usavam calças curtas.

"Eu acho que não", ele disse, com a voz baixa e ameaçadora. "Na realidade, não creio que o marquês esteja em qualquer lugar perto daqui. Não creio que qualquer pessoa esteja perto daqui."

Ela parou diante da ameaça nas palavras dele, como um cervo hesitando diante do avanço de um rifle, e pensou em suas alternativas.

"Eu não correria se fosse você", ele continuou, lendo sua mente. "Está escuro, e a neve está alta. Você não iria muito longe sem..."

Ele parou de falar, mas ela sabia o final da frase. *Sem que ele a pegasse e matasse.* Penélope fechou os olhos. Quando havia dito que queria mais, não era isso o que estava planejando. Ela ia morrer ali, na neve, e seria encontrada apenas na primavera. Isso se seu cadáver não fosse levado embora por lobos famintos. Ela precisava fazer alguma coisa. Abriu os olhos e o encontrou muito mais perto.

"Patife! Não se aproxime mais! Eu…" Ela se debateu em busca de uma ameaça decente. "Eu estou armada!"

Ele ficou impassível.

"Pretende me sufocar com sua pele?"

"O senhor não é um cavalheiro."

"Ah… Finalmente a verdade."

Ela deu mais um passo para trás.

"Vou para casa."

"Acho que não, Penélope."

O coração dela parou diante do som de seu nome, e recomeçou a bater tão forte no peito, que ela teve certeza de que aquele… aquele… canalha conseguiria escutar.

"Como sabe meu nome?"

"Eu sei muitas coisas..."

"Quem é você?" Ela levantou a lanterna, como se assim pudesse espantar o perigo, e ele deu um passo para o clarão.

Ele não se parecia com um ladrão. Ele parecia… *conhecido*. Havia alguma coisa lá, nos ângulos bonitos e nas sombras profundas e incômodas, as maçãs do rosto marcadas, a linha reta dos lábios, o maxilar delineado – precisando ser barbeado. Sim, havia alguma coisa ali – um pequeno sinal de reconhecimento. Ele estava usando um chapéu listrado coberto de neve, cuja aba escondia seus olhos, e eles eram a peça que faltava.

Ela jamais saberia de onde veio o instinto – talvez de um desejo de descobrir a identidade do homem que poria fim a seus dias –, mas não conseguiu evitar de estender a mão e afastar o chapéu do rosto dele para ver seus olhos. Apenas mais tarde ocorreu-lhe que ele não tentou impedi-la.

Seus olhos eram castanho-claros, um mosaico de marrons, verdes e cinzas emoldurados por cílios longos e escuros, salpicados de neve. Ela os teria reconhecido em qualquer lugar, ainda que estivessem muito mais sérios agora do que ela jamais os tinha visto antes. Foi tomada pelo choque, seguido de uma intensa corrente de felicidade. *Não era um ladrão.*

"Michael?" Ele ficou tenso ao som do próprio nome, mas ela não se preocupou em imaginar por quê.

Estendeu a palma da mão contra o rosto frio dele – um gesto que a deixaria encantada mais tarde – e riu, num som abafado pela neve caindo ao redor.

"É você, não é?"

Ele levantou o braço, puxando a mão dela de seu rosto. Não estava usando luvas, mas, ainda assim, sua mão estava *quente. E nem um pouco pegajosa.*

Antes que ela pudesse impedi-lo, ele a puxou em sua direção, baixando o capuz de sua cabeça, expondo-a à neve e à luz. Por um longo momento, o olhar dele percorreu seu rosto, e ela se esqueceu de sentir-se desconfortável.

"Você cresceu."

Ela não conseguiu se conter. Riu novamente.

"É você! Seu monstro! Você me assustou. Fingiu *não* me conhecer... Por onde você...? Quando você...?" Ela sacudiu a cabeça, o sorriso abrindo em seu rosto. "Eu não sei nem por onde começar..."

Ela sorriu para ele, observando-o atentamente. Da última vez em que o tinha visto, ele era alguns centímetros mais alto do que ela, um garoto desengonçado, com os braços e pernas compridos demais para o próprio corpo. Mas não era mais... Esse Michael era um homem, alto e magro. *E muito, muito bonito.* Ela ainda não acreditava muito bem que fosse ele.

"Michael..."

Ele olhou-a de frente, e ela foi tomada por uma onda de prazer como se o olhar fosse um toque físico, aquecendo-a, pegando-a desprevenida antes da aba do chapéu cobrir os olhos dele mais uma vez e ela preencher o silêncio com suas próprias palavras.

"O que está fazendo aqui?"

Os lábios de linha reta perfeita dele não se moveram. Houve uma longa pausa, durante a qual ela foi consumida pelo calor dele. Pela felicidade de vê-lo. Não importava que fosse tarde e estivesse escuro e ele não parecesse nem de perto tão feliz por vê-la.

"Por que você está perambulando na escuridão, na calada da noite, no meio do nada?"

Ele evitou sua pergunta, sim, mas Penélope não se importava.

"Não é o meio do nada. Estamos a menos de um quilômetro das nossas casas."

"Você poderia ter sido atacada por um assaltante, ou um raptor, ou..."

"Um pirata, ou um urso... Já pensei em todas as alternativas."

O Michael que ela conheceu um dia teria sorrido. Esse não sorriu.

"Não há ursos em Surrey."

"Piratas também seriam uma surpresa, não acha?"

Nenhuma resposta. Ela tentou despertar o velho Michael. Atraí-lo...

"Eu preferiria um velho amigo a um pirata ou um urso em qualquer momento, Michael."

A neve remexeu sob os pés dele e quando ele falou, seu tom de voz foi áspero:

"Bourne."

"O que?"

"Me chame de Bourne."

Ela foi tomada por choque e constrangimento. Ele era um marquês, é verdade, mas ela jamais imaginaria que ele seria tão firme em relação ao próprio título... eles eram amigos de infância, afinal. Ela limpou a garganta.

"É claro, Lorde Bourne."

"Não o título, apenas o nome. Bourne."

Ela engoliu a própria confusão.

"Bourne?"

Ele assentiu levemente com a cabeça, de modo quase imperceptível.

"Vou perguntar mais uma vez. Por que você está aqui?"

Ela não pensou em ignorar a pergunta.

"Vi sua lanterna e vim investigar."

"Você veio, no meio da noite, investigar uma luz estranha entre às árvores de uma casa que está desabitada há dezesseis anos."

"Só está desabitada há nove anos."

Ele fez uma pausa.

"Não me lembro de você ser tão irritante."

"Então não se lembra muito bem de mim. Eu era uma criança irritante."

"Não era, não. Você era muito séria."

Ela sorriu.

"Então você se lembra... Você estava sempre tentando me fazer rir. Estou simplesmente devolvendo o favor. Está funcionando?"

"Não."

Ela levantou a lanterna para o alto, e ele lhe permitiu tirá-lo das sombras, lançando uma luz quente e dourada sobre seu rosto. O tempo havia feito maravilhosamente bem a ele, deixando-o com braços e pernas longos e um rosto anguloso. Penélope sempre imaginou que ele ficaria bonito, mas ele estava mais do que bonito agora... Ele estava lindo. A não ser pela sombra que permanecia apesar do brilho da lanterna – algo perigoso no formato de seu maxilar, na tensão de sua testa, nos olhos que pareciam ter esquecido a alegria, nos lábios que aparentavam ter perdido a capacidade de sorrir. Ele tinha uma covinha quando criança, que se exibia frequentemente e era quase sempre precursora de uma aventura. Ela procurou na bochecha esquerda a reentrância reveladora. Não a encontrou. De fato, por mais que Penélope procurasse naquele rosto novo e duro, não parecia encontrar o garoto que um dia havia conhecido. Não fossem os olhos, ela não acreditaria que se tratava dele.

"Que triste", ela sussurrou para si mesma.

Ele escutou.

"O quê?"

Ela sacudiu a cabeça, olhando-o nos olhos, a única coisa familiar nele.

"Ele se foi..."

"Quem?"

"Meu amigo."

Ela não achava que fosse possível, mas a expressão dele endureceu ainda mais, tornando-se mais rígida e mais perigosa nas sombras. Por um instante, ela pensou que talvez tivesse ido longe demais. Ele permaneceu imóvel, observando-a com aquele olhar sombrio que parecia ver tudo. Todos seus instintos lhe diziam para ir embora rapidamente e não voltar nunca mais. Ainda assim, ela permaneceu.

"Por quanto tempo ficará em Surrey?"

Ele não respondeu. Ela deu um passo na direção dele, sabendo que não deveria.

"Não há nada dentro da casa."

Ele a ignorou e ela continuou.

"Onde você está dormindo?"

Uma sobrancelha negra maliciosa se ergueu.

"Por quê? Está me convidando para a sua cama?"

As palavras a feriram com a grosseria deixando Penélope tensa, como se tivesse recebido uma agressão física. Ela esperou por um instante, certa de que ele se desculparia. Silêncio.

"Você mudou..."

"Talvez você devesse se lembrar disso da próxima vez que decidir sair para uma aventura no meio da noite."

Ele não era nada parecido com o Michael que ela conhecia. Penélope deu meia-volta, seguindo para a escuridão, em direção ao local onde ficava o Solar Needham. Tinha andado apenas alguns metros quando se virou novamente para encará-lo. Ele não havia saído do lugar.

"Eu tinha ficado realmente feliz em vê-lo." Ela se virou e seguiu em frente, de volta para casa, sentindo o frio penetrar fundo em seus ossos, antes de se virar, sem conseguir resistir a uma farpa final. Algo para feri-lo como ele a havia ferido. "E Michael?"

Ela não conseguia ver seus olhos, mas sabia que inegavelmente ele a estava observando. Ouvindo...

"Você está nas *minhas* terras."

Ela se arrependeu das palavras no instante em que as pronunciou, produto de frustração e irritação, permeadas por uma dose de provocação

mais adequada a uma criança maldosa do que a uma mulher de 28 anos de idade. Arrependeu-se delas ainda mais quando ele disparou em sua direção, como um lobo da noite.

"*Suas* terras?"

As palavras saíram sombrias e ameaçadoras. Ela recuou instantaneamente. "S-sim."

Ela jamais deveria ter saído de casa.

"Você e seu pai pensam em conseguir um marido para você com as minhas terras?"

Ele sabia. Ela ignorou a pontada de tristeza que veio com a percepção de que ele estava ali por Falconwell. *E não por ela.* Ele continuou se aproximando, mais e mais perto, e Penélope ficou com a respiração presa na garganta enquanto se afastava, tentando manter o ritmo com os passos largos dele. Sem conseguir, sacudiu a cabeça. Ela devia negar as palavras, devia apressar-se a reconfortá-lo e tranquilizar aquela imensa fera que a perseguia pela neve. Mas não negou... Ela estava com muita raiva.

"Não são suas. Você as perdeu e eu já consegui um marido." Ele não precisava saber que ela não havia aceitado o pedido de casamento.

Ele fez uma pausa.

"Você está casada?"

Ela sacudiu a cabeça, afastando-se rapidamente, aproveitando a oportunidade para aumentar a distância entre eles, enquanto lançava suas palavras a ele.

"Não, mas estarei... muito em breve. E nós viveremos muito felizes aqui, em *nossas* terras."

Qual era o problema com ela? As palavras foram ditas, rápidas e impetuosas, e não podiam ser retiradas. Ele avançou novamente, dessa vez, totalmente focado.

"Todos os homens de Londres querem Falconwell, se não pelas terras, para se exibirem para mim."

Se ela se movesse mais depressa, cairia na neve, mas valia a tentativa, porque sentia-se subitamente muito nervosa sobre o que aconteceria caso ele a apanhasse. Ela tropeçou numa raiz de árvore escondida, caindo de costas com um gritinho, e ela abriu os braços completamente, derrubando a lanterna, em uma atrapalhada tentativa de se reequilibrar. Ele chegou antes dela à lanterna, com as mãos grandes e fortes segurando seus braços, pegando-a, levantando-a, pressionando suas costas contra um grande carvalho e, antes que ela conseguisse ficar em pé novamente para fugir, prendendo-a entre o tronco e seus braços.

O garoto de que ela se lembrava não existia mais e não era possível brincar com o homem que tinha assumido seu lugar. Ele estava muito perto. Perto demais, inclinando-se para frente, baixando o tom de voz a um sussurro, o sopro de suas palavras contra o arco do rosto de Penélope aumentando o nervosismo dela. Ela não respirava, focada demais no calor dele, no que ele diria a seguir.

"Eles se casarão inclusive com uma solteirona velha para consegui-las."

Ela o odiou naquele momento. Odiou as palavras, a forma como ele as pronunciou com tamanha crueldade. Lágrimas ameaçaram encher seus olhos. Não! *Não!* Ela *não* ia chorar! Não por aquele bruto que não tinha nada a ver com o menino que ela conheceu um dia. O menino que ela sonhou que um dia iria voltar. Não daquela maneira.

Ela lançou-se contra ele mais uma vez, agora irritada, desesperada por se libertar. Ele era muito mais forte do que ela e recusava-se a soltá-la, pressionando-a contra o carvalho, inclinando-se para frente até estar perto – perto demais. Ela foi tomada pelo medo, seguido da rápida e abençoada raiva.

"Solte-me."

Ele não se moveu. Na verdade, por um longo momento, Penélope pensou que ele não a havia escutado.

"Não."

A recusa foi sem qualquer emoção. Ela se debateu novamente, chutando, batendo com uma bota na canela dele, com força suficiente para arrancar um resmungo bastante satisfatório.

"Diabos!", ela gritou, sabendo que damas não praguejavam, e que ela provavelmente passaria uma eternidade no purgatório pela transgressão, mas sem saber de que outra forma poderia se comunicar com aquele estranho embrutecido. "O que vai fazer? Vai me deixar aqui na neve para morrer de frio?"

"Não." A resposta foi dita em tom baixo e sombrio no ouvido dela, enquanto ele a segurava com facilidade.

Ela não desistiu.

"Vai me raptar, então? Pedir Falconwell como resgate?"

"Não, embora essa não seja uma ideia tão terrível." Ele estava tão perto, que ela conseguia sentir seu cheiro, bergamota e cedro, e Penélope fez uma pausa diante da sensação do hálito dele roçando a pele de seu rosto. "Mas tenho algo muito pior em mente."

Ela paralisou. *Ele não iria matá-la.* Afinal, os dois haviam sido amigos um dia, muito tempo atrás, antes dele se tornar tão bonito como o diabo e duas vezes mais frio. Não... Ele não iria matá-la. *Iria?*

"O... o quê?"

Ele deslizou a ponta de um dedo pela longa coluna do pescoço dela, deixando um rastro de fogo em seu caminho. A respiração de Penélope prendeu na garganta com aquele toque... um calor malicioso e uma sensação quase insuportável.

"Você tem as minhas terras, Penélope", ele sussurrou em seu ouvido, com a voz baixa, clara e completamente perturbadora, ao mesmo tempo em que a fazia sentir espirais de ansiedade, "e eu as quero de volta."

Ela não devia ter saído de casa naquela noite. *Se sobrevivesse àquilo, jamais deixaria a casa novamente.* Ela sacudiu a cabeça, com os olhos fechados enquanto ele provocava o caos em seus sentidos.

"Não posso dá-las a você."

Ele passou a mão pelo braço dela em uma longa e deliciosa carícia, segurando-lhe o pulso em sua garra firme e quente.

"Não, mas eu posso pegá-las."

Ela arregalou os olhos, pretos na escuridão.

"O que isso quer dizer?"

"Quer dizer, minha querida" – a ternura era irônica – "que iremos nos casar."

Ela foi dominada pelo choque quando ele a levantou, atirou-a sobre o ombro e seguiu para o meio das árvores, na direção do Solar Falconwell.

Caro M,
Não posso acreditar que não tenha me contado que foi nomeado presidente da turma e que eu tenha ficado sabendo disso por sua mãe (que está de fato muito orgulhosa). Estou chocada e estarrecida que não tenha dividido isso comigo... e nem um pouco impressionada que tenha conseguido não contar vantagem a respeito.
Deve haver muitas coisas que não tenha me contado sobre a escola. Estou esperando.

Sempre paciente, P
Solar Needham, fevereiro de 1814

Cara P,
Infelizmente, creio que ser presidente da turma não seja um grande título quando se está no primeiro ano. Ainda estou sujeito aos caprichos dos garotos mais velhos quando não estamos em aula. Não tema – quando for nomeado presidente da turma no ano que vem, irei contar vantagem desavergonhadamente.
Há, sim, muitas coisas a contar... mas não para garotas.

M
Eton College, fevereiro de 1814

Bourne tinha imaginado meia dúzia de cenários que terminavam com ele atraindo Penélope para longe do pai e da família e se casando com ela para recuperar suas terras. Havia pensado em sedução, coerção e até mesmo – em um caso extremo – em rapto. Mas nenhum desses cenários envolvia uma mulher com uma queda por perigo e pouquíssimo bom senso coberta de neve, aproximando-se dele no frio intenso de uma madrugada de meio de janeiro em Surrey. Ela lhe havia economizado bastante trabalho. Evidentemente que seria errado dele olhar os dentes daquele cavalo dado. Então, ele a levou.

"Seu bruto!"

Ele se encolheu enquanto ela dava socos em seus ombros, com as pernas agitando-se no ar, a posição desajeitada sendo a única coisa que o impedia de perder partes importantes de sua anatomia para um único chute bem colocado.

"Ponha-me no chão!"

Ele a ignorou, segurando suas pernas com um dos braços, virando-a para cima até ela gritar e agarrar a parte de trás do casaco dele, em busca de equilíbrio, e se ajeitando novamente em seu ombro, sentindo algum prazer ao ouvir um resmungado "Uf!", quando o ombro dele encontrou a maciez de sua barriga. Parecia que a dama não estava contente com os rumos de sua noite.

"Você tem algum problema de audição?", ela disse suavemente, ou o mais suave do que alguém conseguia parecer, atirada por cima do ombro de um homem.

Ele não respondeu. Não precisava... Ela estava preenchendo o silêncio muito bem com seus resmungos.

"Eu jamais deveria ter saído de casa... Deus sabe que se eu soubesse que você estaria aqui, teria trancado as portas e janelas e mandado chamar a polícia... E pensar... Que eu havia ficado realmente *feliz* em vê-lo!"

Ela havia ficado feliz em vê-lo, dando um sorriso como um raio de sol e com uma empolgação palpável. Ele impediu a si mesmo de pensar sobre a última vez que alguém havia ficado tão feliz em vê-lo. *De questionar-se se alguém, algum dia, havia ficado tão feliz em vê-lo.* Alguém que não fosse Penélope. Ele tinha removido a felicidade dela com frieza, eficiência e habilidade, esperando que ela ficasse intimidada ou enfraquecida com isso. E ela falou, de forma suave e simples, aquelas palavras ecoando através do lago, pontuadas pela neve que caía, o sangue correndo nos ouvidos dele ouvidos, e a cortante constatação da verdade:

Você está nas minhas terras. Não são suas. Você as perdeu. Não havia nenhuma fraqueza naquela mulher. Ela era forte como aço. Com um punhado de palavras, ela o havia lembrado de que ela era o último elemento entre ele e a única coisa que ele havia desejado durante toda sua vida adulta. Da única coisa que lhe servia como objetivo: Falconwell. As terras de onde ele vinha, e seu pai antes dele, e o pai de seu pai, por muitas gerações para contar. As terras que ele perdeu e prometeu recuperar, a qualquer custo.

Mesmo com um casamento.

"Você não pode simplesmente me carregar como... como... uma ovelha!"

Ele parou de caminhar por uma fração de segundo.

"Uma ovelha?"

Ela fez uma pausa, evidentemente repensando a comparação.

"Fazendeiros não carregam ovelhas sobre os ombros?"

"Jamais vi algo parecido, mas você morou no campo mais tempo do que eu, então... se diz que eu a estou tratando como uma ovelha, que seja."

"É evidente que você não se importa que eu me sinta maltratada."

"Se serve de consolo, não planejo tosquiar você."

"Não serve de consolo algum, na verdade", ela disse sarcasticamente. "Vou lhe dizer mais uma vez! Ponha-me. No. Chão!" Ela se remexeu outra vez, quase se soltando das garras dele, chegando um dos pés perigosamente perto de atingir-lhe uma porção valiosa da anatomia.

Ele resmungou e a apertou mais.

"Pare com isso." Ele levantou uma das mãos e lhe deu um tapa, firme, no traseiro.

Ela ficou retesada com o gesto.

"Você não... Eu não... Você bateu em mim!"

Ele abriu a porta dos fundos da cozinha de Falconwell e a levou para dentro. Depositando a lanterna sobre uma mesa próxima, ele largou Penélope no centro do ambiente escuro.

"Você está usando meia dúzia de camadas de roupas e uma capa de inverno. Estou surpreso que sequer tenha sentido alguma coisa."

Os olhos de Penélope se encheram de fúria.

"Ainda assim, um cavalheiro jamais sonharia em... em..."

Ele a observou ter dificuldades para encontrar a palavra, e aproveitando seu desconforto, enfim sugeriu:

"Creio que a expressão por que esteja procurando seja 'dar palmadas'."

Ela arregalou os olhos diante da palavra.

"Sim. Isso. Cavalheiros não..."

"Primeiro, pensei que já houvéssemos estabelecido que eu não sou um cavalheiro. E sou assim há muito tempo. E segundo, você ficaria surpresa com o que cavalheiros fazem... e o que as damas apreciam."

"Não esta dama. Você me deve um pedido de desculpas."

"Sugiro que espere sentada." Ele ouviu um pequeno arfar de indignação

ao percorrer a cozinha até o local onde havia deixado uma garrafa de uísque no começo da noite. "Deseja uma bebida?"

"Não, obrigada."

"Tão educada."

"Um de nós deve ser, não acha?"

Ele se virou para encará-la, meio divertido, meio surpreso com sua língua ferina. Ela não era alta, mal chegava ao ombro dele, mas, naquele momento, parecia uma amazona. O capuz da capa havia caído, e seus cabelos estavam desalinhados, caindo sobre os ombros, loiro-claro cintilando à luz fraca. Ela estava com o queixo empinado, em um sinal universal de desafio, os ombros estavam retesados e retos, e o peito subia e descia com raiva, inchando sob a capa. Ela parecia estar disposta a provocar muitos danos físicos a ele.

"Isso é rapto."

Ele tomou um longo gole da garrafa, apreciando o olhar de choque dela diante daquele comportamento, enquanto passava as costas da mão sobre os lábios e a encarava. Permaneceu quieto, gostando da forma como seu silêncio a deixava tensa. Depois de um longo momento, ela anunciou:

"Você não pode me raptar!"

"Como eu disse lá fora, não tenho intenção de raptá-la." Ele se inclinou até seu rosto estar frente a frente com o dela. "Eu pretendo me casar com você, querida."

Ela o encarou durante um longo momento.

"Vou embora."

"Não vai não."

"Não estou amarrada. Poderia ir embora se tentasse."

"Amarras são para amadores." Ele se recostou no aparador. "Eu a encorajo a tentar."

Ela lançou um olhar de incerteza para ele antes de encolher um ombro e seguir para a porta. Ele bloqueou sua saída e ela parou.

"Entendo que esteja fora da sociedade há algum tempo, mas você não pode simplesmente raptar seus vizinhos."

"Como já disse, isto não é um rapto."

"Bem, o que quer que seja", ela disse com irritação, "não se faz."

"Imaginei que você já teria percebido a essa altura que me importo muito pouco com o que se faz."

Ela pensou nas palavras dele por um instante.

"Pois deveria."

Havia uma familiaridade indistinta na forma como ela se postava, completamente ereta, instruindo-o quanto ao comportamento adequado.

"Aí está ela."

"Quem?"

"A Penélope da minha infância, tão preocupada com a decência. Você não mudou nada."

Ela ergueu o queixo.

"Isso não é verdade."

"Não?"

"De forma alguma. Estou muito mudada. Totalmente diferente."

"Como?"

"Eu...", ela começou, então parou, e ele imaginou o que estava prestes a dizer. "Apenas estou. Agora deixe-me ir." Ela se moveu para passar por ele. Como ele não se mexeu, ela parou, sem querer tocá-lo.

Uma pena... A lembrança do calor da mão enluvada no rosto frio dele lhe veio à mente. Ao que tudo indicava, seu comportamento lá fora havia sido uma reação de surpresa. *E de prazer.* Ele imaginou o que mais ela poderia fazer instintivamente em resposta ao prazer. Uma imagem lhe surgiu – cabelos loiros espalhados sobre lençóis de seda escuros, olhos azul-claros acesos de surpresa, enquanto ele proporcionava à formal e decente Penélope uma prova de prazer sombrio e intoxicante. Ele quase a tinha beijado na escuridão. Havia começado como uma forma de intimidá-la, para dar início ao sistemático comprometimento da quieta e modesta Penélope Marbury. Mas não podia negar que, com os dois ali parados em sua cozinha deserta, ele se perguntou qual seria o sabor dela. Qual seria a sensação da respiração dela sobre a pele dele. Qual seria a sensação do corpo dela contra o seu. Ao redor dele...

"Isso é uma tolice."

As palavras o trouxeram de volta ao presente.

"Tem certeza de que não quer uma bebida?"

Penélope arregalou os olhos.

"Eu... não!"

Era tão fácil frustrá-la. Sempre foi.

"Ainda é educado oferecer bebidas a convidados, não é?"

"Não *uísque*! E certamente *não* direto da garrafa!"

"Suponho que tenha feito confusão, então. Talvez você possa me lembrar do que eu *deveria* oferecer a meus convidados em uma situação semelhante."

Ela abriu a boca e a fechou em seguida.

"Não sei, considerando que não tenho o hábito de ser raptada no meio da noite e levada para casas de campo vazias." Ela apertou os lábios em uma linha reta irritada. "Eu gostaria de voltar para casa. Para a cama."

"Isso pode ser resolvido sem que você precise voltar para casa, sabe."

Ela fez um barulhinho de frustração.

"Michael..."

Ele odiava o nome nos lábios dela.
Não, não odiava.
"Bourne."
Ela o encarou.
"Bourne... você já marcou sua posição."
Ele continuou em silêncio, curioso, e ela prosseguiu:
"Compreendo que tenha sido uma decisão ruim sair perambulando no bosque no meio da noite. Entendo agora que poderia ter sido atacada. Ou raptada. Ou pior, e estou preparada para admitir que você me ensinou uma lição necessária."
"Que gracioso da sua parte."
Ela seguiu em frente, como se ele não tivesse falado, tentando contorná-lo. Ele se mexeu para bloquear sua saída. Penélope parou e o encarou, os olhos azuis faiscando com o que ele imaginou se tratar de frustração.
"*Também* estou preparada para ignorar o fato de que você cometeu uma gafe séria de etiqueta ao me transportar, fisicamente, de um local público para outro absolutamente inadequado... totalmente privado."
"E não se esqueça de que também lhe dei uma palmada."
"Isso também. Absoluta... completamente... *mais* do que inadequado."
"Adequação não parece tê-la levado muito longe."
Ela paralisou, e ele soube imediatamente que havia tocado em um ponto delicado. Alguma coisa desagradável queimou dentro dele. Ele resistiu. Podia estar planejando casar-se com ela, mas não estava planejando se importar com ela.
"Infelizmente, tenho planos para você, Penélope, e você não vai a lugar algum esta noite." Ele estendeu a garrafa de uísque para ela e disse, seriamente: "Tome um gole. Vai acalmá-la até amanhã".
"O que acontecerá amanhã?"
"Amanhã, nós nos casamos."

Capítulo Quatro

Penélope estendeu o braço e pegou o uísque, arrancando-o da mão de Michael e pensando, por um instante, em beber muito, pois certamente não havia momento melhor do que aquele para começar uma "vida de bebedeira".
"Eu não me casarei com você!"
"Lamento, mas creio que já seja fato consumado."
A indignação ferveu.

"Certamente *não* é fato consumado!" Ela levou a garrafa ao peito e começou a empurrá-lo tentando chegar até a porta. Como ele não se mexeu, ela parou, a um milímetro de distância, roçando a capa nele. Ela o encarou diretamente nos olhos castanhos sérios, recusando-se a ceder a seu desejo ridículo. "Afaste-se, Lorde Bourne. Vou voltar para casa. Você é um louco."

Uma irritante sobrancelha escura se levantou.

"Que tom", ele ironizou. "Creio que não esteja com vontade de me mexer. Terá de encontrar outro caminho."

"Não me faça fazer algo de que eu possa me arrepender."

"Por que se arrepender?" Ele levantou a mão, e um único dedo quente ergueu o queixo dela. "Pobre Penélope", ele disse, "com tanto medo de correr riscos."

Pobre Penélope. O olhar dela se estreitou, odiando o que ele acabava de dizer.

"Não tenho medo de correr riscos. Nem tenho medo de você."

Uma sobrancelha escura arqueou-se.

"Não?"

"Não."

Ele se inclinou para frente, para mais perto. Perto demais... Perto o bastante para envolvê-la no perfume de bergamota e cedro. Perto o bastante para ela perceber que os olhos dele haviam ficado com um encantador tom de marrom.

"Prove."

A voz dele era baixa e rouca, provocando um arrepio na espinha de Penélope. Ele chegou mais perto ainda, o bastante para tocá-la e o calor do corpo aquecê-la no ambiente gelado –, e os dedos de sua mão deslizaram no ar até sua nuca, mantendo-a imóvel, enquanto pairava acima dela, ameaçador. Promissor... Como se a desejasse. Como se tivesse ido buscá-la. O que, claro, não era o caso. Se não fosse por Falconwell, ele não estaria ali e era melhor que ela se lembrasse disso. Ele não a queria mais do que os outros homens de sua vida. Ele era exatamente como todos os outros. *E isso não era justo.* Mas Penélope não permitiria que ele lhe tirasse a única escolha que tinha. Levantou as mãos, agarrando firmemente a garrafa de uísque com a esquerda, e o empurrou com toda a força – não o suficiente para mover um homem do tamanho dele, mas ela contava com o elemento surpresa a seu favor.

Ele cambaleou para trás, e ela se apressou a passar por ele, quase chegando até a porta da cozinha antes de ele se reequilibrar e vir atrás dela, segurando-a com um: "Ah, não, senhora!", girando-a de frente para ele. A frustração tomou conta dela.

"Solte-me!"

"Não posso", ele disse apenas. "Eu preciso de você."

"Por Falconwell." Ele não respondeu. Não precisava. Penélope respirou fundo. *Ele a estava comprometendo.* Como se eles estivessem na Idade das Trevas e ela não fosse nada além de um bem. *Como se não valesse nada além das terras vinculadas à sua mão em casamento.*

Penélope fez uma pausa diante desse pensamento e foi dominada pela decepção. Ele era pior do que os outros.

"Bem, que pena para você", ela disse, "uma vez que minha mão já foi *prometida a outro.*"

"Não depois desta noite", ele disse. "Ninguém irá se casar com você depois de ter passado a noite sozinha comigo."

Aquelas eram palavras que deveriam estar carregadas de ameaça. Ou perigo... Em vez disso, foram pronunciadas como um simples fato. Ele era o pior tipo de imoral e a reputação dela estaria destruída no dia seguinte. Ele tinha tirado a escolha dela, assim como seu pai havia feito mais cedo, naquela mesma noite. E o duque de Leighton, todos aqueles anos antes. Ela estava encurralada por um homem uma vez mais.

"Você o ama?"

A pergunta interrompeu sua fúria crescente.

"Perdão?"

"Seu noivo... Você está muito apaixonada por ele?"

As palavras estavam sendo pronunciadas ironicamente, como se amor e Penélope fossem uma combinação ridícula.

"Você está exultante de felicidade?"

"Isso tem importância?"

Ela o surpreendeu. Penélope pôde ver em seus olhos, antes que ele cruzasse os braços e erguesse uma sobrancelha.

"Nem um pouco."

Uma rajada de vento gelado atravessou a cozinha, e Penélope apertou a capa ao seu redor. Michael percebeu e resmungou baixinho – Penny imaginou que as palavras que ele usou não eram educadas. Ele cuidadosamente retirou o sobretudo, depois o paletó, dobrando-os e os colocando na beirada da longa pia, antes de olhar para a grande mesa de carvalho localizada no centro do ambiente. A mesa estava sem uma das pernas e tinha um machado enterrado no tampo marcado. Ela deveria ter se surpreendido com a peça de mobília mutilada, mas havia muito pouca coisa normal naquela noite. E antes que pudesse pensar no que dizer, ele agarrou o machado e se virou na direção dela, com o rosto transformado em um amontoado de ângulos, à luz do lampião.

"Afaste-se."

Aquele era um homem que esperava ser atendido e ele não aguardou para ver se ela obedecia sua orientação antes de levantar o machado bem acima da cabeça. Ela se encostou, tão surpresa, no canto do ambiente escuro, que não conseguiu deixar de observá-lo, enquanto ele atacava a mesa com fúria. *Ele tinha um corpo muito bonito.* Como uma gloriosa estátua romana, ela podia ver todos os músculos fortes delineados pelo impecável tecido da camisa quando ele levantou a ferramenta acima da cabeça. As mãos deslizando resolutamente ao longo do cabo, os dedos agarrando-o com força enquanto ele baixava a lâmina de aço sobre a velha peça de carvalho com um golpe poderoso, fazendo um estilhaço de madeira sair voando pela cozinha e parar em cima do fogão sem uso havia tanto tempo.

Ele estendeu a mão de dedos longilíneos sobre a mesa, agarrando o machado mais uma vez, arrancando a lâmina da madeira. Virou a cabeça ao recuar, certificando-se de que ela estava fora do caminho de quaisquer projéteis potenciais – um movimento que ela não pôde deixar de considerar reconfortante –, antes de confrontar o móvel e dar o golpe seguinte com um arremesso poderoso. A lâmina atingiu o carvalho, mas a mesa se manteve firme. Ele sacudiu a cabeça e arrancou o machado uma vez mais, dessa, porém, mirando uma das pernas restantes da mesa.

Bam! Os olhos de Penélope arregalaram-se quando a luz da lanterna iluminou a forma como as calças de lã apertaram as coxas dele. Ela não deveria notar… não deveria prestar atenção a tão evidente… masculinidade. Mas ela nunca tinha visto pernas como as dele. *Bam!* Nunca imaginou que elas poderiam ser tão… irresistíveis. *Bam!* Não podia evitar. *Bam!* O golpe final acabou com a madeira despedaçando, a perna torcendo sob a força do imenso tampo entortado, com uma das pontas caindo ao chão, enquanto Michael atirava o machado de lado para agarrar a perna com as mãos nuas e arrancá-la do lugar. Ele se virou novamente para Penélope, batendo com uma das pontas da perna da mesa na palma da mão esquerda.

"Sucesso", anunciou.

Como se ela estivesse esperando qualquer coisa menos do que aquilo. Como se ele tivesse *aceitado* qualquer coisa menos do que aquilo.

"Muito bem", ela disse, na falta de algo melhor.

Ele levantou a madeira sobre o ombro largo.

"Você não aproveitou a oportunidade para escapar."

Ela congelou.

"Não. Não aproveitei." Embora não soubesse dizer por quê.

Ele caminhou para colocar o pé da mesa dentro da pia e cuidadosamente pegou o paletó, sacudiu quaisquer possíveis amarrotados e o vestiu. Ela observou enquanto ele vestia os ombros com as roupas excepcionalmente bem-feitas, realçando as formas perfeitas – formas que ela não mais dava como certas, agora que tinha visto pistas do Homem Vitruviano por baixo do tecido. *Não*. Ela sacudiu a cabeça. Não pensaria nele como um Leonardo. Ele já era um personagem intimidante demais. Sacudiu a cabeça.

"Não me casarei com você!"

Ele endireitou os punhos da camisa, abotoou o paletó cuidadosamente e espanou um pouco de umidade das mangas do casaco.

"Isso não está em discussão."

Ela tentou racionalizar.

"Você daria um péssimo marido."

"Nunca disse que seria um bom marido."

"Então me condenaria a uma vida de casamento infeliz?"

"Se for necessário... Embora sua infelicidade não seja meu alvo *direto*, se serve de consolo."

Ela piscou. Ele estava falando sério. Aquela conversa estava realmente acontecendo.

"E isso deveria fazer com que eu me rendesse à sua corte?"

Ele encolheu um ombro de modo despreocupado.

"Eu não me engano ao pensar que o objetivo do casamento seja a felicidade de uma ou de ambas as partes envolvidas. Meu plano é devolver as terras de Falconwell a seu solar e, infelizmente para você, isso exige nosso casamento. Não serei um bom marido, mas também não tenho o menor interesse em mantê-la sob meu comando."

Penélope ficou boquiaberta diante da sua sinceridade. Ele sequer fingiu gentileza, interesse, preocupação... Ela fechou a boca.

"Entendo."

Ele continuou.

"Você pode fazer ou ter o que quiser, quando quiser. Tenho dinheiro suficiente para você desperdiçar fazendo o que quer que as mulheres do seu tipo gostem de fazer."

"Mulheres do meu *tipo*?"

"Solteironas com sonhos de ter algo mais."

O ar saiu do ambiente com um sopro. Que descrição terrível, desagradável e completamente... adequada. *Uma solteirona com sonhos de ter algo mais*. Era como se ele estivesse em sua sala de estar mais cedo naquela noite, e visto o pedido de casamento de Tommy enchê-la de decepção. Com esperanças de algo mais. Algo diferente. Bem... aquilo certamente era diferente.

Ele estendeu o braço na direção dela, acariciando seu rosto com um dedo, e ela recuou do toque.

"Não."

"Você vai se casar comigo, Penélope."

Ela atirou a cabeça para trás, para longe do alcance dele, sem querer que ele a tocasse.

"Por que me casaria?"

"Porque, querida" – ele inclinou-se para frente, a voz soando como uma promessa sombria, enquanto ele percorria o pescoço e a pele acima do vestido com o dedo quente, aumentando seus batimentos cardíacos e deixando sua respiração muito rápida – "ninguém jamais acreditará que eu não a tenha comprometido totalmente."

Ele agarrou a borda do vestido e, com um puxão, rasgou-o em dois, junto com a camisa, deixando-a nua até a cintura. Ela engasgou, largando a garrafa para levantar o vestido até o peito, derramando uísque na frente da roupa até o chão.

"Seu... seu..."

"Não tenha pressa, querida", ele disse com a voz arrastada, dando um passo atrás para observar sua obra. "Posso esperar que encontre a palavra."

Ela apertou os olhos. Não precisava de uma palavra. Precisava de um chicote. Fez a única coisa que conseguiu pensar em fazer. Sua mão voou por conta própria, atingindo-o com um forte estalo! – um som que teria sido imensamente satisfatório se não a tivesse deixado sentindo-se tão completamente mortificada. Ele virou a cabeça para trás com o golpe, levando a mão de imediato até o rosto, onde uma mancha vermelha já estava começando a aparecer. Penélope voltou a andar para trás, a caminho da porta, com a voz trêmula.

"Eu jamais... jamais... irei me casar com alguém como você. Você se esqueceu de tudo o que foi? De tudo o que você poderia ter sido? Parece ter sido criado por *lobos*."

Então ela se virou e fez o que deveria ter feito no instante em que o viu dando a volta na casa. Ela correu. Abrindo a porta com força, mergulhou na neve à frente, seguindo cegamente na direção do Solar Needham, percorrendo apenas alguns metros antes dele segurá-la por trás com um braço de aço e levantá-la completamente do chão. Foi só então que gritou.

"Solte-me! Seu monstro! Socorro!"

Ela o chutou, atingindo diretamente a canela dele com o calcanhar da bota, e ele xingou furiosamente em seu ouvido.

"Pare de resistir, sua harpia."

Não naquela vida. Ela redobrou os esforços.

"Socorro! Alguém ajude!"

"Não há alma viva em mais de um quilômetro, e ninguém acordado além disso." As palavras a incitaram ainda mais, e ele grunhiu quando o cotovelo de Penélope o pegou no lado, assim que ambos retornaram para a cozinha.

"Ponha-me no chão!", ela gritou, o mais alto que conseguiu, diretamente no ouvido dele.

Ele virou a cabeça e continuou caminhando, pegando a lanterna e a perna que havia arrancado da mesa ao atravessar a cozinha.

"Não."

Ela se debateu mais, mas ele a segurava com muita força.

"Como pretende fazer isso?", ela perguntou. "Pretende violentar-me aqui, em sua casa vazia, e devolver-me ao meu pai com a reputação ligeiramente arruinada?"

Os dois seguiram por um longo corredor, com um lado coberto por ripas de madeira que marcavam o patamar de uma escada para criados. Ela estendeu o braço e agarrou uma das ripas com toda a força possível. Ele parou de caminhar, esperando que ela soltasse a madeira. Quando falou, havia imensa paciência em seu tom de voz.

"Eu não violento mulheres. Ao menos não sem elas me pedirem com *muita* gentileza."

A declaração a fez pensar. Claro que ele não a violentaria. Ele provavelmente não havia pensado nela, em nenhum momento, como algo mais do que a simples e correta Penélope, a única coisa entre ele e o retorno de seu direito de resgatar o que era dele. Ela não sabia ao certo se isso melhorava ou piorava a situação. Mas aquilo fez seu coração doer. Ele não se importava com ela. Não a desejava. Sequer pensava nela o bastante para fingir essas coisas. Para fingir interesse ou para *tentar* seduzi-la. Ele a estava usando por Falconwell. *E Tommy não estava?* Era claro que sim. Tommy a havia encarado profundamente, mas não tinha visto o azul de seus olhos, e sim o azul do céu de Surrey acima de Falconwell. Certamente, via a amiga, mas não era por isso que havia pedido sua mão em casamento. Pelo menos Michael estava sendo sincero.

"Esta é a melhor oferta que você irá receber, Penélope", ele disse baixinho, e ela ouviu a tensão em sua voz, a urgência.

A *verdade*.

Penélope soltou a parede.

"Você merece a reputação que tem, sabia?"

"Sim... Mereço. E esta não é nem de perto a pior coisa que fiz. Você precisa saber disso."

Aquelas palavras deviam ter sido arrogantes, ou pelo menos sem emoção. Mas não... Foram sinceras. E havia alguma coisa nelas, que apareceu e desapareceu, alguma coisa que ela não teve certeza de ter escutado. Alguma coisa que ela não se permitiria reconhecer. Mas ela soltou o corrimão, e ele a colocou no chão vários degraus acima dele. *Ela*

estava realmente levando aquilo em consideração. Como uma louca. Estava realmente imaginando como seria casar-se com aquele novo e estranho Michael. Só que ela não conseguia imaginar, ou sequer começar a conceber o que seria casar-se com um homem que baixava um machado sobre uma mesa de cozinha sem pensar duas vezes e carregava mulheres gritando para dentro de casas abandonadas. Que não seria um casamento normal da sociedade, isso era certo. Ela o encarou, diretamente, graças ao degrau no qual ele a havia depositado.

"Se eu me casar com você, estarei arruinada."

"O grande segredo da sociedade é que a ruína não é nem de perto tão ruim como fazem parecer. Você terá todas as liberdades que vêm com uma reputação arruinada. E elas são consideráveis."

Ele devia saber. Sacudiu a cabeça.

"Não se trata apenas de mim, minhas irmãs também ficarão arruinadas. Elas jamais encontrarão bons partidos se nos casarmos. Toda a sociedade irá pensar que elas são tão... facilmente escandalizadas... como eu fui."

"As suas irmãs não são problema meu."

"Mas são problema *meu*."

Ele levantou uma sobrancelha.

"Tem certeza de que está em condições de fazer exigências?"

Ela não estava. De modo algum. Mas seguiu em frente mesmo assim, endireitando os ombros.

"Você se esquece que nenhum vigário da Grã-Bretanha nos casará se eu me negar a isso."

"Você acha que eu não iria espalhar por toda Londres que a arruinei completamente esta noite, caso você fizesse isso?"

"Sei."

"Pois está errada. A história que eu inventaria faria a mais experiente das prostitutas corar."

Foi Penélope quem corou, mas ela se recusou a ficar intimidada. Respirou fundo e jogou sua carta mais alta.

"Não duvido disso, mas ao me arruinar, estaria também arruinando suas chances com Falconwell."

Ele paralisou. Penélope ficou com a respiração suspensa de excitação enquanto esperava pela resposta dele.

"Diga seu preço."

Ela venceu! Ela *venceu*! Ela queria comemorar o sucesso, a derrota que havia imposto àquela imensa e insensível fera, mas mantinha alguma noção de autopreservação.

"Esta noite não deve afetar as reputações das minhas irmãs."

Michael assentiu com a cabeça.

"Tem a minha palavra quanto a isso."

Ela apertou o tecido rasgado do vestido nos punhos cerrados.

"A palavra de um notório canalha?"

Ele subiu um degrau, aproximando-se, juntando-se a ela na escuridão. Ela se obrigou a permanecer imóvel quando ele falou, a voz ao mesmo tempo perigosa e promissora.

"Há honra entre ladrões, Penélope. Duas vezes mais para jogadores."

Ela engoliu em seco, com a proximidade oprimindo sua coragem.

"Eu... eu não sou nem uma coisa nem outra."

"Tolice", ele sussurrou, e ela imaginou ser capaz de sentir os lábios dele em sua têmpora. "Você parece ser uma jogadora nata. Apenas precisa de alguma instrução."

Sem dúvida ele poderia ensinar a ela mais do que ela jamais imaginou. Ela afastou o pensamento – e as imagens que o acompanharam – quando ele acrescentou:

"Então temos um acordo?"

O triunfo havia desaparecido, perseguido pela apreensão. Ela desejou que pudesse ver os olhos dele.

"Eu tenho escolha?"

"Não." Nenhuma emoção na palavra. Nenhum sinal de lamento ou culpa. Apenas a sinceridade fria.

Ele estendeu a mão a ela uma vez mais, e acenou com a larga palma aberta. *Hades, oferecendo sementes de romã.* Se ela aceitasse, tudo mudaria. Tudo ficaria diferente. Não haveria como voltar atrás, ainda que, em algum lugar de sua mente, ela soubesse que não tinha volta, de qualquer maneira.

Segurando o vestido, ela aceitou a mão dele. Ele a levou escada acima, com sua lanterna, o único refúgio da escuridão absoluta além deles, e Penélope não pôde deixar de se agarrar a ele. Desejou que tivesse a coragem de soltá-lo, de segui-lo por conta própria, mas havia alguma coisa no caminhar dele – algo misterioso e sombrio que não tinha nada a ver com a luz – que fazia com que ela não conseguisse se obrigar a soltá-lo. Ele se virou para trás ao pé da escada, os olhos à sombra da luz de vela.

"Ainda tem medo do escuro?"

A referência à infância dos dois a desconcertou.

"Era um *buraco de raposa*. Podia haver qualquer coisa lá embaixo."

Ele começou a subir os degraus.

"Por exemplo?"

"Uma raposa, talvez?"

"Não havia raposas naquele buraco."

Ele havia chegado antes. Aquele havia sido o único motivo pelo qual ela permitiu que ele a convencesse a entrar lá.

"Bem... alguma outra coisa, então. Um urso, talvez."

"Ou talvez você tivesse medo do escuro."

"Talvez... Mas não tenho mais."

"Não?"

"Eu estava do lado de fora, no escuro esta noite, não estava?"

Os dois viraram em um corredor comprido.

"Estava mesmo." Ele então soltou a mão dela, que não gostou da forma como sentiu falta do toque, enquanto ele girava a maçaneta de uma porta próxima e a abria com um longo e sinistro rangido. Ele falou baixo em seu ouvido. "Preciso dizer, Penélope, que embora seja desnecessário temer o escuro, tem razão de temer as coisas que crescem nele."

Penélope apertou os olhos na direção da escuridão, tentando desvendar o quarto além da porta, sentindo o nervosismo crescer dentro dela. Ficou parada na entrada, com a respiração rápida e curta. *Coisas que crescem no escuro... como ele...* Ele passou por ela lentamente, num movimento ao mesmo tempo como uma carícia e uma ameaça. E ele sussurrou:

"Você blefa muito mal." As palavras mal foram audíveis, e a sensação da respiração dele na pele dela neutralizou o insulto.

A luz da lanterna cintilou nas paredes do quarto pequeno e desconhecido, lançando um brilho dourado sobre o revestimento que um dia haviam sido elegantes, em um tom rosa encantador e agora estavam tristemente desbotados. O quarto tinha tamanho para que mal coubessem os dois, com uma lareira dominando uma das paredes, diante da qual duas janelinhas davam para as copas das árvores. Michael abaixou-se para fazer fogo, e Penélope foi até as janelas, observando um pedaço de luz do luar atravessar a paisagem nevada.

"Que quarto é este? Não me lembro dele."

"Você provavelmente nunca teve chance de conhecê-lo. Era o gabinete da minha mãe."

Penélope teve uma lembrança da marquesa, alta e linda, com um sorriso amplo e acolhedor e olhos gentis. Claro que aquele quarto, quieto e sereno, havia sido dela.

"Michael", Penélope virou-se de frente para ele, que estava agachado perto do chão, diante da lareira, montando um leito de palha e gravetos. "Eu nunca tive a chance de...", ela procurou pelas palavras corretas.

Ele a interrompeu antes que as encontrasse.

"Não é necessário. O que aconteceu, aconteceu."

A frieza no tom de voz dele parecia errada. Estranha.

"Ainda assim... eu escrevi. Não sei se você algum dia..."

"Possivelmente." Ele continuava meio dentro da lareira. Penélope ouviu o barulho do acendedor. "Muita gente escreveu."

As palavras não deveriam ter ferido, mas feriram. Ela havia ficado arrasada com a notícia das mortes do marquês e da marquesa de Bourne. Ao contrário de seus pais, que pareciam ter pouco mais do que uma civilidade tranquila entre eles, os pais de Michael pareciam gostar profundamente um do outro, do filho, de Penélope... Quando ficou sabendo sobre o acidente com a carruagem, ela ficou tomada de tristeza, pelo que havia sido perdido, pelo que poderia ter acontecido. Ela lhe havia escrito cartas, dúzias delas ao longo de vários anos, até seu pai se recusar a continuar postando-as. Depois disso, ela continuou escrevendo, esperando que ele, de alguma forma, soubesse que ela estava pensando nele. Que ele sempre teria amigos em Falconwell... em Surrey... não importando o quanto ele pudesse estar se sentindo sozinho. Ela imaginava que, um dia, ele voltaria para casa. Mas ele não voltou... Nunca... Por fim, Penélope parou de esperar por ele.

"Sinto muito."

A faísca reluziu e a palha pegou fogo. Ele se levantou, virando-se para encará-la.

"Você terá de ficar com a luz da lareira. Sua lanterna ficou na neve."

Ela engoliu em seco sua tristeza, assentindo com a cabeça.

"Ficarei bem."

"Não deixe este quarto. A casa está malconservada, e eu não me casei com você ainda."

Ele se virou e saiu do quarto.

Capítulo Cinco

Ela acordou à luz suave da lareira com o nariz insuportavelmente gelado e todo o restante incrivelmente quente. Desorientada, piscou diversas vezes, olhando para o entorno desconhecido, antes das brasas brilhando na lareira e das paredes rosa trazerem claridade. Estava deitada de costas no ninho de cobertores que havia arrumado antes de cair no sono, coberta com algo grande e quente que cheirava maravilhosamente. Afundou o nariz gelado no tecido e inspirou fundo, tentando identificar o perfume – uma mistura de bergamota e flor de tabaco.

Ela virou a cabeça. *Michael.* Primeiro o choque, então o pânico. *Michael estava dormindo ao lado dela.* Bem, não exatamente ao lado. Mais precisamente em frente a ela. Mas a *sensação* era de que estava todo ao seu redor. Ele estava virado de lado, com a cabeça sobre um braço dobrado e o outro atirado por cima dela, a mão agarrada firme à lateral do seu corpo. Ela inspirou abruptamente quando percebeu o quanto o braço dele estava perto de certas... partes dela... que não deveriam ser tocadas. Não que houvesse muitas partes dela livres a serem razoavelmente tocadas, mas não era esse o ponto. O braço dele não era o único problema. Ele estava bastante encostado nela, o peito, o braço, as pernas... e outras partes também. Ela não conseguia decidir se devia sentir-se horrorizada ou absolutamente emocionada. *As duas coisas?* Era melhor que ela não explorasse a questão com muitos detalhes. Virou-se para ele, tentando evitar movimentos ou sons desnecessários, e incapaz de ignorar a sensação do braço dele acariciando sua barriga em um ritmo constante, enquanto ela girava embaixo dele. Quando ficaram de frente, expirou longa e cuidadosamente e pensou nos próximos passos. Afinal, não era todos os dias que ela acordava nos braços de – bem, *embaixo* do braço de – um cavalheiro. Ele não era mais muito cavalheiro, era?

Acordado, ele era apenas ângulos fortes e tensão – os músculos de seu maxilar eram retesados como um arco, como se ele estivesse em um eterno estado de autocontrole. Mas, agora, dormindo, à luz da lareira, ele era...

Lindo. Os ângulos ainda estavam ali, definidos e perfeitos, como se um mestre escultor o tivesse criado – a curva do maxilar, o corte do queixo, o nariz comprido e reto, a curva perfeita das sobrancelhas, e aqueles cílios, idênticos aos de quando ele era menino, incrivelmente longos e fartos, uma carícia negra sobre o rosto dele. E os lábios... Naquele momento, não estavam apertados em uma linha firme e carrancuda, mas encantadores e cheios. Houve um tempo em que sorriam com muita facilidade, mas... haviam se tornado perigosos e tentadores de uma forma que nunca tinham sido quando ele era garoto. Ela percorreu o pico e os vales do lábio superior com o olhar, imaginando quantas mulheres o haviam beijado. Imaginando qual seria a sensação da sua boca – macia ou firme, leve ou sombria.

Ela expirou... A tentação deixando a respiração longa e profunda. *Queria tocá-lo.* Paralisou diante do pensamento, uma ideia tão estranha e ainda assim tão verdadeira. Ela *não deveria* querer tocá-lo. Ele era um monstro. Frio, grosseiro, egoísta e absolutamente sem nenhuma relação com o menino que ela conheceu um dia. Com o marido que ela havia imaginado. Seus pensamentos voltaram para mais cedo naquela noite, quando estava imaginando seu velho marido simples e entediante.

Não... Michael não era nada como aquele homem. *Talvez fosse por isso que desejasse tocá-lo.* Seu olhar pairou sobre sua boca. Talvez não ali, naqueles lábios tentadores e apavorantes... talvez ela desejasse tocar seus cabelos escuros e encaracolados como sempre foram, mas desprovidos da rebeldia juvenil. Os cachos estavam comportados agora, mesmo ao roçarem nas orelhas dele e lhe caírem sobre a testa, mesmo enquanto se recuperavam de um dia de viagem, neve e cobertos por um chapéu.

Eles sabiam que não deveriam se rebelar. Sim. Ela queria tocar os cabelos dele. *Os cabelos do homem com quem iria se casar.* A mão dela estava se mexendo por conta própria, a caminho dos cachos escuros.

"Michael", ela sussurrou, quando as pontas dos dedos tocaram as mechas sedosas, antes que ela pudesse pensar melhor na situação.

Ele abriu os olhos de repente, como se estivesse esperando que ela falasse, e mexeu-se como um relâmpago, segurando seu pulso com a mão forte, de aço. Ela arfou com o movimento.

"Perdão… eu não queria…", ela puxou a mão uma, duas vezes, e ele a soltou.

Ele voltou a pousar o braço onde ele estava bastante inapropriadamente atravessado em sua barriga, e o movimento a fez lembrar de todos os lugares em que os dois estavam se tocando – a perna dele distraidamente pressionada contra a sua, o olhar, um mosaico de cores que tão bem escondia seus pensamentos. Ela engoliu em seco, hesitou, e então disse a única coisa que conseguiu pensar em dizer:

"Você está na minha cama."

Ele não respondeu. Ela continuou.

"Não está…" Ela procurou a palavra.

"Feito?" O sono deixou a voz dele rouca e suave, e ela não conseguiu conter o arrepio de excitação que sentiu diante da palavra.

Ela assentiu uma vez com a cabeça. Ele deslizou o braço para longe dela, muito lentamente, e ela ignorou a pontada de pesar que sentiu à perda do peso sobre sua barriga.

"O que está fazendo aqui?"

"Eu estava *dormindo*."

"Quero dizer... por que está na minha cama?"

"Não é sua cama, Penélope. É minha."

O silêncio voltou, e Penélope sentiu um arrepio de nervosismo na espinha. Como ela responderia àquilo? Não parecia nem um pouco adequado discutir a cama dele em detalhes. Nem a dela, aliás.

Ele virou de costas, desdobrando o braço que tinha estado sob seu rosto e espreguiçando-se, longa e voluptuosamente, antes de se virar de costas para ela. Ela tentou dormir. De verdade, tentou. Respirou fundo, observando a forma como os ombros dele faziam uma curva, esticando o tecido da camisa. Ela estava em uma cama com um homem... Um homem que, embora fosse em breve se tornar seu marido, ainda não detinha o título. A situação deveria ser devastadoramente escandalosa. Perversamente excitante. E, no entanto…

não importava o que a mãe dela fosse pensar quando ficasse sabendo, a situação não parecia nem um pouco escandalosa. O que era um pouco decepcionante, na verdade. Parecia que mesmo quando estava frente a frente à perspectiva de aventura, ela não conseguia fazer do jeito certo.

Não importava o quanto fosse escandaloso seu futuro marido... ela não era o tipo de mulher que o compelia ao escândalo. Isso havia ficado claro. Mesmo naquele momento, com os dois a sós em um solar abandonado, ela não era o bastante para atrair a atenção de um cavalheiro. Ela expirou sonoramente, e ele virou a cabeça para ela, dando-lhe a visão de uma orelha desenhada à perfeição. Ela jamais havia reparado na orelha de ninguém antes.

"O que foi?", ele disse baixinho, com a voz áspera.

"*Foi?*", ela perguntou.

Ele voltou a se deitar de costas, puxando o cobertor e deixando um dos braços dela exposto ao ar frio do quarto. Quando ele respondeu, estava virado para o teto.

"Conheço o bastante sobre mulheres para saber que suspiros não são nunca apenas suspiros. Eles indicam uma de duas coisas. Esse suspiro em particular representa desprazer feminino."

"Não fico surpresa que você reconheça o som." Penélope não conseguiu resistir. "O que o outro indica?"

Ele a encarou fixamente com seus lindos olhos castanhos.

"Prazer feminino."

Penélope sentiu o rosto queimar e imaginou que ele também fosse reconhecer aquilo facilmente.

"Ah."

Ele voltou a atenção para o teto outra vez.

"Poderia me dizer o que foi, exatamente, que a deixou insatisfeita?"

Sacudiu a cabeça.

"Nada."

"Está desconfortável?"

"Não." Os cobertores embaixo dela lhe davam proteção suficiente contra o estrado de madeira.

"Está assustada?"

Ela pensou na pergunta.

"Não. Deveria estar?"

Ele olhou para ela.

"Eu não machuco mulheres."

"O seu limite é raptá-las e bater nelas?"

"Você está machucada?"

"Não."

Ele se virou mais uma vez, encerrando a conversa, e ela ficou olhando para as costas dele por um longo tempo antes de, quer por exaustão ou exasperação, disparar:

"É só que quando uma mulher é raptada e obrigada a concordar com um casamento, ela espera um pouco mais de... excitação. Do que... isto."

Ele se virou lentamente – irritado – para encará-la. O clima entre eles ficou tenso, e Penélope ficou consciente, de imediato, da posição dos dois, a poucos centímetros de distância um do outro, embaixo do mesmo cobertor – que vinha a ser o sobretudo dele, sobre um catre quente em um quarto pequeno, em uma casa vazia. E ela percebeu que talvez não devesse ter dado a entender que a noite não estava emocionante.

Porque não estava nem um pouco segura de estar preparada para que a noite se tornasse sequer um pouco mais emocionante.

"Eu não quis dizer...", ela se apressou a corrigir a si mesma.

"Ah, acho que você se saiu muito bem no que queria dizer." A voz dele estava baixa e sombria, e de repente ela não estava tão segura de não estar com medo. "Não sou excitante o bastante para você?"

"Não *você*...", ela respondeu rapidamente. "Toda a..." Ela agitou a mão, levantando o sobretudo quando achou melhor encerrar o assunto. "Não importa."

O olhar dele estava fixo nela, atento e impassível, e, embora ele não tivesse se mexido, parecia ter ficado maior, mais imponente. Como se tivesse sugado muito ar do quarto.

"Como posso tornar esta noite mais satisfatória para você, minha dama?"

A pergunta suave fez com que ela fosse tomada por uma explosão de sentimentos... a forma como a palavra – *satisfatória* – saiu lânguida de sua boca fez o coração dela disparar e o estômago apertar. Parecia que a noite estava ficando mais excitante muito depressa. E tudo estava indo rápido demais para o gosto de Penélope.

"Não há necessidade", ela disse, em um tom assustadoramente agudo. "Está ótimo."

"Ótimo?" A palavra saiu de modo preguiçoso dele.

"Muito emocionante." Ela assentiu com a cabeça, levando uma mão à boca para fingir um bocejo. "Tão emocionante, na realidade, que me encontro exausta além do suportável." Penélope fez menção de se virar de costas para ele. "Acho que eu devo desejar-lhe boa noite."

"Acho que não", ele disse, as palavras suaves soando altas como um tiro no minúsculo espaço entre eles.

E então ele a tocou... Agarrou seu pulso, fazendo-a virar-se de frente para ele, para encarar seu olhar resoluto.

"Eu detestaria que a noite a deixasse tão... frustrada."

Frustrada. A palavra a atingiu profundamente no estômago, e Penélope respirou fundo, tentando diminuir sua agitação. Não funcionou. Ele então prosseguiu, deslizando a mão do pulso, levando-a até seus quadris. Nesse instante, toda sua atenção estava focada naquele ponto, embaixo das saias, da anágua e da capa, onde tinha *certeza* de conseguir sentir o calor intenso da grande mão dele. Ele não fez nada para apertá-la, para trazê-la para mais perto, ou para movê-la de uma maneira ou outra. Ela sabia que podia se afastar... sabia que *devia* se afastar... e, no entanto... Não queria. Em vez disso, ficou ali parada, na iminência de algo novo, diferente e absolutamente *excitante.* Ela olhou nos olhos dele, escuros à luz da lareira, e implorou em silêncio que ele *fizesse alguma coisa.* Mas ele não fez. Em vez disso, disse:

"Jogue a sua carta, Penélope."

Ela ficou boquiaberta diante daquela declaração, com a forma como ele lhe deu poder sobre o momento, e Penélope então percebeu que foi a primeira vez em toda sua vida que um homem realmente lhe dava a oportunidade de fazer uma escolha por si mesma. Não era irônico que tivesse sido *aquele* homem? O mesmo homem que havia tirado toda escolha dela em um período de poucas horas. Mas agora, ali estava a liberdade sobre a qual ele havia falado. A aventura que ele havia prometido. O poder era intoxicante, irresistível e... *Perigoso.* Mas ela não se importava, porque foi aquele poder malicioso e maravilhoso que a impulsionou a falar.

"Beije-me."

Mas ele já estava se mexendo, os lábios capturando suas palavras.

Caro M,

Está uma tristeza absoluta aqui – quente como o inferno, mesmo no meio da noite. Tenho certeza de que sou a única acordada, mas quem consegue dormir no pior do verão em Surrey? Se estivesse aqui, estou certa de que estaríamos fazendo alguma travessura no lago.

Confesso que gostaria de dar uma caminhada... mas imagino que seja algo que jovens moças não devem fazer, não?

Carinhosamente, P
Solar Needham, julho de 1815

Cara P,

Tolice. Se eu estivesse aí, estaria fazendo alguma travessura. Você estaria enumerando todas as formas como poderíamos logo ser apanhados e repreendidos por nossas transgressões.

Não tenho absoluta certeza sobre o que jovens moças devem ou não fazer, mas seus segredos estão a salvo comigo, mesmo que sua tutora não aprove. Especialmente por isso.

M
Eton College, julho de 1815

É importante dizer que Penélope Marbury tinha um segredo. Não era um grande segredo, nada que fosse derrubar o Parlamento ou destronar o rei... nada que fosse destruir sua família ou qualquer outra... mas era um segredo pessoal bastante devastador – um segredo que ela se esforçava muito por esquecer sempre que possível.

Não deveria ser uma surpresa, uma vez que, até aquela noite, Penélope tinha levado uma vida-modelo – absolutamente decorosa. Sua infância de bom comportamento tornou-se uma vida adulta de excelente comportamento-modelo para as irmãs mais novas, no que dizia respeito exatamente à maneira como se esperava que jovens moças de boa criação se comportassem.

Assim, era uma verdade constrangedora o fato de que, apesar de ela ter sido cortejada por um punhado de rapazes e inclusive ficado *noiva* de um dos mais poderosos homens da Inglaterra, que parecia não ter problema algum em demonstrar sua paixão quando estava com ele, Penélope Marbury jamais havia sido beijada. Até então... Era realmente ridículo. Ela sabia disso. Era 1831, pelo amor de Deus. Jovens damas estavam umedecendo suas anáguas e revelando a pele, e ela sabia, por ter quatro irmãs, que não havia nada de errado com um casto roçar de lábios vez ou outra com um algum pretendente ávido. Só que nunca havia lhe acontecido antes, e aquilo não lhe parecia nem um pouco casto. Aquilo lhe parecia absolutamente malicioso e nem um pouco o tipo de beijo que uma moça recebia do futuro marido. Parecia algo que uma moça *nem sequer discutia* com o futuro marido. Michael recuou apenas um pouco, o suficiente para sussurrar contra seus lábios:

"Pare de pensar..."

Como ele sabia?

Não tinha importância. O que importava era que seria indelicado ignorar seu pedido. Assim, ela entregou-se àquilo, àquela estranha e nova sensação de ser beijada, os lábios dele de alguma forma ao mesmo tempo duros e macios, o som da respiração dele implacável em seu rosto. A ponta dos dedos dele acariciando delicadamente, suaves como um sussurro, ao longo do pescoço dela, entortando-lhe o queixo para ter melhor acesso à boca.

"Muito melhor..."

Ela arfou quando ele realinhou os lábios aos dela e a deixou sem fôlego

com uma única carícia: chocante... maliciosa... *maravilhosa*... Aquilo era a *língua* dele? Era... gloriosamente acariciando a fenda de seus lábios fechados, instando-os a se abrirem. Então pareceu que ele a estava consumindo, e ela mais do que disposta a permitir. Ele traçou um pequeno caminho de fogo pelo lábio inferior dela, e Penélope se perguntou se era possível alguém enlouquecer de prazer. Certamente que nem todos os homens beijavam assim... de outra forma, as mulheres não conseguiriam fazer nada. Ele recuou.

"Você está pensando de novo."

Ela estava. Estava pensando que ele era magnífico.

"Não consigo evitar." Ela sacudiu a cabeça, indo ao encontro dele.

"Então não estou fazendo isso corretamente."

Ah, Deus. Se ele a beijasse mais corretamente do que aquilo, sua sanidade estaria ameaçada.

Talvez já estivesse.

Ela verdadeira e sinceramente não se importava, desde que ele continuasse com aquilo.

As mãos dela se mexeram por conta própria, subindo, acariciando os cabelos dele, puxando-o para mais perto, até que os lábios dele estivessem sobre os dela de novo, e dessa vez... dessa vez ela se soltou. E retribuiu o beijo, deliciando-se com o som profundo e rouco que saía do fundo da garganta dele – o som que viajou direto ao âmago de Penélope e lhe disse sem palavras que, apesar de toda sua falta de experiência, ela havia feito alguma coisa certa. As mãos dele começaram então a subir... até ela pensar que poderia morrer se ele não a tocasse... lá, na curva do seio, deslizando com malícia para dentro do tecido que ele havia rasgado do vestido, para economizar o trabalho de seduzi-la. Não que parecesse como se ele fosse ter qualquer problema com isso. Ela deslizou a mão pelo braço dele até empurrar sua mão na direção dela com mais força, mais firmeza, suspirando o nome dele em sua boca. Ele se afastou com o som, atirando o sobretudo para trás, revelando-os para a luz minguante da lareira, empurrando o tecido para o lado, deixando-a nua diante dos seus olhos, retornando a mão ao corpo dela, acariciando, subindo até ela arquear em sua direção.

"Está gostando disso?" Ela ouviu a resposta naquela pergunta.

Ele sabia que ela nunca havia sentido nada tão poderoso na vida. Tão tentador.

"Não deveria..." A mão dela voltou à dele, segurando-a no lugar, no corpo dela.

"Mas está..." Ele deu um beijo na pele macia na base do pescoço dela, enquanto seus dedos experientes encontravam o lugar em que ela ansiava pelo toque. Ela arfou o nome dele. Ele raspou os dentes no lóbulo macio de uma de suas orelhas até ela estremecer em seus braços. "Fale comigo."

"É incrível", ela disse, sem querer arruinar o momento, sem querer que ele parasse.

"Continue falando", ele sussurrou, afastando o tecido enquanto pressionava o seio para cima, expondo um dos mamilos ao quarto frio.

Ele então a encarou, vendo o bico do mamilo endurecer com o ar, ou o olhar dele, ou ambas as coisas, e Penélope de repente sentiu uma vergonha terrível, odiando suas imperfeições, desejando estar em qualquer lugar que não ali, com ele, aquele exemplar perfeito de homem.

Ela se mexeu para pegar o sobretudo, com medo de que ele a visse. De que ele a julgasse. *De que ele mudasse de ideia.* Ele foi mais rápido, segurando os pulsos dela nas mãos, contendo seu movimento.

"Não", ele rosnou, falando alto. "Jamais se esconda de mim."

"Não posso evitar. Eu não quero... você não deveria olhar."

"Se acha que evitarei olhar para você, está louca." Então ele se virou, atirando o sobretudo para trás, para longe do alcance dela, trabalhando rapidamente no vestido destruído, afastando as bordas desfiadas.

Ele a encarou, por um longo momento, até ela não suportar mais observá-lo, por medo de que ele pudesse rejeitá-la. Porque era à rejeição que ela estava mais acostumada quando se tratava do sexo oposto. Rejeição, recusa e desinteresse. E ela não achava que poderia suportar essas coisas agora. Dele... Essa noite. Fechou bem os olhos, respirando fundo, preparando-se para ele se afastar diante de sua falta de atrativos. Suas imperfeições. Ela tinha certeza de que ele se afastaria. Quando os lábios dele tocaram os seus, ela pensou que iria chorar. E então ele abocanhou seus lábios em um longo beijo, acariciando-a profundamente, até que todos os pensamentos de vergonha foram espantados pelo desejo. Apenas quando ela começou a agarrá-lo pelas lapelas do paletó ele a soltou da carícia devastadora. Um dedo malicioso circundou o bico do seio dela lentamente, como se os dois tivessem todo o tempo do mundo, e ela observou o movimento, mal visível sob o brilho alaranjado do fogo agonizante. A sensação de prazer se acumulou ali, no bico duro e arrepiado... e em outros lugares escandalosos.

"Está gostando disso?", ele perguntou, com a voz baixa e rouca. Penélope mordeu o lábio e assentiu. "Diga."

"Sim... sim, está esplêndido." Ela sabia que estava parecendo simplória e pouco sofisticada, mas não conseguia afastar o espanto da voz.

Os dedos dele não pararam.

"Tudo deve ser esplêndido. Diga-me se algo não estiver, e eu tratarei de corrigir a situação."

Ele beijou o pescoço dela, passando os dentes pela pele macia. Então olhou para ela.

"Isso também foi esplêndido?"

"Sim."

Ele a recompensou com beijos no pescoço, chupando-lhe a pele delicada do ombro, lambendo a curva de um seio antes de circundar o bico duro e empinado, mordiscando-o e acariciando – o tempo todo evitando o lugar onde ela mais o desejava.

"Eu vou corrompê-la", ele prometeu à pele dela, deslizando a mão pela barriga, sentindo como os músculos ficavam tensos e estremeciam com seu toque. "Você passará de luz à sombra, de boa a má. Vou arruinar você." Ela não se importava. Era dele. Ele a possuía naquele momento, com seu toque. "E você sabe qual será a sensação?"

Ela suspirou a palavra dessa vez.

"Esplêndida..."

Mais do que isso. Mais do que ela jamais imaginou. Ele a encarou nos olhos e, sem desviar o olhar, tomou o bico de um dos seios em sua boca quente, envolvendo a pele com a língua e os dentes, antes de sugar de modo luxuriante, fazendo-a gemer o nome dele e afundar os dedos em seus cabelos.

"Michael...", ela sussurrou, temendo quebrar o feitiço de prazer. Penélope fechou os olhos.

Ele levantou a cabeça, e ela o odiou por parar.

"Olhe para mim." As palavras foram uma ordem. Quando ela o encarou uma vez mais, a mão dele deslizou por baixo do tecido amontoado do vestido, roçando os dedos nos pelos, e ela fechou as coxas com um gritinho apavorado.

Ele não poderia... não lá... Mas ele devolveu a atenção a seu seio, beijando e sugando até suas inibições se perderem, e as coxas se abrirem, permitindo que ele deslizasse os dedos entre elas, pousando suavemente contra sua pele, mas sem se mexer – uma tentação maliciosa e maravilhosa. Ela ficou tensa novamente, mas não lhe recusou o acesso dessa vez.

"Prometo que gostará disso. Confie em mim."

Ela deu uma risada trêmula quando os dedos dele se mexeram, abrindo mais suas pernas, ganhando acesso ao seu âmago.

"O leão disse ao cordeiro."

Ele passou a língua na pele macia na parte de baixo do seio dela antes de voltar-se para o outro, dedicando a ele a mesma atenção, enquanto Penélope se contorcia embaixo dele e sussurrava seu nome. A mão, maliciosa, separou suas dobras secretas com um dedo e a acariciou suave e gentilmente, até encontrar a entrada quente e molhada dela.

Ele levantou a cabeça, encarando-a enquanto deslizava um dedo comprido para dentro do coração dela, fazendo-a sentir uma descarga de prazer inesperado por todo o corpo. Ele deu um beijo na pele entre seus seios, repetindo o movimento com o dedo antes de sussurrar:

"Você já está molhada para mim. Gloriosamente molhada."

Foi impossível controlar o constrangimento.

"Sinto muito."

Ele a beijou longa e lentamente, deslizando a língua no fundo de sua boca, enquanto o dedo espelhava o gesto abaixo, antes de se afastar, encostar a testa na dela e dizer:

"Isso quer dizer que você me quer. Quer dizer que, mesmo depois de todos esses anos, depois de tudo o que eu fiz, depois de tudo o que eu sou, posso fazer você me querer."

Mais tarde, ela pensaria naquelas palavras e desejaria que tivesse dito alguma coisa a ele, mas não conseguiu, não quando ele deslizou um segundo dedo junto ao primeiro, fazendo um movimento circular com o polegar enquanto sussurrava em seu ouvido.

"Eu vou explorar você... descobrir seu calor e sua maciez, cada pedaço do seu prazer." Ele a acariciou, sentindo a forma como ela pulsava ao seu redor, adorando a maneira como ela balançava os quadris contra ele, enquanto o polegar percorria um pequeno círculo em torno da túrgida saliência de prazer que ele havia desvelado. "Você me faz salivar."

Ela arregalou os olhos diante da declaração, mas ele não lhe deu tempo de pensar a respeito, ao mexer novamente a mão, levantando seus quadris e abaixando o vestido, tirando-o pelos pés e a deixando completamente nua, postando-se entre suas pernas, abrindo-as lentamente, dizendo as coisas mais maliciosas ao deslizar as mãos por sua pele. Ele a segurou pelos joelhos, enquanto os afastava, dando beijos longos, suaves e lascivos na pele macia da parte interna de suas coxas, logo acima das meias.

"Na verdade..." – ele fez uma pausa, girando a língua em um círculo lento, estonteante – "...acho que não consigo passar mais um instante..." – mais uma vez, na outra coxa – "...sem..." – um pouco mais alto, mais perto do desejo – "...prová-la."

E então sua boca estava nela, a língua fazendo carícias demoradas, lambidas lentas, enroscando-se de maneira quase insuportável no lugar onde o prazer se acumulava, tensionava e implorava por ser liberado. Ela deu um grito, sentando-se antes dele levantar a cabeça e pressionar sua barriga macia com uma das mãos.

"Deite-se... deixe-me prová-la. Deixe-me mostrar o quanto pode ser bom. Observe. Diga-me do que você gosta. Do que precisa."

E ela obedeceu... Enquanto ele lambia e sugava com sua língua perfeita e seus lábios voluptuosos, ela sussurrava incentivos, aprendendo o que queria, mesmo que ainda não tivesse certeza do resultado final. *Mais, Michael...* Suas mãos seguravam os cachos dele, segurando-o perto dela. *De novo, Michael...* Suas coxas se abriram mais, com desejo e devassidão. *Aí, Michael... Michael...* Ele era seu mundo. Não havia nada além daquele momento.

E então os dedos dele se uniram à língua, e ela pensou que poderia morrer enquanto ele pressionava com mais firmeza, friccionava mais deliberadamente, dando-lhe tudo o que ela nem sequer sabia pedir. Ela abriu os olhos de súbito, arfando o nome dele. A língua se movia mais depressa, circundando o ponto em que ela precisava dele, e ela se movimentava, totalmente desinibida, perdida no prazer crescente, rumo ao ápice... querendo apenas saber o que vinha depois.

"Por favor, não pare", ela sussurrou.

Ele não parou. Com o nome dele nos lábios, ela se jogou completamente, balançando contra ele, apertando-se nele, implorando por mais, enquanto ele a possuía com a língua, os lábios e os dedos, até ela perder consciência de tudo além do intenso e brilhante prazer que ele lhe deu. Quando ela voltou do clímax, ele ficou dando beijos longos e deliciosos na parte interna de suas coxas, até ela sussurrar o nome dele e pegar seus macios cachos cor de mogno, querendo apenas ficar deitada ao lado dele por uma hora... um dia... uma vida inteira.

Ele parou diante do toque dela, enquanto seus dedos percorriam os cabelos dele, e os dois permaneceram assim por um bom tempo. Ela estava derretida de prazer, o mundo todo reunido na sensação dos cachos sedosos em suas mãos, no raspar da barba dele na pele macia de suas coxas.

Michael. Ela ficou em silêncio, esperando que ele falasse, que ele dissesse o que ela estava pensando... que a experiência havia sido verdadeiramente extraordinária, e que, considerada aquela noite, o casamento dos dois seria muito mais do que ele jamais imaginou que pudesse ser. Tudo ficaria bem. Teria de ficar. Experiências como aquela não aconteciam todos os dias.

Ele finalmente se mexeu, e ela sentiu a má vontade no movimento quando ele puxou o sobretudo para cobri-la, cercando-o com seu cheiro e seu calor, antes de virar de lado e se levantar em um único movimento fluido, pegando o paletó de onde ele devia tê-lo deixado, cuidadosamente dobrado, mais cedo naquela noite. Ele então o vestiu, rápido como um raio.

"Agora você está bem e verdadeiramente arruinada", ele disse, falando com frieza.

Ela se sentou, segurando o sobretudo ao seu redor enquanto ele abria a porta e se virava de costas, os ombros largos desaparecendo na escuridão à frente dele.

"Não há mais discussão quanto ao nosso casamento."

Ele então a deixou, fechando firmemente a porta atrás de si, marcando suas palavras, deixando Penélope sentada sobre um monte de tecido, fitando

a porta, segura de que ele voltaria, de que ela não o havia escutado direito, de que ela não havia compreendido o que ele quis dizer.

Que tudo ficaria bem. Depois de vários minutos, Penélope puxou o vestido com os dedos trêmulos ao tocar o tecido rasgado. Ela se encolheu no catre, recusando-se a permitir que as lágrimas rolassem.

Capítulo Seis

Caro M,

Talvez você pense que desde que voltou à escola, tenho vivido em constante estado de ennui (perceba o uso do francês), mas estaria totalmente equivocada. A excitação é quase avassaladora.

O touro se soltou do pasto de Lorde Langford há duas noites, e ele (o touro, não o visconde) divertiu-se destruindo cercas e fazendo contatos com o gado da área até ser capturado esta manhã pelo Sr. Bullworth.

Aposto que gostaria de estar aqui, não?

Sempre sua, P
Solar Needham, setembro de 1815

Cara P,

Acreditei em você até a parte em que disse que Bullworth capturou seu homônimo. Agora, estou convencido de que está apenas tentando me atrair para casa com suas histórias extravagantes de tentativa de criação pecuária.

Embora eu estaria mentindo se dissesse que não estava funcionando. Gostaria de ter estado aí para ver a expressão no rosto de Langford. E o sorriso no seu.

M

PS – Fico feliz de ver que sua tutora
esteja lhe ensinando alguma coisa. Très bon.
Eton College, setembro de 1815

O dia mal havia amanhecido, quando Bourne parou do lado de fora do quarto em que tinha abandonado Penélope na noite anterior. O frio e seus pensamentos uniram forças para não deixá-lo descansar. Ele andou de um lado para outro da casa, assombrado pelas lembranças dos ambientes vazios, esperando o nascer do sol no dia em que ele veria Falconwell voltar para as mãos de seu proprietário de direito.

Não havia dúvidas na mente de Bourne de que o marquês de Needham e Dolby abdicaria de Falconwell. O homem não era nenhum tolo. Ele tinha três filhas solteiras, e o fato de que a mais velha havia passado a noite com um homem em uma casa abandonada – ou melhor, com *Bourne* em uma casa abandonada – não atrairia bons pretendentes às damas Marbury descasadas.

A solução seria um casamento rápido e, com essa união, a transferência de Falconwell. De Falconwell e Penélope... Um outro tipo de homem sentiria remorso diante do papel infeliz que Penélope era obrigada a interpretar neste jogo, mas Bourne sabia das coisas. Ele certamente estava usando a dama, mas não era assim que o casamento funcionava? Não eram todas as relações matrimoniais baseadas justamente nessa premissa – do benefício mútuo? Ela teria acesso ao dinheiro dele, à sua liberdade e a qualquer outra coisa que desejasse, e ele ganharia Falconwell. Simples assim!

Eles não seriam os primeiros, nem os últimos, a se casarem por algumas terras. A oferta a que ele havia lhe feito era extraordinária. Ele era rico e bem-relacionado, e estava lhe oferecendo uma oportunidade de trocar seu futuro como solteirona por outro como marquesa. Ela poderia ter tudo o que quisesse e ele daria a ela com prazer. Afinal, ela estava lhe dando a única coisa que ele realmente sempre tinha desejado. Quer dizer, não exatamente. Ninguém *dava* nada a Bourne. Ele estava *tomando* as terras.

Tomando Penélope. Um sentimento próximo demais de emoção ou de se importar passou por sua mente: grandes olhos azuis arregalados no rosto suave dela, ardendo de prazer e algo mais. Era por isso que ele a havia deixado, estrategicamente, de maneira fria e calculada, reafirmando que o casamento seria um acordo de negócios.

Não porque ele quisesse ficar... Ou porque tirar a boca e as mãos de cima dela havia sido uma das coisas mais difíceis que ele jamais fez. Ou ainda porque ele ficou tentado a fazer exatamente o oposto – a afundar-se nela e deleitar-se; macia onde mulheres deviam ser macias, e doce onde deviam ser doces. Não porque aqueles pequenos suspiros que saíam do fundo de sua garganta, enquanto ele a beijava, fossem as coisas mais eróticas que ele tinha ouvido na vida, ou porque ela tivesse o sabor da inocência.

Ele se forçou a afastar-se da porta. Não havia por que bater. Ele estaria de volta antes que ela acordasse, pronto para levá-la ao vigário mais próximo, apresentar a licença especial pela qual pagou uma bela quantia, e casar-se com ela. Então, eles retornariam a Londres e viveriam suas vidas separadas.

Respirou fundo, apreciando a pontada do ar frio da manhã nos pulmões, satisfeito com seu plano. Foi quando ela deu um grito de pavor, marcado pelo barulho de vidros quebrados. Ele reagiu por instinto, destrancando a

porta e quase arrancando-a das dobradiças para abri-la. Parou logo depois de entrar no quarto, com o coração disparado.

Ela estava parada ilesa, em pé ao lado da janela quebrada, encostada na parede, descalça, enrolada no sobretudo dele, que estava aberto e revelava o vestido rasgado, escancarado, exibindo uma boa extensão de pele cor de pêssego.

Por um instante fugaz, Bourne foi detido por aquela pele, pela forma como um único cacho loiro a atravessava, atraindo a atenção para onde um encantador mamilo cor-de-rosa se exibia no quarto frio. Sentiu a boca secar e obrigou-se a olhar para o rosto dela, onde os olhos arregalados piscavam com choque e descrença, enquanto ela olhava para a grande janela de vidro ao seu lado, agora sem uma vidraça, estilhaçada por...

Bum! Ele atravessou o quarto minúsculo em segundos, protegendo-a com o corpo e empurrando-a para fora do cômodo até o corredor.

"Fique aqui."

Ela assentiu com a cabeça, o choque aparentemente deixando-a mais disposta a aquiescer do que ele esperava. Ele retornou ao quarto e à janela, mas antes que pudesse inspecionar os danos, um segundo tiro estilhaçou outra vidraça, errando Bourne por uma distância que não o deixou nem um pouco confortável. *Que diabo?* Ele amaldiçoou uma vez, baixinho, e encostou-se contra a parede do quarto, ao lado da janela. Alguém estava atirando nele. A questão era: *quem?*

"Tome cuidado..."

Penélope enfiou a cabeça de volta para dentro do quarto, e Bourne já estava indo na direção dela, lançando-lhe um olhar que havia feito recuar o pior ser do submundo londrino.

"Saia."

Ela não se mexeu.

"Não é seguro para você ficar aqui. Você pode..." Outro tiro soou do lado de fora, interrompendo-o, e ele saltou na direção dela, rezando para conseguir pegá-la antes que uma bala o fizesse. Ele se atirou em cima de Penélope, puxando-a para trás da porta, até os dois estarem encostados na parede oposta.

Eles ficaram imóveis durante um longo tempo, antes dela prosseguir, com as palavras abafadas pelo corpo dele.

"Você pode se ferir!"

Ela estava louca? Ele a agarrou pelos ombros, sem se importar que seu temperamento normalmente controlado ao extremo estivesse começando a ceder.

"Mulher idiota! O que foi que eu disse?" Ele esperou que ela respondesse à pergunta. Como não respondeu, ele não conseguiu se conter. Sacudindo-a uma vez pelos ombros, repetiu: "O que foi que eu disse?".

Penélope arregalou os olhos. *Ótimo. Ela deveria temê-lo.*

"Responda-me, Penélope." Ele ouviu o resmungo em sua voz mas não se importou.

"Você…" As palavras ficaram presas na garganta dela. "Você disse que eu deveria ficar aqui."

"E você é de algum modo incapaz de compreender uma orientação tão simples?"

Ela apertou os olhos.

"Não."

Ele a insultava e mais uma vez, ele não se importava.

"Fique... Aqui... Droga." Bourne ignorou a expressão de medo dela e voltou ao quarto, aproximando-se lentamente da janela.

Estava prestes a se arriscar a olhar para fora e tentar enxergar seu suposto assassino, quando ouviu palavras vindas de baixo.

"Você se rende?"

Render-se? Talvez Penélope tivesse razão. Talvez houvesse de fato piratas em Surrey. Ele não teve muito tempo para pensar na questão, uma vez que Penélope gritou:

"Ah, pelo amor de Deus!", ela veio do corredor e correu de volta para o quarto, segurando o casaco dele ao redor do corpo e seguindo diretamente para a janela.

"Pare!" Bourne atirou-se para impedir seu avanço, agarrando-a pela cintura e puxando-a para trás. "Se chegar perto daquela janela, vou esbofetear você. Está me ouvindo?"

"Mas…"

"Não."

"É apenas…"

"*Não*."

"É meu pai!"

As palavras o percorreram, permanecendo confusas por mais tempo do que ele gostaria de admitir. Ela não podia estar certa.

"Vim por minha filha, bandido! E irei embora com ela!"

"Como ele sabia o quarto em que deveria atirar?"

"Eu… eu estava parada diante da janela." Ele deve ter visto o movimento.

Mais uma bala lançou estilhaços de vidro pelo quarto, e Bourne a apertou contra ele, protegendo-a com seu corpo.

"Você acha que ele tem noção de que poderia atirar em você?"

"Isso não parece ter ocorrido a ele."

Bourne xingou novamente.

"Ele merece levar uma bordoada na cabeça com o rifle."

"Creio que ele possa estar dominado pelo fato de que acertou o alvo. Três

vezes. Claro, considerando que o alvo era uma *casa*, seria até uma surpresa se ele *não* o acertasse."

Ela estava achando divertido? Não era possível. Outro tiro soou, e Bourne sentiu sua paciência chegar ao fim. Foi a passos largos até a janela, sem se importar que poderia levar um tiro no caminho.

"Maldição, Needham! Você poderia matá-la!"

O marquês de Needham e Dolby não ergueu o olhar de onde estava mirando um segundo rifle, enquanto um lacaio recarregava o primeiro ao seu lado.

"Eu também poderia matar você. Gosto das minhas chances!"

Penélope apareceu atrás dele.

"Se serve de consolo, sinceramente duvido que ele conseguisse matá-lo. Ele é um atirador terrível."

Michael a encarou.

"Afaste-se desta janela. Agora!"

Por um milagre dos milagres, ela obedeceu.

"Eu deveria saber que você viria atrás dela, seu bandido. Deveria saber que faria algo digno de sua péssima reputação."

Bourne obrigou-se a parecer calmo.

"Ora, vamos, Needham, isso é forma de falar com seu futuro genro?"

"Sobre meu cadáver!" A fúria fez a voz do outro homem falhar.

"Isso pode ser arranjado", Bourne gritou.

"Mande-a aqui para baixo imediatamente. Ela não irá se casar com você."

"Depois da noite passada, não há muita dúvida de que irá, Needham."

O rifle foi levantado, e Bourne afastou-se da janela, empurrando Penélope de volta para o canto, quando a bala atravessou outra vidraça.

"Patife!"

Ele queria vociferar contra o pai dela pela falta de cuidado que demonstrava em relação à filha. Em vez disso, virou-se para a janela, forçou um tom de desinteresse e gritou:

"Eu a encontrei. Ficarei com ela."

Houve uma longa pausa, tão longa que Michael não conseguiu deixar de levantar a cabeça e olhar pela esquadria para ver se o marquês tinha ido embora. Não... Uma bala havia se alojado na parede externa, a vários centímetros da cabeça de Michael.

"Você não ficará com Falconwell, Bourne. Nem com minha filha!"

"Bem, serei sincero, Needham... Já fiquei com sua filha..."

As palavras foram interrompidas pelo berro de Needham.

"Maldito!"

Penélope arfou.

"Você *não* acabou de dizer a meu pai que *ficou* comigo."

Ele deveria ter previsto essa possível situação. Deveria ter imaginado que não seria tão simples. A manhã toda estava saindo de controle, e Bourne não gostava de ficar fora de controle. Respirou fundo e devagar, tentando manter a calma.

"Penélope, estamos encurralados dentro de uma casa enquanto seu pai furioso dispara diversos rifles contra a minha cabeça. Imaginei que você me perdoaria por fazer o possível para garantir que ambos sobrevivamos ao momento."

"E nossas reputações? Elas também não deveriam sobreviver?"

"Minha reputação já foi para o inferno", ele disse, encostando-se contra a parede.

"Bem, a minha não!", ela gritou. "Você perdeu completamente a cabeça?" Ela fez uma pausa. "E seu vocabulário é detestável."

"Você terá de se acostumar com meu vocabulário, querida. Quanto ao resto, quando nos casarmos, sua reputação irá igualmente para o inferno. Seu pai pode muito bem saber disso agora mesmo."

Ele não conseguiu deixar de virar-se de frente para ela, para ver de que forma as palavras a afetavam… como a luz deixava seus olhos… como ela estava paralisada como se ele a tivesse atingido.

"Você é horrível", ela disse de forma direta e sincera.

Naquele instante, com ela olhando para ele e fazendo aquela acusação de forma tranquila, ele odiou a si mesmo o suficiente por ambos. Mas ele era um mestre em esconder as emoções.

"É o que parece." As palavras saíram petulantes e forçadas.

A aversão dela ficou evidente.

"Por que fazer isso?"

Havia apenas um motivo – apenas uma coisa tinha guiado seus atos. Algo que o havia transformado naquele homem frio e calculista.

"Falconwell é tão importante assim?"

Do lado de fora, fez-se silêncio, e algo sombrio e desagradável se instalou na boca do estômago dele, uma sensação familiar demais. Por nove anos, ele fez de tudo para recuperar suas terras, restaurar sua história, garantir seu futuro… E não pretendia desistir agora.

"É claro que sim", ela disse, com uma risadinha autodepreciativa. "Sou um meio para um fim."

Nas horas que se passaram desde que havia tropeçado em Penélope no lago, ele a tinha ouvido irritada, surpresa, afrontada e apaixonada… mas não a viu assim. Ele não a ouviu resignada. E não gostou daquilo. Pela primeira vez em muito tempo – nove anos – Bourne sentiu a necessidade de se desculpar com alguém que havia usado. Ele se segurou para não ceder à inclinação.

Virou a cabeça para ela – não o suficiente para encará-la nos olhos –

apenas o suficiente para vê-la com o canto do olho. O suficiente para ver a cabeça dela baixa, as mãos segurando o sobretudo dele ao seu redor.

"Venha aqui", ele disse, e uma pequena parte sua ficou surpresa quando ela foi.

Ela atravessou o quarto, e ele foi consumido pelos sons dela – o deslizar das saias, a batida suave de seus passos, a forma como sua respiração saía curta e irregular, marcando seu nervosismo e sua expectativa. Ela parou atrás dele, esperando, enquanto ele imaginava as próximas jogadas em sua partida de xadrez mental. Fugazmente, ele se perguntou se deveria deixá-la ir. *Não.* O que estava feito estava feito.

"Case-se comigo, Penélope."

"O simples fato de dizer isso não me dá uma escolha, sabia?"

Ele teve vontade de sorrir com a forma irritada como ela disse as palavras, mas não o fez. Ela o observou atentamente por um longo tempo, e ele – um homem que havia feito uma fortuna lendo a verdade nos rostos das pessoas ao redor – não soube dizer o que ela estava pensando. Por um momento, ele achou que ela pudesse recusá-lo, e preparou-se para sua resistência, catalogando o número de sacerdotes que deviam a ele e ao Anjo Caído o suficiente para casar uma noiva contrariada – preparando-se para fazer o que fosse necessário para garantir sua mão. Seria mais uma transgressão a acrescentar à sua sempre crescente lista.

"Você manterá a palavra de ontem à noite? Minhas irmãs permanecerão intocadas por este casamento."

Mesmo ali, mesmo encarando uma vida inteira com ele, ela pensava nas irmãs. *Ela era absurdamente boa demais para ele.* Ele ignorou o pensamento.

"Eu manterei minha palavra."

"Exijo uma prova."

Garota inteligente. Claro que não havia qualquer prova e ela tinha razão em duvidar dele. Ele enfiou a mão no bolso e retirou um guinéu desgastado pelos nove anos em que o havia carregado e estendeu a ela.

"Meu amuleto."

Ela pegou a moeda.

"O que devo fazer com isso?"

"Você me devolve quando suas irmãs estiverem casadas."

"Um guinéu?"

"Tem sido suficiente para homens de toda a Grã-Bretanha, querida."

Ela levantou as sobrancelhas.

"E dizem que os homens são o sexo mais inteligente." Ela respirou fundo, enfiando a moeda no bolso, fazendo-o sentir falta do peso dela.

"Eu me casarei com você."

Ele assentiu com a cabeça uma vez.

"E o seu noivo?"

Ela hesitou, olhando por cima do ombro dele enquanto pensava nas palavras.

"Ele encontrará outra pessoa", ela disse suavemente, com carinho. Carinho *demais*. No mesmo instante, Bourne sentiu uma raiva furiosa daquele homem que não a havia protegido, que a deixou sozinha no mundo e que tornou tudo fácil demais para Bourne aparecer e tomá-la.

Houve um movimento na porta por cima do ombro dele. O pai de Penélope. Needham evidentemente havia se cansado de esperar que eles saíssem da casa e tinha decidido ir buscá-los. Bourne usou isso como deixa para martelar o último prego em seu caixão matrimonial, mesmo sabendo que a estava usando e que ela não merecia aquilo. *Que não tinha importância.* Ele levantou o queixo de Penélope e lhe deu mais um único beijo suave nos lábios, tentando não sentir quando ela se deixou dominar pelo toque... quando deu um pequeno suspiro assim que ele levantou um pouco a cabeça... Um rifle apareceu na porta, marcando as palavras do marquês de Needham e Dolby.

"Maldição, Penélope, olhe o que você fez agora."

Caro M,

Meu pai acha que devemos parar de nos escrever. Ele tem certeza de que "rapazes como ele" (querendo dizer você) não têm tempo para "cartas tolas" de "garotas tolas" (querendo dizer eu). Ele diz que você apenas me responde porque foi bem-criado e se sente obrigado a isso. Entendo que já tem quase 16 anos e provavelmente tem coisas mais interessantes a fazer do que escrever para mim, mas lembre-se: eu não tenho essas coisas interessantes. Terei de aceitar a sua piedade.

Tolamente, P
PS – Ele não está certo, está?
Solar Needham, janeiro de 1816

Cara P,

O que seu pai não sabe é que a única coisa que quebra a monotonia de Latim, Shakespeare e da ladainha sobre as responsabilidades que garotos como eu deverão ter um dia na Câmara dos Lordes são cartas tolas de meninas tolas. De todas as pessoas, você deveria saber que fui muito malcriado e que raramente me sinto obrigado a algo.

M
PS – Ele não está certo.
Eton College, janeiro de 1816

"Seu canalha."

Bourne ergueu os olhos do uísque no pub e encontrou o olhar irritado do futuro sogro. Recostando-se na cadeira, forçou uma expressão vagamente divertida que o havia ajudado a se livrar de adversários muito maiores do que o marquês de Needham e Dolby, e acenou para a cadeira vazia do outro lado da mesa do pub.

"Papai", ele ironizou, "por favor, faça-me companhia."

Fazia horas que Bourne estava sentado em um canto escuro da taverna, esperando que Needham chegasse com os papéis que lhe devolveriam Falconwell. Enquanto o fim de tarde virava noite, e o ambiente alegre se enchia de risos e conversas, ele esperou ansioso por assinar os papéis, sonhando com o que viria a seguir. *Vingança*...

Esforçando-se tremendamente para não pensar no fato de que estava noivo, e ainda mais para não pensar na mulher de quem estava noivo – tão séria, inocente e o tipo errado de esposa para ele. Não que ele fizesse a mínima ideia do tipo certo de esposa para ele. Isso era irrelevante. Ele não tinha escolha. A única forma pela qual havia uma chance com Falconwell era através de Penélope, o que a tornava absolutamente a esposa *certa* para ele. E Needham sabia disso.

O corpulento marquês sentou-se, chamando uma atendente com o aceno da imensa mão. Ela foi esperta o bastante para trazer um copo e uma garrafa de uísque com ela, deixando-os rapidamente e encaminhando-se para um local mais alegre – e amistoso. Needham tomou um longo gole e bateu o copo sobre a mesa de carvalho.

"Seu miserável. Isto é chantagem."

Michael fingiu um ar de tédio.

"Tolice. Estou lhe pagando muito bem. Estou tirando sua filha mais velha e solteira das suas mãos."

"Você a fará infeliz."

"Provavelmente."

"Ela não é forte o bastante para você. Você a destruirá."

Bourne conteve-se para não dizer que Penélope era mais forte do que a maioria das mulheres que havia conhecido.

"Você deveria ter levado isso em consideração antes de vinculá-la às minhas terras." Bateu sobre a madeira marcada. "A escritura, Needham. Não tenho a intenção de me casar com a garota sem o documento em minhas mãos. Quero-o agora. Quero os papéis assinados antes que Penélope fique diante de um sacerdote."

"Senão?"

Bourne se virou na cadeira, esticando as botas e tirando-as de baixo mesa, cruzando uma perna sobre a outra.

"Senão, Penélope não ficará diante de sacerdote algum."

O olhar de Needham voltou-se rapidamente para ele.

"Você não seria capaz. Isso a destruiria. À mãe dela. A suas irmãs..."

"Então sugiro que pense seriamente em seus próximos passos. Faz nove anos, Needham... Nove longos anos que espero por este momento. Por Falconwell. E se pensa que permitirei que fique no caminho entre mim e a recuperação dessas terras ao marquesado, está redondamente enganado. Ocorre que sou muito amigo do editor do jornal O *Escândalo*. Uma palavra minha, e ninguém da boa sociedade chegará perto das jovens Marbury." Ele fez uma pausa e serviu-se de mais uma bebida, permitindo que a fria ameaça pairasse entre os dois. "Vamos... Experimente..."

Needham estreitou os olhos.

"Então é assim? Você ameaça tudo o que tenho, com o objetivo de conseguir o que quer?"

Bourne sorriu.

"Eu jogo para ganhar."

"Irônico, que você seja famoso por perder, não?"

A farpa o atingiu de verdade. Não que Bourne fosse demonstrar e em vez disso, manteve-se em silêncio, sabendo que não havia nada como o silêncio para abalar um adversário. Needham preencheu o vazio.

"Você é um cretino!" Praguejando, ele enfiou a mão dentro do casaco e retirou um pedaço de papel dobrado.

Bourne sentiu um triunfo intoxicante ao ler o documento. Após o casamento, o que ocorreria no dia seguinte, Falconwell seria dele. Seu único lamento era que o vigário Compton não trabalhasse à noite. Quando Bourne guardou o documento a salvo no próprio bolso, imaginando poder sentir o peso da escritura contra o peito, Needham falou:

"Não admitirei que as irmãs dela sejam arruinadas por isso."

Todos se preocupavam tanto com as irmãs dela. E Penélope? Bourne ignorou a questão e brincou com Needham – o homem que fez tanto esforço para manter Falconwell fora de suas mãos. Ergueu o copo.

"Irei me casar com Penélope e Falconwell será minha amanhã. Diga-me por que deveria preocupar-me um pouco que fosse pela reputação de suas outras filhas? Elas são problema seu, não?" Ele bebeu o resto do uísque e pôs o copo vazio em cima da mesa.

Needham inclinou-se sobre a mesa, falando enfaticamente:

"Você é um cretino, e seu pai ficaria arrasado de saber o que se tornou."

Bourne encarou rapidamente Needham nos olhos, observando, de modo estranho, que o marquês não tivesse os mesmos olhos azuis de Penélope. Em vez disso, seus olhos eram castanho-escuros e estavam iluminados com uma percepção que Bourne conhecia muito bem – a percepção de que havia ferido o adversário. Bourne congelou, com uma lembrança espontânea do pai, parado no centro do imenso saguão de Falconwell, de calças e camisa, rindo para o filho. Os músculos de seu maxilar ficaram tensos.

"Então temos sorte de que ele esteja morto."

Needham pareceu compreender que estava se aproximando perigosamente de uma zona proibida. Relaxou e afastou-se da mesa.

"Os segredos de seu noivado jamais podem ser revelados. Tenho outras duas filhas que precisam se casar. Ninguém pode saber que Penélope foi para um caçador de fortunas."

"Eu tenho o triplo do seu patrimônio, Needham."

O olhar de Needham ficou sombrio.

"Não tinha o patrimônio que desejava, tinha?"

"Tenho agora." Bourne empurrou a cadeira para longe da mesa. "Não está em posição de fazer exigências. Se suas filhas sobreviverem à minha entrada na família, será porque eu concordei em permiti-lo e por nenhum outro motivo."

Needham acompanhou o movimento com o olhar, trincando o maxilar.

"Não! Será porque tenho a única coisa que você deseja mais do que as terras."

Bourne olhou para Needham por um longo momento, as palavras ecoando no canto escuro em que eles estavam, antes de que ele as deixasse de lado.

"Você não pode me dar a única coisa que eu desejo mais do que Falconwell."

"A ruína de Langford."

Vingança... A palavra o atingiu, um sussurro de promessa, e Bourne inclinou-se para frente, lentamente.

"Está mentindo."

"Eu deveria desafiá-lo pela insinuação."

"Não será meu primeiro duelo." Ele esperou. Como Needham não mordeu a isca, disse: "Já pesquisei. Não há nada capaz de destruí-lo".

"Você não procurou nos lugares certos."

Precisava ser uma mentira.

"Você acha que, com o meu alcance, com o alcance do Anjo Caído, não revirei Londres em busca de um sopro de escândalo na podridão de Langford?"

"Nem mesmo os arquivos do seu precioso antro teriam isso."

"Eu sei de tudo o que ele fez, todos os lugares onde esteve. Sei mais sobre a vida do sujeito do que ele próprio. E estou lhe dizendo, ele me tirou tudo o que eu tinha e passou os últimos nove anos vivendo uma vida imaculada fora das *minhas terras*."

Needham enfiou a mão no casaco novamente e retirou outro documento, menor do que o anterior e mais velho.

"Isso aconteceu há muito mais do que nove anos."

Bourne estreitou os olhos para o papel, registrado com o selo de Langford. Olhou para o futuro sogro, sentindo o coração disparar no peito, algo assustadoramente parecido com esperança. Não gostou da forma como se prendeu ao silêncio que pairou entre eles. Forçou-se a se acalmar.

"Pensa em me atrair com alguma velha carta?"

"Você quer esta carta, Bourne. Vale uma dúzia dos seus famosos arquivos. E será sua, supondo que mantenha os nomes das minhas meninas fora da sua sujeira."

O marquês nunca foi homem de se conter. Ele dizia exatamente o que pensava, sempre que pensava – resultado de deter os mais veneráveis títulos da nobreza –, e Bourne não conseguiu deixar de admirar o homem por sua franqueza. Ele sabia o que queria e ia atrás.

O que o marquês não sabia era que sua filha mais velha havia negociado exatamente esses termos na noite anterior. Aquele documento, qualquer que fosse, não exigiria pagamento adicional.

Mas Needham merecia sua própria punição – punição por ignorar o comportamento de Langford, todos aqueles anos antes. Punição por usar Falconwell no mercado de casamentos. Punição que Bourne estava mais do que disposto a administrar.

"Você é um tolo se pensa que concordarei sem saber o que há aí dentro. Construí minha fortuna com base em escândalo, roubando de bolsos de pecado. Eu julgarei se o documento vale meu esforço."

Needham abriu a carta e a depositou lentamente em cima da mesa. Virou-a de frente para Bourne e segurou-a com um dedo. Bourne não se conteve. Inclinou-se para frente mais depressa do que gostaria, percorrendo a página com os olhos. *Bom Deus...* Olhou para cima, encontrando o olhar experiente de Needham.

"Isso é real?"

O mais velho assentiu duas vezes com a cabeça. Bourne releu o documento, identificando a assinatura inconfundível de Langford na parte inferior do papel, embora o aquilo tivesse trinta anos. Vinte e nove.

"Por que compartilharia isso? Por que daria a mim?"

"Você não me deixa muita escolha." Needham foi evasivo. "Eu gosto do garoto... Mantive isso à mão porque pensei que Penélope acabaria se casando com ele, e ele precisaria de proteção. Agora as minhas meninas

precisam dessa proteção e um pai faz o que deve fazer. Certifique-se de que a reputação de Penélope não seja manchada por este casamento e que as outras sejam merecedoras de casamentos decentes, e o documento é seu."

Bourne girou o copo em um círculo lento, observando por um longo tempo a forma como o vidro capturava a luz de velas do pub, antes de olhar de novo para Needham.

"Não esperarei pelos casamentos das garotas."

Needham abaixou a cabeça, subitamente generoso.

"Noivados serão suficientes."

"Não. Ouvi dizer que noivados são de fato perigosos quando se trata das suas filhas."

"Eu deveria ir embora agora mesmo", Needham ameaçou.

"Mas não irá. Somos estranhos companheiros, você e eu." Bourne sentou-se novamente na cadeira, saboreando a vitória. "Quero as outras filhas na cidade o mais depressa possível. Tratarei para que elas sejam cortejadas. Elas não serão maculadas pelo casamento da irmã."

"Cortejadas por homens decentes", Needham qualificou. "Ninguém com metade do patrimônio empenhado no Anjo Caído."

"Leve-as para a cidade. Percebo que não estou mais disposto a esperar por minha vingança."

Needham estreitou os olhos.

"Irei me arrepender de casá-la com você."

Bourne empurrou a bebida para trás e virou o copo de cabeça para baixo sobre a mesa de madeira.

"Que pena, então, que não tenha escolha."

Capítulo Sete

Caro M,

Acabei de me despedir e entrei imediatamente para escrever.

Não tenho nada a dizer, na realidade, nada que todas as outras pessoas de Surrey já não tenham dito. Parece tolo dizer "Sinto muito", não parece? É claro que todos sentem muito. É horrível o que aconteceu.

No entanto, não sinto muito apenas por sua perda; sinto muito que não tenhamos conseguido conversar enquanto você esteve aqui. Sinto muito que eu não tenha podido comparecer ao funeral… é uma regra estúpida, e eu gostaria de ter nascido homem para poder ter estado lá (pretendo ter uma conversa com o vigário Compton a respeito dessa idiotice). Sinto muito que não tenha podido ser... uma amiga melhor.

Estou aqui, agora, na página, onde garotas são aceitas. Por favor, escreva quando tiver tempo. Ou vontade.

Sua amiga, P
Solar Needham, abril de 1816

Sem resposta

Certamente nunca houve um trajeto de carruagem mais longo do que aquele – quatro horas intermináveis e mortais de Surrey a Londres. Penélope preferiria estar presa em uma carruagem de correio com Olivia e uma coleção de revistas femininas.

Lançou um olhar através do interior amplo e escuro do meio de transporte, observando o recém-marido, recostado em seu assento, as pernas compridas estendidas, os olhos fechados, absolutamente imóvel, e tentou acalmar os pensamentos tumultuados, que pareciam estar focados em um punhado de coisas inquietantes de forma extraordinária. Isto é:

Ela estava casada. O que levava a... Ela era a marquesa de Bourne. O que explicava por quê... Ela estava viajando em um meio de transporte abarrotado com seus bens e logo estaria em Londres, onde ela viveria, com seu novo marido. O que a trazia ao fato de que... *Michael* era seu novo marido. O que significava que... Ela teria sua noite de núpcias com Michael. *Talvez ele a beijasse novamente. Ele a tocasse novamente... Mais...*

Era possível imaginar que ele teria de fazer isso, não? Se os dois estavam casados, era o que maridos e esposas faziam, afinal. *Ela tinha esperança.* Oh, *Deus.* A ideia foi o que bastou para que ela desejasse ter coragem de abrir a porta da carruagem e se atirar para fora do veículo. Eles haviam se casado com tanta rapidez e eficiência, que ela mal se recordava da cerimônia – mal se lembrava de prometer amar, confortar, honrar e obedecer, o que provavelmente era melhor, uma vez que a parte do amor na promessa era meio que uma mentira.

Ele havia se casado com ela por suas terras e nada mais. E não importava que ele a houvesse tocado e a feito sentir coisas que ela jamais imaginou que um corpo fosse capaz de sentir. No fim, aquele era precisamente o tipo de casamento que ela havia sido criada para ter – um casamento de conveniência. Um casamento de dever e de propriedade. E ele havia deixado isso mais do que claro.

A carruagem sacolejou sobre um trecho especialmente irregular da estrada, e Penélope soltou um gritinho ao quase deslizar para fora do assento estofado extravagante. Recompondo-se, ela se endireitou, firmando bem os dois pés no piso do veículo e lançando um olhar para Michael, que não se moveu, exceto abrindo muito pouco os olhos – supostamente para se certificar de que ela não havia se ferido.

Quando teve certeza de que ela não precisava de um médico, fechou os olhos mais uma vez. Ele a estava ignorando, com um silêncio simples e absolutamente perturbador. *Ele não conseguia sequer fingir interesse nela.*

Talvez se não estivesse tão consumida pelo nervosismo com os acontecimentos do dia, pudesse ter conseguido ela própria permanecer quieta – retribuindo o silêncio dele com silêncio. Talvez... Penélope jamais saberia, porque foi incapaz de permanecer calada por muito tempo.

Limpou a garganta, como se estivesse se preparando para fazer uma declaração pública. Ele abriu os olhos e desviou o olhar em sua direção, mas não se moveu.

"Creio que seria bom aproveitarmos esse tempo para discutirmos nosso plano."

"Nosso plano?"

"O plano para garantir que minhas irmãs tenham uma temporada de sucesso. Lembra-se da sua promessa?" Ela passou a mão para dentro do bolso do vestido de viagem, onde a moeda que ele lhe tinha dado duas noites antes pesava contra sua coxa.

Algo que ela não conseguiu reconhecer atravessou a expressão dele.

"Eu me lembro da promessa."

"Qual é o plano?"

Ele se espreguiçou, estendendo as pernas ainda mais para o outro lado da carruagem.

"Meu plano é encontrar maridos para suas irmãs."

Ela piscou.

"Quer dizer pretendentes."

"Se assim preferir. Tenho dois homens em mente."

Ela ficou curiosa.

"Como eles são?"

"Nobres."

"E?", ela perguntou.

"Estão no mercado em busca de esposas."

Ele era irritante.

"Eles são corretos e têm características maritais?"

"No sentido de que são homens e solteiros."

Penélope arregalou os olhos. Ele estava falando sério.

"Não são a essas qualidades que me refiro."

"Qualidades."

"As características de um bom marido."

"Vejo que é uma especialista no assunto." Ele meneou a cabeça, ironizando. "Por favor, esclareça-me."

Ela se endireitou no assento, marcando os itens nos dedos enquanto falava.

"Bondade, generosidade, uma pitada de bom humor..."

"Apenas uma pitada? Mau humor, digamos, às terças e quintas-feiras seria aceitável?"

Ela apertou os olhos.

"*Bom humor*", ela repetiu antes de fazer uma pausa e acrescentar: "Um sorriso caloroso". Não resistiu a acrescentar: "Embora, no seu caso, eu aceitaria qualquer sorriso".

Ele não sorriu.

"Eles têm essas qualidades?", ela questionou. Ele não respondeu. "Minhas irmãs gostarão deles?"

"Não faço ideia."

"Você gosta deles?"

"Particularmente, não."

"Você é um homem obstinado."

"Considere esta uma das minhas qualidades."

Ele se virou, e ela levantou uma sobrancelha na direção dele. Não conseguiu se conter. Ninguém em sua vida jamais a havia irritado tanto quanto aquele homem. *Seu marido*. Seu marido, que a havia arrancado, sem remorso, de sua vida. Seu marido, com quem concordou em se casar porque não queria que as irmãs sofressem outro golpe em suas reputações. Seu marido, que havia concordado em ajudá-la. Apenas então ela se deu conta de que por *ajuda* ele se referia a arrumar mais um casamento sem amor. Ou dois. Ela não iria aceitar. Não podia fazer muita coisa, mas podia se certificar de que Olivia e Pippa tivessem a oportunidade de ter casamentos felizes. *Uma oportunidade que ela não teve.*

"Primeiro, você nem sabe se esses homens as aceitarão."

"Eles as aceitarão." Ele se recostou no assento e voltou a fechar os olhos.

"Como sabe disso?"

"Porque eles me devem muito dinheiro, e eu lhes perdoarei as dívidas em troca dos casamentos."

O queixo de Penélope caiu.

"Você *comprará* a fidelidade deles?"

"Não tenho certeza de que fidelidade faça parte da negociação."

Ele disse isso sem abrir os olhos – olhos que permaneceram fechados durante os longos minutos em que ela pensou naquelas palavras terríveis. Ela se inclinou para frente e o cutucou na perna com um dedo, com força, e os olhos dele se abriram. Ela não tinha tempo para comemorar, uma vez que se sentia tão cheia de indignação.

"Não", ela disse, a palavra curta e ríspida dentro da pequena carruagem.

"Não?"

"Não", ela repetiu. "Você me deu sua palavra de que nosso casamento não arruinaria minhas irmãs."

"E não arruinará. Na verdade, casar-se com esses homens as tornariam muito respeitadas na sociedade."

"Casamentos com nobres que lhe devem dinheiro e poderão não ser fiéis as arruinará de outras maneiras. Nas *maneiras* que importam..."

Uma das sobrancelhas escuras dele se levantou naquela expressão irritante que ela estava aprendendo a detestar.

"As maneiras que importam?"

Ela não seria intimidada.

"Sim. As maneiras que importam. Minhas irmãs não terão casamentos baseados em acordos idiotas relacionados à jogatina. Já é ruim o bastante que *eu* tenha um casamento desses. Elas deverão escolher seus maridos. Seus casamentos deverão ser baseados em mais. Baseados em..." Ela parou, sem querer que ele risse dela.

"Baseados em...?"

Ela não falou. Não daria a ele o prazer de uma resposta. Esperou que ele a pressionasse. Estranhamente, ele não o fez.

"Imagino que tenha um plano para capturar esses homens com qualidades?"

Ela não tinha. Na verdade, não.

"É claro que sim."

"E então?"

"Você volta para a sociedade e prova a todos que nosso casamento não foi forçado."

Ele levantou uma sobrancelha.

"Seu dote incluía *minhas* terras. Acha que todos não verão que eu a forcei a se casar comigo?"

Ela apertou os lábios, odiando a lógica dele. E disse a primeira coisa que lhe veio à mente. A primeira coisa ridícula e absolutamente insana que lhe veio à mente.

"Devemos fingir que nos amamos."

Ele não demonstrou nada do choque que ela sentiu ao pronunciar as palavras.

"Como foi... eu a vi na praça da cidade e decidi mudar?"

Se era para jogar, que fosse por muito.

"Isso parece... razoável."

A sobrancelha arqueou uma vez mais.

"É mesmo? Acha que as pessoas irão acreditar nisso quando a verdade é que eu a arruinei em uma propriedade abandonada, antes do seu pai atacar a casa com um rifle?"

Ela hesitou.

"Eu não chamaria aquilo de ataque."

"Ele atirou várias vezes contra a minha casa. Se aquilo não é atacar, não sei o que é."

Fazia muito sentido.

"Muito bem... Ele atacou. Mas não é essa a história que iremos contar." Penélope esperava que as palavras saíssem enfaticamente enquanto pedia silenciosamente: *Por favor, diga que não.* "Para terem a oportunidade de casamentos verdadeiros, elas precisam disso. Você me deu sua palavra. O seu *amuleto*."

Ele ficou em silêncio por um bom tempo, e ela pensou que ele poderia se recusar, oferecendo casamentos para suas irmãs ou absolutamente nada. Então o que faria? O que poderia fazer agora que estava presa a ele e `as suas vontades – seu poder – como seu marido? Finalmente, ele reclinou-se para trás uma vez mais, totalmente irônico ao dizer:

"Então, por favor, descreva nosso conto de fadas. Sou todo ouvidos." Ele fechou os olhos, isolando-a.

Ela teria dado tudo que lhe era importante por uma única resposta mordaz naquele momento – por algo que o tivesse atingido com a mesma rapidez e habilidade de suas palavras. Claro que nada lhe veio à mente. Em vez disso, ela o ignorou e seguiu em frente, construindo a história.

"Como nos conhecemos durante toda a nossa vida, podemos ter nos reencontrado na Festa de Santo Estêvão."

Ele abriu os olhos, apenas um pouco.

"Na Festa de Santo Estêvão..."

"Talvez seja melhor que nossa história tenha início antes do anúncio de que Falconwell era... parte do meu dote." Penélope fingiu examinar uma mancha na capa de viagem, detestando o bolo que sentiu na garganta ao pronunciar aquelas palavras, uma lembrança de seu verdadeiro valor. "Eu sempre gostei do Natal, e a Festa de Santo Estêvão em Coldharbour é bastante... festiva."

"Pudim de figo e tudo o mais, imagino?" A pergunta simplesmente não era uma pergunta.

"Sim. E cantigas natalinas", ela acrescentou.

"Com criancinhas?"

"Sim... Muitas."

"Parece exatamente o tipo de evento a que eu compareceria."

Ela não deixou de perceber o tom de sarcasmo, mas se negou a se sentir intimidada. Lançou um olhar firme para ele e não resistiu em dizer:

"Se algum dia viesse a Falconwell para o Natal, imagino que gostaria muito." Ele pareceu pensar em responder, mas conteve as palavras, e Penélope sentiu uma onda de triunfo atravessá-la com a pequena brecha no comportamento frio dele – uma pequena vitória. Ele fechou os olhos e reclinou-se para trás uma vez mais.

"Então, lá estava eu, celebrando o Dia de Santo Estêvão, e lá estava você, minha namoradinha de infância."

"Não fomos namoradinhos na infância."

"A verdade é irrelevante. O que é relevante é se as pessoas acreditam na história ou não."

A lógica das palavras era irritante.

"A primeira regra dos canalhas?"

"A primeira regra do jogo."

"Seis ou meia dúzia", ela disse, sarcasticamente.

"Ora, vamos, você acha que alguém se dará o trabalho de confirmar a parte da nossa história que teve início durante a infância?"

"Imagino que não", ela resmungou.

"Ninguém fará isso. Além do mais, é a coisa mais próxima da verdade em toda a história."

Era? Ela estaria mentindo se dissesse que jamais havia imaginado casar-se com ele, o primeiro menino que conheceu, e que a fazia sorrir e dar risada quando criança. Mas ele nunca havia imaginado isso, havia? Não tinha importância. Agora, enquanto encarava o homem, era incapaz de encontrar qualquer traço do menino que conheceu um dia... o menino que poderia tê-la considerado doce. Ele continuou, arrancando-a dos pensamentos:

"Então, lá estava você, toda encantadora com seus olhos azuis, verdadeiramente brilhando às chamas do pudim de figo, e eu não pude suportar mais um instante do meu licencioso, livre e subitamente indesejado estado de solteirice. Em você, vi meu coração, meu propósito, minha própria alma."

Penélope sabia que era ridículo, mas não conseguiu deixar de sentir

uma inundação de calor que fez suas bochechas queimarem diante daquelas palavras, pronunciadas baixinho, na intimidade da carruagem.

"Isso... isso parece bom."

Ele fez um barulho e ela não soube ao certo o que o ruído significava.

"Eu estava usando um vestido de veludo verde."

"Muito apropriado."

Ela o ignorou.

"Você tinha um ramo de azevinho na lapela."

"Um toque de espírito natalino."

"Nós dançamos."

"Uma jiga?"

O tom de ironia dele a arrancou de sua pequena fantasia, lembrando-a da verdade.

"Possivelmente."

Com isso, ele se sentou.

"Ora, vamos, Penélope", ele disse, em tom de repreensão. "Faz apenas poucas semanas, e você não se lembra?"

Ela estreitou os olhos para ele.

"Muito bem. Uma dança escocesa."

"Ah. Sim. Muito mais emocionante do que uma jiga."

Ele era mesmo irritante.

"Diga-me, por que eu estava lá, em Coldharbour, celebrando a Festa de Santo Estêvão?"

Ela estava começando a não gostar daquela conversa.

"Não sei."

"Você sabe que eu estava usando um ramo de azevinho na lapela... certamente que pensou em minha motivação para essa história específica?"

Ela detestou a forma como as palavras foram pronunciadas por ele, condescendentes, beirando o desdém. Talvez tenha sido por isso que ela respondeu:

"Você veio para visitar o túmulo dos seus pais."

Ele ficou tenso diante da frase, o único movimento dentro da carruagem sendo o leve balançar dos corpos dos dois, no ritmo das rodas.

"O túmulo dos meus pais."

Ela não recuou.

"Sim. Você faz isso todos os anos no Natal. Deixa rosas sobre a lápide da sua mãe e dálias sobre a do seu pai.

"Faço?" Ela desviou o olhar, mirando para fora da janela. "Eu devo ter um excelente contato com uma estufa próxima."

"Tem sim. Minha irmã mais nova, Philippa, cultiva flores lindas durante todo o ano no Solar Needham."

Ele inclinou-se para frente, sussurrando com ironia.

"A primeira regra da mentira é que apenas contamos mentiras sobre nós mesmos, querida."

Ela ficou olhando para as bétulas finas na beira da estrada, misturando-se à neve branca atrás.

"Não é uma mentira. Pippa é horticultora."

Houve um longo silêncio antes dela olhar novamente para ele, descobrindo-o observando-a atentamente.

"Se alguém tivesse visitado o túmulo dos meus pais no Dia de Santo Estêvão, o que teria encontrado lá?"

Ela poderia mentir, mas não queria. Por mais tolo que fosse, queria que ele soubesse que ela pensava nele em todos os Natais... que se preocupava com ele. Que ela se importava. *Mesmo que ele não tivesse se dado esse trabalho.*

"Rosas e dálias. Exatamente como você as deixa todos os anos."

Então foi a vez de ele olhar pela janela, e ela aproveitou a oportunidade para estudar seus traços, seu maxilar firme, a expressão dura em seus olhos, a forma como os lábios dele – lábios que ela sabia por experiência própria serem cheios, macios e maravilhosos – se apertaram em uma linha reta. Ele estava muito na defensiva, com uma tensão inflexível, e ela desejou que pudesse sacudi-lo para lhe devolver a emoção, para mudar alguma coisa em seu rígido autocontrole.

Houve um tempo em que ele havia sido muito fluido, cheio de movimentos livres. Mas, ao observá-lo, era quase impossível acreditar que se tratasse da mesma pessoa. Ela daria tudo o que tinha para saber o que ele estava pensando naquele momento. Ele não olhou para ela ao falar.

"Bem, você parece ter pensado em tudo. Farei o possível para memorizar a história do nosso amor à primeira vista. Imagino que a contaremos muitas vezes."

Ela hesitou um pouco, e então disse:

"Obrigada, milorde".

Ele virou a cabeça de repente.

"*Milorde*? Ora, ora, Penélope. Você pretende ser uma esposa cerimoniosa, não?"

"Espera-se que uma esposa demonstre deferência ao marido."

Michael cerrou as sobrancelhas diante daquilo.

"Imagino que tenha sido treinada para comportar-se assim."

"Você se esquece que eu seria uma duquesa."

"Lamento que tenha tido de se contentar com um marquesado maculado."

"Farei um esforço para perseverar", ela respondeu, as palavras secas como areia. Os dois seguiram em silêncio por um longo tempo antes dela dizer: "Você terá de retornar à sociedade. Por minhas irmãs".

"Você está se sentindo bastante confortável fazendo-me exigências."

"Eu me *casei* com você. Imagino que você possa fazer um ou dois sacrifícios, levando em consideração que abri mão de *tudo* para que pudesse ter sua terra."

"Seu casamento perfeito, quer dizer?"

Ela se recostou.

"Não precisaria ser perfeito." Ele não disse nada, mas seu olhar perspicaz a fez acrescentar rapidamente: "Não duvido que teria sido mais perfeito do que *isso*, no entanto".

Tommy não a irritaria nem perto daquilo. Os dois seguiram em silêncio por um longo tempo antes dele dizer:

"Comparecerei aos eventos necessários." Ele estava olhando pela janela, o retrato do tédio. "Começaremos com Tottenham. Ele é o mais próximo de um amigo que tenho."

A descrição era desconcertante. Michael nunca havia sido alguém sem amigos. Era inteligente, animado, encantador e cheio de vida... e todos os que o conheceram na infância o adoravam. *Ela o tinha amado.* Ele havia sido seu melhor amigo. O que havia lhe acontecido? Como havia se tornado aquele homem frio e sombrio? Ela afastou o pensamento. O visconde de Tottenham era um dos solteiros mais cobiçados da sociedade, com uma mãe irrepreensível.

"Bela escolha. Ele lhe deve dinheiro?"

"Não." Fez-se silêncio. "Jantaremos com ele esta semana."

"Tem um convite?"

"Ainda não."

"Então como..."

Ele suspirou.

"Vamos terminar com isto antes que comece, sim? Sou proprietário do mais lucrativo cassino de Londres. Há poucos homens na Grã-Bretanha que não conseguem tempo para falar comigo."

"E as esposas deles?"

"O que há com elas?"

"Acha que elas não o julgarão?"

"Acho que como todas me querem em suas camas, sempre encontrarão espaço para mim em suas salas de estar."

Ela virou a cabeça de repente, diante daquelas palavras, da indelicadeza delas. Do fato dele ter coragem de dizer aquilo à esposa. E da ideia de que ele passaria tempo nas camas de outras esposas.

"Creio que você esteja enganado quanto ao valor da sua presença na alcova de uma dama."

Ele levantou uma sobrancelha.

"Creio que pensará diferente depois desta noite."

O espectro da noite de núpcias se agigantou com aquela declaração, e Penélope detestou o fato de que seu pulso disparou mesmo que ela quisesse cuspir nele.

"Sim... Bem, como quer que enfeitice as mulheres da sociedade, posso garantir que elas são muito mais criteriosas quanto suas companhias em público do que no privado. E você não é bom o bastante."

Ela não pôde acreditar que havia dito aquilo. Mas ele a havia deixado muito, muito *irritada*. Quando Bourne virou-se para ela, havia algo poderoso em seu olhar. Algo parecido com admiração.

"Fico feliz que tenha descoberto a verdade, esposa. É melhor abandonar qualquer falsa esperança de que eu possa ser um homem decente, ou um marido decente, no começo de nosso tempo juntos." Ele fez uma pausa, espanando uma sujeira da manga do casaco. "Não preciso das mulheres."

"As mulheres são as guardiãs da sociedade. Na verdade, você precisa delas."

"Por isso tenho você."

"Eu não sou suficiente."

"Por que não? Não é a dama inglesa perfeita?"

Penélope cerrou os dentes diante da descrição e da forma como ressaltou seu antigo e atual objetivo: sua absoluta falta de valor.

"Estou longe de ser. Faz anos que fui a bela do baile."

"É a marquesa de Bourne agora. Não tenho dúvidas de que logo irá se tornar uma pessoa de interesse, querida."

Ela estreitou os olhos para ele.

"Não sou sua querida."

Ele arregalou os olhos.

"Você me feriu. Não lembra do Dia de Santo Estêvão? Nossa dança escocesa não significou nada para você?"

Ela não lamentaria se ele caísse pela lateral da carruagem e rolasse para dentro de uma vala. Na verdade, se isso acontecesse, ela nem pararia para recolher os restos. Não se importava que Falconwell tivesse voltado para ele. Mas se importava com suas irmãs, e não permitiria que a reputação delas fosse manchada pela de seu marido. Respirou fundo, tentando acalmar-se.

"Terá de provar seu valor novamente. Eles terão de vê-lo. Acreditar que *eu* o vejo."

Ele olhou para ela.

"Valho três vezes mais do que os homens mais respeitados da sociedade."

Ela sacudiu a cabeça.

"Refiro-me ao seu *valor* como marquês. Como homem."

Ele ficou imóvel.

"Qualquer um que conheça minha história pode lhe dizer que não tenho muito valor como nenhuma dessas coisas. Perdi tudo há uma década. Não ficou sabendo?"

Ele pronunciou as palavras com absoluta condescendência, e ela soube que a pergunta era retórica, mas não se deixou intimidar.

"Fiquei." Levantou o queixo para encará-lo. "E você está disposto a permitir que um pecadilho tolo e infantil manche sua imagem pelo resto da eternidade? E agora a minha também?"

Ele se revirou, inclinando-se para ela, perigoso e ameaçador. Ela se manteve na mesma posição, recusando-se a recuar. A desviar o olhar.

"Eu perdi tudo. O equivalente a centenas de milhares de libras. Em uma carta. Foi colossal. Uma derrota de entrar para os livros de história. E você chama isso de pecadilho?"

Engoliu em seco.

"Centenas de milhares?"

"Mais ou menos."

Penélope resistiu ao impulso de perguntar precisamente quanto era *mais ou menos*.

"Em uma carta?"

"Uma carta."

"Então talvez não tenha sido um pecadilho. Mas tolo, certamente."

Penélope não fazia ideia de onde vinham as palavras, mas elas vinham de qualquer maneira, e ela soube que suas opções eram escancará-las ou demonstrar seu medo. Milagrosamente, manteve o olhar firme sobre ele.

A voz dele ficou baixa, quase um grunhido.

"Você acabou de me chamar de tolo?"

O coração dela estava disparado – batendo tão forte, que Penélope se surpreendeu que ele não pudesse ouvi-lo dentro da carruagem. Ela acenou uma das mãos, esperando parecer indiferente.

"Não é esta a questão. Se pretendemos convencer a sociedade de que minhas irmãs são merecedoras de um casamento, você precisa provar ser um acompanhante mais do que merecedor para elas." Ela fez uma pausa. "Você precisa fazer reparações."

Ele ficou em silêncio por um longo tempo. Longo o bastante para ela pensar que talvez tivesse ido longe demais.

"Reparações..."

Ela assentiu com a cabeça.

"Eu o ajudarei."

"Você sempre negocia tão bem?"

"De forma alguma. Na verdade, eu nunca negocio. Simplesmente entrego os pontos."

Ele estreitou o olhar.

"Você não entregou os pontos uma vez sequer em três dias."

Ela certamente vinha sendo menos obediente do que o normal.

"Não é verdade. Concordei em me casar com você, não?"

"É verdade."

Ela gostou daquelas palavras, da forma como a tornaram tão *ciente* dele. *Seu marido.*

"O que mais?"

Penélope ficou confusa.

"Milorde?"

"Descobri que não aprecio as surpresas constantes que surgem de nosso acordo. Vamos pôr as cartas na mesa, sim? Você deseja uma temporada de sucesso para suas irmãs, bons pretendentes para elas, deseja meu retorno à sociedade... O que mais?"

"Não há nada mais."

Um relance de algo – desagrado, talvez? – cruzou o rosto dele.

"Se seu oponente torna impossível que perca, Penélope, deve apostar."

"Outra regra do jogo?"

"Outra regra dos canalhas que também serve a maridos. Duas vezes, a maridos como eu."

Maridos como ele. Ela se perguntou o que aquilo queria dizer; mas, antes que pudesse perguntar, ele continuou:

"O que mais, Penélope? Diga agora, ou cale-se para sempre."

A pergunta era tão ampla, tão aberta... e tinha uma infinidade de respostas. Ela hesitou, a mente disparada. O que ela queria? *Realmente queria.* O que ela queria *dele? Mais...* A palavra passou sussurrada por ela, não simplesmente um eco daquela noite que já parecia tão distante... aquela noite que havia mudado tudo, mas uma oportunidade. Uma chance de ser mais do que uma marionete manipulada por ele, pela família e pela sociedade. Uma chance de ter experiências extraordinárias. Uma vida extraordinária.

Ela o encarou nos olhos, de tons dourados e verdes.

"Talvez não goste."

"Estou certo de que não gostarei."

"Mas, como perguntou..."

"É culpa minha, posso garantir."

Ela apertou os lábios.

"Quero mais do que uma vida simples e decente como esposa simples e decente."

Isso pareceu fazê-lo recuar.

"O que isso quer dizer?"

"Passei a vida sendo uma jovem-modelo... passando a ser uma solteirona-modelo. E foi... *terrível.*" Suas próprias palavras a surpreenderam. Ela jamais pensou em sua vida anterior como terrível. Jamais havia imaginado qualquer outra coisa. Até agora. *Até ele.* E ele estava lhe oferecendo uma chance de mudar tudo. "Quero um tipo diferente de casamento. Um casamento em que eu tenha permissão de ser mais do que uma dama que passa os dias bordando e fazendo caridade e que sabe pouco mais sobre o marido do que qual é sua sobremesa preferida."

"Não me importo se você borda ou não e, se minha lembrança está correta, você não combina muito com essa atividade."

Penélope sorriu.

"Ótimo começo."

"Se jamais dedicar um segundo do seu tempo à caridade, eu sinceramente não imagino que daria a menor importância."

O sorriso se ampliou.

"Também promissor. E suponho que não tenha uma sobremesa preferida?"

"Nenhuma em especial, não." Ele fez uma pausa, observando-a. "Há mais, imagino?"

Ela gostou do som da palavra saindo dos lábios dele. Sua ondulação. Sua promessa.

"Espero que sim. E gostaria muito que você me mostrasse."

O olhar dele escureceu quase que imediatamente para um encantador verde-musgo.

"Eu certamente não a estou entendendo."

"É bem simples, na verdade. Eu quero a aventura."

"Qual aventura?"

"A que você me prometeu em Falconwell."

Ele se recostou, um brilho divertido nos olhos – um brilho que ela reconheceu da infância dos dois.

"Diga a sua aventura, Lady Penélope."

Ela o corrigiu.

"Lady Bourne, por favor."

Ele arregalou ligeiramente os olhos. Apenas o bastante para ela perceber sua surpresa, antes de baixar a cabeça.

"Lady Bourne, então."

Ela gostou do som do nome, embora não devesse. Embora ele não lhe desse qualquer motivo para isso.

"Gostaria de conhecer seu cassino."

Ele entortou uma sobrancelha.

"Por quê?"

"Parece que seria uma aventura."

"De fato, seria."

"Imagino que mulheres não frequentem o local..."

"Não mulheres como você."

Mulheres como você. Ela não gostou da insinuação da afirmação. A insinuação de que ela era simples, tediosa e dificilmente faria qualquer coisa aventureira... jamais. Ela se manteve firme.

"Ainda assim, gostaria de ir." Pensou por instante, e acrescentou: "À noite".

"Por que o horário importaria?"

"Eventos à noite são muito mais aventureiros. Muito mais *ilícitos*."

"O que você sabe sobre ilicitude?"

"Não muita coisa. Mas tenho confiança de que aprenderei rápido." Penélope sentiu o coração disparar com a lembrança da primeira noite dos dois juntos – do prazer que sentiu nas mãos dele –, antes de recordar a forma como ele a havia deixado naquela noite, depois de assegurar o casamento. Limpou a garganta, subitamente desconcertada. "Que sorte eu ter um marido capaz de me oferecer uma turnê por essas emoções escusas."

"Que sorte, realmente", ele disse com a voz arrastada. "Se ao menos seu desejo por aventura não fosse diretamente de encontro à respeitabilidade com que insiste que eu me cubra, eu atenderia de bom grado. Infelizmente, devo recusar."

Penélope sentiu raiva.

Sua oferta por *mais* não havia sido uma oferta real. Ele estava disposto a atender a seus caprichos, a pagar um preço pelo casamento deles, por Falconwell – mas apenas o preço estabelecido por *ele*. E não era diferente de nenhum dos outros. De seu pai, de seu noivo, de qualquer dos outros cavalheiros que tentaram cortejá-la nos anos seguintes. E isso ela não iria aceitar. Ela havia aceitado um casamento forçado por eventos que não podia controlar, com um conhecido canalha, mas não aceitaria ser tratada como um peão. Não quando ele a incentivava tanto a ser uma jogadora.

"Foi parte do nosso acordo. Você me prometeu na noite em que concordei me casar com você. Disse-me que eu poderia ter a vida que quisesse, as aventuras que desejasse. Você me prometeu que me permitiria explorar, que assumir o título maculado de marquesa de Bourne poderia arruinar minha reputação, mas me daria o mundo."

"Isso foi antes de você insistir na minha respeitabilidade." Ele se inclinou para frente. "Deseja suas irmãs respeitavelmente casadas. Não aposte o que não está disposta a perder, querida. Terceira regra do jogo."

"E dos canalhas", ela disse, irritada.

"Também." Ele a observou por um longo tempo, como se estivesse testando sua raiva. "Seu problema é não saber o que realmente quer. Você sabe o que deveria querer, mas não é o mesmo que desejo real, é?"

Michael era um homem realmente muito irritante.

"Quanto ressentimento", ele disse, com divertimento no tom da voz ao se recostar.

Ela se inclinou para frente e disse:

"Pelo menos me conte a respeito."

"A respeito do quê?"

"Do seu antro."

Ele cruzou os braços sobre o peito.

"Imagino que seja muito semelhante a um longo trajeto de carruagem, com uma noiva com um recém-descoberto gosto por aventura."

Ela riu, surpresa pela piada.

"Não esse tipo de antro. O seu antro de *jogatina*."

"O que gostaria de saber a respeito dele?"

"Quero saber de tudo." Ela sorriu para ele de modo escancarado. "Você não precisaria me falar a respeito dele se me levasse até lá para conhecê-lo ao vivo." O canto dos lábios de Michael levantou uma vez, muito ligeiramente. Ela percebeu. "Vejo que concorda."

Ele entortou uma sobrancelha.

"Não inteiramente."

"Mas você me levará, mesmo assim?"

"Você é teimosa." Ele a encarou por um longo tempo, pensando na resposta que daria. Enfim, disse: "Eu levarei você". Ela deu um largo sorriso, e ele se apressou a acrescentar: "Uma vez".

Era o bastante.

"É muito excitante?"

"Se você gosta de jogar...", ele disse apenas, e Penélope franziu o nariz.

"Eu nunca joguei."

"Tolice. Você tem apostado todos os minutos em que passamos juntos. Primeiro por suas irmãs e, hoje, por si mesma."

Ela pensou no que ele disse.

"Suponho que sim. E ganhei!"

"Isso porque eu a deixei ganhar."

"Imagino que isso não aconteça no seu cassino."

Ele soltou uma risadinha.

"Não. Preferimos deixar os jogadores perderem."

"Por quê?"

Ele olhou para ela.

"Porque a perda deles é o nosso ganho."

"Quer dizer dinheiro?"

"Dinheiro, terras, joias... o que quer que eles sejam tolos o bastante para apostar."

Parecia fascinante.

"E o lugar se chama O Anjo?"

"Anjo Caído."

Ela pensou no nome por um longo tempo.

"Você escolheu esse nome?"

"Não."

"Parece adequado para você."

"Imagino que tenha sido por isso que Chase o escolheu. É adequado para todos nós."

"Todos vocês?"

Ele suspirou, abrindo um olho e a encarando.

"Você é voraz."

"Prefiro curiosa."

Ele se sentou, mexendo na bainha de uma manga.

"Somos quatro."

"E todos vocês são... caídos?" A última palavra saiu em um sussurro.

Os olhos castanhos dele encontraram os dela dentro da carruagem escura.

"De certo modo."

Ela pensou na resposta, a forma como ele a pronunciou sem vergonha nem orgulho. Apenas com simples e absoluta sinceridade. E se deu conta de que havia algo muito tentador na ideia de ele ser um arruinado... de ser um canalha. De ter perdido tudo – *centenas de milhares de libras!* – e recuperado tudo em tão pouco tempo. Ele, de alguma forma, havia reconstruído tudo. Sem ajuda da sociedade. Com nada além de sua vontade incansável e de seu comprometimento ardoroso por sua causa. Não apenas tentador. *Heroico.* Ela o encarou, subitamente enxergando-o sob uma luz completamente nova. Ele se lançou para frente, e a carruagem tornou-se imediatamente pequena.

"Não faça isso."

Ela se recostou, afastando-se dele.

"Não fazer o quê?"

"Posso ver você romantizando a situação. Posso vê-la transformando o Anjo Caído em algo que não é. Transformando a mim em algo que não sou."

Ela sacudiu a cabeça, desconcertada pela forma como ele havia lido seus pensamentos.

"Eu não estava…"

"É claro que estava. Acha que não vi a mesma expressão nos olhos de uma dezena de outras mulheres? De centenas delas? Não faça isso", ele disse com firmeza. "Você apenas se decepcionará."

Fez-se silêncio. Ele descruzou as pernas compridas, de botas, e as cruzou outra vez, um tornozelo sobre o outro, antes de fechar os olhos novamente. Isolando-a. Ela o observou em silêncio, maravilhada com sua imobilidade, como se os dois não passassem de companheiros de viagem, como se aquele não fosse nada além de um trajeto de carruagem comum. E talvez ele tivesse razão, porque não havia nada naquele homem que parecesse marital, e ela certamente não se sentia nem um pouco como esposa.

Imaginava que esposas tinham mais segurança quanto a seus propósitos. Não que ela tivesse se sentido mais segura de seu propósito da última vez em que chegou perto de se tornar uma esposa. Da última vez em que chegou perto de se casar com um homem que não conhecia. A ideia a fez pensar. Ele não era diferente do duque, aquele novo Michael adulto, que não era de modo algum o garoto que ela conheceu um dia. Ela procurou no rosto dele por algum sinal do velho amigo, pelas covinhas profundas em suas bochechas, pelos sorrisos fáceis e amigáveis, pelo riso desbragado que sempre lhe trazia problemas.

Ele não estava ali. Ele havia sido substituído por aquele homem frio, duro e inflexível que ceifava pedaços das vidas de pessoas ao seu redor e pegava o que queria sem se importar. *Seu marido.* De repente, Penélope sentiu-se muito solitária – mais solitária do que jamais havia se sentido antes – ali naquela carruagem com aquele estranho, longe dos pais, das irmãs, de Tommy e de tudo o que conhecia, sacolejando a caminho de Londres e do que estava destinado a ser o dia mais estranho de sua vida.

Tudo havia mudado naquela manhã. *Tudo.* Para todo o sempre, sua vida seria pensada como dividida em duas partes – antes e depois de se casar. Antes, havia a Casa Dolby, o Solar Needham e sua família. E depois, havia… Michael. Michael e mais ninguém. Michael e sabe-se lá o *que* mais. Michael, um estranho transformado em marido. Sentiu uma dor se instalar em seu peito, tristeza, talvez? Não. Desejo. *Casada*. Respirou fundo, e expulsou a sensação de si, a expiração ressoando ao redor da carruagem. Ele abriu os olhos, encarando-a antes que ela conseguisse fingir que estava dormindo.

"O que foi?"

Ela imaginou que deveria ficar tocada pelo fato dele ter sequer perguntado, mas, na verdade, ela se viu incapaz de sentir qualquer coisa além de incômodo com o tom insensível. Ele não compreendia que aquela era uma tarde bastante complicada em termos de emoções?

"Pode reivindicar direito sobre minha vida, meu dote e minha pessoa, milorde. Mas ainda sou dona dos meus pensamentos, não?"

Michael a encarou por um longo tempo, e Penélope teve a distinta e desconfortável impressão de que ele era capaz de ler seus pensamentos.

"Por que você precisou de um dote tão grande?"

"Perdão?"

"Por que estava solteira?"

Ela riu. Não conseguiu se conter.

"Certamente é a única pessoa na Grã-Bretanha que não conhece a história." Como ele não respondeu, ela preencheu o silêncio com a verdade. "Fui vítima do pior tipo de rompimento de noivado."

"Existem 'tipos' de rompimentos de noivado?"

"Ah, sim. O meu foi especialmente ruim. Não a parte do rompimento... as circunstâncias que me levaram a rompê-lo. Mas o resto... o casamento com uma mulher a quem ele amava em uma semana? Isso não foi muito cortês. Levei anos para aprender a ignorar os cochichos."

"Sobre o que as pessoas cochichavam?"

"Ah..., por que eu – uma noiva inglesa perfeita, mimada, dotada, nobre e tudo mais – fui incapaz de manter o controle sobre um duque por sequer um mês."

"E? Por que você foi incapaz disso?"

Ela desviou o olhar dele, sem conseguir responder diretamente.

"Ele estava loucamente apaixonado por outra. Parece mesmo que o amor vence todas as coisas. Inclusive casamentos aristocráticos."

"Você acredita nisso?"

"Acredito. Eu os vi juntos. Eles são..." ela procurou pela palavra. "Perfeitos." Como ele não disse nada, ela continuou: "Pelo menos eu gosto de pensar assim".

"Por que isso lhe importa?"

"Imagino que não deveria me importar... mas gosto de pensar que se eles não fossem perfeitos juntos... se não se amassem tanto... ele não teria feito o que fez e..."

"E você estaria casada."

Ela olhou para ele, um sorriso irônico nos lábios.

"Estou casada mesmo assim."

"Mas você teria o casamento que foi criada para ter em vez deste, um escândalo esperando para ser descoberto."

"Eu não sabia, mas aquele também era um escândalo esperando para ser descoberto." Diante do olhar questionador dele, ela respondeu: "A irmã do duque... Ela era solteira, não havia sequer sido apresentada à sociedade, e estava esperando um filho. Ele queria que nosso casamento garantisse que a Casa de Leighton tivesse mais do que o escândalo da irmã".

"Ele planejava usar você para encobrir o escândalo? Sem lhe contar?"

"Isso é diferente de me usar por dinheiro? Ou por terras?"

"É claro que é diferente. Eu não menti."

Era verdade, e por algum motivo, isso importava. O suficiente para fazê-la perceber que não trocaria este casamento pelo outro de tantos anos antes.

Estava ficando frio na carruagem, e ela arrumou suas saias, tentando arrancar o máximo do restante de calor da pedra aquecida a seus pés. A ação lhe conseguiu tempo para pensar.

"Minhas irmãs, Victória e Valerie?" Ela esperou que Michael se lembrasse das gêmeas. Quando ele assentiu com a cabeça, continuou: "A primeira temporada delas foi imediatamente depois do meu escândalo e elas sofreram por isso. Minha mãe estava tão apavorada que elas ficassem marcadas por minha tragédia, que instou-as a aceitar os primeiros pedidos de casamento que receberam. Victória casou-se com um conde mais velho, desesperado por um herdeiro, e Valerie, com um visconde, bonito, mas com mais dinheiro do que juízo. Não sei se são felizes... mas não imagino que jamais tenham esperado ser. Não depois que o casamento se tornou uma possibilidade real". Ela fez uma pausa, pensando. "Todas sabíamos como as coisas funcionavam. Não fomos criadas para acreditar que o casamento fosse qualquer coisa além de um arranjo de negócios, mas eu tornei impossível que elas conseguissem mais."

Ela continuou falando, não compreendendo inteiramente por que sentia que devia contar toda a história a ele.

"Meu casamento era para ser o mais planejado e mais prático de todos. Eu deveria me tornar a duquesa de Leighton, manter-me quieta, obedecer meu marido e dar à luz o próximo duque de Leighton. E eu o teria feito satisfeita..." Ela encolheu um ombro ligeiramente. "Mas o duque... ele tinha outros planos."

"Você escapou."

Nunca ninguém havia se referido ao fato dessa forma. Ela jamais admitiu a tranquilidade que sentiu com a dissolução do compromisso, ainda que seu mundo tivesse desabado ao seu redor. Ela jamais gostaria que sua mãe lhe acusasse de ser egoísta. Ainda agora, não conseguiu se permitir concordar com Michael.

"Não sei ao certo se a maioria das mulheres consideraria o que aconteceu comigo como escapar. É curioso como uma coisinha pequena como um noivado rompido pode mudar tudo."

"Não tão pequena, imagino."

Ela olhou para Michael novamente, percebendo que ele estava prestando muita atenção a ela.

"Não... Suponho que não."

"Como isso a mudou?"

"Eu não era mais um prêmio. Não era mais a noiva aristocrática ideal." Passou as mãos sobre as saias, alisando as dobras que apareceram durante a viagem. "Eu não era mais perfeita. Não aos olhos deles."

"Pela minha experiência, a perfeição aos olhos da sociedade é altamente superestimada." Ele a estava encarando, os olhos castanhos cintilando com algo que ela não conseguiu identificar.

"É fácil para você dizer isso. Você se afastou da sociedade."

Ele ignorou a mudança de foco, recusou-se a permitir que a conversa se voltasse para ele.

"Todas essas coisas... tudo o que você acabou de dizer... foi assim que seu noivado rompido a mudou para a *sociedade*. Como ele mudou *você*, Penélope?"

A pergunta a fez pensar. Durante todos os anos desde que o duque de Leighton havia causado o maior escândalo de todos os tempos e destruído qualquer chance de Penélope tornar-se sua duquesa, ela jamais se perguntou como aquilo a havia mudado. Mas agora, olhando para seu novo marido do outro lado da carruagem – um homem que a havia abordado no meio da madrugada e com quem se casou apenas dias depois –, ela foi percorrida pela verdade. *O rompimento havia tornado a felicidade uma possibilidade.* Ela descartou o pensamento e inclinou-se para frente rapidamente, quase que ansiosa.

"Pronto. Pronto... você acabou de responder à pergunta."

"Eu...", ela parou.

"Diga."

"Não tem mais importância."

"Não mais... Por minha causa?"

Eu nunca fui destinada a ter o que eles têm. Ela pensou cuidadosamente em suas palavras.

"O rompimento me fez perceber que o casamento não precisava ser um negócio. O duque... ele ama sua esposa loucamente. O casamento deles... não tem nada de tranquilo e sóbrio."

"E você queria isso?"

Apenas depois de saber que era uma opção. Mas isso não tinha importância. Ela encolheu os ombros.

"Não importa o que eu queria, importa? Agora tenho meu casamento."

Ela tiritou os dentes ao dizer isso, e ele resmungou uma desaprovação, mexendo-se e indo até o outro lado da carruagem para sentar-se ao lado dela.

"Você está com frio." Ele passou um braço comprido ao redor dos ombros dela, puxando-a para perto de si, liberando calor em ondas. "Aqui", ele acrescentou, puxando um cobertor ao redor deles, "isso irá ajudar."

Ela se aconchegou, tentando não se lembrar da última vez em que havia estado tão próxima a ele.

"Parece estar sempre dividindo seus cobertores comigo, milorde."

"Bourne", ele corrigiu, aninhando-os bem juntos sob a lã áspera, a palavra soando como um rugido sob o ouvido dela. "E se não compartilho meus cobertores, você os rouba."

Ela não conseguiu se conter, e riu. Os dois seguiram em silêncio por um longo tempo antes dele falar novamente:

"Então, durante todos esses anos, você vinha esperando por um casamento feliz."

"Não sei se *esperando* é a palavra que eu usaria. Desejando é mais adequado." Bourne não respondeu, e ela ficou mexendo no botão do casaco dele.

"E o seu noivo, aquele de quem eu a roubei, teria dado esse casamento feliz a você?"

Talvez. Talvez não. Ela deveria contar a ele a verdade sobre Tommy. Que os dois nunca estiveram realmente noivos. Mas alguma coisa a impedia de fazer isso.

"Não vale a pena pensar nisso agora. Mas eu não serei culpada por mais dois casamentos infelizes. Não engano a mim mesma pensando que minhas irmãs poderiam encontrar amor, mas elas poderiam ser felizes, não? Poderiam encontrar alguém que combinasse com elas… ou talvez isso seja pedir muito?"

"Eu não sei, sinceramente", ele disse, deslizando uma das mãos ao redor dela, puxando-a para perto, enquanto a carruagem sacolejava para a ponte que os levaria por sobre o Tâmisa e para dentro de Londres. "Não sou o tipo de homem que compreende como as pessoas combinam."

Ela não deveria apreciar a sensação do braço dele ao seu redor, mas não pôde deixar de se apoiar em seu calor, fingindo, por um instante fugaz, que aquela conversa tranquila era a primeira de muitas. A mão dele estava deslizando lentamente para cima e para baixo no braço dela, transferindo calor – e algo mais maravilhoso – a ela, a cada gesto carinhoso e encantador.

"Pippa está praticamente noiva de Lorde Castleton e esperamos que ele a peça em casamento dentro de dias, após o retorno dela a Londres."

A mão dele parou por um instante antes de continuar seu percurso longo e lento.

"Como ela e Castleton vieram a se conhecer?"

Ela pensou no conde simples e pouco inspirador.

"Da mesma forma que ocorre com qualquer um, na verdade. Bailes, jantares, danças. Ele parece agradável o suficiente, mas... Não gosto da ideia dele com Pippa."

"Por que não?",

"Há quem diga que ela é peculiar, mas não é. Ela é apenas estudiosa, adora ciências. É fascinada pelo funcionamento das coisas. Ele não parece ser capaz de acompanhá-la, mas, sinceramente? Não creio que ela dê a menor importância de uma forma ou outra sobre se vai se casar, ou com quem. Desde que tenha uma biblioteca e alguns cães, ela construirá uma felicidade para si. Eu apenas gostaria que pudesse encontrar alguém mais... bem, detesto parecer cruel, mas... inteligente."

"Mmm." Michael foi evasivo. "E a sua outra irmã?"

"Olivia é muito linda", ela respondeu.

"Então parece que ela combinará com a maioria dos homens muito bem."

Penélope endireitou-se.

"É tão simples assim?"

Ele a encarou.

"Beleza ajuda."

Penélope jamais seria considerada bonita. Simples, sim. Passável, até, em um bom dia, com uma roupa nova. Mas nunca bonita. Mesmo quando estava para se tornar duquesa de Leighton, não era bonita. Era apenas... ideal. Desprezou a honestidade nas palavras de Michael. Ninguém gostava de ser lembrada de que havia sido trocada por uma mulher mais bonita.

"Bem, Olivia é linda, e sabe disso..."

"Ela parece encantadora."

Penélope ignorou o tom irônico dele.

"...e precisará de um homem que a trate muito, muito bem. Que tenha muito dinheiro e não se importe em gastar para mimá-la."

"Isso me parece totalmente o oposto do que Olivia precisa."

"Não é. Você verá."

Fez-se silêncio, e ela não se importou, aninhando-se no calor dele, adorando a sensação do corpo dele contra o seu, do calor dele tornando a carruagem infinitamente mais confortável. Quando o balançar da carruagem estava prestes a fazê-la cair no sono, ele falou.

"E você?"

Ela abriu os olhos.

"Eu?"

"Sim. Você. Que tipo de homem combinaria com você?"

Ela observou a forma como o cobertor levantava e abaixava no peito dele com a respiração, os movimentos demorados e constantes acalmando-a de uma maneira estranha.

Eu gostaria que você combinasse comigo. Ele era o marido dela, afinal. Era apenas natural que ela imaginasse que ele poderia ser mais do que uma companhia fugaz. Mais do que um conhecido. Mais do que um amigo. Mais do que o homem frio e duro que ela passou a esperar que ele fosse. Ela não achava ruim aquele Michael, o que estava próximo dela, aquecendo-a, conversando com ela. Claro que não disse nada disso. Preferiu responder:

"Isso não tem mais importância agora, não é?"

"E se tivesse?" Ele não ia deixá-la evitar a pergunta.

Quer tenha sido pelo calor, pela tranquilidade, pela viagem ou pelo homem, ela respondeu:

"Imagino que eu gostaria de alguém interessante... alguém gentil... alguém disposto a me mostrar..."

Como viver. Ela não podia dizer *isso.* Ele a expulsaria da carruagem de tanto rir.

"Alguém com quem dançar... com quem dar risada... alguém com quem me importar."

Alguém que se importasse comigo.

"Alguém como o seu noivo?"

Ela pensou em Tommy. Por um rápido instante, pensou em dizer a Michael que o homem não identificado a quem ele se referia era o amigo que ambos conheciam desde sempre. *O filho do homem que havia tirado tudo dele.* Mas ela não queria perturbá-lo, não enquanto os dois estavam tranquilos e quentes, e ela podia fingir que gostavam da companhia um do outro. Então, em vez disso, ela sussurrou:

"Gostaria que fosse alguém como o meu marido."

Ele ficou em silêncio por um longo tempo, longo o suficiente para ela se perguntar se ele a havia escutado. Quando arriscou espiá-lo discretamente, viu que ele a estava encarando com uma atenção inquietante, os olhos castanhos quase dourados sob a luz fraca da carruagem. Por um instante fugaz, ela pensou que ele poderia beijá-la. *Penélope desejou que ele a beijasse.* Sentiu um calorão no rosto diante daquele pensamento e virou-se para o outro lado rapidamente, voltando a cabeça para o peito, fechando bem os olhos e desejando que aquele momento passasse – junto com sua tolice.

Não seria tão ruim se os dois de fato combinassem.

Capítulo Oito

Caro M,

Apenas uma nota rápida para dizer que estamos todos pensando em você, eu mais do que todos. Perguntei a meu pai se poderíamos ir visitá-lo em Eton, e é claro que ele me disse que não seria apropriado, uma vez que não somos parentes. É uma tolice, na verdade. Você sempre me pareceu tão da minha família como algumas das minhas irmãs. Definitivamente mais da minha família do que minha tia Hester.

Tommy passará as férias de verão aqui. Estou cruzando os dedos para que se junte a nós.

Sempre sua, P
Solar Needham, maio de 1816

Sem resposta

Na noite de seu casamento, Bourne saiu de sua residência quase que imediatamente depois de depositar a esposa lá dentro e seguiu para o Anjo Caído. Estaria mentindo se dissesse que não se sentiu como um cretino ao deixá-la tão sumariamente, em uma nova casa, com uma equipe nova de criados e nada familiar ao redor, mas ele tinha uma única meta imutável; quanto mais rápido a atingisse, melhor seria para todos.

Ele enviaria o anúncio do casamento para a *Times*, arranjaria casamentos para as damas Marbury e obteria sua vingança. Não tinha tempo para sua nova esposa. Certamente não tinha tempo para seus sorrisos silenciosos, sua língua rápida e para a forma como ela o lembrava de tudo o que havia perdido. De tudo para que ele havia virado as costas. Não havia espaço em sua vida para que conversassem, para ficar interessado no que ela tinha a dizer, para considerá-la divertida ou importar-se sequer um pouco sobre como ela se sentia a respeito das irmãs ou sobre como ela havia lidado com o noivado rompido, anos atrás. E definitivamente não havia espaço para ele desejar assassinar o homem que havia rompido aquele noivado e feito com que ela duvidasse de si mesma e de seu valor. Não importava que ela depositasse flores nos túmulos dos pais dele no Natal. Manter distância dela era fundamental – era a distância que iria estabelecer os parâmetros do casamento dos dois, ou seja, que ele manteria sua vida como estava, e ela construiria sua própria vida. E embora eles fossem tratar do casamento das irmãs dela juntos, seria por seus motivos individuais.

Assim, ele a deixou com seus sonolentos e enrugados olhos da viagem e seguiu para o Anjo Caído, fazendo o máximo para ignorar o fato de que ela estava sozinha em sua noite de núpcias e que ele provavelmente sofreria uma tortura extra no inferno por tê-la deixado lá.

Quatro horas em uma carruagem, e já estava sendo mole demais por ela.

Ele respirou fundo, apreciando a umidade gelada do ar da noite, amarelado com a bruma de janeiro, enquanto percorria a Mayfair até a Regent Street, onde uma porção de ambulantes continuava sob a luz cada vez mais fraca, surgindo em meio à névoa apenas quando ficavam a um braço de distância. Não falavam com ele, instintivamente sabendo que Bourne não andava no mercado para o que estavam vendendo. Em vez disso, desapareciam com a mesma rapidez com que apareciam, e Bourne seguiu até o grande edifício de pedra no alto da St. James's.

O clube ainda não estava aberto, e quando ele passou pela entrada dos proprietários e foi até o salão, agradeceu pelo vazio do ambiente cavernoso. Havia lanternas acesas ao redor, e uma porção de criadas finalizava o trabalho do dia – esfregando tapetes, polindo castiçais e tirando o pó dos quadros pendurados nas paredes. Bourne atravessou até o centro do salão, parando lá por um longo tempo para observar o lugar – o lugar que vinha sendo seu lar pelos últimos cinco anos.

Na maioria das tardes, ele era o primeiro dos proprietários a chegar ao Anjo Caído e gostava disso. Apreciava o silêncio do salão naquela hora, os momentos silenciosos antes dos crupiês chegarem para conferir o peso dos dados, o óleo nas roletas, o deslizar das cartas, preparando-se para a quantidade de pessoas que apareceria como gafanhotos e encheria o ambiente com gritos, risos e conversa. Ele gostava do clube vazio de tudo, exceto de possibilidades. De tentações.

Enfiou a mão no bolso do colete, em busca do talismã que estava sempre lá, a moeda que o lembrava de que era a tentação e nada mais o que mantinha aquelas mesas cheias. Que era a tentação que arruinava. *Que não se arriscava o que não se podia dar o luxo de perder.* A moeda não estava lá. Outra lembrança de sua esposa indesejada.

Seguiu para a mesa de roleta, passando os dedos pela pesada alça de metal prateado da roda, girando-a, fazendo as cores correrem juntas, pura velocidade e luxo, enquanto estendia a mão para a bola de marfim na qual tantas esperanças haviam sido depositadas – e perdidas. Com um hábil gesto do pulso, mandou a bola girando para o poço, adorando o som do osso contra o metal, a forma como ele o arrepiava, suavidade e pecado. *Vermelho.* O sussurro ecoou através dele, espontâneo, irreversível. Nada surpreendente.

Ele se virou de costas antes da roda diminuir a velocidade, antes da gravidade e da providência puxarem a bola para o lugar.

"Você está de volta."

Do outro lado do salão, emoldurado pela porta aberta da contabilidade, estava Cross, o quarto sócio do Anjo Caído. Cross cuidava das finanças do clube, garantindo que cada centavo que passasse pela porta do clube fosse bem registrado. Ele era um gênio com números, mas não se parecia com, nem vivia como, o homem de finanças sem paralelo que era. Era alto, uns quinze centímetros mais alto do que Michael, mais alto inclusive do que Temple. Mas enquanto Temple tinha o tamanho de uma pequena casa, Cross era comprido e magro, anguloso e forte. Bourne raramente o via comer, e se os buracos escuros sob seus olhos eram alguma indicação, fazia um ou dois dias que o homem não dormia.

"Você chegou cedo."

Cross passou a mão sobre o queixo mal barbeado.

"Fiquei até tarde, na realidade." Deu um passo para o lado, permitindo que uma bela mulher deixasse a sala atrás dele. Ela deu um sorriso tímido para Bourne antes de puxar o imenso capuz de sua capa sobre o rosto.

Bourne observou a mulher andar apressada até a entrada do clube, saindo sem produzir qualquer som, antes de cruzar o olhar com Cross.

"Vejo que andou trabalhando muito duro."

Um lado da boca de Cross levantou diante do comentário.

"Ela é boa com os livros."

"Imagino que seja."

"Não o estávamos esperando de volta tão depressa."

Ele não esperava estar de volta tão depressa.

"As coisas meio que sofreram uma virada."

"Para melhor ou para pior?"

O eco dos votos de casamento pronunciados com Penélope deixou Bourne tenso.

"Depende do ponto de vista."

"Entendo."

"Duvido que entenda."

"Falconwell?"

"Minha."

"Você se casou com a garota?"

"Sim."

Cross soltou um longo assovio baixinho. Bourne não poderia concordar mais.

"Onde ela está?"

Perto demais.

"Na residência."

"Na *sua* residência?"

"Não considerei adequado trazê-la aqui."

Cross ficou em silêncio por um longo tempo.

"Confesso que estou ansioso por conhecer essa mulher que enfrentou o casamento com o frio e duro Bourne e não fugiu."

Ela não teve escolha. De forma alguma ela teria seguido em frente com o casamento com ele se não tivesse sido levada à força até o vigário da paróquia. Se tivesse tido mais tempo para pensar. Ele era tudo o que ela não era, tosco e raivoso, sem esperança de algum dia retornar ao mundo no qual havia nascido. No qual *ela* havia nascido. Penélope... ela era decente e perfeitamente criada para uma vida naquele mundo. Esse mundo – cheio de jogo, bebidas, sexo e coisas piores – a assustaria à morte. *Ele* a deixaria apavorada. Mas ela havia pedido para ver e ele mostraria. Porque não podia resistir à tentação de corrompê-la. Era irresistível demais. Doce demais. Ela não sabia o que havia pedido. Pensava que aventura era uma caminhada noturna nos bosques ao redor da casa da sua infância. O salão principal do Anjo Caído em qualquer noite a deixaria histérica.

"A virada?", Cross disse, apoiando-se na parede com os braços cruzados sobre o peito. "Você disse que nada ocorreu conforme o planejado."

"Concordei em casar as irmãs dela também."

Cross levantou as sobrancelhas.

"Quantas são?"

"Duas. Creio que será bem fácil." Cruzou com o olhar sério de Cross. "Precisa saber que foi um caso de amor. Nós nos casamos esta manhã. Não suportaria passar um instante mais longe dela."

Um segundo se passou para Cross ouvir a mentira e compreender seu significado.

"Uma vez que vocês estão tão apaixonados."

"Exatamente."

"Esta manhã", Cross repetiu. Bourne virou-se de costas e espalmou as mãos sobre a mesa da roleta, pressionando-as firmemente contra o luxuoso tecido verde. Sabendo o que viria antes mesmo das palavras serem pronunciadas. "Você a deixou sozinha na noite de núpcias."

"Sim."

"Ela tem cara de cavalo?"

Não. Quando estava no auge da paixão, ela era estonteante. Ele queria deitá-la em sua cama a torná-la dele. A lembrança dela se contorcendo contra ele no Solar Falconwell ainda o fazia se remexer para acomodar a forma como suas calças ficavam apertadas. Esfregou a mão no rosto ao mentir.

"Preciso de um tempo no ringue com Temple."

"Ah. Entendo que tem cara de cavalo."

"Não tem."

"Então talvez deva voltar para casa e consumar o casamento com essa mulher a quem ama tão apaixonadamente. Deus sabe que é uma experiência mais prazerosa do que Temple destruir a sua raça no ringue."

Mesmo que se mereça a surra. Por um instante fugaz, Bourne levou as palavras em consideração. Repassou o que aconteceria caso ele retornasse para casa e procurasse a nova esposa inocente. Imaginou como seria deitá-la em sua cama e reivindicá-la para si, torná-la sua. *Mostrar a ela a aventura que sequer sabia que havia pedido.* Os cabelos sedosos dela se prenderiam à barba áspera do queixo dele, os lábios carnudos se abririam em um suspiro enquanto ele acariciaria sua pele macia, e ela gritaria com o prazer que ele arrancaria dela. Era uma tentação maravilhosa e cheia de malícia, mas ela não aceitaria a experiência da forma como ela se apresentasse. Ela lhe pediria mais. Mais do que ele estava disposto a dar.

Voltou o olhar para a roda da roleta, atraído, inexoravelmente, para onde a bolinha branca encontrou seu lugar. *Preto.* Claro. Virou-se de costas.

"Tem mais."

"Sempre tem."

"Concordei em retornar para a sociedade."

"Bom Deus. Por quê?"

"É preciso casar as irmãs."

Cross amaldiçoou, expressando seu espanto com uma única palavra infame.

"Needham negociou o seu retorno? Brilhante."

Bourne não contou a verdade – e que havia sido sua esposa a negociar os termos primeiro, e com mais sucesso. Em vez disso, disse:

"Ele possui informações que destruirão Langford."

Cross arregalou os olhos.

"Como isso é possível?"

"Não estávamos procurando nos lugares certos."

"Tem certeza de que..."

"As informações o destruirão."

"E Needham as entregará a você quando as filhas estiverem prometidas?"

"Não deverá levar muito tempo. Aparentemente, uma delas está a caminho do altar com Castleton."

Cross levantou as sobrancelhas.

"Castleton é um idiota."

Bourne levantou um dos ombros em um gesto de indiferença.

"Não será o primeiro aristocrata a casar-se com uma mulher acima de sua inteligência. Tampouco será o último."

"Você deixaria sua irmã solteira casar-se com ele?"

"Não tenho uma irmã solteira."

"A mim me parece que tem duas agora."

Bourne ouviu a censura nas palavras do sócio… sabia o que Cross estava querendo dizer. Que o casamento com Castleton condenaria qualquer mulher com um cérebro na cabeça a uma vida de tédio. E Penélope sofreria, sabendo que outra de suas irmãs havia feito um mau casamento. *Não engano a mim mesma pensando que elas poderiam encontrar amor. Mas elas poderiam ser felizes, não?* Ele ignorou o eco.

"Está praticamente resolvido. Isso me deixa um passo mais perto de Langford. Não pretendo impedir. Além disso, a maioria das mulheres da aristocracia precisa suportar seus maridos."

Cross levantou uma sobrancelha.

"Precisa admitir que um casamento com Castleton seria uma provação. Especialmente para uma jovem que espera por, digamos, conversa. Precisa apresentá-la a outro. Alguém com algo na cabeça."

Bourne levantou uma sobrancelha.

"Está oferecendo seus serviços?"

Cross olhou para ele.

"Certamente há alguém."

"Por que procurar por outra pessoa, quando Castleton está aqui, e pronto."

"Você é um cretino frio."

"Faço o que é preciso e talvez você esteja ficando mole."

"E você está mais duro do que nunca." Como Bourne não respondeu, ele continuou: "Talvez consiga alguns dos convites sem ajuda, mas, quanto ao resto, para um verdadeiro retorno à sociedade, vai precisar de Chase. É a única forma de conseguir abrir todas as portas necessárias".

Bourne assentiu com a cabeça uma vez, endireitando-se, respirando fundo e arrumando as mangas do paletó cuidadosamente.

"Bem, então preciso encontrar Chase." Cruzou o olhar cinzento de Cross.

"Começará dizendo que…"

Cross assentiu.

"Você foi dominado pelo amor."

Houve um instante de hesitação antes de Bourne assentir.

Cross percebeu.

"Você vai ter que se sair melhor do que isso se quiser que alguém

acredite na sua história." Bourne se virou, ignorando as palavras até que Cross o chamou de volta. "E mais uma coisa. Se a sua vingança se baseia no seu casamento e na sua reputação ilibada, é melhor cuidar para garantir a ambos rapidamente."

As sobrancelhas de Bourne se juntaram.

"O que você está dizendo?"

Cross sorriu.

"Estou apenas sugerindo que você garanta que sua esposa não tenha base para anulação. Leve a mulher para a cama, Bourne. Rápido."

Bourne não teve chance de responder, uma vez que houve súbita comoção na entrada principal do clube, além de uma porta larga de carvalho entreaberta.

"Não dou a mínima que eu não seja membro. Deixe-me vê-lo, ou transformarei a destruição deste lugar no meu objetivo de vida… com você junto."

Bourne e Cross se encararam, e o mais alto disse casualmente:

"Já percebeu que é sempre a mesma promessa, mas nunca de alguém com poder suficiente para realizá-la?"

"Sua acompanhante por acaso tinha marido?"

Cross ficou impassível.

"Eis um jogo em que eu não aposto."

"Então não é para você." Bourne seguiu para a porta, abrindo-a para encontrar Bruno e Asriel, dois dos porteiros do cassino, segurando um homem de altura e porte medianos de cara na parede. "Cavalheiros", ele disse com a voz arrastada. "O que têm aí?"

Asriel virou-se para ele.

"Está atrás de você."

Com a informação, o homem começou a se debater de verdade.

"Bourne! Você me verá agora, ou me verá ao amanhecer."

Ele reconheceu a voz. *Tommy*. Fazia nove anos desde a última vez que tinha visto Tommy Alles, desde a noite em que o pai dele tirou, com prazer, tudo o que Bourne tinha. Desde que Tommy preferiu sua herança – *a herança de Bourne* – ao amigo. Nove anos, e ainda a traição o abalava pela forma como o *amigo* havia lhe virado as costas. Pela forma como havia sido cúmplice das ações do pai.

"Não imagine por um instante que eu não me encontraria com você ao amanhecer", ele disse. "Na realidade, eu pensaria muito bem antes de fazer essa oferta, se fosse você."

Tommy virou a cabeça contra a parede revestida de veludo, olhando para Bourne.

"Chame seus cães de guarda."

Asriel rosnou profundamente, e Bruno empurrou Tommy contra a parede. Diante do gemido de Tommy, Bourne disse:

"Cuidado. Eles não lidam bem com maus modos."

Com um braço entre os ombros, Tommy se encolheu.

"Esta briga não é deles. É sua."

Needham provavelmente havia alertado Tommy sobre os planos de Bourne e o acordo entre eles. Nada mais levaria o filho de Langford ali para encarar Bourne e sua raiva.

"O que busca não está aqui."

"Espero mesmo que ela não esteja."

Ela. E com essa única palavra, tudo fez sentido. Tommy não havia ido até ali atrás do documento de Needham. Provavelmente sequer sabia de sua existência. Ele estava ali por Penélope. Estava ali por Falconwell.

"Soltem-no."

Depois de liberado, Tommy ajeitou o casaco e lançou um olhar de ódio aos dois homens.

"Obrigado." Bruno e Asriel recuaram, mas não deixaram o espaço pequeno, prontos a saltar em auxílio ao patrão, se precisasse deles.

Bourne falou primeiro:

"Serei muito claro. Casei-me com Penélope esta manhã e, ao fazer isso, fiz com que Falconwell se tornasse minha. Nem você nem seu pai tocarão em minhas terras. Na verdade, se eu descobrir que algum dos dois sequer pôs os pés lá novamente, mandarei prendê-los por invasão."

Tommy passou uma mão sobre o lábio inchado e riu, um riso oco e sem humor.

"Acha que não sabia que você iria atrás das terras? Sabia que faria o que fosse preciso para reclamá-las no instante em que saíram das mãos do meu pai. Por que acha que tentei me casar com ela primeiro?"

As palavras ecoaram pela saleta, e Bourne sentiu-se grato pela luz fraca que escondeu sua surpresa. *Tommy era o noivo.* Ele deveria ter pensado naquilo, claro. Deveria ter imaginado que Thomas Alles ainda estava no mundo de Penélope. Na vida dela. Deveria ter esperado que ele teria tentado recuperar Falconwell no instante em que as terras foram removidas de sua herança.

Então, ele a havia pedido em casamento, e ela havia aceitado, garota tola, provavelmente pensando que o amava – o garoto de quem era amiga havia tanto tempo. Não era com isso que sonhava uma garota tola? Casar-se com o garoto que conhecia desde a infância? O companheiro simples e amigável, o amigo seguro que jamais provocou nada além de risadas?

"Ainda sendo manipulado pelo papai, Tom? Precisou sair correndo para se casar com uma garota para conseguir uma propriedade? *Minha propriedade?*"

"Não é sua há uma década", Tommy disparou. "E você não a merece. Você não merece ela."

Um lampejo de lembrança. Ele, Tommy e Penélope em um barquinho no meio do lago em Falconwell, Tommy se equilibrando em pé na proa da embarcação, dizendo ser um grande capitão do mar, Penélope dando risada, os cabelos loiros brilhando dourados à luz do sol da tarde, toda a atenção voltada ao outro garoto. Observando-a, Bourne agarrou as laterais do barco a remo, balançando-o uma, duas, três vezes. Tommy perdeu o equilíbrio e caiu no lago com um grito. *Tommy!* Penélope havia gritado, correndo até a borda do barco enquanto o garoto ressurgia na superfície, rindo e arfando. Ela olhou para trás, com censura no olhar, totalmente focada em Bourne. *Isso não foi gentil.*

Ele eliminou a lembrança, voltando a atenção ao presente, para derrubar Tommy uma vez mais. Ele deveria estar satisfeito por ter arrancado mais uma coisa das mãos de Tommy, mas não era prazer que o inundava naquele momento. Era fúria. Fúria por Tommy quase ter ficado com o que era de Bourne: Falconwell e *Penélope*. Ele estreitou o olhar.

"Porém, tanto as terras quanto a dama são minhas. Você e seu pai chegaram tarde demais."

Tommy deu um passo na direção dele, endireitando-se, ficando da altura de Bourne.

"Isso não tem nada a ver com Langford."

"Não se deixe enganar. Isso tem tudo a ver com Langford. Pensa que ele não esperava que eu fosse atrás de Falconwell no instante em que Needham a ganhou? É evidente que sim. E ele também deve saber que eu não irei parar antes de tê-lo arruinado." Fez uma pausa, pensando naquele homem que um dia havia sido seu amigo. "E arruinado você, no processo."

Algo se acendeu no olhar de Tommy, algo parecido com compreensão.

"Você sentirá prazer com isso, não tenho dúvidas. Prazer em destruí-la também."

Bourne cruzou os braços sobre o peito.

"Minhas metas são claras: Falconwell e vingar-me de seu pai. Que você e Penélope estejam no meio dessas coisas é, de fato, uma infelicidade."

"Não deixarei que faça mal a ela."

"Que nobre da sua parte. O que vai fazer, a raptará? Como uma Guinevere ao seu Lancelot? Diga-me, ele também nasceu do lado de fora do lençol?"

Tommy paralisou diante das palavras.

"Então é este o seu plano. Você destrói meu pai ao me destruir."

Bourne levantou uma sobrancelha.

"O legado dele pelo meu. O filho dele pelo filho do meu pai."

"Tem uma memória ruim se acha que ele algum dia pensou em mim como filho do coração." As palavras soaram verdadeiras. Durante toda a juventude deles, Langford jamais teve uma palavra gentil para Tommy. Sempre foi um homem frio e duro.

Bourne não se importava mais.

"Não importa o que ele pensava. O que importa é o que o mundo pensa. Sem você, ele não tem nada."

Tommy se balançou em um pé só, o maxilar fixo, um eco silencioso do garoto que havia sido um dia.

"Você é um canalha e eu sou um cavalheiro. Jamais acreditarão em você."

"Acreditarão quando eu exibir a prova."

As sobrancelhas de Tommy se juntaram.

"Não existe prova."

"Você é bem-vindo para testar essa teoria."

Tommy travou o maxilar e deu um passo para frente, sendo lançado pela raiva na direção de Bourne, que desviou do golpe antes que Bruno saísse da escuridão para apartar a briga inevitável.

Os homens desviaram o olhar dos braços imensos do guarda-costas e se encararam.

"O que quer de mim?", Tommy perguntou.

"Você não tem nada que eu queira." Bourne fez uma pausa, deixando o silêncio assombrar o adversário. "Tenho Falconwell, minha vingança e Penélope. E você não tem nada."

"Ela foi minha antes de ser sua", Tommy disse, com raiva na voz. "Todos aqueles anos sem você... ela ainda tinha a mim. E quando vir quem você é... o que se tornou... ela voltará para mim novamente."

Bourne desprezava a ideia de que Tommy e Penélope tivessem continuado amigos, mesmo depois dele ter perdido tudo, mesmo depois de ele ter sido incapaz de retornar a Surrey e recuperar sua casa – o terceiro ponto do triângulo.

"É corajoso de mc ameaçar." Olhou para Bruno. "Acompanhe-o para fora."

Tommy puxou o braço da garra do grandalhão.

"Posso sair sozinho." Atravessou a porta que levava para fora, parando lá por alguns segundos antes de se virar novamente para olhar Bourne nos olhos. "Devolva-a para Surrey, Michael. Deixe-a em paz, antes de destruí-la com sua raiva e sua vingança."

Ele queria rejeitar a premissa. Mas não era tolo. Era claro que a destruiria. Ele a destruiria, porque era isso o que fazia.

"Se eu fosse você, me preocuparia menos com proteger a minha esposa e mais com proteger seu nome. Porque quando eu tiver terminado com seu pai, você não poderá mostrar o rosto em Londres."

Quando Tommy respondeu, seu tom foi muito firme – uma convicção que Michael não reconhecia no garoto que ele havia conhecido um dia.

"Não me deixo enganar que eu possa me proteger do escândalo que pretende provocar, mas farei tudo o que puder para lutar contra você... tudo o que puder para proteger Penélope. Para lembrá-la de que houve um tempo em que os amigos dela teriam feito qualquer coisa para evitar-lhe qualquer mal."

Bourne levantou uma sobrancelha.

"Você parece ter fracassado nisso, não?"

O rosto de Tommy foi atravessado por um lampejo involuntário de arrependimento.

"Sim. Mas esse jamais deveria ter sido meu papel."

Se Bourne permitisse, as palavras o teriam atingido. Em vez disso, ironizou:

"Tranquilize-se, Tom, pelo menos ela não precisará lidar com seu escândalo depois que eu divulgá-lo aos jornais."

Tommy voltou-se para ele novamente, o olhar sagaz cruzando com o de Bourne na escuridão, antes dele falar suas palavras de despedida.

"Não, ela não terá o escândalo sobre ela... mas terá o arrependimento de ter se casado com você. Não duvide disso."

Ele não duvidava nem um pouco. A porta pesada fechou-se atrás de Tommy, e Bourne abstraiu o som, a raiva, a irritação e mais alguma coisa – algo que não desejava definir – que o atravessava.

Capítulo Nove

Caro M,

Escrevo de uma carruagem, onde passei os últimos seis dias, com as minhas quatro irmãs e minha mãe, rodando pelo norte em visita à tia Hester (de quem deve se recordar de minha última carta). Não consigo imaginar o que pode ter se passado pela cabeça dos romanos para prosseguirem a marcha ao norte a fim de construir a Muralha de Adriano. Não deviam ter irmãs, ou não teriam conseguido atravessar a Toscana.

Sua, perseverante, P
Em algum lugar da Grande Estrada do Norte, junho de 1816

Sem resposta

$\mathcal{E}$le a havia deixado...

Penélope levou um quarto de hora para recuperar os sentidos, parada na entrada da casa londrina de Michael, junto com diversas pilhas de pertences seus. Ele a havia deixado, sumariamente, com um simples "Adeus". Penélope ficou olhando fixamente para a imensa porta de carvalho através da qual ele havia partido, por mais tempo do que ela gostaria de admitir, lutando contra diversas verdades-chaves. Ele a havia deixado, em sua primeira noite na casa dele em Londres, sem sequer apresentá-la aos criados antes de partir. *Na noite de núpcias.* Ela não queria pensar demais nessa parte.

Em vez disso, focou-se no fato de que estava parada feito uma tola no saguão de entrada da residência de seu marido, sem acompanhante exceto por dois lacaios de aparência muito jovem, que pareciam inseguros quanto a seus verdadeiros papéis naquele momento. Penélope não tinha certeza sobre se deveria se reconfortar com a ideia de que eles não cruzavam frequentemente com mulheres solitárias naquela residência ou se deveria sentir-se ofendida que eles não a tivessem levado a uma sala de espera enquanto elaboravam um plano a seu respeito. Forçou um sorriso e dirigiu-se ao mais velho dos dois – que não devia ter mais do que 15 anos –, desesperado para servir.

"Suponho que a casa tenha uma governanta?"

Viu uma onda de alívio tomar conta do jovem e sentiu um pouco de inveja. Desejava saber como se comportar naquela situação.

"Sim, senhora."

"Excelente. Será que poderia chamá-la?"

O lacaio fez uma reverência, e mais outra, evidentemente ansioso por fazer o melhor possível.

"Sim, senhora. Como desejar, senhora." Saiu como um raio, e o colega parecia mais e mais desconfortável a cada minuto.

Ela conhecia a sensação. Mas o simples fato de estar completamente insegura não significava que o pobre garoto parado à sua frente precisava sofrer da mesma forma.

"Não precisa permanecer aqui", ela disse com um sorriso encorajador. "Estou certa de que a governanta chegará em seguida."

O lacaio – jovem demais para ser um lacaio, na verdade – resmungou uma palavra de concordância quase que imediatamente. Penélope soltou um longo suspiro e avaliou a entrada da residência, toda de mármore e dourado, luxuosa e no auge da moda – um pouco extravagante demais para seu gosto, mas imediatamente compreendeu a decoração. Michael podia ter perdido tudo em um infame jogo de azar, mas havia se recuperado e multiplicado por vinte. Qualquer pessoa que entrasse em sua casa veria isso.

Sentiu um aperto no peito ao pensar no jovem marquês trabalhando tão duro para recuperar sua fortuna. Que força devia ter sido necessária... que comprometimento. Era uma pena que não tivesse o mesmo comprometimento em relação à esposa. Afastou o pensamento, encarando o imenso baú que havia chegado junto com a carruagem deles naquela noite. Bem, se ela não ia ser colocada em uma sala, era melhor ficar mais confortável. Desabotoou a capa de viagem e se sentou sobre a bagagem, imaginando se talvez fosse morar ali... no saguão.

Então, percebeu uma comoção nos fundos da casa... uma porção de sussurros agitados, pontuados pelo bater de sapatos, e Penélope não conseguiu deixar de sorrir com o som. Aparentemente, nenhum dos criados havia sido informado sobre a nova mulher do patrão. Penélope pensou que não deveria se surpreender, uma vez que ela própria não esperava tal coisa até dois dias antes. Mas não conseguiu deixar de sentir-se ligeiramente irritada com o marido. Ele poderia ao menos ter dedicado um instante para apresentá-la à governanta antes de seguir para qualquer que fosse o negócio importante para ele, àquela altura no dia. *No dia do casamento dele.*

Suspirou, ouvindo a impaciência e a irritação no som que produziu, sabendo que damas não demonstravam irritação. Mas esperava que a regra não fosse tão rígida para quem tivesse se casado com um aristocrata arruinado. Certamente havia possibilidade de interpretação, quando se estava sentada na própria casa nova, à espera que lhe levassem a um quarto. Qualquer quarto. Inspecionou a palma de uma das luvas e se perguntou como Michael reagiria se retornasse, dentro de horas, e a encontrasse sentada sobre um baú, esperando por ele. A imagem dele, surpreso, fez com que ela desse uma risada. Talvez valesse a pena. Remexeu-se, ignorando a dor nas costas. Marquesas certamente não pensavam em desconforto nas costas.

"Senhora?"

Penélope levantou-se de um salto, girando na direção das palavras, hesitantes e curiosas, ditas atrás dela, pela mulher mais linda que ela já tinha visto. Não importava que usasse um simples uniforme – identificável, em qualquer residência da Grã-Bretanha, como a roupa de uma governanta – ou que seus cabelos vermelho-flamejantes estivessem presos em um nó apertado e perfeito. Aquela mulher, jovem e esguia, com os maiores e mais belos olhos azuis que Penélope jamais havia visto, era impressionante como uma pintura de um mestre holandês. Como nenhuma criada que Penélope jamais viu. *E ela vivia na casa de Michael.*

"Eu...", ela começou, então parou, percebendo que a estava encarando. Sacudiu a cabeça. "Eu... sim?"

A governanta não deu sinal de que sequer havia percebido o comportamento estranho, preferindo aproximar-se e inclinar-se em uma reverência.

"Lamento não tê-la recebido imediatamente após sua chegada. Mas nós não…", foi sua vez de parar.

Nós não a esperávamos. Penélope ouviu as palavras, mesmo que não tivessem sido pronunciadas. A governanta tentou novamente:

"Bourne não…"

Bourne?! Não, *Lorde* Bourne… Apenas Bourne. Sentiu uma emoção, quente e pouco conhecida. *Ciúme.*

"Compreendo. Lorde Bourne tem estado muito ocupado nos últimos dias." Penélope enfatizou o título, percebendo a compreensão no olhar da outra. "É a governanta, suponho?"

A bela mulher deu um pequeno sorriso e fez mais uma reverência.

"Srta. Worth."

Penélope imaginou se a Srta. Worth era casada, ou se o título vinha com a posição. A ideia de Michael com uma governanta lindíssima, jovem e solteira não lhe caiu muito bem.

"Deseja conhecer a casa? Ou ser apresentada aos empregados?"

Sra. Worth parecia não saber bem o que viria a seguir.

"Gostaria de ver meus aposentos, por ora", respondeu, apiedando-se da outra mulher, que certamente estava tão surpresa pelo casamento do patrão quanto Penélope. "Viajamos a maior parte do dia."

"É claro." A Srta. Worth assentiu, guiando o caminho até a ampla escadaria que levava ao que Penélope supunha serem os aposentos privados da residência. "Pedirei que os meninos tragam seus baús para cima imediatamente."

Enquanto subiam a escada, Penélope não conseguiu se conter.

"Seu marido também é funcionário de Lorde Bourne?"

Houve uma longa pausa antes da governanta responder:

"Não, senhora."

Penélope sabia que não deveria pressionar.

"Uma casa próxima, então?"

Mais uma pausa.

"Não tenho marido."

Penélope resistiu ao desagradável ciúme que se seguiu ao pronunciamento e ao impulso de fazer mais perguntas à bela governanta. A Srta. Worth já havia se virado de costas e estava abrindo calmamente a porta que levava a uma mal iluminada alcova.

"Acenderemos a lareira agora mesmo, evidentemente, senhora." Seguiu em frente decidida, acendendo velas pelo quarto, revelando aos poucos um ambiente aconchegante e bem equipado, decorado com encantadores tons de verde e azul. "E mandarei preparar uma bandeja para a senhora. Deve estar com fome." Depois de finalizar sua tarefa, voltou-se novamente para Penélope. "Não temos uma camareira em nossa equipe, mas eu adoraria…", ela parou de falar.

Penélope sacudiu a cabeça.

"Minha criada não deve estar muito distante."

O rosto da outra foi tomado de alívio, e ela abaixou a cabeça, aquiescendo. Penélope a observou cuidadosamente, fascinada por aquela linda criatura que parecia ser, ao mesmo tempo, uma criada competente e não parecia ser criada de modo algum.

"Há quanto tempo está aqui?"

Srta. Worth levantou a cabeça de repente, encarando Penélope no mesmo instante.

"Com Bou…", ela parou, controlando-se. "Com Lorde Bourne?" Penélope assentiu com a cabeça. "Dois anos."

"É muito jovem para ser governanta."

O olhar da Srta. Worth assumiu uma expressão defensiva.

"Tive muita sorte de Lorde Bourne ter lugar para mim aqui."

Uma dezena de perguntas passaram pela cabeça de Penélope, e ela precisou de toda energia possível para não fazê-las – para descobrir a verdade sobre aquela bela mulher e como ela havia passado a viver com Michael. Mas aquele não era o momento, não importava o quanto ela estivesse curiosa. Em vez disso, ela levantou a mão e soltou o chapéu, seguindo até uma penteadeira próxima para tirá-lo. Ao se virar novamente, dispensou a governanta.

"Meus baús e um jantar parece ótimo. E um banho, por favor."

"Como desejar, senhora." A Srta. Worth saiu imediatamente, deixando Penélope a sós.

Respirando fundo, Penélope deu uma volta, examinando o quarto. Era lindo – ricamente decorado com sedas nas paredes e um imenso tapete que devia ser oriental. Os objetos de arte eram de bom gosto, e a mobília, de extrema qualidade. Havia fogo na lareira, mas o frio e o cheiro de fumaça no ar provavam que a casa não estava preparada para sua chegada.

Foi até o lavatório, instalado diante de uma janela que dava para um amplo e extravagante jardim, derramou água na bacia e pôs as mãos sobre a porcelana branca, observando a água distorcer sua cor e sua forma, dando-lhes a aparência de estarem quebradas e frágeis. Respirou fundo, focando no local em que o líquido frio abria caminho pelo ar do quarto.

Quando a porta se abriu, Penélope afastou-se da bacia, quase tropeçando na base e derramando água em si mesma e no tapete. Virou-se para ver uma menina – com no máximo 13 ou 14 anos – que entrou fazendo uma rápida reverência.

"Vim acender a lareira, senhora."

Penélope viu a garota agachar-se com um isqueiro, e a lembrança de Michael, poucos dias antes, na mesma posição em Falconwell. Os gravetos acenderam, e Penélope sentiu o rosto quente ao se lembrar de tudo o que se sucedeu naquela noite… e na manhã seguinte. A lembrança trouxe junto uma pontada de lamento. *Lamento por ele não estar ali.* A garota se levantou e ficou de frente para Penélope, com a cabeça muito abaixada.

"A senhora precisa de mais alguma coisa?"

Penélope ficou curiosa mais uma vez.

"Qual é seu nome?"

A menina levantou a cabeça de repente.

"Meu… meu nome?"

Penélope tentou dar um sorriso tranquilizador.

"Se não se importar de me dizer."

"Alice."

"Quantos anos você tem, Alice?"

A menina fez uma meia reverência novamente.

"Catorze, senhora."

"E há quanto tempo trabalha aqui?"

"Na Mansão do Diabo, quer dizer?"

Penélope arregalou os olhos.

"Mansão do Diabo?"

Bom Deus.

"Sim, senhora." A pequena criada apressou-se a responder, como se fosse um nome perfeitamente razoável para uma residência. "Três anos. Meu irmão e eu precisávamos de emprego depois que nossos pais…" Ela parou de falar, mas Penélope não teve dificuldade para preencher o restante.

"Seu irmão trabalha aqui também?"

"Sim, senhora. É lacaio."

O que explicava a juventude inesperada dos lacaios. Alice parecia tremendamente nervosa.

"A senhora precisa de mais alguma coisa?"

Penélope sacudiu a cabeça.

"Não esta noite, Alice."

"Obrigada, madame." A menina virou-se na direção da porta e quase havia alcançado a liberdade, quando Penélope a chamou de volta.

"Ah, tem uma coisa." A menina virou-se novamente para ela, com os olhos arregalados, à espera do pedido. "Pode me dizer onde fica o quarto do patrão?"

"Quer dizer os aposentos de Bourne?"

Aí estava, mais uma vez. Bourne.

"Sim."

"A maioria de nós usa a porta ao lado, pelo corredor, mas a senhora tem uma porta direta", Alice disse, apontando para uma porta em um canto do quarto, quase escondida atrás do biombo de vestir.

Uma passagem direta... O coração de Penélope começou a bater um pouco mais rápido.

"Entendo."

Era claro que ela teria uma passagem direta para os aposentos do marido. Ele era, afinal, seu marido. *Talvez ele a usasse.* Alguma coisa a fez estremecer, algo que não conseguiu identificar. Medo, possivelmente. *Excitação. Aventura...*

"Estou certa de que ele não se importará que esteja aqui, senhora. Ele não costuma dormir nesta casa."

Penélope sentiu o rosto quente mais uma vez.

"Entendo", ela repetiu. Ele dormia em algum outro lugar. *Com outra pessoa.*

"Boa noite, senhora."

"Boa noite, Alice."

A garota se retirou, e Penélope ficou parada, fitando a porta, insuportavelmente curiosa sobre o que havia atrás dela. A curiosidade continuou depois que seus baús chegaram, seguidos pelo jantar – uma refeição simples e farta de pão fresco e queijo, presunto quente e um encantador e saboroso *chutney.* A curiosidade a consumiu durante todo o tempo: enquanto ela comia e sua criada recém-chegada tirava dos baús as peças de roupa mais vitais; enquanto os meninos que haviam levado seus baús enchiam sua banheira; enquanto ela se banhava, se secava, se vestia e tentava desesperadamente escrever uma carta para a prima Catherine.

Quando o relógio bateu meia-noite, e ela se deu conta de que o dia de seu casamento – e sua noite de núpcias – tinha terminado, a curiosidade sobre o que havia atrás daquela porta transformou-se em decepção.

E então, em irritação. Seu olhar foi atraído para o quarto adjacente uma vez mais. Ela olhou para o mogno, e não sentia nem um pouco de vergonha da raiva que tomava conta dela. E, naquela fração de segundo, tomou uma decisão. Foi até a porta e a escancarou, revelando uma grande e intensa escuridão.

Os criados sabiam que ele não planejava retornar naquela noite, senão, teriam mantido o fogo aceso para ele. Ela era a única que esperava seu retorno. A única que pensava que talvez a noite de núpcias dos dois pudesse ser algo... *mais...*

Tola Penélope. *Ele não queria se casar com ela.* Ele havia se casado por

Falconwell. Por que era tão difícil lembrar-se disso? Engoliu em seco o nó que sentia na garganta, respirando fundo. Não se permitiria chorar. Não naquela noite. Não naquela nova casa, com seus criados curiosos. Não em sua noite de núpcias. *A primeira noite do resto de sua vida.* Sua primeira noite como marquesa de Bourne, com as liberdades que vinham com o título.

Então, não! Ela não iria chorar. Em vez disso, ela teria uma aventura. Pegando um grande castiçal de uma mesa próxima, entrou no quarto, seguida por uma fonte de luz dourada, revelando uma imensa parede de estantes repletas de livros e uma lareira de mármore, com duas grandes poltronas muito bonitas confortavelmente dispostas ao redor. Fez uma pausa diante da lareira para examinar a imensa pintura pendurada acima dela, levantando a vela para iluminar melhor a paisagem: Falconwell... Não a casa, mas as terras. As colinas que deram forma abriam ao impressionante e reluzente lago que marcava o limite ocidental da propriedade verde e exuberante – a joia de Surrey. As terras que um dia haviam sido seu direito de nascença. Ele acordava com Falconwell. *Quer dizer, quando dormia naquele quarto.*

A ideia afastou qualquer simpatia que pudesse ter sentido naquele momento, e ela se afastou, cheia de irritação e decepção. Sua vela revelou os pés de uma imensa cama – maior do que qualquer cama que ela viu na vida. Penélope ficou boquiaberta diante de seu tamanho. Imensas colunas de carvalho nos quatro cantos, uma mais finamente entalhada do que a outra, e a cobertura acima situada a pelo menos dois metros de altura – talvez mais. A coberta da cama era de tecido cor de vinho e azul-noite, e ela não pôde deixar de estender a mão para passar os dedos sobre o drapeado de veludo. Era luxo, riqueza e extravagância ao extremo, *e devastadoramente masculino.*

Esse pensamento a fez voltar o rosto para o restante do quarto, seguindo a luz da vela com o olhar, capturada por um grande decanter de cristal, cheio de um líquido escuro, combinando com um conjunto de copos. Perguntou-se com que frequência ele se servia de uma dose de uísque, e o levava até a cama imensa. Perguntou-se com que frequência ele servia uma quantidade semelhante da bebida a uma convidada. A ideia de outra mulher na cama de Michael, sombria e voluptuosa, à altura da beleza e da ousadia dele, alimentou a ira de Penélope. Ele a havia deixado ali, na casa dele, em sua primeira noite como sua esposa, e havia saído para beber com uma deusa. Não importava que não tivesse provas. Isso a deixou furiosa mesmo assim. A conversa dos dois na carruagem não havia significado nada? Como poderiam provar a Londres e à sociedade que aquela farsa de casamento não era nada perto do verdadeiro escândalo, se ele estava vagabundeando com... com... damas da noite? E o que ela deveria fazer enquanto ele vivia a vida de um libertino devasso? Ficar ali sentada bordando, até ele decidir agraciá-la com sua presença? *Não!* Ela não faria isso.

"Definitivamente não", jurou baixinho e triunfante no quarto escuro, como se depois que as palavras foram pronunciadas em voz alta não pudessem ser anuladas.

E talvez não pudessem... Seu olhar pousou sobre o decanter mais uma vez, os cortes profundos no vidro, a base larga, projetada para evitar que a garrafa virasse em mares violentos. Ele tinha um decanter de capitão de navio em seu quarto luxuoso, um ambiente de tecidos e pecado que poderia pertencer a qualquer pirata de respeito. Bem... *Ela mostraria a ele mares violentos.*

Antes que pudesse pensar direito, estava a caminho da bebida, largando o candelabro, pegando um copo e servindo mais uísque do que qualquer mulher decente deveria beber. O fato de que ela não tinha certeza de exatamente quanto uísque uma mulher decente poderia beber era irrelevante. Sentiu um prazer perverso na forma como o líquido âmbar encheu o recipiente de cristal e riu ao imaginar o que seu novo marido pensaria se chegasse em casa naquele instante – sua esposa decente, arrancada do caminho de uma vida de solteirona, agarrada a um copo com uísque pela metade. Meio cheio de futuro. *Meio cheio de aventura.*

Com um sorriso, Penélope brindou a si mesma no amplo espelho pendurado atrás do decanter e tomou um longo gole de uísque. E quase morreu... Não estava preparada para o calor intenso que desceu queimando pela garganta e se concentrou no estômago, fazendo-a sentir uma ânsia antes de recuperar o controle das próprias faculdades.

"Argh!", anunciou para o quarto vazio, olhando para o copo e se perguntando por que alguém, especialmente os homens mais ricos da Grã-Bretanha, podiam realmente *querer* beber algo tão ardido e amargo.

Tinha gosto de fogo. Fogo e… árvores. E era horrível! No que se referia a aventuras, aquela não estava parecendo nada promissora. Penélope achou que iria vomitar. Apoiou-se no aparador, inclinando-se para frente e imaginando se era possível que tivesse realmente provocado danos sérios e irreversíveis à suas entranhas. Respirou fundo várias vezes, e o ardor começou a ceder, deixando para trás um calor lânguido e vagamente encorajador. Endireitou-se. Não era tão ruim, afinal.

Ficou novamente em pé, levantando o candelabro uma vez mais e seguindo para as prateleiras, entortando a cabeça para ler os títulos dos livros com capas de couro, que as preenchiam completamente. Parecia estranho que Michael tivesse livros. Não conseguia imaginá-lo parando por tempo suficiente para ler. Mas ali estavam – Homero, Shakespeare, Chaucer, vários volumes alemães sobre agricultura, e toda uma prateleira sobre histórias dos reis britânicos. E o *Nobreza de Debrett.*

Passou os dedos sobre o letreiro dourado do volume – a história completa da aristocracia britânica – com a lombada gasta do uso. Para alguém tão satisfeito com a própria ausência da sociedade, Michael parecia folhear bastante aquele tomo. Tirou o volume da estante, deslizando a mão sobre a capa de couro antes de abri-lo aleatoriamente. Caiu em uma página vista com frequência.

O verbete para o marquesado de Bourne. Penélope passou os dedos pelas letras, a longa linhagem de homens que detiveram o título antes de Michael. Até agora. E lá estava ele: *Michael Henry Stephen, 10º marquês de Bourne, 2º conde de Arran, nascido em 1800. Em 1816, ele foi denominado marquês de Bourne, para ele e os herdeiros masculinos nascidos dele.*

Ele podia fingir não se importar com seu título, mas sentia-se ligado a ele de alguma maneira, ou aquele livro não estaria tão usado. Foi atravessada por um sentimento de prazer ao ter esse pensamento, com a ideia de que ele ainda podia pensar em seu tempo passado em Surrey, em suas terras, em sua infância, nela.

Talvez ele não a tivesse esquecido – assim como ela não o havia esqueci-do. Passou o indicador pela linha do texto. *Os herdeiros masculinos nascidos dele.* Imaginou um grupo de meninos desengonçados de cabelos escuros, com covinhas nas bochechas, e roupas amarrotadas. Pequenos Michaels. Os herdeiros masculinos *nascidos dela* também. *Se ele algum dia viesse para casa.*

Devolveu o livro ao lugar e aproximou-se da cama, examinando o imenso móvel mais atentamente, avaliando a colcha escura, perguntando-se se era de veludo – se combinava com as cortinas ao redor da cama. Ela soltou o castiçal e estendeu a mão, querendo tocá-la. Querendo sentir o lugar em que ele dormia.

A colcha não era de veludo. Ela de pele... Pele macia e exuberante. *Claro que sim.* Passou a mão espalmada pela colcha e imaginou, por um instante fugaz, como seria deitar-se naquela cama, envolta em escuridão e pele. *E em Michael.* Ele era um imoral e um canalha, e sua cama em si era uma aventura.

A pele macia a atraiu, tentando-a a subir e aquecer-se em seu calor e seu luxo. Tão rapidamente como a ideia lhe ocorreu, ela começou a se mexer, deixando o copo cair no chão, sem perceber, enquanto subia na cama como uma criança em busca de biscoitos, escalando as prateleiras da despensa. Era a coisa mais macia e luxuosa que ela jamais havia experimentado. Rolou de costas, abrindo os braços e pernas, adorando a forma como as penas e a pele aninhavam seu peso, permitindo que ela afundasse nas cobertas, sentindo o mais puro e absoluto prazer. Nenhuma cama deveria ser tão confortável assim. Mas, claro, a dele era.

"Ele é depravado", disse em voz alta no quarto, ouvindo o ecoar das palavras se fundirem com a escuridão.

Levantou os braços, que pareciam mais pesados do que o normal, e os ergueu diretamente para a cobertura acima, remexendo-se mais fundo nas cobertas, antes de fechar os olhos, virando o rosto de lado e esfregando a bochecha na pele. Ela suspirou. Parecia injusto que uma cama daquelas ficasse sem uso.

Seus pensamentos estavam lentos, como se viessem de debaixo d'água, e Penélope estava absolutamente ciente do peso de seu corpo afundando no colchão. *Aquele relaxamento glorioso devia ser o motivo pelo qual as pessoas bebiam.* Ela certamente começou a gostar mais da ideia.

"Parece que você se perdeu no caminho."

Abriu os olhos ao ouvir aquelas palavras, ditas baixas e suaves na escuridão, e encontrou o marido parado ao lado da cama, olhando para baixo, encarando-a.

Capítulo Dez

Caro M,

Não tendo recebido resposta sua em inglês, pensei que talvez você pudesse responder em idiomas alternativos. Esteja avisado de que há latim (provavelmente incorreto) abaixo.

Écrivez, s'il vous plaît

Placet scribes

Bitte schreiben Sie

Scrivimi, per favore

Ysgrifennwch, os gwelwch yn dda

Confesso que pedi que uma das criadas galesas da cozinha me ajudasse com a última, mas o sentimento é o mesmo.

Por favor, escreva, P
Solar Needham, setembro de 1816

Sem resposta (em qualquer idioma)

Como sócio do mais luxuoso cassino de Londres, Bourne estava familiarizado com tentações. Era especializado em pecado e tinha um conhecimento pessoal dos vícios. Conhecia a sensação do tecido verde esmeralda estendido sobre uma mesa de bilhar, compreendia a forma como o coração disparava ao som dos dados fazendo barulho na mão de alguém, conhecia o precipício que um jogador desafiava ao esperar por aquela única carta que o faria ganhar – ou perder – uma fortuna.

Mas jamais em sua vida experimentou uma tentação tão aguda como aquela – o chamado ao pecado e à malícia que disparou em sua cabeça, ao ver sua nova e virginal esposa se contorcendo sobre sua colcha de pele, vestindo apenas uma camisola de linho. Seu corpo foi dominado por um desejo forte e intenso, e ele fez um enorme esforço para não rasgar a roupa de dormir dela em duas, deixando-a nua diante de seus olhos, suas mãos e sua boca, pelo resto da noite. Para reivindicá-la como sua...

Sentiu raiva, agora misturada em uma combinação intoxicante com desejo, quando ela piscou para ele, lenta e languidamente, à luz cintilante das velas. O lampejo de um sorriso que ela lhe deu fez com que quisesse tirar toda a roupa e subir naquela cama para roçar a colcha macia em sua pele impecável e mostrar a ela exatamente o quanto podia ser gloriosa a depravação. Ela piscou novamente, e ele endureceu, as calças perfeitamente cortadas de repente pareciam justas demais.

"Michael", ela sussurrou, com um toque de satisfação em seu tom de voz que não o ajudava muito. "Você não deveria estar aqui."

E, no entanto, ele estava... Uma raposa invadindo um galinheiro.

"Estava esperando outra pessoa?" As palavras soaram duras aos ouvidos dele, repletas de um significado que ela não compreenderia. "Continua sendo meu quarto, não?"

Penélope sorriu.

"Você fez uma piada. Claro que sim."

"Então por que eu não deveria estar aqui?"

A pergunta pareceu incomodá-la. Ela franziu o nariz.

"Você deveria estar com sua deusa." Ela fechou os olhos e se balançou sobre a pele novamente, soltando um gemido baixo de prazer.

"Minha deusa?"

"Mmm. Alice me disse que você não dorme aqui." Penélope tentou sentar-se, mas seu movimento foi dificultado pela pele e pela cama de penas, e Michael viu o decote de sua camisola deslizar, devastadora e lindamente, deixando à mostra a curva de um dos seios nus. "Você fica sempre tão quieto, Michael. Tenta me intimidar?"

Bourne forçou-se a acalmar a voz.

"Eu a intimido?"

"Às vezes... Mas não agora."

Ela rastejou até ele, ajoelhando-se em sua frente, sobre a cama, com um dos joelhos esticando o tecido, e Bourne se viu rezando para que a camisola caísse mais dois centímetros... dois centímetros. Apenas o suficiente para

expor um de seus mamilos perfeitos. Sacudiu a cabeça para afastar o pensamento. Era um homem de 30 anos, não um garoto de 12. Já havia visto bastantes seios na vida. Não precisava sentir desejo pela esposa, balançando diante dele, testando a força do tecido da camisola e a sanidade dele ao mesmo tempo. De fato, ele não havia retornado por um acesso de desejo. Havia retornado porque estava com raiva. Com raiva dela por ter quase se casado com Tommy. Por não ter contado a verdade a ele.

Ela interrompeu seus pensamentos, e ele a segurou pela cintura para evitar que caísse.

"Sinto muito por não ser perfeita."

Naquele momento, a única imperfeição nela era o fato de estar vestida.

"O que a faz dizer isso?"

"Nós nos casamos hoje", ela disse. "Ou talvez não se lembre disso?"

"Eu me lembro." Ela estava tornando impossível esquecer.

"É mesmo? Porque você me deixou..."

"Eu me lembro disso também." Ele havia voltado, pronto para consumar o casamento. Pronto para reivindicá-la como sua e eliminar qualquer dúvida de que os dois estivessem casados, de que Falconwell era dele.

De que *ela* era dele. *Dele*, e não de Tommy.

"Noivas não esperam ser deixadas em suas noites de núpcias, Michael." Ele não respondeu, e ela ficou mais insolente, levando as mãos aos braços dele, agarrando-o através das camadas de roupa. "Não gostamos disso. Principalmente quando o noivo renuncia a uma noite conosco por uma de suas... beldades de cabelos negros."

Aquilo não estava fazendo sentido.

"Quem?"

Ela fez um aceno com a mão.

"Elas sempre têm cabelos negros, as que vencem..."

"Quem vence o quê?"

Ela ainda estava falando.

"...Não importa se ela tem os cabelos negros ou não, na verdade. Só importa que ela exista. E eu não gosto disso."

"Entendo", ele disse. Ela achava que ele estava com outra mulher? Talvez se estivesse com outra mulher, ele não estaria ali, desejando-a tanto.

"Na realidade, acho que não entende." Ela se balançou, observando-o atentamente. "Está *rindo* de mim?"

"Não." Ele pelo menos sabia que *essa* era a resposta certa.

"Posso dizer do que mais as noivas não gostam na noite de núpcias?"

"Por favor."

"Não gostamos de ficar em casa. Sozinhas."

"Imagino que isso esteja junto com não gostar de ser deixada."

Ela estreitou o olhar e abaixou as mãos, balançando-se para trás, o suficiente para ele apertar mais forte ao redor da cintura e segurá-la firme – para sentir o calor suave de seu corpo sob a camisola, lembrando-o da forma como ela se moldava a suas mãos... à sua boca... ao resto dele.

"Está zombando de mim."

"Juro que não."

"Também não gostamos que zombem de nós."

Ele precisava se controlar antes de perder a cabeça.

"Penélope."

Ela sorriu.

"Gosto de como diz meu nome."

Ele ignorou as palavras e o flerte involuntário que carregavam. Ela não sabia o que estava fazendo.

"Por que não está na sua própria cama?"

Penélope meneou a cabeça, pensando na pergunta.

"Nós nos casamos por todos os motivos errados. Ou por todos os motivos certos... caso se esteja procurando por um casamento de conveniência. Mas, de qualquer maneira, não nos casamos por paixão. Quero dizer, pense bem. Você não me comprometeu *realmente* em Falconwell."

Uma lembrança dela se contorcendo contra ele, pressionando suas mãos, sua boca. A sensação dela. O gosto dela...

"Estou bastante seguro de que sim."

Ela sacudiu a cabeça.

"Não. Não me comprometeu. Eu sei o suficiente para compreender a mecânica do processo, sabe."

Ele queria explorar esse conhecimento. Profundamente.

"Entendo."

"Eu sei que há... mais..."

Muito mais. Muito mais do que ele queria mostrar a ela. Muito mais do que ele havia planejado mostrar a ela ao voltar para casa. Mas...

"Você andou bebendo."

"Só um pouquinho." Ela suspirou, olhando por cima do ombro dele, para a escuridão do quarto. "Michael, você me prometeu aventura."

"Sim."

"Uma aventura *noturna*."

Os dedos de Bourne apertaram a cintura dela, puxando-a para ele. Ou talvez ela estivesse simplesmente se balançando naquela direção. De qualquer maneira, ele não interrompeu o movimento.

"Eu lhe prometi uma volta no meu clube."

Ela sacudiu a cabeça.

"Eu não quero isso esta noite. Não mais."

Ela tinha os olhos azuis mais lindos do mundo. Um homem poderia se perder naqueles olhos.

"O que quer em vez disso?"

"Nós nos casamos hoje."

Sim. Eles haviam se casado.

"Eu sou sua esposa."

Ele deslizou as mãos pelas costas dela até seus dedos afundarem nos cachos dourados, segurando sua cabeça e a entortando um pouquinho, perfeitamente, para que pudesse dominá-la e lembrá-la de que ele era seu marido. *Ele e mais ninguém.* Ele se inclinou para frente, roçando os lábios nos dela, de modo suave e provocativo.

Penélope suspirou e se aproximou, mas ele recuou, recusando-se a permitir que ela assumisse o controle. Ela havia se casado com ele, dando-lhe a oportunidade de recuperar seu nome e suas terras. E, naquela noite, ele não queria nada além de dar a ela acesso a um mundo de prazer como agradecimento.

"Penélope."

Ela abriu os olhos lentamente.

"Sim?"

"Quanto você bebeu?"

Ela sacudiu a cabeça.

"Não estou embriagada. Aparentemente, bebi apenas o suficiente para ter coragem de pedir o que quero."

Ela havia bebido demais, então. Ele sabia disso, ainda que o que ela havia dito o tivesse feito transbordar de desejo.

"E o que é que você quer, querida?"

Ela o olhou de frente.

"Quero minha noite de núpcias."

Tão simples, tão direta, tão irresistível. Ele abocanhou seus lábios, sabendo que não deveria fazê-lo, e beijou-a como se tivessem todo o tempo do mundo, como se ele não estivesse morrendo para fazer parte dela. Para estar dentro dela. Para fazer com que ela fosse dele. Sugou o lábio inferior carnudo dela entre os dentes, lambendo e acariciando com a língua até ela gemer de prazer no fundo da garganta. Soltou sua boca, beijando-a no rosto e sussurrando:

"Diga meu nome."

"Michael", ela disse, sem hesitar, a palavra estremecendo no ouvido dele, fazendo-o sentir uma onda de prazer.

"Não... Bourne." Ele pegou o lóbulo de uma das orelhas dela com a boca e o prendeu antes de soltá-lo e dizer: "Diga".

"Bourne...", ela se remexeu, pressionando o corpo contra o dele, pedindo mais. "Por favor."

"Depois disso, não haverá como voltar atrás", ele prometeu, os lábios na têmpora dela, as mãos se deliciando com a maciez de sua pele.

Os olhos azuis dela se abriram, incrivelmente claros na escuridão, e ela sussurrou:

"Por que pensa que eu voltaria atrás?"

Ele paralisou diante da pergunta, diante da sincera confusão das palavras dela. Era a bebida falando. Tinha de ser. Era inconcebível pensar que ela não compreendesse o que ele queria dizer. Que ela não via que ele não era nada como os homens que a haviam cortejado antes.

"Não sou o homem com quem você planejava se casar." Ele deveria confrontá-la com Tommy. Mas não queria o nome de outro homem pronunciado naquele momento. Naquele lugar. *Ela já o estava enfraquecendo.*

Ela sorriu, um sorriso pequeno e talvez triste.

"No entanto, é o homem com quem me casei. Sei que não se importa comigo, Michael. Sei que apenas casou-se comigo por Falconwell. Mas é tarde demais para olhar para trás, não é? Estamos casados e eu quero uma noite de núpcias. Eu a mereço, acredito, depois de todos esses anos. Por favor. Se não for muito incômodo."

As mãos dele foram até a gola da camisola dela e, com um puxão forte, ele rasgou o tecido em dois. Ela arfou com o movimento, arregalando os olhos.

"Você a arruinou." Bourne gemeu com o espanto nas palavras dela. Com o prazer.

Queria arruinar mais do que o linho. Desceu a camisola para baixo dos braços dela, até o tecido amontoar nos joelhos, deixando-a branca e nua à luz de velas. À luz de velas fraca demais. Ele queria ver cada centímetro dela... ver a forma como o pulso dela aceleraria ao seu toque, a maneira como ela estremeceria quando ele acariciasse a parte interna de suas coxas, como ela o prenderia com as pernas quando ele a penetrasse. *Quando ele a tomasse para si.*

Ele a deitou novamente sobre a pele, enlouquecendo de desejo com a forma como ela suspirou ao sentir as costas contra a pele de vison macia, ao sentir a delícia do toque de pele contra pele. Bourne deitou-se sobre ela, dominando-lhe a boca, até as mãos dela estarem enroscadas nos cabelos dele, e o corpo estar pressionando o dele. Apenas então, ele afastou os lábios dos dela e sussurrou:

"Vou fazer amor com você sobre esta pele. Vai senti-la em cada centímetro do seu corpo. E o prazer que vou lhe dar será maior do que jamais imaginou. Você gritará *meu* nome quando ele vier."

Ele então a deixou, retirando a própria roupa, cuidadosamente arrumando as peças em uma pilha, em cima de uma cadeira próxima, antes de voltar à cama e descobrir que ela havia se coberto, com uma das mãos sobre os seios e a outra sobre o triângulo de cachos que escondiam sua parte mais íntima. Ele se deitou ao lado de Penélope, segurando a própria cabeça com uma das mãos, e acariciando a coxa dela com a outra, até a curva do quadril, passando para a barriga arredondada. Ela estava com os olhos bem fechados, apertados, respirando rapidamente, e Bourne não conseguiu se conter. Ele se abaixou, lambendo a curva de uma orelha, mordiscando o lóbulo antes de pedir:

"Jamais se esconda de mim."

Ela então sacudiu a cabeça, os olhos azuis arregalados.

"Eu não posso. Não posso simplesmente… ficar aqui deitada. Nua."

Ele mordiscou o lóbulo da orelha dela de novo.

"Eu não disse nada sobre simplesmente ficar aí deitada, querida." Levantou a mão que estava cobrindo os seios e pôs um dedo dentro da boca, lambendo-o delicadamente antes de raspá-lo de leve entre os dentes.

"Ah…" Ela suspirou, olhando fixo para os lábios dele. "Você é muito bom nisso."

Ele removeu o dedo devagar e inclinou-se para beijá-la, longa e lascivamente.

"Não é a única coisa em que sou bom."

As pálpebras dela estremeceram diante da promessa erótica contida nas palavras, e ela disse, baixinho:

"Imagino que tenha muito mais prática do que eu."

Naquele momento, não importava que ele tivesse estado com outras mulheres. Tudo o que ele queria fazer era ensinar Penélope e ser aquele que lhe apresentaria o prazer. A ser aquele que lhe ensinaria a tomá-la para si mesma.

"Mostre-me onde me quer", ele sussurrou.

Ela corou, fechando os olhos e sacudindo a cabeça.

"Eu não poderia fazer isso."

Ele devolveu o dedo dela à boca, sugando cuidadosamente até seus olhos azuis se abrirem, encontrando-o, etéreos à luz de velas. Ela observou o movimento dos lábios dele, e o momento foi tão intenso, que ele pensou que poderia ficar ali para sempre.

"Mostre-me. Diga 'por favor, Bourne', e mostre-me."

Então os olhos dela se encheram de coragem, e ele viu com intenso prazer aquele dedo com que ele fez amor percorrer o seio dela, circundando o duro e arrepiado bico. Ele passou as costas de uma das mãos sobre os lábios ao observar o movimento, enquanto ela o tentava de maneira inacreditável.

"Por favor…" Ela parou de falar.

Ele levantou a cabeça.

"Por favor, quem?"

"Por favor, Bourne…" E ele quis recompensá-la por dizer seu nome – dele e de mais ninguém. Abaixou a cabeça e a sugou gentilmente, enquanto o dedo dela se movia para o outro seio e soltava um longo e estremecido: "Sim…".

Ele passou a mão pela barriga dela, descendo mais e mais antes de subi-la e beliscar levemente a pele macia sob o seio.

"Não pare agora, querida."

Ela não parou, o dedo percorrendo a pele macia da barriga arredondada, indo até os cachos que escondiam aquele lugar magnífico entre suas coxas. Ele a observou, encorajando-a com sussurros enquanto ela explorava sozinha, testando o próprio conhecimento, a própria habilidade, até ele achar que poderia morrer se não entrasse nela. Deu um beijo demorado em sua barriga, depois em seu pulso estendido, considerando o arfar de sua respiração um prêmio e então sussurrou a pergunta contra a pele dela:

"O que você sente aqui?" Um dedo dele deslizou sobre as costas da mão dela, parando sobre o nó dos dedos. Como ela não respondeu, ele olhou em seus olhos, vendo a vergonha neles.

Ela sacudiu a cabeça, a voz quase inaudível.

"Não posso."

Ele encontrou os dedos dela em um calor sedoso e disse:

"Eu posso." Pressionou um dedo para dentro dela, enrolando-o, e ela arfou com a sensação.

"Você está molhada, querida… molhada e pronta para mim. Para *mim*. Para mais ninguém."

"Michael", ela sussurrou seu nome de batismo, e o prazer daquele simples instante foi quase insuportável. Com um sorriso tímido e inseguro, ela abriu as pernas e o acolheu com tamanha confiança, que ele mal pôde suportar.

Ele se moveu ao seu encontro, com a cabeça macia dele aninhando-se contra a abertura aveludada do corpo dela, e ficou ali parado, segurando o peso nos braços, olhando para o rosto de Penélope, um misto de relaxamento, prazer e encantamento, e não conseguiu deixar de beijá-la, a língua acariciando habilmente a dela, antes de recuar. Foi a coisa mais difícil que ele fez na vida, pausar ali no precipício do que sabia que seria um momento extraordinário… apoiando-se levemente nela, mal entrando antes de sair. Pensou que poderia morrer com tamanho prazer. Fechou levemente os olhos e sussurrou:

"Abra os olhos. Olhe para mim. Quero que me veja." Quando ela obedeceu, ele balançou para dentro dela com suavidade, o mais gentilmente possível. Ela sugou o ar depressa, a expressão sendo inundada por dor. Ele parou, sem querer machucá-la. Abaixou-se, beijou-a uma vez, profundamente, para recuperar sua atenção. "Está bem?"

Ela sorriu, e ele reconheceu a tensão.

"Estou ótima!"

Ele sacudiu a cabeça, sem conseguir esconder o sorriso na voz.

"Mentirosa." Levou a mão até onde ela estava tão pequena e apertada – maravilhosamente apertada – ao redor de sua espessura. Ele encontrou a saliência dura e protuberante no cerne dela e percorreu um círculo lentamente, observando os olhos de Penélope se estreitarem de prazer. Continuou o movimento ao deslizar para dentro dela, lenta e profundamente, até ela tê-lo por completo. Paralisou, louco para se mover na direção dela.

"Agora?" Ela respirou fundo, e ele afundou mais, surpreendendo aos dois. Ele encostou a testa na dela. "Diga se está tudo bem. Diga se eu posso me mexer."

Sua esposa inocente enroscou os dedos nos cabelos de sua nuca e sussurrou:

"Por favor, Michael."

E ele não pôde resistir ao apelo. Prendeu os lábios dela com um beijo lascivo e um gemido profundo ao mexer-se com cuidado, puxando devagar até quase sair de dentro dela, então balançando de volta gentilmente, sem parar, o polegar a acariciando, garantindo o prazer dela, enquanto se perguntava se seria capaz de conter o próprio prazer.

"Michael", ela sussurrou, e ele a encarou nos olhos, preocupado que pudesse a estar machucando. Ele paralisou.

Ela arqueou as costas.

"Não pare. Não pare de se mexer. Você tinha razão…" Ela fechou os olhos lentamente e deu um gemido de prazer quando ele afundou nela em uma longa estocada. Bourne pensou que perderia o controle ao ouvir aquele gemido, baixo e sonoro, saindo do fundo da garganta dela, mas não parou.

Ela sacudiu a cabeça, deslizando as mãos pelos ombros e as costas dele, enfim parando em suas nádegas, agarrando-as no ritmo dos movimentos dele, das carícias de seu polegar.

"Michael!"

Estava acontecendo com ele também. Ele nunca pensou muito em marcar o tempo de seu gozo com o da parceira. Nunca havia se importado em compartilhar a experiência. Mas, subitamente, não conseguia pensar em nada além de encontrar-se com Penélope lá, à beira de seu prazer, e deixá-lo inundar os dois ao mesmo tempo.

"Espere por mim", ele sussurrou no ouvido dela, pressionando o corpo contra o dela. "Não vá sem mim."

"Não consigo esperar. Não consigo parar!" Ela convulsionou ao redor dele, ordenhando-o em um ritmo rápido e impressionante, dizendo seu nome, levando-o à loucura, fazendo-o experimentar um clímax assustador e exagerado, incomparável com tudo o que ele jamais havia sentido.

Ele caiu sobre ela com a respiração extremamente ofegante ao enterrar o rosto em seu pescoço e se permitir ser inundado pelo extraordinário prazer que o dominava em ondas diferentes de tudo o que ele tinha vivido antes. Longos minutos se passaram antes que, com medo de esmagá-la com o peso de seu corpo, Bourne rolou para o lado, passou a mão pela lateral de Penélope e a puxou para ele, ainda sem conseguir soltá-la. *Bom Deus. Havia sido o sexo mais incrível da vida dele. O mais embriagante.* Mais do que ele jamais imaginou ser possível. E a simples ideia de que tal experiência tivesse ocorrido com Penélope fez com que ele fosse tomado pelo medo.

Aquela mulher. Aquele casamento. Aquilo tudo. *Não significava nada. Não podia significar nada.* Ela era um meio para um fim. O caminho para sua vingança. Era tudo o que ela podia ser. Durante toda sua vida, Bourne destruiu tudo de valor que teve. Quando Penélope percebesse isso... que ele era todo tipo de decepção, ela o agradeceria por não permitir que se aproximasse muito. Ela ficaria grata por ele liberá-la para um mundo tranquilo e simples, onde teria tudo o que desejasse... e não precisaria se preocupar com ele.

Você não merece ela. As palavras de Tommy ecoaram em seus pensamentos – aquelas palavras que o haviam mandado para casa, para sua esposa, para provar o lugar dele na vida dela. Para provar que ela pertencia a ele. Que ele poderia dominar o corpo dela de uma forma que nenhum outro homem conseguiria fazer. Mas *ele* havia sido dominado.

"Michael", ela sussurrou contra seu peito, o nome soando como uma promessa em seus lábios, enquanto ela acariciava seu torso com uma das mãos. O toque demorado e intenso provocou outra onda de prazer, seguida rápido demais pelo desejo, quando ela sussurrou, suave, sonolenta e tentadora: "Foi *esplêndido*".

Ele queria dizer a ela para não se sentir muito confortável em sua cama. Não se sentir muito confortável em sua vida. Queria dizer a ela que a noite havia sido um meio para um fim. *Que o casamento deles jamais seria do tipo que ela queria.* Mas ela já estava dormindo...

Caro M,

Entendo que não deseje responder às minhas cartas, mas pretendo conti-nuá-las enviando mesmo assim. Um ano, dois ou dez – jamais quero que pense que o esqueci. Não que fosse acreditar nisso, não?

Semana que vem é seu aniversário. Eu teria bordado um lenço para você, mas sabe que bordado e eu não combinamos muito bem.

Saudade, P
Solar Needham, janeiro de 1817

Sem resposta

Na manhã seguinte, Penélope entrou no salão do café da manhã, espe-rando ver o novo marido – o homem que havia mudado tudo em um dia e uma noite gloriosos, o homem que a fazia perceber que talvez o casamento deles pudesse ser mais. Que talvez o caso de amor forçado dos dois poderia ser menos forçado e mais... bem... um caso de amor. Porque certamente não havia nada tão incrível como a forma como ele a tinha feito se sentir na noite anterior em sua cama. Não importava muito que ela tivesse acordado não abrigada em pele luxuosa, mas em seus lençóis de linho impecáveis e perfeitamente lisos no quarto que lhe havia sido designado.

Na verdade, ela ficou deveras comovida que ele a tivesse levado para lá à noite sem despertá-la. Ele era obviamente um marido gentil, carinhoso e amoroso, e o casamento deles, que começou como uma farsa desastrosa, estava destinado a algo muito, muito maior. Ela esperava que ele fosse se juntar a ela quando sentou-se à encantadora mesa comprida no belo e luxuosamente decorado salão de café da manhã, imaginando se ele ainda gostava de salsichas no desjejum, como quando era muito jovem. Esperava que ele fosse se juntar a ela quando aceitou um prato de ovos e torrada (sem salsicha à vista) do jovem lacaio, que bateu os calcanhares de modo bastante extravagante antes de retornar a seu posto no canto do salão. Esperava que Michael fosse se juntar a ela enquanto comeu a torrada, en-quanto bebeu o chá que esfriava rapidamente, enquanto passava os olhos pelo jornal, perfeitamente dobrado e posicionado à esquerda do lugar vazio na outra ponta da mesa, que foi ficando cada vez maior. E, depois de uma hora inteira aguardando, Penélope parou de esperar. Ele não a acompanharia. Ela permaneceria sozinha.

De súbito, ficou absolutamente ciente do lacaio no canto do salão, cujo trabalho era ao mesmo tempo saber de imediato o que sua patroa poderia precisar e ignorá-la por completo, e Penélope sentiu o rosto ficar vermelho. Porque, decerto, o jovem lacaio estava pensando coisas terrivelmente embaraçosas. Olhou para ele, que não estava olhando, mas definitivamente, estava *pensando*. Michael não a acompanharia. *Burra, Penélope burra.* Era claro que ele não a acompanharia. Os acontecimentos da noite anterior não haviam sido mágicos para ele. Haviam sido necessários. Ele a havia oficialmente tornado sua esposa. E, então, como qualquer bom marido, ele a havia deixado à própria sorte. *Sozinha.*

Penélope olhou para o prato vazio, onde a gema amarelo-escura do ovo que ela comeu tão alegremente havia secado, prendendo-se de modo bastante grotesco à porcelana. Era o primeiro dia completo de sua vida como mulher casada, e ela estava tomando café da manhã sozinha. Irônico, considerando que ela sempre pensou que tomar café da manhã com um marido que mal a conhecesse era algo, de fato, deveras solitário. Mas, agora, ela tomaria com prazer café da manhã sozinha, mesmo casada, sob os olhos atentos de um lacaio jovem demais, que estava fazendo o melhor possível para não vê-la. Parecia que em seu desejo por um marido que a quisesse mais do que pelo que era normalmente solicitado à uma esposa, ela se vira casada com um que não a queria sequer por isso. Talvez tivesse feito algo errado na noite anterior.

Sentiu o calor chegar às orelhas, que queimavam, provavelmente vermelhas como rosas, enquanto ela tentava pensar no que poderia ter feito de errado, em como a noite de núpcias poderia ter sido diferente. Mas toda vez que tentava pensar, lembrava-se do jovem lacaio, agora ele próprio vermelho, no canto, sem saber o que dizer à patroa e muito provavelmente desejando que ela terminasse o café da manhã e deixasse o salão. Ela precisava deixar aquele salão.

Levantou-se com toda a graça esperada de uma marquesa e, desesperada por ignorar o constrangimento, seguiu na direção da porta. De maneira abençoada, o lacaio não a encarou enquanto ela atravessou o salão em um passo que poderia ser descrito apenas como "o mais perto de correr possível sem ser pouco feminino, uma vez que damas não correm".

Mas a porta se abriu antes que ela pudesse chegar até lá, e a Srta. Worth entrou, deixando Penélope sem escolha além de parar completamente, com as saias de seu vestido amarelo, escolhido pela beleza em vez de por bom senso balançando ao redor das pernas, naquele dia frio de janeiro. A lindíssima jovem governanta parou na soleira da porta, sem revelar qualquer emoção ao fazer uma rápida reverência, e disse:

"Bom dia, senhora."

Penélope resistiu ao impulso de fazer o mesmo, preferindo juntar as mãos à frente do corpo e dizer:

"Bom dia, Srta. Worth."

Trocadas as gentilezas, as duas mulheres se encararam por um longo momento, antes de a governanta dizer:

"Lorde Bourne pediu-me para informá-la de que jantarão na Casa Tottenham na quarta-feira."

Dali a três dias, portanto.

"Ah." O fato de que Michael passasse um recado tão simples através de uma criada fez com que Penélope percebesse o quanto estava enganada a respeito da noite anterior. Se ele não conseguia encontrar tempo para contar à esposa sobre um jantar, tinha de fato pouco interesse na nela.

Penélope respirou fundo, desejando espantar a decepção.

"Ele também pediu que eu a recordasse de que o jantar será o primeiro a que comparecerão como marido e esposa."

Não houve necessidade de espantar a decepção, uma vez que foi quase que imediatamente substituída por irritação. Penélope voltou a atenção para a governanta. Por um instante, Penélope se perguntou se havia sido a Srta. Worth a considerar necessário fazer um anúncio tão óbvio, como se ela fosse algum tipo imbecil e não conseguisse se lembrar dos eventos do dia anterior. Como se ela pudesse, de alguma forma, esquecer que os dois ainda não haviam sido apresentados à sociedade. Mas bastou um olhar para a expressão cabisbaixa da Srta. Worth, para Penélope ter certeza absoluta da identidade do irritante naquela situação particular – seu marido, que aparentemente tinha pouca confiança em sua capacidade, ou de responder a convites para jantares, ou de compreender a importância desses convites.

Sem pensar, levantou uma sobrancelha, encarou a governanta e disse:

"Que lembrança excelente. Não havia me dado conta de que estamos casados há menos de vinte e quatro horas e de que, durante esse período, eu não saí de casa. É uma sorte, não é, ter um marido tão disposto a me lembrar das coisas mais simples?" A Sra. Worth arregalou os olhos diante do sarcasmo que jorrava das palavras de Penélope, mas não respondeu. "É uma pena que ele não tenha podido me lembrar disso ele próprio, durante o café da manhã. Ele está em casa?"

A Srta. Worth hesitou antes de dizer:

"Não, senhora." Ele não passou pela casa desde que vocês retornaram de Surrey.

Não era verdade, claro. Mas assim Penélope soube que Michael havia retornado tarde na noite anterior e deixado a casa imediatamente após o interlúdio dos dois. *Claro que sim.* A raiva de Penélope ardeu. *Ele havia ido para casa para consumar o casamento e ido embora quase que no mesmo instante.* Aquela seria sua vida. Ir e vir conforme os caprichos dele, obedecê-lo, comparecer aos jantares quando o convite a incluísse e ficar ali sozinha, quando não. Que desastre.

Encarou a Srta. Worth e identificou compaixão em seus olhos. Detestou vê-la. Detestou Michael por fazê-la sentir-se tão constrangida. Por fazê-la sentir-se tão infeliz. Por fazê-la sentir-se tão *menos*. Mas aquele era seu casamento. Aquela havia sido sua escolha. Mesmo que tivesse sido dele – houve uma pequena parte dela que queria aquele casamento. Que acreditava que poderia ser mais. Tola Penélope. *Pobre Penélope tola.*

Endireitando os ombros, ela disse:

"Pode dizer a meu marido que eu o verei na quarta-feira. Para jantar na Casa Tottenham."

Capítulo Onze

Caro M,

Tommy disse que viu você na cidade no começo de suas férias, mas que você mal teve tempo de falar com ele. Sinto muito por isso, e ele também.

Pippa adotou um cachorro de três patas e (por mais desagradável que possa parecer) quando eu o vejo saltitando ao redor do lago, o manquejar dele me faz lembrar de você. Sem você, Tommy e eu somos um cachorro de três patas. Bom Deus. É a esse tipo de metáfora que preciso recorrer sem você para me manter com a língua afiada. A situação está se agravando.

Desesperadamente, P
Solar Needham, junho de 1817

～

Sem resposta

O problema com as mentiras é que era fácil demais acreditar nelas, mesmo quando éramos nós que as contávamos. Talvez *especialmente* quando somos nós que as contamos.

Três dias depois, Penélope e Michael eram os convidados de honra do jantar na Casa Tottenham – um evento que lhes deu a oportunidade perfeita para contar a versão cuidadosamente criada da história de amor deles para vários dos maiores fofoqueiros da sociedade. Fofoqueiros que estavam muito ansiosos por fazer jus à sua fama, pois ficaram atentos a cada palavra de Penélope e Michael. Sem mencionar os *olhares*.

Penélope não os deixou passar despercebidos quando entraram na Casa

Tottenham, vários minutos antes, tendo cuidadosamente planejado a chegada para não ocorrer nem cedo nem tarde demais, e ao descobrir que o restante dos convidados havia planejado chegar cedo – de modo ostensivo, para garantir que não perdessem nem um instante da primeira noite da marquesa e do marquês de Bourne na sociedade.

Também não deixou de perceber os olhares quando Michael pôs, de propósito, uma das mãos nas costas de Penélope, guiando-a até o salão de recepção, onde os convidados do jantar aguardavam a refeição ser servida. A mão havia sido posicionada com tamanha precisão, perfeitamente acompanhada de um sorriso tão carinhoso – que ela mal reconheceu –, que Penélope precisou esforçar-se para esconder tanto sua admiração pela estratégia dele como o prazer inesperado diante do pequeno movimento.

Os olhares se seguiram por um agitar de leques no salão frio e uma cacofonia de cochichos que ela fingiu não escutar, preferindo olhar para o marido, que esperava um olhar adequadamente apaixonado. Ela devia ter conseguido, porque ele se aproximou e sussurrou em seu ouvido:

“Está se saindo magnificamente.” As palavras fizeram uma onda de prazer percorrer seu corpo, embora ela tivesse jurado resistir ao poder que ele exercia sobre ela.

Penélope repreendeu a si mesma pela sensação calorosa e intensa. Lembrou a si mesma que não o via desde a noite de núpcias – que ele havia deixado absolutamente claro que qualquer interação marital seria apenas para o público externo, mas àquela altura, seu rosto já estava corado e, ao encarar o marido, encontrou uma expressão de suprema satisfação em seus olhos.

Ele inclinou-se uma vez mais.

“Seu rosto corado está perfeito, minha pequena inocente.” As palavras aumentaram as chamas, como se os dois estivessem muito apaixonados e nutrissem devoção absoluta um ao outro, quando a verdade era absolutamente o oposto.

Haviam sido separados para o jantar, claro, e então teve início o verdadeiro desafio. O visconde de Tottenham a acompanhou até seu lugar, entre ele e o Sr. Donovan West, editor de dois dos mais lidos jornais da Grã-Bretanha. West era um homem encantador de cabelos dourados, que parecia notar tudo, incluindo o nervosismo de Penélope. Falou apenas para que ela ouvisse:

“Não lhes dê uma chance de alfinetá-la. Elas a aproveitarão imediatamente e você estará acabada.”

Estava se referindo às mulheres. Havia seis delas dispersas ao redor da mesa, com a mesma expressão de lábios apertados e olhares desdenhosos. A conversa – bastante casual – era permeada por um tom que fazia cada palavra parecer ter duplo sentido, como se todas estivessem fazendo alguma pilhéria sobre a qual Michael e Penélope não tinham conhecimento.

Penélope teria ficado irritada, não fosse pelo fato de que ela e Michael guardavam eles próprios uma boa quantidade de segredos. Foi quase ao final da refeição que a conversa se voltou para eles.

"Conte-nos, Lorde Bourne." As palavras da viúva viscondessa de Tottenham percorreram a mesa, altas demais para garantir privacidade. "Como foi, exatamente, que o senhor e a Lady Bourne noivaram? Adoro uma história de amor."

Claro que sim. Histórias de amor eram o melhor tipo de escândalo. *Perdendo apenas para a ruína idílica*. Penélope afastou o pensamento irônico da mente quando a conversa parou e os convivas aguardaram em silêncio pela resposta de Michael.

Ele desviou o olhar para o de Penélope, carinhoso e encantador.

"Desafio qualquer um a passar mais do que um quarto de hora na companhia da minha dama e não sair encantado por ela." As palavras eram escandalosas, de forma alguma o tipo de coisa que membros bem-criados e experientes da aristocracia diziam em voz alta, mesmo que pensassem assim, e houve um arfar coletivo, indicando espanto e surpresa. Michael pareceu não se importar ao acrescentar: "Tive realmente sorte por estar lá, no dia de Santo Estêvão. E por ela estar lá... com sua risada me fazendo recordar de todas as formas que eu precisava me recuperar".

O coração dela acelerou com as palavras e a maneira como o canto da boca de Michael se levantou em uma sombra de um sorriso. Incrível, o poder das palavras. *Mesmo as falsas*. Penélope não conseguiu deixar de sorrir para ele, e não teve necessidade de fingir a forma como abaixou a cabeça, subitamente encabulada com sua atenção.

"Que sorte também o dote dela conter terras adjacentes a uma propriedade do marquesado." As palavras percorreram a mesa após uma explosão embriagada da condessa de Holloway, uma mulher infeliz que se comprazia com o sofrimento alheio e de quem Penélope jamais gostou. Não olhou para a condessa, focando-se, em vez disso, no marido, antes de falar:

"Fortuito principalmente para mim, Lady Holloway", ela disse, olhando firmemente para o marido. "Pois se não tivéssemos sido vizinhos de infância, certamente meu marido jamais teria me encontrado."

O olhar de Michael iluminou-se de admiração, e ele ergueu a taça em sua direção.

"Em algum momento eu teria percebido o que estava me faltando, querida. E teria saído atrás de você."

A afirmação a deixou emocionada antes dela se lembrar de que tudo não

passava de um jogo. Respirou fundo enquanto Michael assumia o controle, contando a história deles, garantindo a todos ali reunidos que havia perdido a cabeça, o coração e a razão para amar. Michael era bonito e inteligente, encantador e divertido, com a quantidade perfeita de contrição... como se estivesse tentando reparar mal feitos do passado e estivesse disposto a fazer tudo o que fosse preciso para retornar à aristocracia – pelo bem da própria esposa.

Ele foi perfeito. Ele a fez acreditar que havia estado lá, no salão principal da paróquia Coldharbour, cercada por convivas, guirlandas de azevinho em uma festa de Santo Estêvão. Ele a fez acreditar que havia cruzado o olhar com o dela do outro lado do salão – pôde sentir o aperto no estômago ao imaginar o olhar demorado e sério que ele lhe teria lançado, que a teria deixado sem fôlego e zonza, que a teria feito acreditar que era a única mulher no mundo. E ele a capturou com suas palavras bonitas, assim como fazia com o restante dos presentes.

"...Sinceramente, nunca havia dançado uma dança escocesa na vida. Mas ela me fez querer dançar várias.

Uma onda de risada percorreu a mesa, e Penélope levantou a taça e bebeu um gole de vinho, esperando que o álcool acalmasse seu estômago agitado, observando o marido entreter o ambiente repleto de convidados, com a história do caso de amor vertiginoso dos dois.

"Creio que teria sido apenas uma questão de tempo até eu retornar a Coldharbour e me dar conta de que o Solar Falconwell não era a única coisa que eu havia deixado para trás." O olhar dele cruzou com o dela, do outro lado da mesa, e ela prendeu a respiração diante do brilho daqueles olhos. "Graças aos céus eu a encontrei antes que outro o fizesse."

Uma porção de suspiros femininos ao redor da mesa acompanharam a aceleração do coração de Penélope. Michael era mestre na eloquência.

"Não era como se houvesse muitos pretendentes", Lady Holloway disse com sarcasmo, rindo um pouco alto demais. "Era, Lady Bourne?"

A mente de Penélope esvaziou diante da referência cruel à sua vida de solteira, e ela tentou encontrar uma resposta afiada antes do marido vir em seu auxílio.

"Eu não podia suportar pensar neles", ele disse, encarando-a seriamente, até ela ficar corada pela atenção. "e isso foi o motivo de nos casarmos tão rapidamente."

Lady Holloway pigarreou dentro da taça de vinho enquanto Sr. West sorria carinhosamente e perguntava:

"E a senhora, Lady Bourne? A conexão de vocês... surpreendeu-a?"

"Cuidado, querida", Michael disse escandalosamente, com um brilho nos olhos verde-acinzentados. "Ele poderá citá-la no jornal, de amanhã."

Penélope não conseguiu desviar os olhos de Michael com os risos ao redor dos dois. Ele a capturou e a manteve cuidadosamente em sua rede. Quando respondeu à pergunta do jornalista, foi diretamente ao marido.

"Não fiquei nem um pouco surpresa. Para dizer a verdade, parecia que eu estava esperando pelo retorno de Michael havia anos." Ela fez uma pausa, sacudindo a cabeça, notando a atenção ao redor da mesa. "Sinto muito… não Michael. Lorde Bourne." Deu uma risadinha autodepreciativa. "Sempre soube que ele daria um marido maravilhoso e estou muito feliz que ele será o *meu* marido maravilhoso."

Houve um lampejo de surpresa nos olhos de Michael, que desapareceu imediatamente, escondido por sua risada sincera – tão desconhecida.

"Estão vendo? Como eu poderia não tomar jeito?"

"Realmente." O Sr. West tomou um gole de vinho, olhando para ela por cima da borda da taça e, por um instante, Penélope teve certeza de que o homem via a falsidade deles com tanta clareza como se ela tivesse bordado a palavra "mentirosa" em seu vestido, e sabia que ela e Michael haviam se casado por um motivo extremamente distante do amor e que seu marido não tinha dividido um momento sequer com ela nos dias desde que a levou de volta para seu quarto depois de consumar o casamento. Que ele apenas garantiu que o casamento fosse legitimado e agora passava as noites longe dela, sabia Deus com quem, fazendo sabia Deus o quê.

Penélope tratou de comer seu creme de caramelo, esperando que o Sr. West não a pressionasse por mais informações.

Michael falou, todo charmoso:

"Não é verdade, é claro. Sou absolutamente terrível como marido. Não suporto a ideia de ela estar afastada de mim. Detesto a ideia de outros homens chamarem sua atenção. E já os aviso, eu me transformarei em um verdadeiro urso quando chegar a temporada e eu tiver de cedê-la para dançar e jantar na companhia de outros." Ele fez uma pausa, e Penélope percebeu a habilidade com que ele usava o silêncio, os olhos brilhando com um humor que ela não via nele desde a infância. *Um humor que não estava lá. Não de verdade.* "Todos lamentarão muito, de fato, que eu tenha decidido retomar meu título."

"De forma alguma", interrompeu a viúva viscondessa, seus olhos normalmente frios cheios de excitação. "Estamos satisfeitos por recebê-lo de volta à sociedade, Lorde Bourne. Pois, verdadeiramente, não pode haver nada mais revigorante do que um caso de amor."

Era uma mentira, claro. Casos de amor eram escândalos por si mesmos, mas Michael e Penélope a superavam em título, e o convite havia partido do jovem Tottenham, de modo que a velha tinha muito pouco controle da situação.

Michael sorriu diante de suas palavras mesmo assim, e Penélope não conseguiu desviar os olhos dele naquele momento. Tudo nele ficou mais leve com um sorriso – uma covinha apareceu em uma das bochechas, e seus lábios largos e cheios se curvaram, deixando-o ainda mais bonito. Quem era aquele homem com gracejos fáceis e sorrisos encantadores? *E como ela poderia convencê-lo a ficar?*

"E deve de fato ser uma história de amor... olhe para como sua noiva presta atenção a cada palavra sua", disse o visconde de Tottenham, evidentemente dando-lhes apoio, e Penélope não precisou fingir seu constrangimento quando Michael se virou para ela, com o sorriso desaparecendo.

A viúva continuou, olhando de maneira incisiva para o filho:

"Se ao menos você se inspirasse em Bourne e encontrasse uma esposa."

O visconde deu uma risadinha e fez questão de sacudir a cabeça, antes de pousar os olhos sobre Penélope.

"Temo que Bourne tenha encontrado a última noiva ideal."

"Ela tem irmãs, Tottenham", Michael acrescentou, com tom de provocação na voz.

Tottenham sorriu graciosamente.

"Esperarei ansioso por conhecê-las."

Penélope compreendeu tudo. Ali, com a facilidade de se roubar um doce de uma criança, Michael havia habilmente preparado o terreno para Olivia conhecer Lorde Tottenham e possivelmente casar-se com ele. Arregalou os olhos e voltou a surpresa para o marido, que recebeu o olhar com tranquilidade, redefinindo-o imediatamente.

"Percebo que agora que estou tão enamorado da minha própria esposa, não consigo deixar de encorajar a todos ao meu redor a encontrar suas próprias."

Tantas mentiras tão tranquilas. Tão fáceis de acreditar. A viúva intrometeu-se:

"Bem, eu, de minha parte, acho uma ideia maravilhosa." Levantou-se e foi acompanhada pelos homens. "Na verdade, creio que devamos deixar os cavalheiros conversarem."

O restante dos convidados atendeu à deixa, e as mulheres se afastaram da mesa para se retirar a outro ambiente, beber xerez e fofocar. Penélope não tinha dúvida de que seria o centro das atenções das fofocas. Seguiu a condessa viúva com passos pesados até um salãozinho encantador, mas mal havia entrado, quando uma mão grande segurou a sua, e a voz profunda e familiar de Michael ressoou:

"Com sua licença, senhoras, preciso de minha esposa por um breve instante, se não se importarem. Eu disse que não posso suportar ficar sem ela." Houve um arfar coletivo quando Michael retirou Penélope da sala e a levou para o corredor, fechando a porta atrás deles.

Penélope arrancou a mão da dele, olhando para os dois lados pelo corredor, para garantir que não haviam sido vistos.

"O que você está fazendo?", ela sussurrou. "Isso ainda não está consumado!"

"Gostaria que parasse de me dizer o que está ou não consumado", ele disse. "Não percebe que apenas me faz querer fazer mais?" Ele a puxou para mais longe da porta, para dentro de uma alcova mal iluminada. "Mexericos sobre o quanto eu a adoro são o tipo de mexerico por que estamos procurando, querida."

"Não há necessidade de me chamar assim, e sabe disso", ela sussurrou. "Não sou sua querida."

Ele levantou uma mão ao rosto dela.

"É quando estamos em público."

Ela afastou a mão.

"Pare com isso." Penélope fez uma pausa, então abaixou a voz. "Acha que acreditam em nós?"

Ele a olhou com indignação.

"Por que não acreditariam, meu amor? Tudo o que dissemos é verdade."

Ela estreitou os olhos.

"Sabe o que quero dizer."

Ele se inclinou para mais perto e sussurrou:

"Eu sei que paredes em casas como esta têm ouvidos, meu amor." E então ele a lambeu. Literalmente a *lambeu*, uma encantadora carícia no lóbulo de sua orelha que a fez agarrar os braços dele com o prazer inesperado. Antes que ela pudesse reagir, os lábios dele haviam se afastado, e ele devolveu a mão ao rosto dela, levantando-o na sua direção. "Você foi esplêndida lá dentro."

Esplêndida. A palavra ecoou através dela em uma onda de prazer, enquanto ele dava um beijo no ponto em que seu coração pulsava freneticamente na garganta.

"Não gosto da forma como julgam você", ela sussurrou. "Especialmente Holloway."

"Holloway é uma vaca." Penélope ficou boquiaberta diante da expressão, e ele continuou em seu ouvido. "Ela merece uma surra. É uma pena que seu conde seja fraco demais para isso."

Penélope sentiu prazer ao ouvir aquilo e não pôde deixar de sorrir.

"Você não parece ter muito escrúpulo quanto a bater em mulheres."

"Apenas com aquelas de que gosto." Ele parou e levantou a cabeça, o olhar escuro encontrando o dela, no pequeno ambiente.

Ela tentou ignorar a promessa contida nas palavras. Tentou se lembrar de que aquilo não era real. Que aquela noite não passava de uma fachada. Que aquele estranho não era seu marido. Que seu marido não havia feito nada além de usá-la para ganho próprio. Só que, aquela noite, não tinha a ver com ele. Tinha a ver com ela e suas irmãs.

"Obrigada, Michael", ela sussurrou na escuridão. "Sei que não precisava honrar essa parte do acordo. Que não precisava ajudar minhas irmãs."

Ele ficou em silêncio por um longo tempo.

"Preciso, sim."

A disposição dele em manter a palavra a surpreendeu, ao relembrá-la do acordo dos dois.

"Suponho que haja honra entre ladrões mesmo." Ela hesitou, e então disse: "E o restante do acordo?".

Uma das sobrancelhas escuras se levantou.

"Quando ganho minha turnê?"

"Está aprendendo a ser uma negociadora dura."

"Não tenho muito mais para me entreter", ela respondeu.

"Está entediada, esposa?"

"Por que estaria entediada? Passar os dias olhando para as paredes da sua residência é tão fascinante."

Ele riu com o que ela disse, e o som fez uma onda de calor percorrer o corpo de Penélope.

"Parece justo. Por que não aproveitar a emoção agora?"

"Porque neste momento estamos tentando convencê-los de que você mudou, e desaparecermos das festividades não irá ajudar."

"Ah, acho que eu desaparecer com minha esposa decente seria um grande negócio." Ele se aproximou ainda mais. "Mais do que isso, sei que você irá gostar."

"Escondida no corredor da Casa Tottenham como uma ladra?"

"Não como uma ladra." Ele espiou para fora do esconderijo dos dois, antes de voltar a atenção a ela. "Como uma dama tendo um caso clandestino."

Penélope soltou uma risada de desaprovação.

"Com seu *marido*."

"Ter um caso com o próprio marido é…" Ele parou de falar, os olhos ficando sombrios.

"Burguês?"

Um lado da boca de Michael levantou.

"Eu ia dizer uma aventura."

Uma aventura. Ela paralisou diante da palavra, olhando para ele acima, os lábios transformados em algo parecido com um sorriso, as mãos segurando seu rosto; tudo a respeito dele, seu calor, seu cheiro… *ele*, a cercava. Ela deveria rejeitá-lo. Deveria dizer que havia achado a noite de núpcias simples e desinteressante, como o jantar na Casa Tottenham. Deveria colocá-lo no devido lugar. Mas não conseguiu… porque queria tudo de novo. Queria que ele a beijasse e a tocasse e a fizesse sentir todas aquelas coisas incríveis que ela sentiu antes que ele a deixasse como se não tivesse sentido nada.

Ele estava tão próximo, tão lindo e tão *másculo*. E quando ela olhou nos olhos daquele homem que era, em um instante, excitante e divertido, e sombrio e perigoso no instante seguinte, ela percebeu que aceitaria a aventura com ele da forma que ele a oferecesse. Mesmo ali, na alcova do corredor dos Tottenham. Mesmo que fosse um erro. Ela espalmou as mãos no peito dele, sentindo a força que se escondia por baixo das camadas de linho e lã perfeitamente cortadas.

"Você está tão diferente esta noite. Não sei quem você é."

Algo apareceu nos olhos dele... Apareceu e desapareceu tão depressa que ela não conseguiu identificar direito. Quando ele falou, foi com a voz baixa e fluida, com uma pitada de provocação.

"Então por que não me conhecer um pouco melhor?"

Realmente, por que não? Ela se levantou na ponta dos pés e foi ao encontro dele, que se abaixou e tomou seus lábios em um beijo quente, quase insuportável.

Ele apertou o corpo contra o dela, empurrando-a contra a parede, cobrindo-a até que ela não conseguisse fazer nada além de passar os braços ao redor do pescoço dele, puxando-o na direção de seus lábios, firmes e sedosos, dando-lhe o que ela nem sequer sabia que queria, o que nem sequer sabia que poderia existir – um beijo forte e possessivo de que ela jamais, jamais se esqueceria. Penélope sentiu-se consumida pela sensação dele, o tamanho, a força, as mãos segurando seu rosto e o movendo para alinhar sua boca com mais voluptuosidade, mais perfeitamente aos lábios dele.

Ele lambeu o canto dos lábios dela, tentando-a com a língua até ela arfar, e tirou vantagem do som para capturar os lábios abertos e deslizar para dentro deles, pressionando o corpo contra o dela, brincando e sentindo até Penélope ter a impressão de que poderia morrer de excitação. Por vontade própria, os dedos dela se enroscaram nos cachos na nuca de Michael, e ela se levantou para pressionar o corpo contra o dele com mais firmeza, com um jeito mais *escandaloso... e não se importava*. Não se importava nem um pouco... desde que ele não parasse. Desde que ele jamais parasse.

Com ela se aproximando ainda mais, ele mudou a posição das mãos, abaixando-as num deslizar demorado e tortuoso, pressionando suavemente na lateral de seus seios, apenas para ela arder de desejo em lugares que nunca imaginou, antes de descer mais e mais, até ele agarrar seu traseiro e a apertá-la contra ele com uma força ao mesmo tempo chocante e excitante.

Ele gemeu de prazer com o movimento, e ela recuou com o som, imaginando a simples ideia de que ele pudesse estar tão consumido pela carícia como ela estava, e ele abriu os olhos para cruzar com os dela uma vez, um olhar fugaz, antes de capturar sua boca novamente, indo mais fundo, acariciando com mais firmeza, até ela estar dominada pelo prazer. Pela aventura. Por ele.

Segundos se passaram. Minutos. Horas... não importava. Tudo o que importava era aquele homem. Aquele beijo. Aquilo... A carícia terminou, e ele levantou a cabeça lentamente, dando um beijo suave e demorado nos lábios dela antes de levantar os braços e soltar as mãos dela de seu pescoço. Sorriu-lhe, algo de tirar o fôlego em seu olhar, e ela percebeu que era a primeira vez que ele sorria para ela – apenas para ela – desde que os dois eram crianças. *Foi mágico.* Ele abriu a boca para falar, e ela ficou em suspense, incapaz de controlar a expectativa que a atravessou enquanto os lábios dele formavam palavras.

"Tottenham."

Penélope ficou confusa e franziu a testa.

"Normalmente, não aprecio cavalheiros assediando damas em meu corredor, Bourne."

"Como se sente em relação a maridos beijando suas esposas?"

"Sinceramente?" A voz de Tottenham era seca como areia. "Acho que gosto ainda menos."

Penélope fechou os olhos, mortificada. Ele a havia enganado tão bem.

"Mudará de ideia quando conhecer minha cunhada, Olivia, aposto."

Aquilo fez com que ela quisesse machucá-lo. Realmente, machucá-lo, fisicamente. *Ele fez de propósito.* Tudo havia sido por causa de Tottenham. Para manter a mentira da história de amor dos dois e não porque ele não conseguia manter as mãos longe dela. *Ela não iria aprender?*

"Se ela for minimamente parecida com a irmã, temo que seja uma aposta que eu não poderei ganhar."

Michael riu, e ela se encolheu com o som, detestando-o. Detestando a falsidade.

"Será que poderia nos dar um instante?"

"Creio que serei obrigado a fazer isso, ou Lady Bourne talvez nunca mais volte a me encarar."

Penélope estava olhando fixamente para as dobras da gravata de Michael, forçando-se a soar calma, sabendo que parecer despreocupada seria impossível.

"Não sei ao certo se um instante mudará isso, milorde."

Ele a havia usado novamente. Tottenham riu.

"O conhaque está servido."

E então ele saiu. E ela estava sozinha... Com seu marido, que parecia estar se especializando em decepcioná-la. Ela não afastou o olhar do tecido impecável do colarinho dele.

"Essa foi muito boa", ela disse, com tristeza na voz. Se ele percebeu, não demonstrou.

Quando falou, foi como se estivessem falando sobre o clima e não se beijando em um canto escuro.

"Provavelmente ajudará muito a provar que estamos juntos por mais do que Falconwell."

Ela própria quase acreditou. De fato, ela parecia incapaz de aprender a lição. Não era justo que ficasse tão irritada com ele. Tão magoada. A tola história de amor havia sido ideia dela, não? Tinha apenas a si mesma para culpar pela forma como aquilo fazia com que ela se sentisse... *Vulgar, usada,* mas suas irmãs conseguiriam seus casamentos decentes e irrepreensíveis com isso. E tudo teria valido a pena. *Ela precisava acreditar nisso.*

Penélope afastou a tristeza da mente.

"Por que está fazendo isso?" Ele levantou as sobrancelhas de modo questionador, e ela continuou: "Concordando com esta farsa".

Ele desviou o olhar.

"Eu lhe dei a minha palavra."

Ela sacudiu a cabeça.

"Você não se sente... como se eu estivesse tirando vantagem de você?"

Ele levantou um canto da boca em um sorriso irônico.

"Eu não tirei vantagem quando me casei com você?"

Ela não havia pensado nisso de modo tão claro.

"Suponho que sim. Ainda assim..." *Isso parece pior,* ela queria dizer. *Parece que tudo o que sou, tudo o que tenho, está a serviço de outros.* Penélope sacudiu a cabeça. "Parece diferente, e eu me arrependo, no entanto, de ter pedido que fizesse isso por elas. Por mim."

Ele sacudiu a cabeça.

"Jamais se arrependa."

"Mais uma regra?"

"Apenas dos canalhas. Os jogadores inevitavelmente se arrependem."

Ela imaginou que ele deveria saber.

"Bem, eu me arrependo mesmo assim."

"É desnecessário. Tenho um bom motivo para me juntar a você nesta farsa."

Ela paralisou.

"Tem?"

Michael assentiu com a cabeça.

"Tenho. Todos recebemos algo do jogo."

"O que você recebe?" Ele ficou em silêncio, e a incerteza se acendeu dentro dela. "De quem você recebe?" Ele não respondeu, mas Penélope não era boba. "Do meu pai. Ele tinha mais alguma coisa. O que é?"

"Não é importante", ele disse, de uma forma que a fez acreditar que fosse muitíssimo importante. "Basta dizer que você não deve se arrepender do nosso acordo, uma vez que eu sairei bastante beneficiado dele. Vou acompanhá-la até o restante das senhoras", ele ofereceu, estendendo a mão para segurar o cotovelo dela.

E, perversamente, a ideia de que ele estava jogando aquele jogo apenas em benefício próprio fez com que ela se sentisse pior. Como se ela também tivesse sido vítima de suas mentiras. Sentiu-se traída, furiosa, e puxou quase que violentamente o braço diante do toque dele.

"Não toque em mim."

Ele levantou as sobrancelhas com as palavras, com a mentira que elas carregavam.

"Como?"

Ela não o queria perto dela. Não queria ser lembrada de que também havia sido enganada.

"Podemos fingir um romance para eles, mas *eu* não sou eles. Não toque em mim novamente. Não se for apenas por eles."

Não acho que consiga suportar. Ele levantou as duas mãos para o alto, provando que havia escutado o pedido. Prestado atenção a ele.

Ela se virou de costas antes de dizer mais alguma coisa. Antes de trair os próprios sentimentos.

"Penélope." Ele a chamou quando ela pisou no corredor mal iluminado. Ela parou, sentindo um lampejo de esperança no fundo do coração, esperança de que ele poderia pedir desculpas. De que ele poderia lhe dizer que ela estava enganada. Que realmente se importava com ela. Que a desejava. "Esta é a parte mais difícil... com as mulheres... compreende?"

Esperança falsa. Ele queria dizer que ela teria de manter a encenação, que as mulheres a questionariam muito mais cuidadosamente, em particular, do que haviam feito em público. Seria um desafio. Mas o fato de que ele chamasse essa parte da noite como a mais difícil era quase risível, pois ela certamente havia acabado de experimentar a parte mais difícil da noite.

"Eu cuidarei das mulheres, milorde, como concordamos fazer. Ao final da noite, elas terão a certeza de que você e eu estamos profundamente apaixonados, e minhas irmãs estarão a caminho de uma bela temporada." Então endureceu a voz. "Mas faça o favor de lembrar que me prometeu uma volta por seu clube, que agora percebo não ter sido generosidade, mas pagamento por minha parte em sua artimanha."

Ele paralisou.

"De fato."

Ela assentiu com a cabeça uma vez, com firmeza.

"Quando?"

"Veremos."

Ela estreitou os olhos diante da resposta, o sinônimo universal para *não*.

"Sim, imagino que sim."

Penélope virou as costas para ele e retornou ao salão das damas, cabeça erguida, ombros eretos ao girar a maçaneta e abrir a porta para se juntar novamente às mulheres.

O ânimo destruído, prometendo manter-se impassível.

Capítulo Doze

Caro M,

Tommy veio para cá para a festa de São Miguel, e celebramos em grande estilo, embora sentíssemos muito sua falta. Ainda assim, seguimos em frente, colhemos as últimas amoras silvestres e as comemos até passar mal, seguindo a tradição. Nossos dentes ficaram absoluta e perturbadoramente azul-acinzentados no processo – você teria ficado orgulhoso.

Quem sabe o veremos no Natal este ano? A festa de Santo Estêvão em Coldharbour está se tornando uma bela festividade, de fato.

Estamos todos pensando em você e sentindo muito a sua falta.

Sempre sua, P
Solar Needham, setembro de 1818

Sem resposta

Ela havia pedido que ele não a tocasse, e ele a atendeu. Na verdade, ele foi mais além. Ele a deixou completamente sozinha naquela noite, quando a devolveu para a Mansão do Diabo e foi embora imediatamente, seguindo para onde quer que iam os maridos sem suas esposas.

...E mais uma vez na noite seguinte, quando ela jantou na imensa e vazia sala de jantar, sob os olhos atentos de vários lacaios desajeitados e jovens demais. Pelo menos estava acostumando-se a eles, e sentiu-se bastante orgulhosa de si mesmo por não corar durante toda a refeição.

...E mais uma vez na noite seguinte, em que ficou parada diante da janela de seu quarto como uma tola, atraída na direção da carruagem dele como se estivesse presa ao veículo com um fio, ao observá-la se afastar. Como se, caso olhasse por tempo suficiente, ele retornaria.

E ele lhe daria o casamento que ela queria.

"Chega de janelas", ela jurou, virando-se de costas para a rua fria e escura e seguindo ao outro lado do quarto, para mergulhar as mãos no lavatório, observando a água fria empalidecer e distorcer seus dedos abaixo da superfície. "Chega de janelas", repetiu, baixinho, ao ouvir uma carruagem parar do lado de fora da residência, ignorando o acelerar de seu coração e a vontade de correr até a vidraça.

Preferiu secar as mãos com impressionante calma e seguiu até a porta que ligava o quarto do marido ao seu, encostando o ouvido na madeira fria e tentando ouvir a chegada dele.

Depois de longos minutos que lhe deixaram apenas com uma dor irritante no pescoço, a curiosidade de Penélope a venceu, e ela seguiu até a porta do quarto para espiar pelo corredor e ver se o marido havia, de fato, voltado para casa. Abriu a porta – menos de dois centímetros – para olhar para o corredor, e deparou-se com a Srta. Worth. Deu um gritinho e bateu a porta, o coração disparado, antes de se dar conta de que havia acabado de fazer papel de tola na frente da inquietante governanta do marido.

Respirando fundo, abriu a porta com um largo sorriso.

"Srta. Worth, você me assustou."

A governanta abaixou a cabeça.

"A senhora tem uma visita."

Penélope franziu a testa.

"Uma visita?" Passavam das onze da noite.

A governanta lhe entregou um cartão.

"Ele diz que é muito importante."

Ele... Penélope pegou o cartão. *Tommy!* Ela foi dominada pela alegria. Ele era a primeira pessoa a visitá-la naquela casa imensa e vazia – nem mesmo sua mãe tinha ido, preferindo mandar dizer que ela a visitaria *assim que o botão dos recém-casados tivesse desabrochado.* Mal sabia sua mãe que o desabrochar jamais havia chegado perto da rosa. Mas Tommy era seu amigo e amigos se visitavam. Penélope não conseguiu evitar de sorrir diante da Srta. Worth.

"Descerei em seguida. Sirva-lhe chá. Ou... vinho. Ou... uísque." Sacudiu a cabeça. "O que quer que as pessoas bebam a esta hora."

Fechou a porta e melhorou a aparência antes de descer apressadamente a escada e ir até a antessala, onde ele estava parado, diante de uma grande lareira de mármore, parecendo pequeno dentro do ambiente extravagante.

"Tommy!", ela disse, indo diretamente em direção a ele, emocionada por vê-lo. "O que está fazendo aqui?"

Ele sorriu.

"Estou aqui para raptá-la, é claro."

Deveria ter sido uma piada, mas havia um tom no que ele disse que ela não gostou, e foi nesse instante que Penélope percebeu que Tommy não deveria estar li – que Michael ficaria furioso se descobrisse Tommy Alles em sua sala, com sua esposa. Não importaria que Tommy e Penélope fossem amigos desde sempre.

"Você não deveria estar aqui", ela disse, quando ele se virou para ela, segurando suas mãos e levando-as aos lábios. "Ele ficará furioso."

"Você e eu ainda somos amigos, não?"

Ela não hesitou, a culpa em relação ao seu último encontro ainda estava presente.

"Claro que sim."

"E, como um bom amigo, estou aqui para me certificar de que você esteja bem e... enforcá-lo."

Depois da última interação que teve com o marido, ela deveria apoiar a estratégia de *enforcá-lo*, mas não conseguiu. Por algum motivo, a simples ideia de estar ali naquela sala com Tommy fazia Penélope sentir-se como se estivesse traindo o marido e o casamento deles. Sacudiu a cabeça.

"Não é uma boa ideia você estar aqui, Tommy."

Ele a encarou com uma seriedade incomum no olhar.

"Diga-me uma coisa. Você está bem?"

As palavras saíram suaves de preocupação, e ela não estava esperando a emoção que provocaram nela, as lágrimas que lhe trouxeram imediatamente aos olhos. Fazia uma semana que ela havia se casado em uma cerimônia minúscula e apressada em Surrey, e ninguém havia pensado em perguntar por ela. *Nem mesmo o marido.*

"Eu..." Ela parou, sentindo a emoção fechar a garganta.

Os olhos azuis normalmente amistosos de Tommy ficaram sombrios.

"Você está infeliz. Eu vou matá-lo."

"Não! Não..." Ela estendeu a mão, pousando-a no braço dele. "Não estou infeliz. Não estou. Estou apenas... estou..." Ela respirou fundo, finalmente decidindo por: "Não é fácil".

"Ele machucou você?"

"Não!" Penélope saltou em defesa de Michael, antes mesmo de pensar na pergunta. "Não... não." Não da forma como ele se referia.

Tommy não acreditou nela. Cruzou os braços.

"Não o proteja. Ele machucou você?"

"Não."

"O que é, então?"

"Eu não o vejo muito."

"Isso não é uma surpresa", ele disse, e Penélope ouviu o ataque nas palavras. A emoção que vinha com a amizade se perdeu. Ela havia sentido o mesmo quando Michael foi embora. Quando parou de escrever. Quando parou de se importar. Tommy ficou em silêncio por um longo tempo antes de dizer: "Gostaria de vê-lo mais?".

Era uma pergunta sem resposta fácil. Ela não queria nada com uma metade de Michael, com o homem frio e distante que se casou com ela pelas terras. Mas a outra metade – o homem que a abraçava e se preocupava com seu conforto e fazia coisas deliciosas e maravilhosas com sua mente e seu corpo –, ela não se importaria em vê-la novamente. Claro que não poderia dizer isso a Tommy. Não poderia explicar que Michael era dois homens e que estava ao mesmo tempo furiosa e fascinada por ele. Não poderia dizer isso porque mal queria admitir o fato para si mesma.

"Pen?"

Ela suspirou.

"O casamento é algo estranho."

"De fato, é. Imagino que duas vezes mais estranho quando se está casada com Michael. Eu sabia que ele iria atrás de você. Sabia que ele seria frio e insensível e daria um jeito de se casar com você rapidamente... por Falconwell." Penélope percebeu que deveria estar contestando as afirmações de Tommy e contando-lhe a história bem elaborada por eles, mas era tarde demais, e ele prosseguiu. "Eu tentei me casar com você primeiro... para poupá-la de casar-se com ele."

As palavras de Tommy da manhã do seu pedido de casamento ecoaram em sua mente.

"Era isso que você queria dizer. Queria me proteger de Michael."

"Ele não é mais o mesmo de antes."

"Por que não me disse isso?"

Ele meneou a cabeça.

"Você teria acreditado em mim?"

"Sim." Não...

Ele sorriu, menos do que o habitual. Mais sério.

"Penny, se soubesse que ele estava indo atrás de você, teria esperado." Ele fez uma pausa. "Sempre foi ele."

Penélope franziu a testa. Não era verdade. Era? Uma visão lhe veio à mente – um dia quente de primavera, os três dentro da velha torre Norman, localizada nas terras de Falconwell. Enquanto exploravam, uma escada havia cedido sob os pés de Penélope, e ela havia ficado presa um nível acima de Michael e Tommy. Não era muito alto, um ou dois metros, mas alto

o bastante para ela ter medo de saltar. Ela pediu socorro, e Tommy foi o primeiro a encontrá-la. Ele lhe disse para pular, prometeu que a apanharia. Mas ela ficou paralisada de medo. E então Michael apareceu. O tranquilo e destemido Michael, que a encarou nos olhos e lhe deu forças. *Pule, Seis Cents. Serei a sua rede.* Ela acreditou nele.

Respirou fundo com a lembrança, a recordação de seu tempo com Michael, da forma como ele sempre a havia feito sentir-se segura. Olhou para Tommy.

"Ele não é mais aquele garoto."

"Não. Não é. Langford cuidou disso." Ele fez uma pausa, e então disse: "Eu gostaria de ter podido evitar isso, Pen. Sinto muito".

Ela sacudiu a cabeça.

"Sem pedidos de desculpas. Ele é frio e enfurecedor quando quer ser, mas construiu muito para si mesmo, provou seu valor várias vezes. O casamento pode ser desafiador, mas imagino que a maioria seja, não?"

"O nosso não teria sido."

"O nosso teria sido um desafio de uma forma diferente, Tommy. Você sabe disso." Ela sorriu. "A sua poesia... é abominável."

"É verdade." Ele deu um sorriso, que desapareceu em seguida, mudando de assunto. "Ando pensando na Índia. Dizem que há um mundo de oportunidades por lá."

"Você deixaria a Inglaterra? Por quê?"

Ele absorveu bem as palavras, depositando o copo vazio sobre uma mesa próxima.

"Seu marido planeja me destruir."

Ela levou um instante para compreender as palavras.

"Estou certa de que não é verdade."

"É verdade. Ele me disse."

Penélope ficou confusa.

"Quando?"

"No dia do casamento de vocês. Fui até o Solar Needham para vê-la, para convencê-la a casar-se comigo, mas descobri que estava atrasado e que você já havia partido para Londres com ele. Vim atrás. Segui direto para o clube dele."

Michael não havia dito nada.

"E você o viu?"

"Por tempo suficiente para ele me explicar que tem planos de vingança contra meu pai. Contra mim. Quando ele estiver terminado, não terei outra escolha a não ser deixar a Grã-Bretanha."

As palavras não a surpreenderam. Era claro que Falconwell não seria suficiente para seu marido insensível. Era claro que ele iria querer vingança contra Langford. Mas Tommy?

"Ele não faria isso, Tommy. Vocês têm um passado, uma história... Nós três temos."

Tommy deu um sorrisinho irônico.

"Nosso passado não tem o mesmo peso de uma vingança, infelizmente."

Ela sacudiu a cabeça.

"O que ele poderia estar planejando..."

"Eu não sou..." Tommy respirou fundo. "Ele sabe..." Fez uma pausa, desviou o olhar e tentou novamente. "Eu não sou filho de Langford."

Penélope ficou boquiaberta e muda.

"Não pode estar falando a verdade."

Ele deu uma risadinha autodepreciativa.

"Eu certamente não mentiria a respeito disso, Pen."

Ele tinha razão, claro. Não era o tipo da coisa sobre a qual se mentia.

"Você não é..."

"Não."

"Quem..."

"Não sei. Eu não sabia que era um bastardo até poucos anos atrás, quando meu... quando Langford me contou a verdade."

Ela o observou atentamente, percebendo a tristeza silenciosa por trás de seus olhos.

"Você nunca disse nada."

"Não é algo que se comente, na verdade." Ele fez uma pausa. "É algo que fazemos o possível para manter em segredo... e esperamos que ninguém descubra."

Mas alguém havia descoberto... Penélope engoliu em seco, voltando a atenção para uma grande pintura a óleo na parede – mais uma paisagem – uma região selvagem escarpada e intocada demais para ser de qualquer outro lugar que não o Norte. Fixou o olhar em uma grande rocha em um lado da obra de arte enquanto compreendia a situação.

"Isso destruiria seu pai."

"O único filho dele, um bastardo."

Ela olhou para ele.

"Não se refira a si mesmo dessa forma."

"Todo mundo fará isso em breve."

Silêncio... E, com o silêncio, a absoluta certeza de que Tommy tinha razão. De que os planos de Michael incluíam sua destruição. *Um meio para um fim.* Ele percebeu o instante em que ela reconheceu a verdade e deu um passo em sua direção.

"Venha comigo, Penny. Podemos deixar este lugar, esta vida, e começarmos de novo. Na Índia, nas Américas, na Grécia, na Espanha, no Oriente... Aonde quer que você escolha."

Penélope arregalou os olhos. Ele estava falando sério.

"Eu estou casada, Tommy."

Um canto da boca de Tommy levantou.

"Com *Michael*. Você precisa fugir tanto quanto eu. Talvez mais... pelo menos minha destruição pelas mãos dele será rápida."

"Como quer que seja, estou casada. E você..." Ela parou de falar.

"Eu não sou nada. Não depois que ele acabar comigo."

Penélope pensou no marido, a quem havia jurado fidelidade e lealdade, que havia lutado por tanto tempo para reconstruir sua fortuna sem seu nome. Ele sabia da importância de um nome, de uma identidade... Não podia acreditar que ele faria isso. Sacudiu a cabeça.

"Você está errado. Ele não faria..." Mas enquanto pronunciava as palavras, sabia que não eram verdadeiras.

Ele faria qualquer coisa por sua vingança, até mesmo destruir seus amigos. Tommy tensionou o maxilar, e ela ficou subitamente nervosa. Jamais o tinha visto tão sério. Tão decidido.

"Eu não estou errado. Ele tem uma prova. Está disposto a usá-la. Ele é implacável, Pen... não é mais o amigo que conhecemos." Tommy estava próximo, e segurou uma das mãos dela nas dele. "Ele não merece você. Venha comigo. Venha comigo, e nenhum de nós ficará solitário."

Ela ficou em silêncio durante um longo momento antes de dizer baixinho:

"Ele é meu marido."

"Ele está usando você."

As palavras, ainda que verdadeiras, feriram. Ela o encarou.

"É claro que está, assim como todos os outros homens da minha vida fizeram. Meu pai, o duque de Leighton, os outros pretendentes... você."

Quando ele abriu a boca para negar, ela sacudiu a cabeça e levantou um dedo.

"Não, Tommy. Não tente fazer a nós dois de tolos. Pode não estar me usando por minhas terras, por meu dinheiro ou por minha reputação, mas tem medo da sua vida depois que a verdade for exposta, e acha que eu serei uma boa companhia, alguém para manter a solidão afastada."

"Isso é tão ruim?", Tommy perguntou, a voz começando a denotar desespero. "E a nossa amizade? O *nosso* passado? E eu?"

Ela não fingiu não compreender o que ele disse e o ultimato implícito, nascido da aflição. Ele estava lhe pedindo para fazer uma escolha: seu amigo

mais antigo, que jamais a abandonou, ou seu marido, sua família, sua vida. Não era uma escolha. Não de verdade.

"Ele é meu marido!", ela disse. "Talvez eu não devesse ter escrito essa história, mas a história é essa, mesmo assim."

Penélope parou, perdendo o fôlego para a irritação e a frustração. Tommy a observou por um longo momento, as palavras pairando entre os dois.

"Então é isso." Ele sorriu, triste. "Confesso que não estou surpreso. Você sempre gostou mais dele."

Ela sacudiu a cabeça.

"Isso não é verdade."

"É claro que é. Um dia, você se dará conta." Ele levou a mão ao queixo dela, em um gesto fraternal. Este era o problema, claro, Tommy sempre havia sido mais irmão do que homem. Ao contrário de Michael que não havia nada de fraternal nele.

Também não havia nada gentil em relação a ele. E embora pudesse ter escolhido a ele naquela triste e estranha guerra, ela não ficaria parada enquanto ele destruísse Tommy.

"Não deixarei que ele o destrua", ela prometeu. "Juro."

Tommy agitou uma das mãos no ar, e sua descrença era evidente.

"Ah, Penny... como se você pudesse impedir."

As palavras deveriam tê-la deixado triste. Ela deveria ter ouvido a verdade nelas. Em vez disso, o que ele disse a deixou irritada. Michael a havia tirado de sua família, mudado sua vida em uma centena de formas, impingido aquela farsa sobre ela e ameaçado seu mais querido amigo. E fez tudo isso mantendo-a a uma distância segura, como se ela fosse algo insignificante com que ele não precisasse se preocupar. Bem, era melhor ele começar a se preocupar. Penélope ergueu o queixo e endireitou os ombros.

"Ele não é Deus", ela disse, com a voz firme. "Ele não tem o direito de brincar conosco como se fôssemos seus soldadinhos de chumbo."

Tommy reconheceu sua ira e sorriu, triste.

"Não faça isso, Pen. Eu não valho a pena."

Ela levantou uma sobrancelha.

"Discordo. E mesmo que você não valesse, eu valho. E já cansei dele."

"Ele vai machucar você."

Penélope levantou um canto da boca em um sorriso irônico.

"Ele provavelmente vai me machucar de qualquer maneira. Mais um motivo para enfrentá-lo." Ela caminhou até a porta da antessala, abrindo-a para deixá-lo sair. Quando ele se aproximou, a visão das botas dele pisando macio no tapete luxuoso a encheu de tristeza. "Eu sinto muito, Tommy."

Ele segurou os ombros dela e lhe deu um beijo carinhoso na testa, antes de dizer:

"Eu realmente quero sua felicidade, Pen. Você sabe disso, não sabe?"

"Sei."

"Irá me dizer se mudar de ideia?"

Ela assentiu com a cabeça.

"Sim."

Ele a encarou por um longo tempo, antes de desviar o olhar, uma sombra cruzando seu rosto bonito.

"Vou esperar por você até não poder mais esperar..."

Penélope queria dizer para ele não ir. Queria pedir para ele ficar. Mas por tristeza, por medo, ou por uma percepção clara de que seu marido era um navio que não iria voltar, preferiu dizer:

"Boa noite, Tommy."

Ele se virou e atravessou a porta aberta que levava ao saguão, e Penélope acompanhou a linha de seus ombros enquanto ele seguia rumo à saída da Mansão do Diabo. A porta se fechou atrás dele, e Penélope ouviu o barulho das rodas da carruagem na rua silenciosa, pontuando sua solidão. Ela estava sozinha... Sozinha naquela casa que era um mausoléu, cheia de coisas que não eram dela e de pessoas que não conhecia. Sozinha naquele mundo silencioso. Houve um movimento nas sombras no lado oposto do saguão, e Penélope soube imediatamente tratar-se da Srta. Worth. Ela também sabia a quem era devida a lealdade da governanta. Penélope falou no escuro:

"Quanto tempo levará para ele saber que recebi uma visita masculina às onze da noite?"

A governanta apareceu, mas não falou por um longo momento. Quando falou, foi com absoluta tranquilidade.

"Mandei mensagem ao clube no momento da chegada do Sr. Alles."

Penélope observou a bela mulher, a traição – embora esperada – atravessando-a, atiçando o fogo de sua ira.

"Você desperdiçou papel."

Seguiu para a escadaria central da Mansão do Diabo e começou a subir os degraus. Na metade do caminho, virou-se para encarar a governanta, parada ao pé da escada, observando-a com seus cabelos perfeitos, sua pele perfeita e seus olhos perfeitos, como se ficar de sentinela pudesse evitar que Penélope fizesse qualquer outra coisa capaz de irritar o patrão. E isso serviu apenas para deixar Penélope mais irritada. De repente, estava se sentindo realmente ousada.

"Onde fica o clube?"

A governanta arregalou os olhos.

"Eu certamente não sei."

"Curioso, porque certamente sei que você sabe." Não baixou o tom de voz, deixando a voz alta chegar à outra, sem remorso. "Tenho certeza de que sabe tudo o que acontece nesta casa. Todas as idas e vindas. E tenho certeza de que sabe que meu marido passa suas noites em seu clube e não aqui."

Por um longo momento, a Srta. Worth não falou, e Penélope se perguntou, fugazmente, se tinha autoridade para dispensar a bela e insolente mulher. Enfim, deu um aceno de mão e voltou a subir a escada.

"Diga-me ou não. Se for preciso, contratarei uma carruagem e irei atrás dele."

"Ele não gostaria disso." A governanta a estava seguindo agora, percorrendo o longo corredor superior que levava ao quarto de Penélope.

"Não. Não gostaria. Mas descobri que tenho pouco interesse pelo que ele gosta ou não." Na verdade, estava descobrindo que sua falta de interesse era bastante libertadora. Abriu a porta de seu quarto e foi até o guarda-roupas, de onde tirou uma grande capa. Virando-se novamente, encontrou o olhar arregalado da bela governanta.

E fez uma pausa... Talvez fosse *ela* a deusa de cabelos escuros de Michael. Talvez fosse a Srta. Worth quem possuísse seu coração, sua mente e suas noites. E enquanto estudava o rosto de porcelana da mulher, avaliando sua altura, a forma como se encaixaria em Michael, a forma como combinava com ele muito melhor do que Penélope, a Srta. Worth sorriu. Não um sorriso qualquer. Um sorriso amplo e acolhedor.

"O Sr. Alles... Ele não é seu amante."

A ideia de que uma criada pudesse dizer algo tão absolutamente inadequado fez Penélope recuar por um instante antes de responder, com toda sinceridade:

"Não. Não é." E já que as luvas haviam sido retiradas: "E você não é amante de Michael".

A surpresa fez a governanta falar sem pensar.

"Por Deus, não. Eu não o aceitaria nem que ele implorasse." Ela fez uma pausa. "Quero dizer… não quis dizer… ele é um bom homem, senhora."

Penélope trocou as luvas de pele de pelica branca por outras de camurça azul-marinho, e enquanto encaixava os dedos, falou honestamente:

"Ele é um cretino e também não estou absolutamente segura de que o aceitaria se ele implorasse. Exceto pelo fato de que estou casada com ele."

"Bem, peço que me perdoe, mas não deveria mesmo aceitá-lo até ele implorar. Ele não deveria deixá-la tão…"

"Regularmente?" Penélope completou a frase, decidindo que talvez tivesse julgado mal a governanta. "Infelizmente, Srta. Worth, não creio que implorar faça parte do repertório de meu marido."

A governanta sorriu.

"Por favor, chame-me de Worth. É como todos os outros me chamam."

"Os outros?"

"Os outros sócios do Anjo Caído."

Penélope franziu a testa.

"Como conhece os sócios de meu marido?"

"Eu costumava trabalhar no Anjo Caído, lavando panelas, depenando galinhas, tudo o que precisasse ser feito."

Penélope ficou curiosa.

"Como veio parar aqui?"

Uma nuvem passou pelo rosto da mulher.

"Ganhei corpo. As pessoas começaram a perceber."

"Homens?" Não precisava ser uma pergunta. Penélope sabia a resposta. Um rosto como o de Worth não poderia se manter escondido por muito tempo nas cozinhas de um antro de jogatina.

"Os funcionários faziam de tudo para evitar que os membros do clube se aproximassem demais, não apenas de mim, mas de todas as garotas." Penélope inclinou-se para frente, sabendo o que viria a seguir. Desprezando o que viria a seguir. Desejando que pudesse apagar as palavras antes de serem pronunciadas. "Mas eu fui descuidada. Homens poderosos podem ser persistentes, homens ricos podem ser uma tentação e todos do sexo masculino são ótimos mentirosos quando querem ser."

Penélope sabia disso. Seu marido era mestre na eloquência. Worth deu um sorriso triste.

"Bourne nos encontrou."

Penélope observou a outra mulher passar um dedo pela moldura dourada de uma grande pintura a óleo na parede.

"Ele ficou furioso", ela disse, sabendo instintivamente que, quaisquer que fossem seus defeitos, o marido jamais suportaria aquele tipo de comportamento.

"Ele quase matou o homem." Penélope sentiu uma onda de orgulho enquanto Worth prosseguia. "Apesar de todo seu aspecto sombrio… de todo seu egoísmo… ele é um bom homem." Deu um passo para trás, avaliando a roupa de Penélope. "Se pretende entrar no Anjo Caído, precisará ser pela entrada dos proprietários. É a única maneira de chegar ao salão principal. E precisará de uma capa com um capuz maior se pretende manter o rosto coberto."

Penélope não havia pensado nisso. Atravessou o quarto, passando para o corredor mal iluminado além dele.

"Obrigada."

"Ele ficará furioso quando a senhora chegar lá", Worth acrescentou. "Meu bilhete não terá ajudado." Ela fez uma pausa. "Sinto muito por isso."

Penélope olhou para Worth quando as duas chegaram ao pé da escada.

"Cobrarei esta dívida", Penélope disse, "mas não esta noite. Esta noite, simplesmente direi que sua mensagem estava incompleta, e pretendo entregar o restante pessoalmente."

Caro M,

Meu aniversário chegou novamente, e este é mais incômodo do que qualquer um dos anteriores. Minha mãe está prestes a realizar um baile de debutante, e eu sou vista como a novilha gorda (não é a metáfora mais favorável, não?). De qualquer maneira, ela já está fazendo planos para março, pode acreditar – estou segura de que não durarei além do inverno.

Prometa que virá ao fadado evento... Sei que aos 20 anos tem pouca idade para comparecer a bailes ou se preocupar com a temporada, mas seria bom ver um rosto amigo.

Sempre sua, P
Solar Needham, agosto de 1820

Sem resposta

"Você deveria estar em casa com sua esposa."

Bourne não se virou do lugar diante da janela que dava para o salão do Anjo Caído.

"Minha esposa está deitada a salvo em sua cama, dormindo."

Ele sabia como imaginar a cena: Penélope em sua impecável camisola branca de linho, enrolada em uma porção de cobertores, encolhida de lado, os cabelos loiros estendidos como uma onda atrás dela – dando um doce suspiro durante o sonho, tentando-o, mesmo na fantasia. Ou, melhor ainda, na cama dele, sobre sua pele, voluptuosa e desejando ser descoberta. Os dias desde que ela pediu para ele não tocá-la estavam se mostrando intermináveis.

A noite na Casa Tottenham havia começado com um único alvo alcançável: estabelecer as bases do amor falso de Bourne e Penélope para o resto da sociedade. Mas então ela se manteve forte naquele ninho de cobras que era a sala de jantar, reforçando sua história, fingindo carinho, devoção e, afinal, defendendo-o com seus modos perfeitos e refinados.

Por mais que dissesse a si mesmo que havia ido atrás dela com o objetivo de convencer os convidados de Tottenham a respeito de seu fascínio pela nova esposa, ele sabia, no fundo, que não era verdade. Os convidados estavam longe da sua mente, e seu fascínio não havia sido nada falso. Ele precisava tocá-la... Precisava estar perto dela. No instante em que a beijou, perdeu o controle da situação – ofegando, puxando-a ao encontro dele, desejando que estivessem em qualquer lugar que não ali, naquele corredor, naquela casa, com aquelas pessoas. Sentiu vontade de assassinar Tottenham por interrompê-los. Mas Deus sabia o que teria acontecido se o visconde não tivesse feito aquilo, levando-se em conta que Bourne considerava seriamente levantar as saias da esposa, ajoelhar-se e mostrar a ela exatamente aonde o prazer poderia levá-los, quando o visconde limpou a garganta – varrendo o desejo da mente de Bourne.

Ela havia ficado imóvel como uma estátua em seus braços, e ele soube naquele momento, que ela pensava o pior dele. Ela acreditava que tudo tinha sido feito para benefício de Tottenham... e era verdade – mas Bourne não esperava que fosse tão longe. E jamais admitiria a ela que havia se deixado levar tanto quanto ela. Então, disse-lhe a verdade sobre o plano, sabendo que as palavras iriam feri-la. Sabendo que ela o odiaria ainda mais por enganá-la. E quando ela pronunciou, com a pose de uma rainha, que ele jamais deveria tocá-la novamente, Bourne soube que era o melhor para ambos. Mesmo que tudo o que ele mais quisesse fosse levá-la para casa e fazê-la retirar o que havia dito.

Chase tentou novamente.

"Você ficou aqui todas as noites desde que voltou."

"Por que se importa tanto?"

"Eu conheço as mulheres e sei que elas não gostam de ser ignoradas."

Bourne não respondeu.

"Soube que está trabalhando para que uma das garotas Marbury torne-se Lady Tottenham."

Bourne estreitou o olhar.

"Você soube..."

Chase levantou um ombro e sorriu.

"Tenho minhas fontes."

Bourne voltou-se novamente para a janela, vendo Tottenham abaixo, diante da mesa de *piquet*.

"As jovens Marbury solteiras chegaram hoje à cidade. Isso me dá alguns dias para garantir o interesse do visconde."

"Então o jantar foi um sucesso?"

"Sonho com convites chegando em massa."

Chase riu.

"Pobre e infeliz Bourne. Obrigado a restaurar a única coisa que não quer pela única coisa que quer." Bourne encarou Chase, mas não discordou. "Você percebe que o clube lhe deu mais dinheiro do que jamais conseguiria gastar e que não há qualquer motivo para provar a si mesmo, ao realizar sua vingança, não?"

"Não tem nada a ver com o dinheiro."

"Então o título tem a ver com o quê? A forma como ele o desmoralizou?"

"Eu não me importo com o título."

"Claro que se importa. É exatamente como todos os outros aristocratas, consumido pelo poder mágico do seu título, mesmo que se ressinta dele." Chase fez uma pausa. "Não que isso tenha mais importância. Você se casou com a garota, e está no caminho para a vingança. Ou seria ressurreição?"

Bourne fez uma careta através do vitral vermelho que representava uma chama do inferno, através do qual podia ver a roleta girando lá embaixo.

"Não tenho planos de ressurreição. Farei o que for necessário para destruir Langford. E, depois disso, retomarei minha vida."

"Sem ela?"

"Sem ela."

Mas ele a queria. Havia passado sem coisas que queria, antes. Sobrevivido.

"E como espera explicar isso à senhora?"

"Ela não precisa de mim para ter a vida que deseja. Pode viver onde quiser, como quiser, nas minhas terras, com o meu dinheiro. Ficarei satisfeito em conceder isso a ela." Ele havia dito o mesmo antes, mais de uma vez, mas estava ficando mais difícil de acreditar.

"Como imagina que isso acontecerá?", Chase perguntou lentamente. "Você está casado."

"Há formas dela ser feliz, ainda assim."

"E é isso que você deseja? A felicidade dela?"

Bourne considerou as palavras, percebendo a surpresa no tom de Chase. Ele certamente não havia começado esta jornada pensando na felicidade de Penélope, de alguma maneira. No entanto – mesmo sabendo que o tornava o pior tipo de marido possível –, ele sacrificaria a felicidade dela por sua vingança. Mas não era um monstro. Se pudesse, ele a manteria feliz *e* destruiria Langford. Como prova disso, honraria o pedido que ela lhe havia feito de não tocá-la, pois sabia muito bem que habituar-se a levar sua noiva perfeita e virginal para a cama seria um erro, uma vez que ela era exatamente o tipo de mulher que iria querer mais. Muito mais do que ele tinha para dar. Então, ficaria longe dela, mesmo que a desejasse mais do que era capaz de dizer.

"Eu a forcei a casar-se comigo por um pedaço de terra. O mínimo que posso fazer é pensar no que pode deixá-la contente, depois que nosso casamento cumprir seu propósito. Vou mandá-la de volta no instante em que a prova para a queda de Langford for minha."

"Por quê?"

Porque ela merece mais. Bourne fingiu desinteresse.

"Eu prometi a ela liberdade. E aventura."

Chase riu diante disso.

"Prometeu? Tenho certeza de que ela aceitou com empolgação. Ela esperou por um longo tempo desde aquele primeiro pedido de casamento, tempo suficiente para perceber que a maioria dos casamentos não vale o papel em que suas certidões são impressas. E você honrará a promessa?"

Bourne não desviou o olhar do salão.

"Sim."

"Qualquer aventura?"

Bourne virou a cabeça.

"O que isso quer dizer?"

"Quero dizer, na minha experiência, que mulheres com emoção ao alcance são bastante... criativas. Está preparado para ela viajar o mundo? Jogar seu dinheiro fora com frivolidades? Dar festas loucas e escandalizar a sociedade? Ter um amante?"

A última alternativa foi dita com jeito casual, mas Bourne sabia que Chase o estava provocando deliberadamente.

"Ela pode fazer o que bem entender."

"Então, se ela assim desejar, você permitirá que lhe ponha chifres?"

Ele sabia que era uma isca. Sabia que não devia se alterar. Cerrou os punhos, mesmo assim.

"Se for discreta, não é problema meu."

"Você não a quer para si?"

"Não."

Mentiroso.

"Foi uma experiência pouco satisfatória, é? Melhor deixar para outro homem, então."

Bourne resistiu ao impulso de atirar Chase contra a parede. Detestava a simples ideia de outro tocando nela. Outro homem descobrindo seu entusiasmo, sua paixão – mais tentadora do que cartas, bilhar, roleta. Ela ameaçava seu controle, seus desejos cuidadosamente refreados, seus sentimentos escondidos havia tanto tempo. Ele não poderia fazê-la feliz e era apenas uma questão de tempo. *Era melhor assim.* Para ambos.

A porta da sala dos sócios se abriu, e Temple salvou Bourne de precisar continuar com a conversa irritante. A silhueta maciça do terceiro sócio

bloqueou a luz ao atravessar o ambiente. Era sábado à noite, e Chase, Cross e Temple tinham um jogo marcado. Cross seguiu atrás de Temple, embaralhando um maço de cartas. Ele falou, com surpresa na voz:

"Bourne vai jogar?"

Bourne ignorou a insinuação que surgiu com a pergunta. Ele queria jogar. Queria perder-se nas regras simples e diretas do jogo. Queria fingir que não havia nada mais na vida além de sorte. Mas sabia que não era assim. A sorte não estava do seu lado havia muito tempo.

"Não vou jogar."

Os três não esperavam realmente que ele se juntasse a eles, mas sempre o convidavam. Chase o encarou.

"Beba conosco, então."

Se ficasse, Chase o perturbaria mais, fazendo mais perguntas. Mas, se fosse embora, Penélope o assombraria, fazendo-o sentir-se como todos os tipos de tolos do mundo. Decidiu ficar...

Os outros haviam se sentado à mesa dos sócios, usada apenas para aquele jogo – Temple, Cross e Chase sendo os únicos jogadores. Bourne sentou-se na quarta cadeira, sempre à mesa, nunca no jogo. Temple embaralhou as cartas, e Michael observou-as voarem pelos dedos do grandalhão uma, duas vezes, antes de atravessarem a mesa. O ritmo do papel macio deslizando sobre o tecido verde grosso era uma tentação em si mesmo. Jogaram duas rodadas em silêncio antes da pergunta de Chase vir, clara e obstinada do outro lado da mesa:

"E quando ela quiser filhos?"

Temple e Cross hesitaram diante das próprias cartas com a pergunta tão inesperada, que não conseguiram deixar de demonstrar interesse. Cross falou primeiro:

"Quando quem quiser filhos?"

Chase recostou-se.

"A Penélope de Bourne."

Bourne não gostou da descrição possessiva. Ou talvez tivesse gostado demais. *Filhos*. Eles precisariam de mais do que um pai em Londres e uma mãe no campo. Precisariam de mais do que uma infância vivida à sombra de um antro de jogatina. E, se fossem meninas, precisariam de mais do que um pai com uma reputação sórdida. Um pai que destruía tudo em que tocava, incluindo sua mãe. *Merda*.

"Ela irá querer", Chase continuou. "Ela é do tipo que irá querer filhos."

"Como pode saber?", Bourne perguntou, irritado que aquilo fosse sequer um tema de conversa.

"Eu sei muito sobre a moça."

Temple e Cross agora voltaram a atenção a Chase.

"Sinceramente?", Temple perguntou, com tom de descrença na voz.

"Ela tem cara de cavalo?", indagou Cross. "Bourne diz que não, mas acho que deve ser esse o motivo pelo qual ele está aqui conosco e não em casa, mostrando a ela como podem ser divertidas as experiências noturnas da marquesa de Bourne."

Bourne foi tomado pela irritação.

"Nem todos nós passamos as noites como porcos no cio."

Cross avaliou as cartas uma vez mais.

"Prefiro coelhos", ele disse casualmente, arrancando uma gargalhada de Temple, antes de olhar para Chase uma vez mais. "Mas, sinceramente, fale sobre a nova Lady Bourne."

Chase descartou.

"Ela não tem cara de cavalo."

Bourne rangeu os dentes. *Não. Não tem.*

Cross inclinou-se para frente.

"Ela é maçante?"

"Não que eu saiba", Chase respondeu, antes de virar-se para Bourne. "Ela é maçante?"

Bourne teve uma visão de Penélope caminhando pela neve no meio da noite com uma lanterna, antes de anunciar que estava em busca de piratas do campo, seguida por uma lembrança dela nua, deitada sobre seu cobertor de pele. Remexeu-se no lugar.

"De forma alguma."

Temple levantou uma carta.

"Então, qual é o seu problema?"

Houve uma pausa, e Bourne olhou de um sócio para outro, um mais espantado do que o outro.

"Sinceramente, vocês estão parecendo mulheres mexeriqueiras, loucas por um escândalo."

Chase levantou uma sobrancelha.

"Por isso, vou contar a eles." Houve uma pausa, enquanto os outros se inclinavam para frente, esperando. "O problema é que ele está decidido a mandar a moça embora."

Temple levantou o olhar.

"Por quanto tempo?"

"Para sempre."

Cross apertou os lábios e virou-se para Bourne.

"Isso é porque ela era virgem? Por favor, Bourne, não pode culpá-la por isso. Quero dizer, sabe Deus por quê, mas a maioria dos aristocratas esnobes valoriza essas características. Dê-lhe tempo. Ela vai aprender."

Bourne apertou os dentes.

"Ela se saiu muito bem."

Temple inclinou-se para frente, completamente sério.

"Ela não gostou?"

Chase abafou o riso, e Bourne estreitou os olhos.

"Você está se divertindo, não está?"

"Muito."

"Talvez possa pedir alguns conselhos a Worth", Cross sugeriu, descartando.

Chase pegou a carta.

"Ficarei feliz de compartilhar minha experiência pessoal, se quiser."

Temple sorriu para as cartas.

"E eu também."

Aquilo tudo era demais para Bourne.

"Não preciso de conselhos. Ela gostou bastante."

"Ouvi dizer que nem todas gostam desde o começo", Cross disse.

"Isso é verdade", respondeu Chase, experiente.

"Não há problema se ela não gostou, velho", Temple observou. "Você pode tentar de novo."

"Ela gostou." A voz de Bourne estava baixa e tensa, e ele pensou que seria capaz de matar o próximo que falasse.

"Bem, uma coisa é certa", Temple disse, casualmente, e Bourne ignorou a pontada de decepção pelo fato de que aquele homem imenso era provavelmente o único da mesa que ele não conseguiria matar.

"O quê?", Chase perguntou, descartando.

"Se ela quiser filhos, alguém terá que fazer o serviço."

Se ela quisesse filhos, ele faria o serviço.

Cross descartou.

"Se garante que ela não é feia, ficarei feliz em..."

Não terminou a frase... Bourne avançou sobre ele, e os dois caíram no chão, em uma cacofonia de cadeiras quebradas, risadas e o som de osso batendo em carne. Temple suspirou, atirando as cartas na mesa.

"Esses jogos nunca terminam como jogos de carta devem terminar."

"Pensei que bons jogos de carta sempre terminassem com uma briga", disse Chase. Cross e Bourne rolaram por cima de uma cadeira, derrubando-a quando Justin entrou na sala. O sujeito de óculos ignorou Bourne e Cross, rolando pelo chão, e abaixou-se para sussurrar algo para Temple e Chase.

Temple então interferiu na briga, levando um soco perdido em uma das

bochechas e soltando um xingamento antes de arrancar Cross de Bourne. Puxando um lenço, Cross limpou o sangue de um corte logo acima do olho e encarou Bourne longamente.

"Se está tão tenso assim na primeira semana do seu casamento, precisa levar aquela sua esposa para a cama, ou então tirá-la da sua casa."

Bourne passou a mão por um lábio inchado, sabendo que o sócio estava falando a verdade.

"Eu preciso dela. Sem ela, não tenho Langford."

E se eu tocar nela novamente, posso não deixá-la ir embora. E então ele a destruiria da mesma forma como havia destruído tudo de valor que jamais teve.

Os olhos de Cross brilharam, um deles inchando rapidamente, como se tivesse escutado o pensamento de Bourne com total clareza.

"Então isso limita as suas opções."

"Bourne", Justin disse, atraindo sua atenção, "há um bilhete de Worth para você."

Bourne foi inundado por uma onda de desconforto ao romper o selo da Mansão do Diabo e ler as poucas linhas de texto rabiscadas apressadamente no papel. Foi tomado por descrença e fúria com o que leu. Tommy Alles estava na casa dele. Com a esposa dele. Ele o mataria se Tommy tocasse nela, ou talvez o matasse de qualquer maneira. Amaldiçoando, Bourne levantou-se e seguiu na direção da porta, chegando à metade da sala antes de Chase falar:

"Soube que também estamos com um problema na roleta."

"Dane-se a roleta", ele resmungou, escancarando a porta da sala dos sócios.

"Bem, considerando que sua esposa está lá embaixo, talvez Cross possa verificar o caso, mas…"

Bourne congelou, o estômago se enchendo de incredulidade e pavor diante dos sorrisos dos sócios. Quase perdendo o controle, seguiu até a janela para olhar para o cassino, e foi imediatamente atraído para alguém, em um dos lados da roleta, vestindo uma capa, uma mão delicada estendida para depositar uma única moeda de ouro sobre o tecido numerado.

"Parece que a dama está fazendo a aventura que você prometeu", Chase disse, ironicamente.

Não! Não poderia ser ela. Ela não faria algo tão tolo. Não arriscaria as irmãs nem a *si mesma.* Qualquer coisa poderia acontecer com ela lá embaixo, no ninho de cobras, cercada por homens que bebiam demais e apostavam demais… homens que apostavam alto para provar que estavam no controle de alguma coisa, mesmo que não fossem suas as bolsas. Bourne amaldiçoou, furioso, e saiu correndo pela porta.

Ouviu um assovio baixo e foi seguido pelas palavras de Cross.

"Se o rosto dela tiver metade da qualidade de sua coragem, eu a tirarei das suas mãos com satisfação."

Só sobre o cadáver dele.

Capítulo Treze

Caro M,

Bem, a marquesa de Needham e Dolby está de fato muito orgulhosa. Hoje foi meu debut, minha apresentação à corte, título do Almack e tudo, e não há dúvida de que sou um sucesso retumbante.

Isso não deveria surpreender, considerando que estou oficialmente no mercado de casamentos há quase duas semanas e não tive uma única conversa interessante. Nem uma, acredita nisso? Minha mãe está à procura de um duque, mas não é como se houvesse uma abundância de duques jovens e disponíveis à mão.

Confesso que esperava vê-lo – em um baile, um jantar ou algum evento desta semana, mas você desapareceu, e tudo o que me resta é o papel de carta.

Uma pena. Uma pena realmente.

Sem assinatura
Casa Dolby, março de 1820

Carta não enviada

O Anjo Caído era magnífico.

Penélope jamais tinha visto algo tão impressionante como aquele lugar maravilhoso e luxuoso, repleto de luz de velas e cores, cheio de gente fazendo apostas obscenas e dando risada, beijando os dados e amaldiçoando a má sorte. Ela se apresentou discretamente, não querendo revelar a própria identidade, mas sabendo que se não dissesse seu nome aos homens que guardavam a entrada, não seria autorizada a entrar. Eles arregalaram os olhos quando ela se identificou, dizendo o nome do marido e mantendo-se sob as sombras da entrada, aguardando que eles decidissem se acreditavam nela. Quando um dos grandalhões abriu um sorriso e bateu duas vezes na porta do clube com um punho do tamanho de um presunto, a porta se abriu apenas um pouco.

"A senhora de Bourne. Melhor deixá-la entrar."

A senhora de Bourne. Um calafrio percorreu Penélope com aquela descrição - algo que ela não desejava e à qual ainda não conseguia resistir - mas que planejou usar para tirar vantagem naquela noite. Então a porta se abriu por completo, revelando um festival de movimento e som, e Penélope se esqueceu do objetivo imediato. Agradecida pelo conselho de Worth, apertou a capa ao redor do corpo e o capuz imenso que a deixava à sombra, enquanto observava aqueles ao seu redor, olhando para as cartas, acompanhando a bolinha de marfim na roleta, seguindo os dados sobre o suntuoso tecido verde, tombando com os ventos do destino.

Era uma aventura em sua forma mais simples, mais pura. E ela adorou cada instante daquilo. Não era de estranhar que Michael passasse tanto do seu tempo ali. Aquele lugar era sua deusa, sua beldade de cabelos escuros, e ela não poderia culpá-lo. Era uma amante magnífica. Os homens com seus casacos pretos impecáveis e suas gravatas perfeitamente engomadas, os mordomos que percorriam o salão do cassino com bandejas carregadas de uísque e conhaque, e as mulheres em seus corpetes reveladores, um mais colorido do que o outro. Eram pintadas, adereçadas, penteadas e coloridas, e Penélope quis ser como elas. Por um único instante fugaz, saber como era segurar a sorte em sua mão, atirar os dados e conhecer a emoção.

Mas foi o vitral, imenso e inegavelmente bonito, que a fez perder o fôlego. Um enorme e impressionante retrato de Lúcifer, com uma corrente que dava duas voltas em seu tornozelo antes de cair no abismo, seu cetro, partido ao meio, ainda em uma das mãos, e a coroa na outra. O imenso anjo caindo, as asas não mais capazes de mantê-lo voando, virado com a cabeça para as chamas do inferno. Era ao mesmo tempo lindo e grotesco – o pano de fundo perfeito para aquele ambiente de vícios. Penélope manteve a cabeça abaixada e atravessou a aglomeração de pessoas, adorando a forma como os corpos a deixavam passar. Permitiu-se ser guiada pelo grupo, prometendo a si mesma que pararia diante da primeira mesa que encontrasse no caminho. E foi na roleta que sentiu o coração saltar à boca em um misto de gratidão e excitação. Ela conhecia aquele jogo, conhecia suas regras, sabia que se tratava de pura e absoluta sorte. E queria experimentar... *Porque subitamente sentiu-se com muita sorte.* Cruzou o olhar com o crupiê, que levantou uma sobrancelha e acenou sobre a mesa.

"Cavalheiros... dama", entoou com seriedade, "façam suas apostas, por favor."

Penélope já estava com a mão no bolso, brincando com as moedas contidas ali. Pegou um soberano de ouro brilhante, passou o polegar pela cara, observando os demais jogadores ao redor da mesa fazerem suas apostas. Moedas foram depositadas sobre toda a extensão do luxuoso tecido verde, e os olhos de Penélope foram atraídos por um espaço vermelho tentador no meio da mesa. *Número vinte e três.*

"Aguardamos a aposta da dama."

Ela encarou o crupiê e estendeu a mão, hesitante, para pôr a moeda sobre o tecido, adorando a forma como o ouro cintilava à luz de velas.

"Apostas encerradas."

Então, a roda entrou em movimento e a bola começou a girar ao longo da canaleta, o simples som do marfim contra o aço funcionando como uma tentação em si mesmo. Penélope inclinou-se para frente, ansiosa por uma visão desimpedida, com a respiração presa na garganta.

"Dizem que a roleta é o jogo de Lúcifer." As palavras vieram em seu ombro, e ela não pôde resistir a virar na direção da voz, ainda que tivesse cuidando para manter o capuz sobre o rosto. "Adequado, não?"

O estranho pousou a mão na borda da mesa, perto o bastante para tocá-la, e a carícia foi lenta demais para ser acidental. Ela puxou a mão diante da sensação desagradável.

"Fascinante", ela disse, afastando-se da companhia indesejada, esperando que aquela única palavra encerrasse a conversa. Voltou a atenção novamente para a roleta, girando em gloriosos vermelho e preto, rápido demais para acompanhar.

"Há a história de um francês que ficou tão absorto no jogo, tão tentado pela roleta, que vendeu a alma ao diabo para aprender seus segredos."

A roleta estava começando a diminuir a velocidade, e Penélope inclinou-se para frente, compreendendo a tentação do pobre francês. O homem ao seu lado deslizou outro dedo pela lateral do braço dela, fazendo-a sentir um arrepio de aversão e chamando sua atenção.

"O que a tentaria a vender sua alma?"

Ela não teve a oportunidade de responder ou de dizer para o vizinho retirar as mãos de sua pessoa, uma vez que ele foi imediatamente arrancado do lugar e atirado a vários metros dali. Virou-se na direção da comoção e encontrou Michael indo para cima do homem que andava de costas, como um caranguejo, até as pernas de um grupo de pessoas que havia parado no centro do salão do cassino, para assistir ao desenrolar do drama. O marido de Penélope se abaixou e agarrou o homem pela gravata, tapando o rosto do atrevido com seu corpanzil.

"Jamais volte a tocar em uma dama neste lugar", seu marido rugiu, erguendo o punho ameaçadoramente.

"Que diabos, Bourne." As palavras saíram estranguladas da garganta do homem, que levou as mãos aos pulsos de Michael. "Deixe disso. Ela é apenas uma…"

Michael enroscou a mão ao redor do pescoço do outro.

"Termine a frase, Densmore, e me dê o prazer de sufocá-lo", ele disse, baixo

e próximo da presa. "Se eu vir ou ouvir você pondo a mão em outra mulher aqui, sua filiação não será a única coisa que perderá. Você me entendeu?"

"Sim."

"Diga." Ele parecia pronto para matar, e a história de Worth ecoou na memória de Penélope.

"Sim. Sim, eu entendi."

Michael o atirou novamente ao chão e aproximou-se de Penélope, que se mexeu instintivamente para puxar a capa de novo. Ele estendeu o braço e agarrou uma das mãos dela, puxando-a para dentro de uma alcova mal iluminada demais para que alguém a visse, aproximando-se para protegê-la de olhos curiosos.

"E você...", ele sussurrou, claramente furioso. "Que diabos está fazendo aqui?"

Ela o encarou com firmeza, recusando-se a se sentir intimidada. Estava na hora de fazer a sua parte – de entrar em cena a marquesa que havia saído em busca de sua aventura.

"Eu estava me divertindo bastante antes de você chegar e provocar uma cena."

Bourne tensionou um músculo do maxilar e apertou os dedos ao redor dos pulsos dela.

"*Eu* provoquei uma cena? Metade de Londres está neste salão e você acha que uma capa idiota a esconderia deles?"

Ela retorceu a mão nas garras dele, tentando se libertar. Ele não a soltou.

"Estava fazendo exatamente isso. Ninguém havia me notado." Ele a empurrou contra a parede, mais para dentro da escuridão. "Ninguém me *reconheceu*. Agora, é claro, todos estão se perguntando quem sou eu."

"Provavelmente sabem." Ele deu uma risada dura. "Eu a reconheci no instante em que a vi, sua tola."

Ele a reconheceu? Penélope ignorou a onda de prazer que a atravessou, e endireitou os ombros, recusando-se a recuar. O crupiê da roleta apareceu à entrada da alcova.

"Bourne."

Michael lançou um olhar por cima do ombro capaz de barrar um exército.

"Agora não."

"Bem, considerando que estou completamente à vista de metade de Londres, como você observou tão rapidamente, qual é a pior coisa que poderia acontecer?", ela perguntou.

"Vejamos", ele disse, com a voz repleta de sarcasmo, "você poderia ter sido abduzida, maltratada, abusada, *revelada...*"

Penélope ficou tensa.

"E como isso teria sido diferente do tratamento que tenho recebido em suas mãos?", ela sussurrou, mantendo a voz baixa o bastante para que apenas ele a escutasse, sabendo que estava ultrapassando seus limites.

Os olhos dele faiscaram.

"Seria completamente diferente e se você não consegue ver isso..."

"Ah, por favor. Não finja que se importa o mínimo comigo ou com a minha felicidade. Seria a mesma cela, com um carcereiro diferente."

Bourne cerrou os dentes.

"Três minutos a sós com aquele porco do Densmore e você teria visto que sou um verdadeiro santo em comparação com alguns canalhas. Eu lhe disse que não deveria vir aqui. Não sem mim."

"Descobri que não gosto mais que me digam o que não devo fazer." Penélope respirou fundo, sem saber de onde vinha aquela coragem, mas esperando que não lhe falhasse naquele momento, uma vez que Michael parecia muito, muito irritado.

E, ela percebeu, muito desgrenhado... A gravada estava absolutamente amassada, o casaco torto nos ombros, e um dos punhos da camisa havia desaparecido embaixo da manga do paletó. Aquilo não era normal. Não para Michael.

"O que aconteceu com você?", ela perguntou.

"Bourne."

Na terceira vez que o crupiê disse o nome dele, Michael se virou.

"Que diabos. O que é?"

"É a dama."

"O que tem ela?"

Penélope espiou ao redor de Michael, puxando o capuz para frente, certificando-se de que não seria reconhecida. O crupiê levantou as sobrancelhas ao lhes dar um meio-sorriso.

"Ela ganhou."

Um instante, e então Bourne disse:

"O que foi que você disse?"

"Ela ganhou." O crupiê não conseguiu disfarçar sua surpresa. "Número vinte e três. Direto."

Michael desviou o olhar para a mesa, então para a roleta.

"Ganhou?"

Penélope arregalou os olhos.

"Eu ganhei?"

O crupiê lhe deu um sorriso bobo.

"Ganhou."

"Mande o prêmio dela para a minha sala." Em questão de segundos, Michael a puxava através de uma porta escondida ali perto.

Enquanto os dois subiam uma longa escada, Penélope reuniu sua coragem, preparada para enfrentá-lo. Mas antes, precisava acompanhar seu ritmo. Estava com a mão presa à dele, e ele não demonstrou qualquer sinal de soltá-la, enquanto a puxava por um corredor comprido e, afinal, para dentro de uma sala grande que estaria completamente escura, não fosse a luz do salão principal do cassino, entrando pela parede de vitrais em uma das pontas – lançando um mosaico de cores sobre o espaço.

"Que maravilhoso", ela sussurrou, não percebendo que ele a havia soltado antes de trancar a porta atrás dos dois. "Lá de baixo, não há sinal de que haja qualquer coisa por trás do vidro."

"Esse é o objetivo."

"É impressionante." Ela foi até a janela, estendendo uma das mãos para tocar em um painel dourado que representava um cacho dos cabelos de Lúcifer.

"O que você está fazendo aqui, Penélope?"

Ela puxou a mão subitamente com a pergunta, virando-se para ele, mal conseguindo enxergá-lo na escuridão. Ele parecia ter desaparecido nas sombras do outro lado da sala. Sentiu o coração disparar e lembrou-se de por que havia ido ao clube.

"Precisamos ter uma conversa."

"Não podia ter esperado que eu voltasse à Mansão do Diabo?"

"Se eu acreditasse que você iria voltar, milorde, talvez eu tivesse esperado", ela disse com sarcasmo. "Como não tenho certeza de seus planos a esse respeito, considerei melhor vir até você."

Ele cruzou os braços sobre o peito largo, esticando o tecido do paletó contra os braços musculosos.

"Vou demitir o cocheiro que a trouxe."

"Impossível. Vim em uma carruagem de aluguel." Não conseguiu evitar o tom de triunfo na voz.

"Se Tommy a ajudou de alguma maneira, terei grande prazer em destruí-lo."

Ela ergueu o queixo.

"Então, chegamos ao ponto."

"Não deve vê-lo novamente."

Penélope não se importou que ele se aproximasse dela no escuro, claramente irritado, porque ela também estava irritada com ele.

"Não estou tão certa de que obedecerei a essa ordem."

"Obedecerá." Ele a encurralou contra a porta. "Se o vir novamente, eu o destruirei. Tenha isso em mente."

Era a oportunidade pela qual ela estava esperando.

"Fiquei sabendo que planeja destruí-lo de qualquer maneira." Ele não negou, e ela foi tomada pela decepção. Sacudiu a cabeça. "É impressionante, como continuo a acreditar no seu melhor apenas para acabar vendo que estava errada." Afastou-se dele, seguindo novamente na direção da janela, olhando para o salão. "Você não tem coração."

"É melhor que perceba isso agora, antes que nosso casamento avance mais."

Ela se virou novamente para ele, furiosa com o modo insensível com que Michael se referiu à vida deles. À vida dela.

"Talvez nossa farsa de casamento não dure muito neste mundo, de qualquer maneira."

"O que isso quer dizer?"

Ela deu uma risadinha cínica.

"Apenas que você não dá a menor importância a ele."

"Seu precioso Tommy a convidou para fugir com ele, não foi?" Foi a vez de ela ficar em silêncio. Deixá-lo acreditar no que quisesse. Ele se aproximou. "Está pensando em ir, Penélope? Está pensando em destruir nosso casamento, sua reputação e os nomes das suas irmãs com uma escolha egoísta?"

Ela não pôde deixar de responder:

"*Eu* sou egoísta?" Penélope riu, e passou por ele com um encontrão, indo na direção da porta. "Isso é divertido, vindo de você, o homem mais egoísta que já conheci, egoísta o bastante para destruir seus amigos e sua *esposa* em nome de seus próprios objetivos."

Estendeu a mão para a maçaneta, arfando quando a mão dele surgiu do escuro para segurar seu pulso.

"Não vai sair até acabarmos esta conversa. Até ter me dado sua palavra de que ficará longe de Tommy Alles."

Era claro que ela não iria a lugar algum com Tommy, mas se recusava a dar a ele a satisfação de saber disso.

"Por quê? Não seria mais fácil para você que eu fosse embora com ele? Então conseguiria sua vingança e a sua liberdade em uma só tacada."

"Você é minha."

Ela o atacou.

"Você é um desequilibrado."

"Pode ser... Mas também sou seu marido. É melhor lembrar-se desse fato. E do fato de que prometeu me obedecer."

Ela deu outra risadinha cínica.

"E você prometeu me *honrar*", ela replicou. *E nós dois prometemos amarmos um ao outro. Isso também não funcionou.*

Ele paralisou.

"Você pensa que eu a desonrei?"

"Penso que me desonra toda vez que me toca."

Ele então a soltou, tão rapidamente que foi como se a pele dela o queimasse.

"O que isso quer dizer?"

Penélope hesitou, insegura, a discussão de repente seguindo em uma direção com a qual ela não estava inteiramente confortável.

"Ah, não, milady." Ele praticamente cuspiu o título e ela percebeu que o havia ofendido. "Você irá responder à pergunta."

Sim. Iria.

"Toda vez que me toca, toda vez que demonstra o menor interesse, é em benefício próprio, em benefício dos seus objetivos, da sua vingança, da qual não desejo participar. Não há nada que seja para mim."

"Não?" Sua fala veio cheia de sarcasmo. "Interessante, já que parece ter gostado do meu toque."

"É claro que gostei. Você fez tudo o que pôde para garantir que eu o acompanharia através do fogo naquelas ocasiões. Usou a sua evidente..." – Penélope fez uma pausa, acenando com uma das mãos na direção dele – "perícia na cama para conquistar mais de seus objetivos." As palavras agora estavam saindo rápidas e furiosas. "E fez um trabalho extraordinário. Confesso, estou impressionada. Tanto por sua estratégia inteligente quanto por seu desempenho impecável. Mas o prazer é fugaz, Lorde Bourne, tão fugaz que não vale a dor de ser usada." Ela pôs uma mão na maçaneta da porta, ansiosa por deixar a sala e ele... "Perdoe-me se me encontro relutante em largar tudo e lembrar de meus votos quando você fez tão *mau uso* dos seus."

"Acha que teria sido diferente com seu precioso Tommy?"

Ela apertou os olhos.

"Não irei me desculpar por gostar dele. Houve um tempo em que você também gostou. Ele era seu amigo de infância." O terceiro do trio. Penélope deixou a decepção aparecer em sua voz.

Os olhos dele se encheram de irritação.

"Ele não foi nem um pouco amigo na hora em que devia se mostrar como tal."

Sacudiu a cabeça.

"Acha que ele não lamentou o que o pai fez? Está errado. Ele lamentou. Desde o princípio."

"Não o bastante. Mas lamentará quando eu tiver terminado com ele."

Penélope assumiu posição de defesa.

"Não deixarei que faça mal a ele."

"Você não tem escolha. Seu querido Tommy será destruído junto com o pai. Prometi vingança nove anos atrás, e nada ficará em meu caminho. E você agradecerá a Deus por não ter se casado com ele, ou eu a destruiria junto."

Ela apertou os olhos.

"Se destruir Tommy, prometo que lamentarei cada instante de meu casamento com você."

Ele riu diante disso, absolutamente sem humor.

"Imagino que já esteja nesse caminho, querida."

Sacudiu a cabeça.

"Escute aqui. Se seguir em frente com essa vendeta equivocada, provará que tudo o que já foi, tudo o que havia de bom em você… desapareceu."

Ele não se moveu. Sequer demonstrou que a havia escutado. Ele não se importava, nem com Tommy, nem com ela ou com o passado deles. E a verdade disso a fez sofrer. Penélope não conseguiu conter a enxurrada de palavras.

"Ele ficou devastado pela sua perda tanto quanto…", ela parou.

"Tanto quanto…?", ele perguntou.

"Tanto quanto eu fiquei", ela disparou, odiando as palavras no instante em que elas foram pronunciadas, em uma inundação de lembranças, junto com a dolorida tristeza que sentiu quando ficou sabendo da ruína de Michael. "Ele sentiu sua falta tanto quanto eu. Ele se preocupou com você tanto quanto eu me preocupei. Ele procurou por você, tentou encontrá-lo *tanto quanto eu tentei*. Mas você desapareceu." Deu um passo na direção dele. "Você acha que *ele* o deixou? Foi *você* quem nos deixou, Michael. *Você* nos deixou." A voz de Penélope estava trêmula agora, com toda a raiva, tristeza e o medo que havia sentido naqueles meses, naqueles anos depois que Michael desapareceu.

"Você *me* deixou." Ela pôs as mãos no peito dele, empurrando-o com toda sua força, com toda sua raiva. "E eu senti tanta falta de você." Ele deu vários passos para trás no silêncio da sala escura, e Penélope percebeu que havia dito mais do que deveria. Mais do que jamais imaginaria ser capaz de dizer. Respirou fundo, controlando as lágrimas que ameaçavam cair. Ela não iria chorar. Não por ele. Em vez disso, sussurrou através do nó que sentia na garganta: "Eu senti tanta falta de você e ainda sinto, droga…"

Ela ficou esperando, na escuridão, que ele dissesse alguma coisa. *Qualquer coisa*. Que se desculpasse. Que dissesse que também havia sentido falta dela. Um minuto se passou. Dois. Mais… Quando percebeu que ele não ia falar, ela se virou, abrindo a porta com força antes dele se mover, lançando a mão por cima de seu ombro para fechá-la novamente. Ela puxou a maçaneta, mas ele manteve a porta fechada com uma das mãos.

"Você é um bruto. Deixe-me sair."

"Não. Não enquanto não terminarmos isso. Eu não sou mais aquele garoto."

Ela deu outra risadinha cínica.

"Eu sei."

"E não sou Tommy."

"Sei disso também."

Ele levou a mão ao pescoço dela, os dedos percorrendo o músculo ali, e ela soube que ele estava sentindo sua pulsação acelerar.

"Acha que não senti sua falta?" Penélope congelou diante disso, ficando com a respiração suspensa. Estava desesperada que ele dissesse algo mais. "Acha que não senti falta de tudo a seu respeito? De tudo o que você representava?"

Ele pressionou o corpo contra o dela, a respiração suave em sua têmpora. Penélope fechou os olhos. Como os dois tinham ido acabar ali, naquele lugar onde ele era tão sombrio e tão destruído?

"Acha que eu não queria voltar para casa?" A voz dele estava carregada de emoção. "Mas não havia uma casa para a qual eu pudesse voltar. Não havia ninguém lá."

"Você está errado", ela argumentou. "Eu estava lá. Eu estava lá... e estava..." *Sozinha*. Engoliu em seco. "Eu estava lá."

"Não!" A palavra saiu dura e áspera. "Langford tirou tudo. E aquele garoto... aquele de quem você sente falta... ele também tirou."

"Pode ser, mas Tommy *não* fez isso. Não consegue enxergar, Michael? Ele é apenas um peão no seu jogo... assim como eu... como as minhas irmãs. Você se casou comigo, você as casará, mas se você o destruir... jamais perdoará a si mesmo. Eu sei disso."

"Você está errada", ele respondeu. "Eu dormirei bem. Melhor do que durmo há uma década."

Sacudiu a cabeça.

"Não é verdade. Acha que a sua vingança não irá doer? Acha que não sofrerá com o impacto dela? Por saber que destruiu outro homem da forma sistemática e horrível como Langford destruiu você?"

"Tommy *também* era uma vítima infeliz dessa guerra. Depois de hoje, depois da tentativa dele de levá-la embora, não estou seguro de que ele não merecerá a punição que pretendo impor a ele."

"Eu jogo por isso com você." As palavras saíram da boca de Penélope antes que ela pensasse no que estava dizendo. "Diga o jogo e dê o preço. Eu jogo. Pelos segredos de Tommy."

Ele paralisou.

"Você não tem nada que eu queira."

Penélope odiou aquelas palavras, e o odiou por dizê-las. Tinha a si mesma, o casamento deles, o futuro deles, mas nada de valor para Michael. E foi nesse momento que ela percebeu que Tommy tinha razão – que sempre havia sido Michael, o garoto forte e seguro que ela conheceu. Aquele com quem ela deu risada, cresceu e por quem chorou durante tanto tempo. O que havia desaparecido, deixando em seu lugar aquele homem sombrio e atormentado que era, igualmente tentador, à sua maneira. E ela desistiu de lutar...

"Solte-me."

Ele a trouxe para mais perto, falando em seu ouvido.

"Eu terei a minha vingança e o quanto antes você perceber isso, mais fácil será o nosso casamento."

Ela ficou quieta, resistindo com o silêncio.

"Quer ir embora?", ele perguntou, as palavras duras e ásperas.

Não. Quero que você queira que eu fique. Por quê? Por que ele exercia aquele efeito sobre ela? Penélope respirou fundo.

"Sim."

Ele levantou a mão da porta e deu um passo para trás, e ela sentiu falta do calor dele quase que imediatamente.

"Então vá."

Penélope não hesitou. Saiu para o corredor, sem conseguir afastar da mente o pensamento de que alguma coisa havia acabado de acontecer entre eles. Alguma coisa que não poderia voltar atrás. Fez uma pausa, apoiando-se na parede, respirando profundamente no abrigo da escuridão e com o barulho abafado do cassino ao fundo. Enroscou os braços ao redor do próprio corpo, fechando os olhos para afastar o pensamento – para afastar as palavras que os dois haviam acabado de trocar, a compreensão absoluta de que havia esperado oito anos por um casamento que fosse mais do que o que ela possuía, ou representava, ou para que havia sido criada, para acabar se casando com um homem que não a via como nada além dessas coisas. Pior, um homem que ela sempre imaginou que seria diferente. Aquele homem jamais existiu. Ele jamais surgiu do garoto que ela conheceu um dia. Do garoto que ela amava. Soltou um longo suspiro e deu uma risada triste no escuro. *O destino era cruel, de fato.*

"Lady Bourne?"

Assustou-se ao ouvir o som do próprio nome – ainda tão estranho a ela – e encostou-se mais contra a parede, quando um homem muito alto se materializou da escuridão. Era muito magro, com um maxilar forte e quadrado, e a expressão em seus olhos era um misto de solidariedade e outra coisa que ela não conseguiu definir, a fez acreditar que se tratava mais de um amigo do que de um inimigo. Fez uma curta e quase imperceptível reverência.

"Sou Cross. Estou com seu prêmio."

Ele estendeu um saquinho escuro, e Penélope levou um instante para compreender do que se tratava – para se lembrar de que havia ido até ali naquela noite em busca de excitação, aventura e prazer e que estava indo embora apenas com decepção. Pegou o saquinho, surpreendendo-se com o peso das moedas. Ele deu uma risada, baixa, mas intensa.

"Trinta e cinco libras é bastante dinheiro", ele disse. "E na roleta? Tem muita sorte."

"Não tenho sorte alguma." *Não esta noite, pelo menos.*

"Bem, talvez sua sorte esteja mudando."

Duvido.

"Talvez."

Fez-se um longo silêncio com ele olhando para ela antes de abaixar a cabeça com um pequeno aceno e dizer:

"Cuidado ao voltar para casa. Isso é quantia suficiente para fazer o ano de um ladrão." Ele se virou, e Penélope transferiu a bolsa de uma das mãos para a outra, testando o peso das moedas em seu interior, o som que elas produziam ao se chocar umas contra as outras.

E então, antes que pudesse reconsiderar, ela o chamou:

"Sr. Cross?"

Ele parou, voltando-se para ela.

"Senhora?"

"Conhece bem meu marido?", ela disparou na escuridão. Por um instante, pensou que ele poderia não responder.

E então ele respondeu:

"Tão bem como se pode conhecer Bourne."

Ela não pôde deixar de rir diante da afirmação.

"Melhor do que eu, certamente."

Ele não respondeu. Não precisava.

"Há algo que queira perguntar?"

Havia tantas perguntas que ela gostaria de fazer. Perguntas demais. *Quem é ele? O que aconteceu com o garoto que ela conheceu um dia? O que o tornou tão distante? Por que ele não dava uma chance àquele casamento?* Não podia fazer nenhuma delas.

"Não."

Ele esperou por um longo momento para que ela mudasse de ideia e como isso não aconteceu, ele disse:

"Você é exatamente o que eu esperava."

"O que isso quer dizer?"

"Apenas que a mulher que deixa Bourne tão absolutamente inquieto deve ser mesmo extraordinária."

"Eu não o deixo inquieto. Ele não pensa em mim além do que posso fazer a serviço de seus objetivos maiores." Penélope arrependeu-se das palavras de imediato. Arrependeu-se da irritação que denotavam.

Cross levantou uma das sobrancelhas.

"Posso lhe garantir que definitivamente não é esse o caso."

Se ao menos fosse verdade. Mas, claro que não era.

"Parece que não o conhece muito bem, afinal."

Ele pareceu compreender que ela não estava interessada em discutir a questão. Em vez disso, mudou de assunto.

"Onde ele está?"

Sacudiu a cabeça.

"Não sei. Eu o deixei."

Os dentes dele brilharam brancos na escuridão.

"Tenho certeza de que ele adorou."

Ele a havia forçado a ir embora.

"Não estou preocupada em como ele se sentiu em relação a isso."

Cross então riu, uma risada alta e amistosa.

"Você é perfeita."

Ela não se sentia perfeita. Sentia-se uma idiota completa.

"Perdão?"

"Em todos os anos desde que conheço Bourne, jamais vi uma mulher afetá-lo da forma como você afeta. Nunca o vi resistir a alguém da forma como resiste a você."

"Não é resistência. É desinteresse."

Uma sobrancelha ruiva se ergueu.

"Lady Bourne, definitivamente não é desinteresse."

Ele não sabia. Ele não viu como Michael a deixou, como se mantinha tão distante dela, como se importava tão pouco com ela... Penélope não queria pensar nisso. *Não naquela noite.*

"Acha que pode me ajudar a alugar uma carruagem? Gostaria de voltar para casa."

Ele sacudiu a cabeça.

"Bourne me mataria se soubesse que eu a deixei voltar para casa em uma carruagem de aluguel. Deixe-me encontrá-lo."

"Não!", ela disparou sem pensar. Baixou o olhar para o chão. "Não desejo vê-lo."

Ele não deseja me ver. Ela não sabia mais o que era importante.

"Se não ele, então eu mesmo a acompanharei. Estará a salvo comigo."

Ela estreitou os olhos.

"Como posso saber se está dizendo a verdade?"

Um canto da boca de Cross levantou.

"Entre outras coisas, porque Bourne sentiria imenso prazer de me destruir se eu lhe fizesse mal."

Penélope lembrou da forma como Michael havia atirado Densmore para o outro lado do salão, sem se abalar, mais cedo naquela noite. A forma como enfrentou o conde esbravejador, os punhos cerrados, a voz trêmula de raiva. Se havia uma coisa sobre a qual tinha certeza, era de que Bourne jamais permitiria que alguém fizesse mal a ela. A menos, é claro, que fosse ele mesmo.

Capítulo Catorze

Caro M,

Fiquei sabendo sobre Langford, aquele monstro, e sobre o que ele fez. É uma atrocidade, evidentemente. Ninguém acredita que ele pode ter sido tão detestável – ninguém exceto Tommy e eu. Quanto a Tommy... ele está procurando por você. Rezo para que o encontre.

Rapidamente.

Sempre sua, P
Solar Needham, fevereiro de 1821

Carta não enviada

O gancho de esquerda de Temple foi violento, bem-vindo e merecido. Acertou o maxilar de Bourne, jogando sua cabeça para trás e mandando-o para cima de um poste de madeira na beira do ringue de boxe no porão do Anjo Caído. Bourne recuperou o equilíbrio antes de cair no chão coberto de serragem, olhando para Chase acima da corda superior, antes de se levantar e se virar de frente para o companheiro de luta. Temple dançava de um pé a outro enquanto Bourne avançava.

"Você é um tolo."

Bourne ignorou as palavras e a verdade contida nelas, dando um soco que poderia derrubar um carvalho. Temple desviou e fintou antes de dar um sorriso.

"Você é um tolo e está perdendo o jeito. Será que com as damas também?"

Bourne acertou um soco rápido no rosto de Temple, apreciando o som do punho contra a pele.

"O que tem a dizer sobre meu jeito agora?"

"Um soco mais ou menos", Temple disse com um sorriso, desviando para a esquerda, para fora do alcance do segundo golpe de Bourne. "Mas sua mulher foi para casa com Cross, então não posso falar quanto a isso."

Bourne soltou um impropério e foi atrás do amigo, vários centímetros mais alto e mais de dez centímetros mais largo, mas Bourne mais do que compensava a diferença com velocidade e agilidade e, naquela noite, pura vontade. Ele atacou sem hesitar, os punhos, enrolados em tecido, ávidos por atingir o torso nu do grandalhão. Primeiro o esquerdo, depois o direito. Os movimentos foram marcados pelos grunhidos curtos de Temple, antes dele desviar dançando.

"Não o provoque, Temple", Chase disse de fora do ringue, atravessando com dificuldade uma pilha de papel, mal prestando atenção à disputa. "Ele já está tendo uma noite difícil o suficiente."

Deus sabia que era verdade. Ele a havia deixado ir para casa. Aquilo foi a coisa mais difícil que fez na vida, pois o que ele realmente queria era fazer amor com ela no chão da sala dos sócios, com a luz do outro lado do vitral a banhando em uma infinidade de cores. Queria provar que jamais, nem uma vez sequer, teve a intenção de desonrá-la. Na verdade, a ideia de que ele a havia desonrado fazia com que se sentisse um cretino absoluto.

O punho de Temple acertou seu maxilar em um direto de direita perfeito, e Bourne balançou para trás nos calcanhares.

"Por que não vai atrás dela?", Temple perguntou, desviando dos punhos de Bourne e voltando para lhe acertar um golpe rápido no peito. "Leve-a para a cama. Isso normalmente faz com que se sintam melhor, não?"

Bourne não podia dizer ao amigo que levar a esposa para cama o havia trazido àquele problema.

"Quando tiver sua própria esposa, poderá dar todos os conselhos que quiser."

"Até lá, não vou precisar. Você já terá afastado a sua para sempre." Ele desviou novamente. "Gosto da garota."

Infelizmente, Michael também gostava.

"Você nem a conhece."

"Não preciso conhecer." O gancho de direita de Bourne teria derrubado um homem menor, mas o golpe não surtiu efeito algum sobre Temple. Infelizmente... E ele continuou vindo para cima. "Qualquer uma que o afete da forma como ela afeta merece a minha admiração. Ela conquistou minha lealdade apenas com sua participação no diver-

timento desta noite, e imagino que Cross estará meio que apaixonado por ela quando voltar."

As palavras eram para provocá-lo, e conseguiram. Com um grunhido, Bourne partiu para cima de Temple, que bloqueou dois socos rápidos antes de levar um soco na barriga. Bourne disse um impropério e se inclinou sobre o outro, a respiração tão rápida como sua transpiração por um segundo, dois, cinco... Finalmente, Temple recuou, e antes que Bourne tivesse uma chance de se mexer, o outro disparou um, e depois outro soco, atirando Bourne por sobre as cordas, com sangue vertendo pelo nariz. Dessa vez, ele não foi rápido o bastante para se equilibrar. Caiu de joelhos.

"Fim do round", Chase disse, e Bourne xingou barbaramente quando Temple se aproximou para ajudá-lo a se levantar.

"Deixe-me", ele disparou, ficando em pé e seguindo até a cadeira, em um dos cantos do ringue, marcado por um lenço verde. "Trinta e oito segundos", ele disse, arrancando o tecido do poste, segurando-o no nariz e inclinando a cabeça para trás. "Sugiro que você prepare seu próximo contra-ataque."

Temple aceitou uma bebida de Bruno, seu segundo em comando, e bebeu antes de encostar-se nas cordas, deixando os braços estendidos para os lados – cada um exibindo uma tatuagem larga nos imensos bíceps –, cobrindo quase a metade do comprimento do ringue. Temple podia ter nascido na aristocracia, mas aquele agora era seu reino.

"O que ela disse que o deixou tão ávido por levar uma surra?"

Bourne ignorou a pergunta. Nem a explosão de dor no rosto conseguia levar embora todos os pensamentos do que havia acontecido mais cedo com sua esposa: os olhos azuis faiscando enquanto ela o acusava de usar seu corpo para garantir seus interesses; os ombros firmes defendendo a própria honra – algo que ele deveria ter feito por ela. Ele se lembrava de como ela o olhou, com verdade e lágrimas nos olhos, dizendo que havia sentido sua falta. As palavras o haviam deixado sem fôlego – a ideia de que a pura e perfeita Penélope havia pensado nele, havia ficado preocupada com ele. Porque ele também havia sentido falta dela. Ele tinha levado anos para se esquecer – anos que foram apagados em um momento de sinceridade, quando ela olhou nos olhos dele e o acusou de tê-la deixado ou de tê-la desonrado. E ali, na boca de seu estômago, ainda não mascarada pela dor da surra de Temple, estava a emoção que ele temeu desde o começo daquela farsa. *Culpa*.

Ela tinha razão. Ele havia abusado dela, tratado pior do que ela merecia. E ela havia se defendido com firmeza e orgulho, de forma extraordinária. E mesmo enquanto tentava deixá-la ir, afastando-a, ele sabia que a desejava. Não enganou a si mesmo pensando que o desejo era algo novo. Ele a desejou em Surrey, quando a encontrou no escuro, com apenas uma lanterna para protegê-la. Mas agora... desejar havia se tornado algo mais sério, mais visceral, mais perigoso... Agora, ele *a desejava* – sua esposa forte, inteligente e de bom coração, que se tornava mais tentadora a cada dia, ao florescer e se transformar em algo novo e diferente da garota que ele havia encontrado naquela noite escura de Surrey.

Ele estava casado com ela, vinculado às leis de Deus e dos homens a tomá-la, deitá-la, idolatrá-la e tocá-la de todas as formas lascivas que poderia imaginar, reivindicando-a como sua. *E ela não queria nada com ele.* Cerrou o punho esquerdo, apreciando a dor pungente por baixo das faixas de tecido – a sensação da luta que acabava de ter, a promessa da que ainda viria – e baixou o lenço. O nariz havia parado de sangrar. Se ela não tivesse decidido afastar-se dele naquele dia, isso acabaria acontecendo – e talvez fosse tarde demais, quando ele já não estivesse disposto a liberá-la.

"Preciso de alguém para vigiá-la."

Chase olhou para ele.

"Por quê?"

"Alles a convidou para fugir depois que eu jogá-lo na lama."

Os outros trocaram olhares antes de Temple dizer:

"E você quer pagar alguém para garantir que isso não aconteça?"

Ele queria acreditar que não iria acontecer. Que ela escolheria a ele. Que lutaria por ele da forma como tinha lutado por Tommy. Uma lembrança enterrada havia muito tempo lhe veio espontaneamente – a jovem Penélope com as mãos estendidas durante uma festa no jardim, brincando de cabra-cega. Havia crianças espalhadas por todo o lugar, gritando seu nome, e ela se atirava para frente e para os lados, rindo da brincadeira boba. Ele e Tommy se aproximaram dela e sussurraram seu nome ao mesmo tempo. Ela girou na sua direção, capturando-o facilmente, levando as mãos ao seu rosto, com um sorriso largo e encantador.

"Michael", ela disse baixinho. "Peguei você."

Ele passou as mãos pelo rosto e olhou para os pés, cobertos de serragem.

"Acho melhor."

Chase logo respondeu.

"Mandar segui-la pode não ser a melhor maneira de conquistar a dama, Bourne."

Ele se levantou.

"Estou aberto a ideias menos desprezíveis."

Temple sorriu e disse:

"Por que não deixar o ringue e ir até ela? Dizer as palavras pelas quais ela está procurando, levar a garota para a cama e lembrá-la por que você é melhor do que Alles, de todas as formas que valem a pena?" Ele se jogou contra as cordas várias vezes, em uma péssima imitação de coito. "Uma luta diferente, mas muito mais prazerosa."

Bourne fez uma careta e se levantou, sacudindo as mãos e experimentando o próprio peso sobre as pernas cansadas.

"Há quanto tempo você não dorme?", Chase perguntou.

"Eu durmo." *Não muito.*

Deu um passo na direção do centro do ringue, sentindo o salão balançar. Temple não o poupava. Nunca... Era o que o tornava um oponente tão fora de série naqueles dias em que tudo o que se queria era esquecer.

"Há quanto tempo você não dorme mais do que uma hora aqui e ali?"

"Eu não preciso de uma mãe."

Chase levantou uma sobrancelha.

"Quem sabe uma esposa, então?"

Bourne desejou que Chase também estivesse no maldito ringue. O som de Temple traçando uma linha na serragem, no centro do ringue, ecoou no ambiente escuro e cavernoso.

"Venha aqui, meu velho. Deixe-me lhe dar a surra que está merecendo tanto. Vamos mandá-lo para casa, para sua marquesa, precisando desesperadamente do cuidado e da preocupação dela."

Bourne seguiu para o centro do ringue, ignorando tanto as palavras como o desagrado que se instalou em seu coração, diante da ideia de que sua marquesa não estava mais disposta a lhe dedicar nem cuidado nem preocupação. Depois de outro round de boxe, Bourne deixou o ringue, mal conseguindo enxergar com o olho esquerdo. Temple continuou na arena, alongando-se contra as cordas, vendo Bourne aceitar um pedaço de carne crua da caixa aos pés de Bruno, sentar-se ao lado de Chase, reclinar-se e colocar a carne sobre o olho inchado. Passaram-se minutos – vários minutos – até que Chase rompesse o silêncio.

"Por que ela foi embora sem você?"

Bourne expirou longamente.

"Ela está furiosa comigo."

"Elas sempre estão", Temple disse, começando a desenrolar o tecido que havia posto ao redor dos nós dos dedos, antes da luta.

"O que você fez?" Chase perguntou.

Havia uma centena de razões pelas quais ela estava furiosa. Mas apenas uma importava, a qual saiu rápida e clara, como um golpe dos punhos imensos de Temple.

"Eu sou um cretino."

Bourne esperava concordância imediata dos sócios, então, como ninguém falou, perguntou-se se, talvez, eles o houvessem deixado sozinho. Levantou o pedaço de bife e olhou para cima, apenas para descobrir que Chase, Temple e Bruno estavam de olhos arregalados para ele.

"O que foi?", ele perguntou.

Chase conseguir falar.

"É só que nos cinco anos que conheço você…"

"Muito mais tempo no meu caso", Temple interrompeu.

"…eu nunca o vi admitir que estava errado."

Bourne olhou de Chase, para Temple e para Chase novamente.

"Deixem-me em paz." Devolveu a carne crua ao olho e se recostou novamente. "Eu não posso dar a ela o que ela quer."

"Que é?..."

Era mais fácil falar sem precisar olhar para eles.

"Um casamento normal. Uma vida normal."

"Por que não?", Chase questionou.

"Eu só consigo sucesso no pecado e no vício. Ela é o oposto dessas coisas. Ela vai querer mais. Ela vai querer…" Ele parou de falar.

Amor. A única coisa que ele não poderia comprar para ela. A única coisa que não poderia correr o risco de dar a ela. Chase se remexeu.

"Por isso o medo de Alles."

Bourne ficou tenso.

"Não é medo."

"Claro que não", Chase se corrigiu em um tom de voz permeado de humor. "Mandar segui-la não é a resposta, Bourne. A resposta é dar a ela o que ela quer. É ser o melhor marido que ela merece."

Ao diabo com ele, Bourne queria ser esse marido. Ela o estava destruindo lentamente com sua força e sua energia. Não era para ser assim. Era para ser fácil e limpo – uma abdução rápida, um casamento fácil, e uma separação tranquila que serviria a ambos. Só que nada em sua esposa parecia fácil ou tranquilo. Michael flexionou os dedos, sentindo a dor da luta.

"Não é tão fácil assim."

"Nunca é, com as mulheres", Chase continuou. "Pode dizer o quanto quiser que a dispensará depois de executar sua vingança, mas não conseguirá fazer isso. Não completamente. Ainda estará casado."

"A menos que ela vá embora com Alles", Temple provocou de dentro do ringue.

Michael o xingou furiosamente.

"Ela não precisa de Alles para a vida que quer. Eu vou dar a ela. Tudo o que ela quer."

"Tudo?", Chase perguntou. Michael não respondeu. "Não é mais tudo pelas terras e pela vingança, é? Você *gosta* dela."

Ele não deveria. Havia perdido tudo de que gostava na vida, destruído tudo de bom que um dia tocou. Gostar de Penélope era um prenúncio da destruição dela. Mas ele desafiava qualquer homem da Grã-Bretanha a passar um dia com sua esposa e não gostar dela.

"No mínimo, ele a deseja", Temple interrompeu. "E não podemos culpá-lo. A coragem que ela demonstrou esta noite tentaria um santo."

"*Tentou* um santo", Chase respondeu. "*Cross* a acompanhou para casa."

Michael foi inundado pela raiva.

"Cross não vai tocar nela."

"Não. Não vai. Mas não porque ela não seja tentadora. Porque *ele é Cross*", Chase disse.

"E se não fosse, não tocaria porque ela é sua", Temple acrescentou.

Por Deus, como ele queria que ela fosse dele.

"Ela não é minha. Não posso tê-la."

Ela não quer nada comigo. Ele havia destruído qualquer chance disso, assim como destruiu tudo o mais que era bom e certo em sua vida.

"Mas Bourne", Temple disse, "você *já* a tem."

Houve um longo silêncio enquanto as palavras ecoavam ao redor deles. Não eram verdadeiras, claro. Não estavam certas... Se ele a tivesse, não teria tanto medo de ir para casa encontrá-la. Se a tivesse, não estaria ali, fedendo a suor e carne crua. Se a tivesse, ela não o teria deixado. E, finalmente, ele disse:

"Estou casado com ela. Isso não é a mesma coisa."

"Bem, é de se pensar que seja um começo." Dizendo isso, Chase se levantou, pegou o maço de papéis que carregava e acrescentou: "Ela é sua, ponto. E já que estão presos um ao outro – e que Deus a ajude - talvez esteja na hora de você tentar ter um casamento que não termine de um jeito tão terrível como começou."

A ideia – a possibilidade de que ela pudesse algum dia gostar dele – de que eles pudessem algum dia ter mais do que um casamento falso lhe era mais tentadora do que as cartas, do que a roleta. A ideia o tentava a ser o marido que ela merecia.

Caro M,

Sua alteza, duquesa de Leighton. Parece que não foi necessária uma abundância de duques jovens e disponíveis. Um bastou. O duque de Leighton expressou o desejo de me cortejar, meu pai concordou, e minha mãe está absolutamente exultante.

Muitas coisas o recomendam, é claro. Ele é bonito, inteligente, rico, poderoso, e, como mamãe gosta de me lembrar em todas as oportunidades: é um DUQUE. Se fôssemos cavalos, haveria um leilão em Tattersalls, sem dúvida.

Evidentemente, cumprirei meu dever. Será um casamento memorável. É difícil acreditar que serei uma duquesa – o santo graal da primogênita da aristocracia. Ei...

Há muito tempo não sentia tanto a sua falta. Onde você está?

Sem assinatura
Casa Dolby, setembro de 1823

Carta não enviada

Na manhã seguinte, Penélope enviou uma mensagem até a recentemente habitada Casa Dolby para convidar Olivia e Philippa a passarem o dia com ela – o primeiro dia em que parou de esperar pelo marido e começou a viver a vida novamente. Iria andar de patins no gelo. Estava precisando muito de uma tarde com as irmãs para lembrar-se de que havia um motivo para as discussões com Michael e seu próprio descontentamento, e para continuar com aquele fingimento tolo, garantindo que seu casamento parecesse real e não a farsa que realmente era. Precisava lembrar a si mesma de que se a farsa fosse desmascarada, o escândalo dela seria o de todas rapidamente, e Philippa e Olivia mereciam uma chance de coisas melhores. De *mais...*

Rangeu os dentes ao pensar naquela palavra, em tudo o que ela significou naquela noite fatídica em que se havia permitido ser capturada na aventura do casamento com Michael. Afastando o pensamento, fez um aceno com a cabeça para a criada, que a ajudou a se vestir, apertando os cadarços do corpete, fazendo os laços, ajustando as fitas e os botões. Penélope sabia que seria observada atentamente fora das paredes da Mansão do Diabo, e vestiu-se com cuidado para os olhos de toda Londres – pelo menos a todos os que estivessem na cidade no mês de janeiro –, e que a estariam vigiando, em busca da fissura na armadura da nova marquesa de Bourne. A mulher que acreditavam ter capturado o coração do sócio mais duro do Anjo Caído, convencendo-o a restaurar seu título e retornar à aristocracia.

A mulher que ele evitava a todo custo...

Penélope escolheu um vestido de lã verde-claro, considerando-o quente e alegre para o passeio, e o combinou com a capa azul-marinho que havia usado na noite fatídica em que percorreu as terras de Needham e Falconwell e se deparou com Michael, agora Bourne, no meio da noite fria e escura. Podia ter sido um aceno àquela noite, ao momento em que havia aberto as portas daquele estranho futuro, à esperança de que poderia encontrar *mais*, apesar de um marido que não queria ter nada a ver com ela. Ela teria sua aventura naquela capa, com ou sem ele. Um chapéu forrado de pele e luvas completaram o traje, no momento perfeito. Descendo a ampla escadaria central da Mansão do Diabo, ouviu a conversa das irmãs no saguão abaixo, preenchendo o espaço vazio que parecia imenso em todos os pontos da casa do marido. A casa *dela*, supunha.

Percorrendo apressadamente o patamar do primeiro andar, ansiosa por rever as irmãs e sair da casa, a porta do gabinete particular de Bourne se abriu, e ele saiu de lá, segurando papéis em uma das mãos, o paletó desabotoado e a camisa de linho branca ajustada ao peito largo. Ele parou ao vê-la e no mesmo instante levou a mão ao botão do casaco. Penélope paralisou, olhando atentamente para o rosto dele, percebendo a descoloração ao redor de um dos olhos e o corte feio no lábio inferior. Deu um passo para frente, levantando, de modo involuntário, uma das mãos enluvadas, sem conseguir se conter, até o rosto ferido do marido.

"O que aconteceu com você?"

Ele recuou do toque, olhando-a de cima a baixo.

"Aonde você vai?"

A mudança abrupta de assunto não deu a ela uma chance de decidir se queria que ele soubesse a verdade.

"Andar de patins. O seu olho..."

"Não é nada", disse ele, levando a mão até o ferimento.

"Está horrível." Ele levantou uma sobrancelha, e ela sacudiu a cabeça. "Quero dizer... ah, você sabe o que eu quero dizer. Está todo roxo e amarelo."

"Está desagradável?"

Ela assentiu uma vez com a cabeça.

"Muito."

"Era o que eu queria." *Ele a estava provocando?* "Obrigado pela preocupação." Houve uma longa pausa, durante a qual Penélope poderia fantasiar que Michael estivesse se sentindo desconfortável, se não soubesse da verdade. Por fim, ele acrescentou: "Viu que aceitei um convite para o Baile *Beaufetheringstone*?".

Ela não conseguiu deixar de responder.

"Sim. Você sabe que normalmente é a esposa quem aceita os convites sociais, não?"

"Quando estivermos recebendo mais deles, terei a satisfação de abdicar da tarefa de aceitá-los. Fiquei surpreso que tenhamos sequer sido convidados."

"Eu não ficaria. Lady B gosta mais de escândalos do que a maioria das pessoas. Especialmente se for em seu salão de baile."

Uma cacofonia de risos subiu do térreo, poupando-a de ter de responder, e Michael aproximou-se do balaústre para olhar para o saguão.

"As jovens Marbury, imagino?"

Penélope fez o máximo para desviar o olhar do corte no lábio dele. De verdade... Mas o fato de que não conseguiu não importava.

"Elas retornaram à cidade", Penélope fez uma pausa, sem conseguir disfarçar a aspereza da voz ao acrescentar: "confiantes de que serão cortejadas em breve...".

Ele voltou a atenção a ela novamente.

"Patins no gelo?" Havia surpresa na pergunta.

"Não lembra de andarmos de patins no lago quando éramos crianças?" As palavras saíram antes que ela pudesse impedir, e Penélope desejou que tivesse dito outra coisa... qualquer coisa... algo que não a fizesse lembrar do Michael que havia conhecido e compreendido um dia.

Era como se ele tivesse apagado as lembranças que tinha dela. Ela detestava a forma como isso a fazia se sentir.

"Estou atrasada." Ela se virou de costas para Michael, seguindo para a escada, sem esperar que ele dissesse algo. Ele era muito bom em ficar em silêncio e ela havia desistido de pensar que ele falaria sem ser provocado. Além do mais, estava cansada de provocá-lo.

Por isso, quando ele falou...

"Penélope."

O som do nome dela em seus lábios a chocou. Ela se virou imediatamente.

"Sim?"

"Posso acompanhá-las?"

Penélope piscou.

"Perdão?"

Ele respirou fundo.

"Andar de patins... Posso acompanhá-las?"

Ela apertou os olhos.

"Por quê? Acha que o Lorde e a Lady Bourne ganharão alguns centímetros nos jornais se formos vistos de mãos dadas, deslizando pelo gelo?

Michael passou a mão pelos cachos escuros.

"Eu mereci isso."

Ela não iria se sentir culpada.

"Sim, mereceu. E merece muito mais."

"Eu gostaria de me redimir com você."

Ela arregalou os olhos. *O que era aquilo?*

Ele provavelmente estava manipulando a ela e ao futuro dos dois e, dessa vez, Penélope não se deixaria levar. Não seria enganada. Sabia como as coisas eram. Estava cansada da dor que se instalava em seu peito toda vez que ele estava por perto – e ele sempre estava longe. Estava cansada das batalhas, dos jogos, das falsidades. Estava cansada das decepções. Ele não podia acreditar que uma pequena oferta de companhia fosse compensar por tudo o que tinha feito... tudo o que ameaçou fazer. Endireitando a postura e firmando a voz, ela respondeu:

"Acho que não."

Ele piscou.

"Eu devia ter esperado por isso."

Depois da forma como os dois se despediram na noite anterior? Sim, devia... Ela se virou de costas mais uma vez, seguindo para a escada que levava até onde estavam suas irmãs.

"Penélope." Ele a fez parar com seu nome, pronunciado em voz baixa e suave.

Não pôde deixar de se virar.

"Sim?"

"O que você quer? Para eu me juntar a vocês?"

"O que eu *quero*?"

"Diga seu preço." Ele fez uma pausa. "Uma tarde com minha esposa sem o espectro do passado ou do futuro ao nosso lado. O que você quer por isso?"

Ela respondeu sem hesitar, séria e direta.

"Não destrua Tommy."

"Sempre pedindo pelos outros. Nunca por si mesma."

"E você, sempre fazendo por si mesmo, nunca pelos outros."

"Prefiro o resultado disso." Michael era um homem irritante. Ele se aproximou e falou baixo, provocando uma onda em seu corpo: "O que eu teria de fazer para tê-la durante uma tarde?".

A respiração de Penélope acelerou com as palavras formando uma variedade de imagens que não tinham nada a ver com patinação no gelo, suas irmãs e tudo a ver com a colcha de pele sobre a cama luxuosa dele. Michael estendeu a mão e deslizou um dedo pelo rosto dela.

"Diga seu preço."

Por Deus, ele a dominava com tanta facilidade.

"Uma semana", ela disse, a voz trêmula. "Uma semana de segurança para ele." *Uma semana para convencê-lo de que está errado. De que vingança não era a resposta.*

Como ele não concordou imediatamente, ela se obrigou a se virar mais uma vez para a escada, decepcionada por sua absoluta falta de poder sobre ele. Quando pôs o pé no primeiro degrau, Philippa a viu.

"Penny!", anunciou. "E Lorde Bourne!"

Penélope olhou de volta para Michael e sussurrou:

"Não precisa me acompanhar. Garanto que sou bastante capaz de encontrar o caminho até a porta da frente."

"Negócio fechado", ele disse baixinho para ela. "Uma semana."

Penélope sentiu o sucesso atravessá-la, intoxicante e excitante. Haviam chegado ao final da escada antes que ela pudesse dizer qualquer coisa, e Olivia disparou:

"Viram o jornal O Escândalo de hoje?"

"Não vi, lamento", Penélope provocou, fingindo não perceber que Michael estava desconfortavelmente próximo atrás dela. "Que mexerico emocionante descobriu?"

"Nenhum mexerico *para* nós", Pippa respondeu. "Mexerico *sobre* nós... bem, sobre *você*, pelo menos."

Ah, não. Alguém havia descoberto a verdade do casamento deles. De sua ruína no campo.

"Que tipo de mexerico?"

"Do tipo que deixou toda Londres com inveja do seu casamento maravilhoso e insuportavelmente romântico!", Olivia gritou.

Penélope levou um tempo para registrar o significado das palavras.

"Nós não sabíamos que vocês haviam se encontrado no dia de Santo Estêvão", Olivia disse. "Nem sequer sabíamos que Lorde Bourne havia estado em Surrey no Natal!"

Pippa encarou Penélope, absolutamente séria.

"Não, não sabíamos."

Pippa não era boba, mas Penélope forçou um sorriso.

"Leia, Pippa", Olivia ordenou.

A mais jovem Marbury empurrou os óculos para cima e levantou o jornal.

"*Os últimos dias de janeiro não são normalmente um período frutífero em mexericos, mas este ano temos uma história especialmente suculenta com o recém chegado marquês de Bourne!*" Ela olhou para Michael. "É o senhor, milorde."

"Imagino que ele saiba disso", Olivia comentou.

Pippa ignorou a irmã e continuou:

"*Certamente nossos exigentes leitores...* Não tenho tanta certeza de que os leitores de O Escândalo sejam exatamente 'exigentes', não?"

"Francamente, Philippa. Continue lendo!"

"*Certamente nossos exigentes leitores já souberam que o marquês se casou.*" Philippa olhou para Penélope, mas antes que pudesse dizer qualquer coisa, Olivia resmungou e arrancou o jornal de suas mãos.

"Muito bem. *Eu* lerei. *Ouvimos dizer que o Lorde e a Lady Bourne estão tão absolutamente envolvidos um com o outro, que raramente são vistos separados. E, um adendo delicioso! Aparentemente, não são apenas os olhos de Lorde Bourne que seguem sua esposa... mas suas mãos e lábios também! E em público, ainda mais!* Que excelente!"

"Esta última parte foi edição de Olivia", Pippa interrompeu.

Penélope achou que ia morrer de vergonha. Ali mesmo. Naquele lugar. E Olivia continuou:

"*Não que esperássemos qualquer coisa menos de Lorde Bourne... marido ou não, ele continua sendo um imoral. E isso que chamamos de imoral, sob qualquer outro nome seria igualmente escandaloso!*"

"Ah, pelo amor de Deus." Penélope revirou os olhos para o comentário, olhando para Michael, que parecia... satisfeito. "Você está se sentindo *lisonjeado?*"

Ele voltou os olhos inocentemente para ela.

"Não deveria?"

"Bem", Philippa acrescentou pensativa, "qualquer coisa shakespeariana deve ser ao menos um *vago* elogio."

"Exatamente", Michael disse, presenteando Pippa com um sorriso que deixou Penélope com certo ciúme da irmã mais nova. "Por favor, continue."

"*Basta dizer, leitores, que estamos muito satisfeitos com esse conto de inverno...*"

"Será que ele teve a intenção de fazer outro trocadilho shakespeariano?", Philippa interrompeu.

"Sim", disse Olivia.

"Não", disse Penélope.

"*...e apenas podemos esperar que a chegada das últimas duas senhoritas Marbury...*"

Pippa empurrou os óculos no nariz e disse:

"Somos nós."

"*...traga excitação suficiente para nos manter aquecidos nesses dias frios.* Não é a coisa mais grosseira que vocês já ouviram?", Olivia perguntou, e Penélope resistiu ao impulso de fazer picadinho do ridículo artigo de jornal.

Não havia lhe ocorrido que suas irmãs pudessem não saber da verdade. *Que o casamento dela era uma fraude.* Fazia sentido, claro. Quanto menos pessoas soubessem – quanto menos moças com queda para mexericos soubessem – mais fácil seria para elas encontrarem pretendentes. Bourne passou um braço por sua cintura. As irmãs olharam para aquele braço, para a forma como a mão dele deslizou, de modo quente e direto, pelo corpo dela, pousando na curva do quadril, como se aquele fosse seu lugar. Como se aquele fosse o lugar *dele. Como se estar com ele fosse o lugar dela.*

Ela se afastou do toque. Podia ter concordado em mentir para metade do mundo cristão, mas não mentiria para suas irmãs. Abriu a boca para rejeitar o texto, para contar a verdade a elas, mas parou... O romance podia ser uma farsa, Michael podia estar envolvido por seus próprios objetivos misteriosos, mas Penélope tinha um motivo. Teve um motivo desde o princípio. Suas irmãs tinham vivido tempo demais à sombra de sua ruína. Ela não as encobriria mais. Ele já estava falando, eloquentemente.

"Com a publicação deste texto, vocês precisarão de proteção contra o bando de pretendentes que, quase que certamente, se aproximará como um enxame."

"Precisa ir conosco!", Olivia disse, e Penélope resistiu ao impulso de gritar pela forma como suas irmãs haviam caído direitinho na conversa dele.

Michael olhou para ela, que desejou que ele recusasse, que se lembrasse do que ela havia dito lá em cima.

"Infelizmente, não posso."

Penélope devia ter ficado satisfeita, mas o certo era frequentemente errado quando se tratava de seu marido. Assim, ela acabou sentindo uma surpresa tão agradável por ele ter honrado o pedido dela, que chegou a desejar que ele concordasse em se juntar a elas. O que era ridículo, evidente. Homens eram definitivamente irritantes e o marido dela, mais do que a maioria.

"Ah, por favor", Olivia pressionou. "Seria ótimo poder conhecer nosso novo irmão."

Pippa entoou:

"É verdade. Vocês se casaram tão depressa... não tivemos uma oportunidade de nos reaproximarmos."

Penélope olhou para a irmã. Alguma coisa estava errada. Pippa sabia. Tinha que saber. Ele sacudiu a cabeça de novo.

"Sinto muito, moças, mas não tenho patins."

"Temos um par extra na carruagem", Olivia disse. "Agora não tem mais motivo para não ir."

Penélope ficou imediatamente desconfiada.

"Por que vocês teriam patins extras na carruagem?"

Olivia sorriu, linda e alegre.

"Nunca se sabe quando podemos encontrar alguém com quem queiramos andar de patins."

Penélope voltou um olhar surpreso para Michael, que parecia estar tendo dificuldade para conter um sorriso. E levantou uma sobrancelha quando ele disse:

"Excelente começo. Parece que não tenho escolha que não seja bancar o acompanhante."

"Talvez não seja o melhor acompanhante, Bourne", Penélope disse entredentes. "Levando em consideração que se trata de um *imoral*."

Ele piscou um olho para ela. Realmente piscou para ela! *Quem era esse homem?*

"Ah, mas quem melhor do que um imoral em recuperação para identificar outro? E, preciso confessar, eu adoraria a oportunidade de andar de patins com minha esposa novamente. Faz tanto tempo."

Mentira. Ele não se lembrava de andar de patins com ela. Praticamente havia admitido isso pouco antes, no andar de cima. Ela não achava que conseguiria suportar uma saída com todos eles, com Michael a tocando constantemente, perguntando sobre como ela estava se sentindo, *tentando-a*. Não depois da noite anterior, em que ela havia sido tão forte. Quando se sentiu tão segura de si mesma e do que queria. De repente, à luz do dia, aquele Michael mais gentil, mais suave, não parecesse tão fácil de resistir.

E isso era algo realmente muito ruim.

Capítulo Quinze

Caro M,

A essa altura, já deve saber da novidade, mesmo onde quer que esteja. Estou arruinada. O duque fez tudo o que pôde para me poupar do constrangimento, mas estamos em Londres, e tal esforço é, evidentemente, inútil. Ele casou-se em uma semana – simplesmente por amor. Mamãe está (sem qualquer surpresa) arrasada, chorando e lamuriando-se como um coro de carpideiras.

É errado que eu sinta como se um peso tivesse saído de sobre meus ombros? É provável. Gostaria que estivesse aqui. Você saberia o que dizer.

Sem assinatura
Casa Dolby, novembro de 1823

Carta não enviada

Penélope sentou-se em um banco de madeira, olhando para o lago gelado, onde metade de Londres parecia estar reunida. O frio incomum do inverno havia resultado na camada de gelo mais espessa em quase uma década, deixando o local lotado de pessoas ávidas por passar a tarde patinando no gelo.

Não havia como escapar dos olhos atentos da sociedade. Assim que seu grupo de patinadores saiu da carruagem e chegou ao topo da colina que descia suavemente até o lago Serpentine, eles se revezaram para prender as lâminas de madeira e aço à sola das botas. Penélope esperou o máximo possível para sentar e amarrar suas lâminas, absolutamente ciente do fato de que andar de patins com Michael seria um desafio, uma vez que ele provavelmente aproveitaria a oportunidade para mostrar a toda Londres o quanto estavam apaixonados.

Pela centésima vez, Penélope amaldiçoou a farsa ridícula e observou as irmãs descerem a colina, de mãos dadas, e se lembrou do objetivo maior de sua frustração. Sua distração tornou mais difícil prender as lâminas aos pés, e, depois da terceira tentativa, Michael atirou as próprias lâminas para o lado e se agachou à sua frente, pegando um de seus pés pelo tornozelo, antes dela perceber as intenções dele. Puxou o pé com força, fazendo com que Michael se desequilibrasse para trás, e precisasse se segurar com as mãos apoiadas na neve, chamando a atenção de um grupo de moças.

"O que você acha que está fazendo?", ela sussurrou, inclinando-se para frente, sem querer causar uma cena maior.

Ele olhou para ela, os ângulos charmosos e os olhos falsamente inocentes, e disse simplesmente:

"Ajudando você com os patins."

"Eu não preciso da sua ajuda."

"Perdão, mas parece precisar." Ele baixou a voz até um ponto em que apenas ela podia escutar. "Deixe-me ajudar você."

Ele não a estava ajudando por ela. Ele a estava ajudando por *eles*, os outros prestando atenção, que adorariam a cena e sem dúvida entrariam em frenesi para contar aos amigos e familiares sobre como o marquês de Bourne era o homem mais solícito, bondoso e maravilhoso a frequentar as margens do lago Serpentine. Mas ela *não* adoraria isso. Ela poria os próprios malditos patins.

"Estou ótima, obrigada." E prontamente encaixou o equipamento nas botas, amarrando as tiras com cuidado para garantir que estivessem bem presas. "Pronto." Ela olhou para Michael, que a observava atentamente, com algo estranho e não identificável na expressão. "Perfeitos."

Ele então se levantou e estendeu a mão para ajudá-la a ficar em pé.

"Pelo menos deixe-me fazer isso, Penélope", ele sussurrou, e ela não pôde resistir às palavras suaves.

Ela lhe deu a mão e ele a ajudou a se levantar, segurando-a até que se reequilibrasse sobre as lâminas.

"Se eu me lembro bem, nunca foi tão boa caminhando de patins, como era patinando."

Ela piscou os olhos, quase tropeçando com o movimento e agarrando os braços dele cuidadosamente ao recuperar o equilíbrio.

"Você disse que não se lembrava."

"Não", ele disse baixinho, guiando-a colina abaixo na direção do lago. "*Você* disse que eu não me lembrava."

"Mas você se lembra."

Ele levantou um canto da boca em um sorriso triste.

"Você ficaria espantada com tudo de que me lembro."

Havia algo em suas palavras, uma suavidade que era estranha a ele, e ela não conseguiu evitar a desconfiança.

"Por que está se comportando assim?" Ela franziu a testa. "Mais uma oportunidade de provar nossa história de amor?"

Algo brilhou no olhar dele, desaparecendo em seguida.

"Qualquer oportunidade para isso", ele disse em voz baixa antes de desviar o olhar. Ela seguiu os olhos dele e viu Pippa e Olivia, de mãos dadas, uma ajudando a outra a chegar ao gelo. Qualquer oportunidade para casar suas irmãs.

"É melhor eu me juntar a elas", Penélope disse, levantando o rosto para ele, encontrando seus lindos olhos castanhos. Foi apenas então que percebeu o quanto ele a estava segurando perto de si, e como a suave inclinação da colina a deixava quase olho no olho com ele.

Um lado da boca de Bourne levantou.

"Suas bochechas parecem cerejas."

Ela enfiou o queixo na gola de pele que trazia no pescoço.

"Está frio", respondeu, na defensiva.

Ele sacudiu a cabeça.

"Não estou reclamando. Acho que estão encantadoras. Deixam você parecida com uma ninfa de inverno."

"Estou longe de parecer uma ninfa."

Ele levantou a mão e pressionou um dedo na sobrancelha levantada.

"Você não costumava fazer isso. Não costumava ser tão cínica."

Ela se afastou do toque caloroso.

"Devo ter aprendido com você."

Ele olhou para ela por um longo tempo, muito sério, antes de se aproximar e sussurrar em seu ouvido:

"Ninfas não deveriam ser cínicas, amor."

De repente, não parecia mais tão frio. Ele recuou, sacudindo a cabeça.

"Que pena."

"O quê?"

Ele inclinou a cabeça para ela, quase tocando-lhe a testa.

"Tenho quase certeza de que você está ruborizada. Mas, com o frio, é impossível saber."

Penélope não conseguiu evitar o sorriso, gostando da brincadeira, esquecendo, por um instante fugaz, que nada daquilo era real.

"Tão triste que jamais virá a saber."

Ele levou as mãos dela aos lábios, beijando primeiro um conjunto de nós de dedos coberto de pelica, depois o outro, e ela desejou que não estivesse usando luvas.

"Seu gelo a aguarda, milady. Estarei com vocês em seguida."

Ela olhou para o lago lotado, onde as irmãs haviam se unido aos frequentadores, em seus círculos sobre a superfície lisa e convidativa. De repente, ficar ali parada com ele pareceu muito mais excitante do que qualquer coisa que pudesse acontecer no gelo. Mas ficar ali parada com ele não era uma opção.

"Está certo."

Michael a acompanhou até a beira do lago, onde ela saiu deslizando e desapareceu no meio da multidão, logo encontrando as irmãs. Olivia passou a mão pelo braço de Penélope e disse:

"Bourne é maravilhoso, Penny. Diga-me, está extasiada?" Ela suspirou. "Eu estaria."

Penélope olhou para os pés, vendo-os deslizar pelo gelo, aparecendo por baixo do vestido.

"Extasiada é uma forma de descrever", ela disse. *Frustrada e totalmente confusa seria outra.*

Olivia fez questão de olhar ao redor do lago.

"Será que ele conhece algum desses senhores solteiros?"

Se fosse como ele dizia, metade daqueles homens devia dinheiro ao Anjo Caído.

"Imagino que sim."

"Excelente!", Olivia acrescentou. "Muito bem, Penny. Acho que ele será um cunhado que valerá o que custou! E é lindo também, não? Ah! Estou vendo Louisa Holbrooke!"

Acenou avidamente para o outro lado do lago e saiu para falar com a amiga, deixando Penélope respondendo baixinho:

"Sim. Ele é lindo" – grata por um momento em que não precisou mentir.

Olhou para o ponto na colina onde os dois estavam parados pouco antes. Ele ainda estava parado lá, toda a atenção voltada para ela. Sentiu impulso de acenar. Mas seria uma tolice, não seria? Seria... Enquanto ela pensava no que fazer, ele tornou a decisão desnecessária. Levantou um dos braços compridos e acenou para ela. Seria rude ignorá-lo. Então acenou de volta. Ele sentou no banco e começou a amarrar os patins, e Penélope soltou um pequeno suspiro, forçando-se a se virar, antes de fazer algo ainda mais tolo.

"Uma coisa aconteceu."

Por um instante, Penélope pensou que Pippa havia percebido as estranhas interações entre Michael e ela. Com a mente em disparada, ela se virou para encarar a irmã mais nova.

"O que quer dizer?"

"Castleton me pediu em casamento."

Penélope arregalou os olhos diante do anúncio inesperado e esperou que Pippa reconhecesse o fato de que elas haviam passado grande parte da manhã juntas e que apenas naquele momento a irmã havia decidido mencionar o pedido. Como Pippa não disse nada e continuou deslizando calmamente para frente, como se as duas estivessem falando sobre o clima e não sobre o futuro, Penélope não se segurou.

"Você não parece muito feliz com isso."

Pippa manteve a cabeça abaixada por alguns longos minutos.

"Ele é um conde, parece bastante gentil, não se importa que eu deteste dançar e tem um belo estábulo com cavalos."

Penélope teria sorrido diante da simplicidade das palavras, como se aquelas quatro características fossem suficientes para se ter um casamento satisfatório, não fosse pelo tom de resignação que continham. Ocorreu a Penélope que Pippa talvez tivesse escolhido aquele momento para compartilhar a informação porque havia muita gente por perto – muitos olhos vendo e ouvidos escutando –, gente demais para permitir uma conversa séria. Mesmo assim, Penélope segurou com força uma das mãos da irmã e a fez parar no centro do lago. Inclinou-se na direção dela e disse, baixinho:

"Você não precisa dizer sim."

"Vai importar se eu disser não?", Pippa respondeu, sorrindo abertamente, como se as duas estivessem falando sobre algum acontecimento divertido da manhã e não sobre seu futuro. Seus sonhos. "Não haverá simplesmente outro homem logo ali na frente esperando para pegar meu dote? E outro depois desse? E mais outro? Até as minhas chances desaparecerem... Ele sabe que eu sou mais inteligente do que ele, e está disposto a permitir que eu administre seus bens. Isso já é alguma coisa." Ela encarou Penélope. "Eu sei o que você fez."

Penélope olhou nos olhos da irmã.

"O que quer dizer com isso?"

"Eu estava na festa de Santo Estêvão, Penny. Acho que eu teria notado a volta de Bourne assim como metade da vila."

Penélope mordiscou um lábio, imaginando o que deveria dizer.

"Não precisa me dizer que estou certa." Pippa a poupou. "Mas saiba que eu sei o que você fez. E sou grata por isso."

As duas patinaram em silêncio por um tempo, até que Penélope disse:

"Eu fiz isso para você não precisar aceitar casar-se com Castleton, Pippa. Michael e eu... a história foi para beneficiar você. Você e Olivia."

Pippa sorriu.

"E isso foi gentil da sua parte. Mas é tolice pensar que teremos nossas histórias de amor, Penny. Elas não acontecem todos os dias e você sabe disso melhor do que ninguém."

Penélope engoliu o nó na garganta, diante das palavras da irmã, da lembrança de que seu próprio casamento não era nada parecido com uma história de amor.

"Outras pessoas se casam por amor", ela observou, arrumando as luvas forradas de pele e olhando para o lago. "Pense em Leighton e na esposa dele."

Pippa olhou para ela, os olhos arregalados, parecidos com os de uma coruja por trás dos óculos.

"É o melhor que consegue fazer? Um casamento escandaloso de oito anos atrás?"

Era o exemplo que ela levava mais perto do coração.

"O número de anos não importa. Nem o escândalo."

"Claro que importa", Pippa disse, parando e amarrando o próprio chapéu embaixo do queixo. "Um escândalo desses deixaria mamãe histérica e o resto de vocês iria se esconder."

"Não eu", ela disse, demonstrando empatia.

Pippa pensou.

"Não, você não. Você tem seu próprio marido escandaloso."

Penélope pensou no marido, do outro lado do lago, focando o olhar no imenso ferimento em seu rosto.

"Ele é o escândalo."

Pippa virou-se para ela.

"Qualquer que tenha sido o motivo para o seu casamento, Penny... ele realmente parece se importar com você."

O teatro certamente está perdendo um grande talento. Ela não disse isso. Pippa não precisava escutar isso.

"Talvez eu acabe mesmo me casando com Castleton", Pippa disse. "Isso deixará papai feliz e eu nunca mais precisarei participar de outra temporada. Pense em todas as visitas à costureira de que poderei me abster."

Penélope sorriu com a brincadeira, ainda que quisesse abrir a boca e gritar com a injustiça de tudo. Pippa não merecia um casamento sem amor, tanto quanto nenhuma das outras garotas Marbury. Tanto quanto Penélope.

Mas pertenciam à sociedade londrina, em que os casamentos sem amor eram a regra. Ela suspirou, mas não disse nada.

"Não se preocupe comigo, Penny", Philippa disse, puxando Penélope para o meio dos patinadores uma vez mais. "Ficarei bem com Castleton. Ele é um homem bom o bastante. Não creio que papai fosse permitir que me cortejasse se não fosse ele." Ela se inclinou para mais perto da irmã. "E não se preocupe com Olivia. Ela não faz ideia de que você e Lorde Bourne estejam…" Ela parou de falar. "Ela está focada demais em arranjar um nobre bonito para si."

Penélope não ficou reconfortada pela ideia de que talvez tivesse enganado a irmã mais nova e a feito acreditar que seu casamento era uma história de amor. O fato a deixou terrivelmente desconfortável. Olivia, o jornal *O Escândalo*, o restante da sociedade acreditando que Michael a amava – que ela o amava – apenas servia para provar o pior… que Penélope estava perdendo a si mesma para essa charada. Se suas irmãs mal questionavam seus sentimentos por Michael, quem poderia dizer se ela própria em breve não estaria acreditando na farsa? Então como acabaria? Sozinha novamente…

"Penélope?", o chamado de Pippa a arrancou de seu devaneio.

Ela forçou um sorriso. Pippa a observou por um longo tempo, parecendo ver mais do que Penélope desejava, e ela desviou o olhar da avaliação da irmã. Finalmente, Pippa disse:

"Acho que vou me juntar a Olivia e Louisa. Vem comigo?"

Penélope sacudiu a cabeça.

"Não."

"Devo ficar com você?"

Penélope sacudiu a cabeça.

"Não, obrigada."

A Marbury mais jovem sorriu.

"Está esperando por seu marido?"

Penélope negou imediatamente, e Pippa lhe deu um sorriso sagaz.

"Acho que gosta dele, minha irmã. Contrariando o seu bom senso, não há nada de errado com isso, sabe." Ela fez uma pausa, então disse, com naturalidade: "Acho que deve ser muito bom gostar do próprio marido".

Antes que Penélope pudesse responder, Pippa se afastou. Sem pensar, procurou mais uma vez por Michael, que não estava mais no ponto em que ela o tinha visto pela última vez. Ela rastreou o lago e o localizou na borda, conversando com o visconde de Tottenham. Observou-o por um longo tempo antes de Michael olhar para o outro lado do gelo, com a expressão séria encontrando a dela quase que imediatamente. Ela foi tomada pelo nervosismo e se virou, sem conseguir manter-se firme com metade de Londres entre eles. Enfiou o queixo na gola e patinou, com a cabeça abaixada, atravessando um aglomerado de pessoas até a outra ponta do lago, onde saiu do gelo e andou pesadamente na direção de um vendedor de castanhas que havia se estabelecido ali perto. Mal tinha dado um passo, quando ouviu a conversa.

"Pode acreditar que Tottenham esteja disposto a dar a ele o benefício da dúvida?" A pergunta veio de trás dela, e Penélope fez uma pausa, sabendo imediatamente que alguém estava falando sobre o Michael.

"Não consigo nem sequer imaginar como Tottenham poderia conhecer alguém como *ele*."

"Ouvi dizer que Bourne ainda está à frente daquele clube escandaloso. O que acha que isso diz sobre ele?"

"Nada de bom. Bourne é terrível, exatamente como os homens que frequentam aquele lugar." Penélope resistiu ao impulso de se virar e dizer àquelas mexeriqueiras que muito provavelmente eram a prole ou eram casadas com homens que dariam um braço para terem uma chance de apostar no Anjo Caído.

"Dizem que ele está em busca de convites para a temporada. Dizem que ele está pronto para retornar à sociedade e que *ela* é o motivo disso."

Penélope aproximou-se mais quando o vento aumentou, e as palavras ficaram difíceis de compreender.

"Lady Holloway disse à prima da minha mãe que ele não conseguia parar de tocar nela durante o jantar na semana passada."

"Ouvi a mesma coisa... e você viu o jornal O Escândalo desta manhã?"

"Pode acreditar naquilo? Uma história de amor? Com *Penélope Marbury*? Eu poderia jurar que ele havia se casado com ela por sua reputação, pobrezinha."

"E não se esqueça de Falconwell... que era a sede do marquesado antes..."

As palavras se perderam no vento, mas Penélope as escutou mesmo assim. *Antes dele perdê-la.*

"É de se espantar como uma pessoa tão decente como Penélope Marbury pode gostar de alguém tão perverso como o marquês de Bourne."

Com muita facilidade, temia Penélope.

"Tolice. Olhe para o homem. A pergunta verdadeira é como alguém como *ele* poderia se apaixonar por uma mulher tão entediante como *ela*! Ela não conseguiu segurar nem sequer o enfadonho e frio Leighton."

As duas se desmancharam em risos, e Penélope fechou os olhos ao ouvir o som agudo.

"Você é terrível! *Pobre* Penélope."

Deus, como ela detestava aquela palavra.

"Francamente, mais lascivo impossível e duas vezes mais bonito... mesmo com aquele olho. Como acha que ele fez aquilo?"

"Ouvi dizer que há brigas no clube dele. Lutas semelhantes às dos gladiadores." Penélope revirou os olhos. Seu marido era muitas coisas, mas gladiador dos tempos modernos não era uma delas.

"Bem, preciso confessar que eu não me recusaria a cuidar de seus ferimentos..." A voz desapareceu com um suspiro.

Penélope resistiu ao impulso de mostrar àquela maldosa exatamente o tipo de ferimentos que podiam ser provocados em alguém.

"Talvez Penélope pudesse lhe dar algumas dicas... você poderia tentar fisgar um dos outros membros."

A risada cruel das duas se perdeu na distância. Penélope virou-se para vê-las se afastar, sem conseguir reconhecê-las de costas. Não que fosse fazer algo se as tivesse reconhecido. Claro que elas consideravam a história merecedora de mexerico. Era risível que ela e Michael tivessem uma história de amor e que o casamento deles pudesse ser qualquer coisa além de um negócio. *Que alguém como ele pudesse amar alguém como eu.* Ela inspirou fundo ao pensar nisso, sentindo a pontada de frio do ar brigando com o nó de emoção que sentia na garganta.

"Lady Bourne." Girou na direção do título ainda estranho a ela, para encontrar Donovan West a poucos metros de distância, vindo em sua direção. Não havia indicação de que o jornalista tivesse ouvido as mulheres, mas Penélope não conseguiu deixar de imaginar que fosse aquele o caso.

"Sr. West", ela disse, afastando pensamentos de tédio e respondendo com um sorriso ao sorriso dele. "Que surpresa."

"Minha irmã solicitou minha companhia", ele disse, apontando para um grupo de moças a vários metros de distância. "E confesso ter uma fraqueza por esportes de inverno." Ele lhe ofereceu um braço e apontou para o vendedor ali perto. "Gostaria de um pouco de castanhas?"

Ela acompanhou o olhar dele, a fumaça do carrinho de castanhas encobrindo o rosto do proprietário.

"Gostaria muito, obrigada." Eles seguiram lentamente rumo à banca, Penélope caminhando com dificuldade sobre os patins, o Sr. West gentil demais para mencionar sua falta de coordenação. "Eu também tenho irmãs."

Ela pensou na resignação de Pippa – sua decisão de se casar com Castleton apesar de seu desinteresse, por todos os motivos errados.

"Criaturas preocupantes, não?"

Ela forçou um sorriso.

"Sendo eu mesma uma irmã, prefiro não responder."

"É justo." Ele fez uma pausa, acrescentando em tom de provocação:

"Imagino que um casamento com Bourne tornaria qualquer irmã de certo modo preocupante".

Penélope sorriu.

"Considere-se com sorte por não ser meu irmão."

Ele pagou o vendedor e entregou um saquinho de nozes assadas para ela, esperando que experimentasse uma antes de dizer:

"Está se saindo muito bem."

Voltou rapidamente a atenção para seus olhos castanhos. *Ele sabia*. Ela fez o máximo para parecer impassível quando falou, deliberadamente não compreendendo o que ele dizia.

"Andei de patins minha vida toda."

Ele meneou a cabeça, reconhecendo a forma como ela evitava sua observação.

"Bem, sua técnica demonstra mais habilidade do que seria de se esperar de uma dama."

Eles não estavam falando sobre patinação, isso ela sabia, mas ele estava se referindo aos mexericos sobre ela e Bourne? Ou sobre a farsa do casamento dos dois? Ou sobre algo ainda mais crítico? Ela beliscou uma castanha, saboreando sua doçura ao pensar na resposta.

"Gosto sempre de surpreender aqueles ao meu redor."

"Desempenhar com tamanha sofisticação demanda muita força."

Ela levantou uma sobrancelha e encarou o jornalista com um olhar franco.

"Tive anos de prática."

Ele então sorriu calorosamente.

"De fato, teve, senhora. E posso dizer o quanto Bourne teve sorte de finalmente ficar com a senhora. Espero ansiosamente por vê-los durante a temporada. Certamente serão o casal mais comentado de Londres e sei que meus colunistas já estão empolgados por tê-los na cidade."

A clareza veio como o vento gelado.

"Seus colunistas."

Ele abaixou a cabeça, sorrindo secretamente:

"O Escândalo é um dos meus jornais."

"O artigo de hoje…" Ela parou de falar.

"Vai empalidecer diante do que dirá de suas habilidades de patinadora."

Ela apertou os lábios.

"Tão inesperado."

Ele riu. Ela não estava tentando ser divertida.

"Penélope consegue patinar ao meu redor desde quando mal conseguíamos nos manter em pé." As palavras de Michael a assustaram, e ela se virou para encará-lo, a surpresa com a aparição dele prejudicando seu equilíbrio precário sobre as lâminas e derrubando-a nos braços dele que a aguardavam, como se tivesse planejado tudo aquilo. Ela deu um gritinho quando ele a puxou contra seu corpo.

"Como minha graça extraordinária demonstra neste momento", Penélope disse, arrancando uma risada calorosa de Michael que a percorreu de maneira agradabilíssima. Ela se afastou para olhar nos olhos dele.

Michael não desviou o olhar ao dizer:

"Foi um dos muitos motivos pelos quais me casei com ela. Tenho certeza de que não pode me condenar por isso, West."

Ficando ruborizada, Penélope se virou para encarar o jornalista, que abaixou a cabeça e disse:

"Nem um pouco. De fato um casal de sorte". Piscou para Penélope. "Ela está evidentemente comprometida com você." Então olhou para longe antes entortar o chapéu e fazer uma pequena reverência a Penélope. "Creio que negligenciei minha irmã por tempo demais. Lady Bourne, foi uma honra patinar com a senhora."

Ela fez uma pequena reverência.

"O prazer foi meu." Quando ele saiu patinando, ela se virou para encarar Michael novamente, baixando a voz até um sussurro. "Aquele homem sabe que nosso casamento é mais do que um caso de amor."

Ele se inclinou na direção dela, falando igualmente baixo.

"Não quer dizer *menos*?"

Ela estreitou os olhos.

"Você está evitando o assunto."

"É claro que West sabe", ele disse casualmente. "É um dos homens mais *inteligentes* da Grã-Bretanha. Possivelmente o homem mais inteligente na Grã-Bretanha, e um dos mais bem-sucedidos também. Mas ele guardará nossos segredos."

"Ele é um *jornalista*", ela lembrou a ele.

Então ele riu, uma risada encantadora e sincera que o deixou infinitamente mais bonito.

"Não precisa dizer isso como se ele fosse um inseto sob um vidro." Michael fez uma pausa, observando o sujeito em questão encantar a irmã e sua turma de amigas. "West sabe que é melhor não especular sobre nosso casamento nos jornais."

Ela não acreditou nele. A verdade do casamento dos dois seria um escândalo incrível.

"Como você o conhece?"

"Ele gosta de jogar."

"A mim me parece que o homem mais inteligente da Grã-Bretanha não deveria gostar tanto de um jogo de azar."

"Ele gostaria, se tivesse a sorte do diabo."

"Não parece preocupado com o que ele sabe."

"É porque não estou. Sei de muitos segredos de West para ele contar algum dos meus."

"Mas ele ficará feliz em contar o de Tommy?"

Michael olhou para ela.

"Não vamos falar sobre isso."

Ela continuou.

"Ainda está planejando arruiná-lo?"

"Não hoje."

"Quando, então?"

Ele suspirou.

"Pelo menos daqui a uma semana, como prometido."

Havia alguma coisa ali, na forma suave e resignada como ele falava, algo que Penélope desejou ser capaz de identificar. Era dúvida? Arrependimento?

"Michael..."

"Eu comprei e paguei por esta tarde, esposa. Basta." Ele pegou uma castanha do saquinho na mão dela e a enfiou, inteira, na boca. No mesmo instante, ele arregalou os olhos e inspirou profundamente. "Está fervendo!"

Ela não deveria ter sentido prazer com a dor dele, mas sentiu.

"Se tivesse pedido uma antes de ter simplesmente pegado o que queria, eu o teria alertado."

Ele levantou uma das sobrancelhas.

"Jamais peça. Pegue o que quiser, quando quiser."

"Outra regra dos canalhas?"

Ele abaixou a cabeça como reconhecimento da ironia.

"Faz parte da diversão."

As palavras a percorreram com a lembrança – espontânea – dele a atirando por cima do ombro naquela primeira noite... a noite que tudo havia mudado. Ela levantou o queixo, recusando-se a sentir-se constrangida.

"Sim, descobri isso ontem à noite no seu clube, quando ganhei na roleta." Ele levantou as sobrancelhas rapidamente, e Penélope sentiu-se orgulhosa de si mesma.

Um golpe direto.

"É um jogo de azar. Não exige qualquer habilidade."

"Não exige habilidade, mas é preciso sorte", ela ironizou.

Ele sorriu, ficando mais bonito do que um homem deveria ser.

"Venha, minha esposa. Vamos dar a volta no lago."

Ele pegou o saco de castanhas das mãos dela e o enfiou no bolso do casaco antes de guiá-la até o gelo e ela retomar a conversa sobre os segredos.

"As coisas são assim? Você troca segredos?"

"Apenas quando preciso."

"Apenas como meio para um fim." As palavras foram mais para ela do que para ele.

"Eu sei que estou fora da aristocracia há uma década, mas ainda estamos em Londres, não? Informação ainda é o produto mais valioso?"

"Suponho que sim." Ela não gostava de como era simples para ele, do quanto ele era insensível, de como guardava segredos com facilidade e os usava facilmente para punir as pessoas ao seu redor. Forçou um sorriso, sabendo que toda Londres os observava. Detestando estar em exibição. "E é assim que são as coisas com você e Langford?"

Michael sacudiu a cabeça.

"Nada de Langford hoje também. Fizemos nosso trato."

"Eu jamais concordei com ele."

"Você não ter me atirado da carruagem no caminho para cá foi um acordo tácito", ele disse com ironia. "Mas se você deseja concordar formalmente, aceitarei seu amuleto de boa-fé."

"Eu não tenho meu próprio amuleto."

"Está tudo bem", ele sorriu. "Pode pegar o meu emprestado."

Ela olhou para ele.

"Quer dizer que posso *devolver* o seu."

"Semântica."

Ela não conseguiu esconder o sorriso ao enfiar a mão no bolso da capa, onde carregava o guinéu que ele lhe tinha dado, e retirar a moeda.

"Uma tarde", ela disse.

"Por uma semana", ele concordou.

Ela soltou a moeda na palma da mão aberta dele, vendo-o depositá-la no bolso do casaco. Ela se virou, vendo Pippa dar risada do outro lado do lago com um grupo de moças.

"Lorde Castleton pediu Pippa em casamento."

Ele não se moveu.

"E?"

"E ela dirá sim." Ele não respondeu. Claro que não. Ele *não* compreendia. Não tinha como compreender. "Eles não combinam."

"Isso é tão estranho?"

Não. Não era. Mas ele não precisava ser tão insensível. Penélope começou a patinar mais rápido.

"Ela merece uma chance de ter *mais*."

"Ela não precisa dizer sim."

Penélope lançou um olhar de lado para Michael.

"Estou surpresa que diga algo assim. Não a quer casada o mais rapidamente possível?"

Ele desviou o olhar, concentrando-se na patinação por longos minutos.

"Sabe que sim. Mas não tenho interesse em forçá-la a se casar."

"Era apenas a mim que estava interessado em forçar a casar?"

"Penélope", ele começou, e ela apressou-se à frente dele, patinando mais rápido, sentindo o vento frio no rosto, desejando que pudesse continuar, que pudesse deslizar para longe daquela vida estranha e forçada que estava vivendo. Contornou um grande grupo de pessoas, e então ele estava ao seu lado novamente, a mão dele em seu braço, diminuindo sua velocidade. "Penélope", ele disse novamente. "Por favor."

Talvez fosse a expressão, a suavidade nela, a estranheza dela sendo pronunciada por ele. A forma como ele falou, como se ela pudesse ignorá-lo, e ele a soltaria. Mas ela parou, afundando os patins no gelo ao se virar de frente para ele.

"Eu deveria acabar com isso", ela disse, sabendo que tinha emoção demais em suas palavras. "Eu deveria fazer com que elas pudessem ter uma vida diferente. Casamentos construídos sobre mais do que…"

"Mais do que um belo dote."

Ela desviou o olhar das palavras.

"Elas deveriam ter uma chance melhor do que a nossa. Você me deu o seu amuleto."

"E pelo menos uma delas terá." Ele apontou para a outra ponta do lago, e ela seguiu o olhar dele para onde Olivia e Tottenham estavam conversando. A irmã com o rosto perfeito corado, sorrindo para Tottenham. "Ele vale uma fortuna, e sua reputação é limpa o bastante para que venha a se tornar primeiro-ministro algum dia. Se eles combinarem, pode ser um casal incrível."

"Eles estão sozinhos? Juntos?" Penélope começou a patinar novamente, na direção dos dois. "Michael, precisamos ir até lá!"

Ele segurou a mão dela, diminuindo seu ritmo.

"Penélope, eles não estão sozinhos em uma varanda de um baile. Eles estão parados, alegremente, à beira do lago, conversando."

"*Sans chaperone.*" Ela disse: "Estou falando sério. Precisamos voltar!".

"Bem, se você diz isso em francês, deve ser algo realmente muito sério." Como ele estava com o rosto virado para o outro lado, ela não conseguia ter certeza, mas teve a impressão de que a estava provocando. "É tudo absolutamente transparente." Ele estendeu o braço e segurou a mão dela, virando-a para patinar em uma direção diferente, enquanto ela tentava se afastar. "Você me deve uma tarde, esposa." Quando ele a segurou firme, ela parou de resistir, e ele orbitou ao seu redor, até ela não poder fazer nada além de segui-lo, olhando para ele por todo o caminho.

E então ele a puxou para seus braços, como se os dois estivessem dançando, e eles patinaram algo semelhante a uma valsa, até estarem a uma distância suficiente de todos para não serem ouvidos.

"Todo mundo está olhando."

"Deixe que olhem." Ele a abraçou apertado, sussurrando em seu ouvido: "Não se lembra de como era passar aqueles primeiros minutos sem fôlego a sós com um pretendente?"

"Não." Ela tentou se afastar. "Michael, precisamos voltar."

Subitamente, não era por Olivia que ela acreditava que precisava voltar. Era por si mesma. Por sua sanidade. Porque estar nos braços dele, daquele jeito, com a voz dele em seu ouvido, não era bom para suas convicções. Ele os girou em um círculo lento.

"Voltaremos até ele em poucos minutos. Por ora, responda à pergunta."

"Eu respondi." Ela tentou se afastar, mas ele a segurou firmemente. "Isto não é decente."

"Não vou soltá-la. Se alguém nos vir, simplesmente virão o marquês de Bourne mimando sua encantadora esposa. Agora responda à pergunta."

Só que ele não a estava mimando. Aquilo não era real. *Era?*

"Eu nunca fui cortejada. Não a ponto de ficar sem fôlego." Ela não podia acreditar que havia admitido isso a ele.

"Seu duque não fez o máximo para conquistá-la?"

Penélope não pôde evitar. Ela riu.

"Você conheceu o duque de Leighton? Ele não é do tipo mais conquistador." Fez uma pausa quando uma lembrança do duque interrompendo um baile por sua futura esposa lhe veio à mente, antes de acrescentar: "Pelo menos não comigo".

"E os outros?"

"Que outros?"

"Os outros pretendentes, Penélope. Um deles certamente fez o máximo para …"

Ela sacudiu a cabeça, olhando ao redor, procurando pelas irmãs, temendo ser vista. Philippa estava parada com um grupo de meninas no centro do gelo cintilante.

"Nenhum pretendente jamais me deixou sem fôlego."

"Nem mesmo Tommy?"

Não. Ela deveria ter dito, mas não quis. Não quis trair o amigo. Não quis que Michael soubesse que ela havia sido um meio para um fim para todos eles… inclusive para Tommy.

"Pensei que não fosse falar sobre Tommy."

"Você o ama?" Havia uma urgência no tom dele, e ela soube que ele não desistiria enquanto ela não respondesse.

Ela levantou um ombro.

"Ele é um amigo querido. É claro que me importo com ele."

Os olhos dele ficaram sombrios.

"Não foi o que eu quis dizer, e você sabe disso."

Ela não fingiu ter compreendido mal. Em vez disso, disse a verdade, sabendo que a confissão daria poder a ele. Não se importou, porque queria que algo em seu relacionamento fosse real.

"Ele também não me deixou sem fôlego."

Uma criancinha – com menos de 4 ou 5 anos – passou patinando por eles, seguida pelo pai que pedia desculpas e pela mãe que se virou para fazer uma reverência aos dois. Penélope sorriu e acenou, dispensando o pedido de desculpas, antes de dizer, baixinho:

"Talvez esse seja o problema. Talvez eu tenha esperado demais por perder o fôlego e tenha deixado passar... bem... todo o resto."

Como ele não disse nada, ela olhou para ele e o viu acompanhar a mesma família que ela estava observando. Finalmente, ele olhou para ela muito sério, e ela não conseguiu desviar o olhar enquanto os dois giravam e giravam na valsa, sem forçar qualquer movimento, mas, ainda assim, girando. Alguma coisa mudou no ar entre eles.

"Fico feliz que não tenha se casado com Leighton, com Tommy ou com qualquer dos outros lamentavelmente sem graça, Seis Cents."

Ninguém além de Michael jamais a chamou de Seis Cents, um apelido bobo que ele lhe tinha dado havia uma eternidade, garantindo que ela valia muito mais do que um *penny*, um centavo, para ele. Tinham sido palavras doces na época, uma brincadeira encantadora com seu nome que a fez sorrir, e sua reação naquele instante não foi diferente.

Sentiu uma onda de calor atravessar o corpo ao ouvir o apelido, seguida por uma pergunta muito mais séria.

"Isso é sincero? Ou é falsa sinceridade? Quem é você neste momento? O verdadeiro você? Ou alguma aproximação do homem que acredita que querem que seja? Não me diga que não importa, porque agora... neste momento... importa." A voz dela ficou mais suave. "E eu nem ao menos sei por quê."

"É a verdade."

E talvez isso fizesse dela uma tola, mas Penélope acreditou nele. Os dois ficaram ali parados por um longo momento, os olhos dele matizados de dourado e verde, tão atentos sobre ela, como se os dois estivessem a sós naquele lago – como se toda Londres não estivesse dançando e deslizando ao redor deles –, e ela se perguntou o que poderia acontecer se toda Londres não estivesse lá. Se toda Londres não importasse.

Ele estava tão perto, o calor dele era tão real e tentador, e ela achou que poderia beijá-lo ali. *Não*. Ela se afastou antes que ele pudesse. Precisou fazer isso. *Não podia suportar a ideia dele usá-la novamente*. Havia começado a nevar, flocos se acumulavam na aba do chapéu listrado e do casaco lindamente cortado dele.

"Preciso ir até Olivia antes que ela e Tottenham decidam fugir para se casarem." Ela fez uma pausa. "Obrigada pela tarde."

Ela se virou e foi embora, patinando, sentindo profundamente a perda dele. Estava errado que ele pudesse fazê-la querê-lo tanto, tão rapidamente, com um simples sorriso suave ou uma palavra gentil? Ela era fraca quando se tratava dele. E ele era tão absolutamente forte.

"Penélope", ele a chamou, e ela se virou, encontrando seu olhar, algo totalmente perigoso brilhando nos olhos castanhos dele. "A tarde ainda não acabou."

E, por um breve instante, Penélope achou que poderia ficar sem fôlego.

Capítulo Dezesseis

Caro M,

Eu não tinha dúvida alguma de que esta temporada seria terrível, mas está sendo pior do que eu imaginava. Ah, posso suportar os mexericos, os cochichos, a forma como me tornei invisível para os solteiros disponíveis que costumavam me convidar para dançar, mas ver o duque e sua nova e linda duquesa – isso é difícil.

Eles estão tão apaixonados. Nem sequer parecem notar todas as conversas que os seguem. E então, ontem, ouvi dizer em um salão de damas que ela está aumentando.

É tão estranho ver alguém viver a vida que nós poderíamos estar vivendo. Ainda mais estranho é sentir desejo por ela e, ao mesmo tempo, exultar com a liberdade de não tê-la.

Sem assinatura
Casa Dolby, abril de 1824

Carta não enviada

$\mathcal{E}$ra algo estranho, realmente, cortejar a própria esposa. Ele esperaria que isso envolvesse luz de velas, um quarto silencioso e uma hora ou duas de sussurros lascivos. Ainda assim, parecia que a corte à sua esposa envolveria as irmãs dela, a mãe ligeiramente ridícula, cinco dos cães do pai dela e um jogo de adivinhação. Era a primeira vez que jogava adivinhação desde que tinha deixado Surrey para estudar, dezoito anos antes.

"Não precisa ficar aqui, sabe", Penélope disse, num sussurro, do lugar ao lado dele, no sofá da sala de estar da Casa Dolby.

Ele se recostou, cruzando um tornozelo sobre o outro.

"Gosto de uma boa rodada de adivinhação como qualquer outro homem."

"E minha experiência mostra que homens adoram jogos de salão", ela disse ironicamente. "A tarde já acabou, sabe."

As palavras foram um lembrete não tão sutil de que ela o havia pago na totalidade... que o tempo dele havia acabado. Ele encarou seus olhos azuis.

"Ainda estamos depois do meio-dia, Seis Cents." Ele baixou o tom de voz. "Pelas minhas contas, tenho pelo menos mais cinco horas com você – até a noite."

Ela corou, e ele resistiu ao impulso de fazer amor com ela ali mesmo – de despi-la de sua roupa demais decente e deitá-la nua sobre aquele mesmo sofá em que estavam sentados. A família dela provavelmente não aprovaria. Não era a primeira vez que ele pensava em tirar as roupas dela naquele dia, nem a décima. Nem, provavelmente, a centésima. Alguma coisa havia acontecido durante a patinação, alguma coisa para a qual ele não estava preparado. *Ele havia se divertido. Ele havia se divertido com Penélope.* Ele gostou de patinar com ela, de provocá-la e de vê-la com as irmãs, cada uma encantadora à sua própria maneira. E ficou muito tentado a reivindicar a própria esposa. Mas, quando tentou, ela se afastou dele – cheia de gloriosa força –, o queixo erguido, encantadora, recusando-se a se contentar com menos do que merecia. Ele tinha ficado fascinado quando ela o deixou, muito orgulhoso dela atravessando o Serpentine, e precisou de todo seu autocontrole para não segui-la e segurá-la ali, naquele lugar que parecia tão distante de onde o casamento deles realmente existia. Ele havia se deleitado na sensação dos braços dela enquanto os dois patinavam juntos, havia se exaltado com a forma como ela sorriu quando ele roubou uma castanha do saquinho de papel dela. E quando ela lhe pediu, de olhos arregalados, pela verdade – ele ficou feliz de responder com sinceridade. Mas sua sinceridade não foi suficiente. *Uma lição bem aprendida.* Michael sabia que ela esperava que ele fosse recusar o convite para jogar adivinhação, e provavelmente deveria ter recusado. Mas ele descobriu que não estava pronto para deixá-la – na verdade, descobriu que não gostava da ideia de jamais deixá-la. Então ali estava ele, em uma sala de estar, jogando adivinhações no idílio familiar.

As irmãs dela entraram na sala, Philippa trazendo um pote cheio de pedaços de papel, seguida por um grande cachorro marrom que trotou até o sofá e forçou caminho para sentar-se entre ele e Penélope, dando duas voltas antes de se ajeitar, colocando o queixo sobre a coxa de Penélope, empurrando o traseiro contra o quadril de Michael. Ele se mexeu, abrindo espaço para o cão, enquanto ela acariciava suavemente as orelhas do animal. Sentiu ciúme ao ouvir o suspiro do cachorro diante do toque. Michael limpou a garganta, irritado com a inveja canina, e perguntou:

"Quantos cachorros há nesta casa?"

Ela franziu o nariz, pensativa, e ele ficou intrigado pela expressão – um vestígio da juventude dos dois, que o fez querer passar os dedos pelas rugas na inclinação do rosto dela.

"Dez? Onze?" Ela encolheu os ombros leve e docemente. "Para ser sincera, perdi a conta. Este é o Brutus."

"Ele parece gostar de você."

Ela sorriu.

"Ele gosta de atenção."

Michael decidiu que, tolice ou não, abriria mão alegremente de sua participação no Anjo Caído para ter as mãos dela nele de uma forma tão encantadora e tranquilizadora.

"Vocês viram como Tottenham é *alto*? E tão bonito!", Olivia disparou, aproximando-se para se sentar na cadeira ao lado de Michael, inclinando-se para falar com ele. "Eu não fazia ideia que um cunhado com uma reputação como a sua daria acesso a um marido com tamanho potencial!"

"Olivia!" A marquesa de Needham e Dolby parecia prestes a morrer de constrangimento. "Não se discute esse tipo de coisa com *nobres*!"

"Nem mesmo com o próprio cunhado?"

"Nem com ele!" A voz de Lady Needham havia subido várias oitavas. "Um pedido de desculpas não seria de todo mau!"

Pippa olhou de onde havia deixado o grande pote de pistas e empurrou os óculos mais para o alto do nariz.

"Ela não quer dizer que sua reputação seja *ruim*, milorde. Apenas que é…"

Michael ergueu uma sobrancelha, imaginando como ela terminaria a frase.

"Francamente, Pippa. Ele não é uma besta. Ele sabe que tem uma reputação escandalosa e eu seria capaz de apostar que gosta disso." Ela sorriu abertamente para ele, e ele decidiu que gostava daquelas meninas. No mínimo, eram divertidas.

"Tudo bem. Já chega", Penélope interrompeu. "Vamos jogar? Olivia, você primeiro."

Olivia parecia mais do que disposta a começar o jogo, e seguiu até a grande lareira para fazer sua parte. Escolheu um pedaço de papel do pote, leu e apertou os lábios, claramente pensando em sua estratégia. Em vez de fazer mímica sobre o item no papel, ela olhou para cima e disse:

"Acham que Tottenham irá me comprar um anel de noivado muito grande?"

"*As bodas de Fígaro*", Penélope disse, sem rodeios.

"Sim!" Olivia disse. "Como você adivinhou?"

"Como não poderia?", Penélope respondeu.

"Que menina esperta!", anunciou a marquesa.

Michael não pode evitar. Deu risada, chamando a atenção da esposa, com a testa franzida de confusão, como se ele fosse um estranho exemplar da flora que ela tivesse acabado de descobrir.

"O que foi?", ele perguntou.

"Nada... eu só... você não ri muito."

Ele se aproximou dela, o mais perto que conseguiu, com o cachorro entre eles.

"É impróprio?"

Ela riu, um riso soando como música.

"Não... eu..." Ela corou novamente, e ele daria toda sua fortuna pelos pensamentos dela naquele momento. "Não."

"Olivia", Pippa disse, "tente de novo."

Olivia pegou outro papel, mas não sem antes olhar diretamente para Michael e anunciar:

"Eu sempre gostei de rubis, Lorde Bourne. Acredito que valorizem meu tom de pele. Caso isso surja em uma conversa. Com qualquer um".

Tottenham estava bastante encrencado, de fato.

"Ah, estou certa de que surgirá", Penélope disse, secamente, "considerando quantas conversas sobre joias e tons de pele femininos que homens como Bourne e Tottenham devem ter."

"Você ficaria surpresa", ele disse à esposa, muito sério, e ela riu novamente. "Darei um jeito de lembrar sua preferência por rubis, Lady Olivia."

Ela sorriu.

"Por favor, faça isso."

"Não tenho certeza de que joias valorizem um tom de pele", Pippa disse com perspicácia. "Uma peça."

"Philippa, convidamos Lorde Castleton para o almoço amanhã", a marquesa anunciou. "Vocês dois terão tempo para dar uma caminhada à tarde, espero."

"Está bem, mamãe." Pippa não desviou a atenção. "Três palavras."

"Tottenham não virá", Olivia disse fazendo beicinho.

"Você não deve falar, Olivia", Pippa disse. "Embora tenham sido três palavras, então, muito bem."

Michael sorriu para a resposta inteligente, mas não deixou de perceber o desinteresse na reação da cunhada. Ela não queria se casar com Castleton. Não que pudesse culpá-la. Castleton era um idiota. Foi preciso apenas poucas horas para Bourne descobrir que Pippa era mais inteligente do que a maioria dos homens e que Castleton formaria um péssimo par com ela. É claro que Castleton formaria um péssimo par com qualquer uma, mas Philippa consideraria seu casamento especialmente arrasador. E Penélope o odiaria por não impedir que isso acontecesse. Olhou para a esposa, que o estava observando com atenção. Ela se inclinou na direção dele.

"Você não gostou do casal."

Ele poderia ter mentido. Quanto mais rápido Philippa e Castleton ficassem comprometidos, mais rápido Michael teria sua vingança, mais rápido poderia viver a vida fora do alcance da nuvem de raiva e fúria que havia tornado sua última década tão sombria. Nada havia mudado. Exceto que... algo havia mudado... *Penélope*. Ele sacudiu a cabeça.

"Não."

Algo se acendeu nos lindos olhos azuis dela, algo em que ele poderia se viciar. Esperança. Felicidade. Fez com que ele se sentisse dez vezes mais homem por ser o motivo daquilo.

"Você o impedirá?"

Ele hesitou. Ele o impediria? *Isso faria Penélope feliz*. Mas a que preço? Ele foi salvo de ter de responder por Philippa, que se virou para eles.

"Pelos céus? Estão vendo isso?"

Ele não estava prestando atenção, mas Olivia estava agora fazendo mímica de um chicote estalando e franzindo o rosto, mostrado os dentes e abrindo os dois lados da boca com os dedos.

"Guiando uma lula! Açoitando a luz do sol!", gritou a marquesa, com orgulho na voz, arrancando risos do resto da sala.

"*Guiando uma Lula* é uma peça que eu adoraria ler", Philippa disse, dando risada, voltando-se para Penélope. "Penny, por favor. Precisamos da sua ajuda."

Penélope observou Olivia por um longo momento, e Michael teve dificuldade de desviar o olhar dela – hipnotizado por seu foco. Ele se perguntou como seria merecer tamanho interesse, tamanho contentamento... Voltou a ser dominado pelo ciúme, e censurou a si mesmo. Nenhum homem adulto devia invejar cães ou cunhadas.

"A *megera domada*."

Olivia parou.

"Sim! Obrigada, Pen. Eu estava começando a me sentir tola ali."

"Não consigo imaginar por quê", Pippa disse, secamente. "Não acho que megeras sejam cegas, Olivia." Isto, vindo de Philippa...

"Ah, tolice. Gostaria de ver você fazer melhor. Quem é agora?"

"É a vez da Penny. Ela adivinhou a última."

Penélope se levantou e alisou as saias, e Michael a observou ir até o palco improvisado, pegar um pedaço de papel e desdobrando-o. Pensou na frase por um instante antes de ter uma ideia e seu rosto se iluminar. Ele se remexeu no lugar, subitamente desconfortável, querendo levá-la correndo da sala e da casa, para a casa dele, para a cama dele. Mas a rodada havia começado, e ele teria de esperar. Ela levantou três dedos, e ele imaginou a sensação deles em seu maxilar, seus lábios, seu rosto.

"Três palavras!"

Ela endureceu a postura e saudou as irmãs, então marchou rigidamente pelo palco, os seios empinados esticando no decote do vestido. Ele se inclinou para frente, os cotovelos nos joelhos, e observou, aproveitando a vista.

"Marchando!"

"Soldados!"

Ela fez um sinal encorajador com as mãos.

"Napoleão!"

Ela fez a mímica de um tiro de rifle, e a atenção dele se manteve onde o ombro e o pescoço dela se encontravam, a reentrância macia e sombreada ali, que ele ansiava por beijar... o ponto que ele beijaria em outro momento e outro lugar, se eles fossem casados e ele fosse um homem diferente. Se ele fosse um homem que ela pudesse amar. Se o casamento deles fosse construído sobre algo diferente de vingança. *Não toque em mim.* As palavras passaram por ele, e Michael as desprezou. Desprezou o que elas representavam – a forma como ela pensava nele, a forma como ela acreditava que ele a trataria. A forma como ele a havia tratado. *A forma como ele a estava tratando.*

"Caçando!"

"Papai!"

"Papai caçando Napoleão!" O palpite tolo de Olivia arrancou Penélope de sua mímica com uma risada. Ela sacudiu a cabeça, então apontou para si mesma. "Papai caçando você!"

Pippa olhou para Olivia.

"Por que, em nome dos céus, isso estaria no pote de adivinhações?"

"Não sei. Uma vez, tirei *Peruca da tia Hester*."

Pippa riu.

"Eu coloquei essa aí!" Penélope limpou a garganta. "Certo. Desculpe, Pen. O que você não estava dizendo?"

Penélope apontou para si mesma.

"Lady?"

"Fêmea?"

Esposa. Sua esposa.

"Garota?"

"Filha?"

"Marquesa!" A marquesa de Needham e Dolby lançou seu primeiro palpite com uma alegria tão exultante, que Michael achou que ela iria cair do sofá.

Penélope suspirou e revirou os olhos antes de encará-lo, as sobrancelhas erguidas, como que dizendo *Socorro?* Alguma coisa espantosamente parecida a orgulho explodiu no peito dele com o pedido – com a ideia de que ela podia estar se voltando a ele em busca de ajuda. Descobriu que queria ser o homem a quem ela recorria. Ele queria ajudá-la. *Pelo amor de Deus, Bourne, é um jogo de adivinhação.*

"Penélope", ele disse.

Os olhos dela se iluminaram. Ela apontou para ele.

"Penélope? Você faz parte da pista?" Olivia pareceu cética. Penélope começou a fazer mímica novamente. "Costurando?"

Ela sorriu e apontou para Olivia, então fez a mímica de estar puxando um fio de um bordado rapidamente.

"Descosturando?"

Ela apontou para Olivia de novo, então para si mesma, depois fez a mímica de costurar e descosturar uma vez mais, antes de olhar para Pippa, claramente a irmã que esperava de verdade que fosse capaz de juntar todas as suas pistas. Ele não queria que Pippa ganhasse. *Ele* queria ganhar. Para impressioná-la.

"A *Odisseia*", ele disse.

Penélope deu um sorriso, largo e lindo, batendo palmas e dando pulinhos, aproveitando o triunfo fugaz, então fez a mímica de disparar um rifle e marchou ao redor do palco uma vez mais. Penny girou, apontando diretamente para Michael, toda sua atenção voltada para ele, e ele se sentiu como um herói ao adivinhar:

"A Guerra de Troia".

"Sim!" Penélope anunciou soltando um grande suspiro.

"Muito bem, Michael."

Ele não conseguiu deixar de se gabar.

"Foi mesmo, não foi?"

"Não compreendo", disse Olivia. "Como Penny, costurar e descosturar chegou à Guerra de Troia?"

"Penélope era a esposa de Odisseu", Philippa explicou. "Ele a deixou, e ela ficou sentada em seu tear, costurando o dia todo, e desfazendo todo seu trabalho à noite. Durante anos."

"Por que alguém faria isso?" Olivia franziu o nariz, escolhendo um doce de uma bandeja próxima. "*Por anos?* Francamente."

"Ela estava esperando que ele voltasse para casa", Penélope disse, olhando nos olhos de Michael. Havia alguma coisa significativa ali, e ele achou que ela podia estar falando de algo mais do que o mito grego. Ela esperava por ele à noite? Ela havia dito para ele não tocar nela... ela o havia empurrado para longe... mas, naquela noite, se ele a procurasse, ela o aceitaria? Ela seguiria o caminho de sua homônima?

"Espero que tenha coisas mais emocionantes para fazer quando está esperando que Michael volte para casa, Penny", Olivia provocou.

Penélope sorriu, mas havia algo em seu olhar de que ele não gostou, algo parecido com tristeza. Ele culpou a si mesmo por aquilo. Antes dele, ela era mais feliz. Antes dele, ela sorria, dava risada e jogava com as irmãs sem uma lembrança de seu destino infeliz. Ele se levantou para recebê-la quando ela se aproximou do sofá.

"Eu jamais deixaria minha Penélope durante anos. Teria medo demais de alguém levá-la de mim", ele disse. Sua sogra suspirou alto do outro lado da sala, enquanto suas novas irmãs davam risada. Ele segurou uma das mãos de Penélope nas suas e roçou um beijo nos nós dos dedos. "Penélope e Odisseu nunca foram meu casal mítico preferido, de qualquer maneira. Eu sempre gostei mais de Perséfone e Hades."

Penélope sorriu para ele, e a sala de repente ficou muito, muito mais quente.

"Você acha que eles foram um casal feliz?", ela perguntou, irônica.

Ele sorriu junto com ela, divertindo-se ao baixar o tom de voz.

"Acho que seis meses de fartura são melhores do que vinte anos de fome." Ela corou, e ele resistiu ao impulso de beijá-la ali mesmo, na sala de estar, ignorando a decência e as sensibilidades delicadas das senhoras.

Não percebendo a troca, Olivia anunciou:

"Lorde Bourne, é a sua vez."

Ele não desviou os olhos da esposa.

"Infelizmente, está tarde. Creio que deva levar minha esposa para casa."

Lady Needham levantou-se, derrubando um cachorro pequeno do colo, com um latido agudo.

"Ah, fiquem um pouco mais. Estamos todos apreciando tanto a visita."

Ele olhou para Penélope, querendo levá-la para seu submundo, mas dando-lhe a permissão de tomar sua decisão. Ela se virou para a mãe.

"Lorde Bourne tem razão", disse, fazendo-o sentir um arrepio. "Tivemos uma tarde longa. Gostaria de voltar para casa."

Com ele. O triunfo emergiu, e Michael resistiu ao impulso de atirá-la por cima do ombro e levá-la carregada da sala. Ela deixaria que ele a tocasse naquela noite. Ela deixaria que ele a cortejasse. Ele estava seguro disso. O amanhã continuava sendo uma incógnita, mas naquela noite... naquela noite, ela seria dele. *Mesmo que ele não a merecesse.*

Caro M,

Victoria e Valerie casaram-se hoje em um casamento duplo, com maridos definitivamente medíocres. Não tenho dúvida de que suas escolhas foram limitadas por conta de meu escândalo, e eu mal consigo engolir a raiva e a injustiça da situação toda.

Parece tão injusto que alguns de nós tenhamos essa vida – cheia de felicidade, amor e companheirismo e todas as coisas com que somos ensinadas a sequer sonhar, por serem tão raras e de modo algum o tipo de coisa a se esperar de um bom casamento inglês.

Sei que inveja é pecado, e a cobiça também, mas não consigo deixar de desejar o que outros têm. Para mim e para minhas irmãs.

Sem assinatura
Casa Dolby, junho de 1825

Carta não enviada

Ela estava se apaixonando pelo marido. A percepção espantosa se deu quando ele a ajudou a subir na carruagem, batendo duas vezes no teto do veículo, antes de sentar-se ao seu lado para retornarem para casa. Ela estava se apaixonando pelo lado dele que andava de patins, jogava adivinhação, provocava-a com jogos de palavras e sorria para ela como se ela fosse a única mulher no mundo. Estava se apaixonando pela gentileza que se revelava por baixo do exterior. E havia uma parte dela, sombria e silenciosa, que estava se apaixonado pelo restante dele. Ela não sabia como conseguiria lidar com estar apaixonada por ele inteiro. Ele era demais. Ela estremeceu.

"Está com frio?", ele perguntou, já pondo um cobertor por cima dela.

"Sim", ela mentiu, agarrando a lã perto do corpo, tentando lembrar-se de que aquele homem gentil e solícito que cuidava de seu conforto era apenas uma parte fugaz de seu marido.

A parte que ela amava.

"Estaremos em casa muito em breve", ele disse, aproximando-se dela, passando um braço sobre seus ombros, como uma faixa de aço quente. Ela amava seu toque. "Gostou da sua tarde?"

A frase a percorreu como uma promessa, e ela não conseguiu evitar o calor nas bochechas, mesmo fazendo o máximo para distanciar-se dele e das emoções que ele estimulava.

"Sim. Jogar adivinhação com minhas irmãs é sempre divertido."

"Gosto muito das suas irmãs." As palavras foram suaves, um rumor na escuridão. "Gostei de participar da brincadeira."

"Acho que elas estão felizes por terem um irmão de quem gostam", ela disse, pensando em seus cunhados. "Os maridos de Victoria e Valerie são menos..." Ela hesitou.

"Bonitos?"

Ela sorriu. Não conseguiu se conter.

"Isso também, mas eu ia dizer..."

"Encantadores?"

"E isso, mas..."

"Absolutamente fascinantes?"

Ela ergueu as sobrancelhas.

"Você é absolutamente fascinante?"

Ele fingiu sentir-se ofendido.

"Não percebeu isso em mim?"

O assustador era que ela havia percebido, mas não ia dizer a ele.

"Não havia percebido. Mas vejo que é também infinitamente mais modesto do que os outros dois."

Foi a vez de ele dar risada.

"Eles devem ser realmente muito difíceis."

Ela sorriu.

"Percebo que conhece suas limitações."

Voltou a fazer silêncio, e ela ficou surpresa quando ele o interrompeu.

"Gostei das adivinhações. Foi como se eu fosse parte da família."

As palavras foram tão sinceras e inesperadas, que os olhos de Penélope se encheram de lágrimas. Ela piscou para espantá-las, dizendo apenas:

"Somos casados."

Ele procurou pelo olhar dela na escuridão.

"E apenas isso basta? Uma troca de votos diante do vigário Compton, e nasce uma família?" Como ela não respondeu, ele acrescentou: "Gostaria que fosse assim".

Ela tentou manter o discurso leve.

"Minhas irmãs o recebem de bom grado, milorde. Tenho certeza de que ambas apreciam tê-lo como irmão… levando em consideração sua amizade com Lorde Tottenham e…" Ela parou.

"E?", ele questionou.

Ela respirou fundo.

"E sua habilidade de evitar que Pippa se transforme em Lady Castleton."

Ele suspirou, apoiando a cabeça no assento.

"Penélope… não é tão fácil."

Ela paralisou, afastando-se do abraço dele, sendo imediatamente atacada pelo frio.

"Quer dizer que não lhe serve."

"Não... Não serve."

"Por que os casamentos rápidos delas importam?" Ele hesitou, e ela preencheu o silêncio. "Eu tenho tentado compreender, Michael… mas não consigo. Como uma coisa está vinculada à outra? Você já tem a prova da ilegitimidade de Tommy…" E, de repente, ela compreendeu. "Ou você não tem ainda, tem?"

Ele não desviou o olhar, mas também não falou. A mente dela girou enquanto tentava compreender o acordo, como ele devia ter sido organizado, as partes que deveriam estar envolvidas, a lógica da situação.

"Você não a tem, mas meu pai, sim. E você pagará lindamente por ela na forma de filhas casadas. O produto preferido dele."

"Penélope." Michael se inclinou para frente.

Ela se encostou na porta da carruagem, o mais distante que conseguiu ficar dele.

"Você nega isso?"

Ele paralisou.

"Não."

"Aí está", ela disse triste, a realidade da situação ocupando todo o pequeno espaço da carruagem, ameaçando sufocá-la. "Meu pai e meu marido conspirando para lidar com minhas duas irmãs e comigo. Nada muda. Esta é a escolha, então? As reputações das minhas irmãs ou a do meu amigo? Ou uma, ou a outra?"

"Inicialmente, era uma escolha", ele admitiu. "Mas agora… Eu não permitiria que as suas irmãs fossem arruinadas, Penélope."

Ela levantou uma sobrancelha.

"Perdoe-me se não acredito em você, milorde, considerando o quanto já ameaçou essas mesmas reputações desde nosso primeiro encontro."

"Basta de ameaças. Eu as quero felizes. Eu quero você feliz."

Ele poderia fazê-la feliz. O pensamento passou como um sussurro por ela, e ela não duvidou dele. Nem um pouco. Aquele era um homem que tinha um foco singular, e se ele se decidisse a lhe dar uma vida de felicidade, conseguiria. Mas isso não estava nas cartas.

"Você quer mais a sua vingança."

"Quero as duas coisas. Quero tudo."

Ela se virou de costas para ele, falando para a rua, fora da janela da carruagem, subitamente irritada.

"Ah, Michael, quem foi que lhe disse que podia ter tudo?"

Os dois seguiram durante muito tempo em silêncio, antes da carruagem parar e Michael descer, virando-se para ajudá-la a sair. Enquanto ele ficava ali, parado à luz fraca da carruagem, com a mão estendida, ela se recordou daquela noite em Falconwell, quando ele lhe havia oferecido sua mão, seu nome e sua aventura, e ela aceitou, achando que ele ainda era o menino que tinha conhecido um dia. Ele não era. Não tinha nada daquele menino... agora era um homem com dois lados – protetor gentil e redentor malévolo. Era seu marido. E, que Deus a ajudasse, pois ela o amava... Durante todos aqueles anos, ela havia esperado por esse momento, essa emoção, certa de que mudaria sua vida, faria flores desabrocharem e pássaros cantarem com a euforia. Mas esse amor não era eufórico. Era doloroso. *Não era suficiente.*

Ela desceu da carruagem sem a ajuda dele, evitando a mão forte e enluvada ao subir os degraus e entrar no saguão da residência, sem criado algum. Ele a seguiu, mas ela não hesitou, indo diretamente para a escada e começando a subir.

"Penélope", ele a chamou do pé da escada, e ela fechou os olhos ao ouvir o próprio nome, pela forma como o som nos lábios dele a fazia sentir desejo.

Ela não parou. Ele a seguiu, lenta e metodicamente, escada acima e ao longo do comprido e escuro corredor que levava ao quarto dela. Ela deixou a porta aberta, sabendo que ele conseguiria entrar mesmo se ela se trancasse lá dentro. Ele fechou a porta atrás de si enquanto ela seguiu até a penteadeira e tirou as luvas, deixando-as cuidadosamente sobre uma cadeira.

"Penélope", ele repetiu, com uma firmeza que exigia obediência.

Bem, ela estava cansada de obedecer.

"Por favor, olhe para mim."

Ela não cedeu. Não respondeu.

"Penélope..." Ele parou de falar, e com o canto do olho ela o viu passar os dedos pelos cabelos, deixando um caminho de gloriosa imperfeição – tão bonito, tão atípico.

"Por uma década, tenho vivido esta vida. Vingança. Retaliação. É o que tem me alimentado – tem me nutrido."

Ela não se virou. Não poderia se virar. Não queria que ele visse como a

comovia. O quanto ela queria berrar e dizer a ele que havia mais da vida... mais para *ele*... do que aquela meta maldita. Ele não lhe daria ouvidos.

"Você está errado", ela disse, indo até o lavatório diante da janela. "Na verdade, isso o tem envenenado."

"Talvez sim."

Ela verteu água fria e limpa na tigela e mergulhou as mãos, vendo-as empalidecer e ondular contra a porcelana, a água distorcendo a imagem. Quando falou, foi para aqueles membros estranhos.

"Sabe que não irá funcionar, não sabe?" Como ele não respondeu, ela continuou: "Sabe que depois de ter executado sua preciosa vingança, haverá outra coisa. Falconwell, Langford, Tommy... depois o quê? O que vem a seguir?".

"Depois vem a vida, finalmente", ele disse. "Uma vida longe do espectro daquele homem e do passado que ele me deu. Vida sem retaliação." Ele fez uma pausa. "Vida com você."

Ele estava perto quando disse isso, mais perto do que ela esperava, e ela levantou as mãos da água e se virou mesmo com as palavras a ferindo – mesmo com as palavras a deixando ansiosa. Eram palavras que ela quis desesperadamente ouvir... desde o começo do casamento... talvez antes disso. Talvez desde que começou a lhe escrever cartas, sabendo que ele jamais as receberia. Mas não importava o quanto ela desejasse ouvir aquelas palavras, descobriu que não podia acreditar nele. E era o que ela acreditava – e não a verdade – que importava. Ele a havia ensinado isso.

Ele estava a menos de um braço de distância, sério e tenso, os olhos castanhos eram negros nas sombras do quarto, e ela não pôde deixar de falar, mesmo sabendo que jamais o faria enxergar a verdade.

"Você está errado. Você não irá mudar. Em vez disso, permanecerá na escuridão, encoberto pela vingança." Ela fez uma pausa, sabendo que as palavras seguintes seriam as mais importantes para ele ouvir. Para ela dizer. "Você será infeliz, Michael. E eu serei infeliz com você."

Ele enrijeceu o maxilar.

"E você é uma especialista? Com a sua vida encantada, escondida em Surrey, sem jamais correr um risco, sem uma única nódoa em seu nome perfeito e decente. Você não sabe absolutamente nada sobre raiva, decepção ou devastação. Não sabe como é ter sua vida arrancada dos seus pés e não querer nada além de punir o homem que fez isso com você."

As palavras ditas em voz baixa pareciam um canhão dentro do quarto, ecoando ao redor de Penélope até ela não conseguir mais segurar a língua.

"Seu... egoísta." Deu um passo na direção dele. "Acha que eu não compreendo decepção? Acha que não fiquei decepcionada quando vi

todo mundo ao meu redor – minhas amigas, minhas irmãs – se casarem? Acha que não fiquei devastada no dia em que descobri que o homem com quem iria me casar estava apaixonado por outra? Acha que não fiquei com raiva no dia em que acordei na casa do meu pai sabendo que talvez jamais fosse ter satisfação... e que jamais encontraria um amor? Acha que é fácil ser uma mulher como eu, jogada de um homem para outro para ser controlada? Pai, noivo e agora *marido*?"

Ela estava partindo para cima dele, pressionando-o na direção da porta do quarto, irritada demais para apreciar o fato de que ele estava recuando junto com ela.

"Preciso lembrar a você de que eu nunca, jamais tive uma escolha em relação ao rumo da minha vida? Que tudo o que faço, tudo o que sou, tem sido para servir aos outros?"

"Esta culpa é sua, Penélope. Não nossa. Você poderia ter recusado. Ninguém estava ameaçando a sua vida."

"É claro que estavam!", ela explodiu. "Todos estavam ameaçando minha segurança, minha estabilidade, meu futuro. Se não fosse Leighton, Tommy ou *você*, o que seria? O que aconteceria quando meu pai morresse, e eu não tivesse *nada*?"

Ele se aproximou dela então, segurando seus ombros.

"Só que não era por autopreservação, era? Era por culpa e responsabilidade, e um desejo de dar às suas irmãs uma vida que você não pôde ter."

Ela apertou os olhos.

"Eu não vou me desculpar por fazer o que era certo por elas. Não somos todos como você, Michael, mimados, egoístas e..."

"Não pare agora, querida", ele falou com a voz arrastada, soltando-a e cruzando os braços sobre o peito largo. "Você estava chegando à parte boa." Como ela não respondeu, ele levantou uma sobrancelha. "Covarde... Queira ou não, você fez as suas escolhas, Seis Cents. Ninguém mais."

Ela o odiou por usar seu apelido naquele momento.

"Você está errado. Acha que eu teria escolhido Leighton? Acha que eu teria escolhido Tommy? Acha que eu teria escolhido..."

Ela parou de falar... querendo desesperadamente terminar a frase, e dizer *você*. Querendo feri-lo. Querendo puni-lo por tornar tudo tão mais difícil. Por tornar impossível simplesmente amá-lo. Ele ouviu a palavra mesmo assim.

"Diga."

Sacudiu a cabeça.

"Não."

"Por que não? É verdade. Se eu fosse o último homem da Grã-Bretanha, jamais teria sido eu. Eu sou o vilão desta história, cheio de vingança e ira,

duro e frio demais e indigno de você. O que a arrancou da sua vida perfeita no campo, dos seus sentimentos, da sua companhia."

"As palavras são suas, não minhas." Só que não eram verdade. Porque, de todas as coisas que ela havia feito, de todos os pretendentes que ela quase havia aceitado, ele era o único que ela realmente desejava.

Ele deu um passo para trás, passou a mão pelo cabelo, e deu uma risada dura.

"Você aprendeu a lutar, não? Não é mais a *pobre* Penélope."

Ela endireitou os ombros e respirou fundo, prometendo a si mesma que tiraria ele – e o fato de que o amava – da mente.

"Não", ela finalmente concordou. "Não sou mais a *pobre* Penélope."

Alguma coisa mudou nele, e pela primeira vez desde o casamento, ela não questionou a emoção que viu em seu olhar. Resignação.

"Então é isso?"

Ela assentiu com a cabeça uma vez, cada centímetro de seu corpo resistindo às palavras, querendo gritar diante da injustiça de tudo.

"É isso. Se insiste na vingança, faça isso sem mim ao seu lado."

Ela sabia que o ultimato jamais serviria de nada, mas não deixou de ser um golpe quando ele respondeu:

"Então, que seja assim".

Capítulo Dezessete

Caro M,

Fui ao teatro esta noite, e ouvi seu nome. Diversas senhoras estavam falando sobre um novo cassino e seus escandalosos proprietários, e eu não pude deixar de escutar, quando as ouvi falarem em você. É tão estranho ouvir alguém se referir a você como Bourne – um nome que ainda associo a seu pai, mas imagino que seja seu há uma década.

Uma década... Dez anos que não o vejo e não falo com você. Dez anos desde que tudo mudou. Dez anos, e eu ainda sinto a sua falta...

Sem assinatura
Casa Dolby, maio de 1826

Carta não enviada

Michael subiu os degraus da entrada da Casa Dolby uma semana mais tarde, respondendo ao chamado do sogro, que havia chegado à Mansão do Diabo naquela manhã, enquanto ele se encontrava em seu gabinete tentando não sair em disparada pela casa para pegar sua esposa e provar de uma vez por todas que os dois estavam casados e que ela era dele.

Eles haviam chegado àquele ponto... a verdade constrangedora de que ele passava a maior parte do tempo em casa, ouvindo os passos dela do outro lado da porta, esperando que ela fosse até ele, que fosse lhe dizer que havia mudado de ideia, que fosse implorar para que ele tocasse nela. Assim como ele desejava que ela tocasse nele. Ele havia passado seis noites na casa, evitando a esposa, ainda que ficasse do seu lado, atrás daquela maldita porta de quarto adjacente, ouvindo os criados encherem sua banheira e conversarem com ela. Então, quando ela entrava na água, os sons de seus movimentos o faziam arder de tentação. O desejo que provar a si mesmo a ela.

A experiência foi torturante e ele a mereceu, punindo a si mesmo por se recusar a entrar naquele quarto, arrancá-la daquela banheira e deitá-la em sua cama, encantadora e deliciosa, e possuí-la. Quando ele se afastava da porta que o atormentava com os segredos que existiam além, era arrependimento que sentia. Ela estava se tornando tudo o que ele desejava, e sempre foi mais do que ele merecia.

A noite anterior havia sido a pior de todas – ela estava rindo com a criada sobre alguma coisa, e ele ficou lá parado, com a mão na maçaneta da porta, o som de sua risada lírica funcionando como um canto de sereia. Ele pressionou a testa na porta como um tolo e ficou escutando por longos minutos, esperando que alguma coisa mudasse. Ansiando por ir até ela, finalmente ele se afastou, encontrando Worth parada do outro lado do quarto.

Havia ficado constrangido e irritado.

"Não se bate mais na porta?"

Worth ergueu uma sobrancelha ruiva.

"Não considerei necessário, já que raramente está em casa neste horário."

"Estou em casa esta noite."

"É também um idiota." A governanta nunca foi de conter as palavras.

"Eu deveria demiti-la por insolência."

"Mas não fará isso porque eu tenho razão. Qual é o seu problema? É evidente que você gosta da senhora, e ela claramente gosta de você."

"Não há nada de claro na situação."

"Você tem razão", disse a governanta, largando uma pilha de toalhas perto do lavatório. "É perfeitamente nebuloso – o motivo pelo qual vocês dois passam tanto tempo do lado oposto daquela porta, escutando um ao outro."

Michael franziu a testa.

"Ela..."

Worth encolheu um ombro.

"Imagino que você jamais saberá." Ela fez uma pausa. "Que diabo, Bourne. Você passou tanto tempo da sua vida adulta protegendo outras pessoas, mas quem irá protegê-lo de si mesmo?"

Ele se virou de costas para a governanta.

"Deixe-me."

Naquela noite, ele ficou ouvindo atentamente, esperando que Penélope saísse do banho e viesse até a porta entre os dois quartos. Ele jurou que se tivesse ao menos um sinal dela parada do lado oposto, esperando, abriria a porta, e os dois se entenderiam. Mas, em vez disso, ele viu a luz por baixo da porta se extinguir, ouviu o roçar dos lençóis quando ela se deitou na cama. Ele partiu para o Anjo Caído, onde passou a noite no salão, vendo dezenas de milhares de libras serem apostadas e perdidas, lembrando-o do poder do desejo, da fraqueza. Lembrando-o do que ele havia conquistado.

Do que ele havia perdido.

Ainda vestindo o casaco e o chapéu, Bourne seguiu um lacaio pelo labirinto da Casa Dolby – uma das poucas propriedades dentro dos limites de Londres – até uma grande varanda que levava às terras cobertas de neve. Havia um conjunto de pegadas humanas saindo da casa, cercadas por um rastro de marcas de patas. Um tiro de rifle ecoou no silêncio, e Michael se virou para o lacaio, que o orientou a seguir o som. Ele caminhou na trilha em direção ao seu sogro, e a neve recém-caída abafava o som de seus passos. Soprava um vento gelado, e ele diminuiu o ritmo, virando o rosto contra o vento, travando os dentes diante do frio intenso. Notou o som de rifle de caça além de uma pequena colina, e Michael sentiu uma trepidação. Ele não tinha a intenção de ser morto pelo marquês de Needham e Dolby, pelo menos não *acidentalmente*. Pensando em suas alternativas, ele parou, pôs as mãos em concha ao redor da boca e chamou:

"Needham!"

"Olá!" Um grito alto soou de trás do cume, seguido por meia dúzia de diferentes latidos e uivos.

Bourne interpretou como sinal para se aproximar. Fez uma pausa ao subir a elevação, olhando para a ampla área de terra que se estendia até o Tâmisa. Respirou fundo, apreciando a sensação do ar frio nos pulmões, e voltou sua atenção para Needham, que estava protegendo os olhos do sol da manhã. No meio da descida, Needham disse:

"Não tinha certeza se viria."

"Soube que é obrigatório atender ao chamado do sogro."

Needham riu.

"Especialmente quando o homem em questão detém a única coisa que se quer."

Michael aceitou o aperto de mão firme de Needham.

"Está muito frio, Needham. O que estamos fazendo aqui fora?"

O marquês o ignorou, virando-se de costas com um alto "Rá!", e mandando os cães para o matagal a vinte metros dali. Um único faisão apareceu no céu, Needham levantou a espingarda e disparou.

"Diabo! Errei!"

Um choque, certamente. Os dois caminharam na direção dos arbustos, e Bourne esperou que o mais velho falasse primeiro.

"Fez um ótimo trabalho mantendo minhas meninas fora da sua lama." Michael não respondeu, e Needham continuou: "Castleton pediu Pippa em casamento".

"Fiquei sabendo disso. Confesso que estou surpreso que tenha concordado."

Needham fez uma careta quando o vento passou por eles. Um cachorro latiu por perto, e Needham se virou de costas.

"Venha, Brutus! Ainda não acabamos!" Ele voltou a caminhar. "O cachorro não caça nada." Bourne resistiu à resposta óbvia. "Castleton é um tolo, mas é um conde, e isso deixa minha esposa feliz." Os cachorros espantaram outro faisão, e Needham atirou e errou. "Pippa é inteligente demais para seu próprio bem."

"Pippa é inteligente demais para uma vida com Castleton." Ele sabia que não deveria dizer isso. Sabia que não deveria se importar com quem a garota se casasse, desde que o noivado acontecesse com os meios para a vingança contra Langford em suas mãos.

Mas não conseguia parar de pensar em Penélope, e na forma como o pouco inspirador noivado de Pippa a havia incomodado. Ele não a queria incomodada. Ele a queria feliz. *Ele estava amolecendo.*

Needham não pareceu notar.

"A menina aceitou e eu não posso cancelar o compromisso, não sem um motivo decente."

"E o fato de que Castleton é um burro?"

"Não basta."

"E se eu encontrar outro motivo? Um motivo melhor?" Certamente havia algo nos arquivos do Anjo Caído – alguma coisa que condenaria Castleton e terminaria com o noivado.

Needham olhou para ele.

"Esquece que eu conheço muito bem qual é a punição por noivados rompidos. Mesmo os que têm bons motivos arruínam as meninas. E suas irmãs."

Como Penélope.

"Dê-me alguns dias e encontrarei algo para terminar com este." De repente, tornou-se crítico que Bourne arrumasse uma forma de Pippa romper seu noivado. Não importava que ele pudesse sentir o gosto da vingança, tão perto e tão doce.

Needham sacudiu a cabeça.

"Preciso aceitar as ofertas que vêm, ou terei outra Penélope nas minhas mãos. Não posso me dar ao luxo disso."

Bourne rangeu os dentes diante da afirmação.

"Penélope é uma marquesa."

"Ela não seria se você não tivesse ido atrás de Falconwell, seria? Por que acha que vinculei as terras a ela, em primeiro lugar? Era a minha última chance."

"Sua última chance de quê?"

"Eu não tenho um filho, Bourne." Ele olhou para a Casa Dolby. "Quando eu morrer, esta casa e o solar passarão para as mãos de algum primo idiota que não dá a mínima por eles, ou pelas terras em que estão. Penélope é uma boa garota. Ela faz o que lhe dizem para fazer. Eu deixei claro que ela precisava se casar para manter a honra das irmãs. Ela não podia decidir ser solteirona e passar o resto dos dias vegetando em Surrey. Ela sabia de seus deveres. Sabia que Falconwell iria para seus filhos e, com isso, parte da história das terras de Needham."

Uma fileira de meninas loiras apareceu em seus pensamentos. Não como uma lembrança, mas como uma fantasia. *As filhas dela. As filhas deles.* O pensamento o consumiu, assim como o desejo que o acompanhou. Ele jamais havia pensado em ter filhos. Jamais imaginou querê-los. Jamais pensou que seria o tipo de pai que eles mereciam.

"Você quis algo do seu passado para dar ao seu futuro."

O marquês se virou na direção da casa.

"Algo que aposto que você compreende."

Era estranho que ele jamais realmente tivesse pensado dessa maneira. Não até aquele momento... Ele estava tão focado em recuperar Falconwell, que jamais pensou no que faria com ela, com o que viria depois ou com *quem* viria depois. Para ele, não viria nada depois da recuperação de Falconwell. Nada além de vingança. Porém, agora havia algo mais, além da grandiosa sombra da casa e de seu passado. *Algo que a vingança iria matar.* Ele afastou o pensamento.

"Confesso que quando Langford ofereceu Falconwell como parte da aposta, eu sabia que você viria atrás dela. Fiquei feliz de ganhá-la, sabendo que isso o atrairia."

Michael ouviu a satisfação pessoal naquelas palavras.

"Por quê?"

Needham deu levemente de ombros.

"Eu sempre soube que Penélope se casaria com você ou com Tommy Alles, e, cá entre nós, eu sempre esperei que fosse você – não pelo motivo óbvio, da ilegitimidade de Alles, embora fosse um pouco por isso. Eu sempre gostei de você, garoto. Sempre pensei que você voltaria da escola e estaria pronto para assumir o título, as terras e a minha garota. Quando Langford o depauperou, e eu precisei ir atrás de Leighton, não foi pouca a minha irritação, preciso lhe dizer."

Michael teria achado divertido o egoísmo da afirmação se não estivesse tão chocado pela ideia de que Needham sempre o havia desejado para Penélope.

"Por que eu?"

Needham olhou para o Tâmisa, pensando na pergunta. Finalmente, disse:

"Você era o que mais se importava com as terras."

Era verdade. Ele se importava tanto com as terras e seus amigos que, quando perdeu tudo, não teve coragem de voltar para encará-los. *Para encará--la.* E agora era tarde demais para consertar esses erros.

"Isso", Needham continuou, "e o fato de que era de você que ela mais gostava."

Uma faísca de excitação o percorreu com a verdade que havia naquelas palavras. Ele era o preferido Penélope... Até ir embora, deixando-a sozinha e sem poder confiar nele. E ela tinha razão em não confiar. Ele havia deixado seu objetivo claro, e ao garantir a única coisa que mais desejava, ele a perderia. Ela era o sacrifício que ele teria que fazer desde o princípio, mas que agora não era mais sacrifício nenhum... Isso era esperado, é claro – ele havia destruído tudo de valor que jamais tinha possuído.

"Isso não importa agora", Needham continuou, inconsciente da cacofonia dos pensamentos de Michael. "Você se saiu bem. O jornal desta manhã exaltou as virtudes do seu casamento… Confesso que estou surpreso pelo esforço que está dedicando à sua história – comendo castanhas, valsando no gelo e passando tardes com as minhas meninas e outras coisas ridículas. Mas você se saiu bem… e West parece acreditar nisso. Os jornais juram que vocês vivem uma história de amor. Castleton não teria pedido a mão de Pippa se nosso nome estivesse de alguma forma maculado por um casamento escandaloso."

Seria você quem deveria se opor ao noivado, não Castleton. Pippa estaria melhor com um homem que fosse metade lontra. Michael abriu a boca para dizer justamente isso, quando Needham disse:

"De qualquer maneira, você os enganou. A vingança é sua, como acordado."

A vingança é sua. As palavras que ele aguardou uma década para ouvir.

"Estou com a carta na casa, pronta para você."

"Não quer esperar por Olivia estar prometida também?" A pergunta saiu antes que ele pudesse impedir... antes que pudesse considerar o fato de que estava lembrando o sogro de que sua parte no acordo não havia sido oficialmente completada.

Needham levantou o rifle, apontando na direção de uma sebe baixa na margem do rio.

"Tottenham a convidou para cavalgar hoje. O garoto será primeiro-ministro um dia. O futuro de Olivia parece brilhante." Ele disparou, então olhou para Michael. "E, além disso, você fez bem para as meninas. Eu mantenho minhas promessas."

Mas ele não havia feito bem para elas, havia? Philippa ia se casar com um imbecil, e Penélope... havia se casado com um cretino. Michael enfiou as mãos nos bolsos, protegendo-as do vento, e se virou para olhar para a imensa Casa Dolby.

"Por que dá-la para mim?"

"Eu tenho cinco filhas e, embora elas me levem a beber, se alguma coisa vier a acontecer comigo, gostaria de saber que seu guardião – o homem indicado por mim para isso – cuidaria delas como eu." Needham se virou na direção da casa, seguindo a própria trilha de volta. "Langford ignorou esse código. Ele merece tudo o que você fizer com ele."

Michael deveria ter se sentido triunfante. Deveria ter sentido prazer. Afinal, ele havia acabado de receber aquilo que mais desejava no mundo. Em vez disso, sentia-se vazio. Vazio, exceto por uma única e incontestável verdade. *Ela o odiaria por isso.* Mas não tanto quanto ele odiaria a si mesmo.

Bilhar esta noite.
Uma carruagem a pegará às onze e meia.

Éloa

O pequeno cartão bege, estampado com um delicado anjo feminino, chegou logo depois do almoço, entregue por Worth com um sorriso sagaz. Penélope abriu o envelope com as mãos trêmulas e leu a promessa sombria e misteriosa no bilhete. *A promessa de aventura*. Levantou o olhar do convite com o rosto corado, e perguntou à governanta:

"Onde está meu marido?"

"Esteve fora o dia todo, senhora."

Penélope levantou o papel.

"E isto?"

"Chegou há menos de cinco minutos."

Ela assentiu, considerando o convite e suas implicações. Não via Michael desde o dia em que patinaram no gelo e discutiram, e ela havia se dado conta de que o amava. Ele deixou o quarto dela naquela noite e nunca mais voltou – ainda que ela o aguardasse, sabendo que não deveria esperar que ele decidisse abrir mão de sua busca por vingança e escolhesse uma vida com ela. Seria possível que o convite fosse dele? A ideia fez com que o fôlego ficasse preso em sua garganta. Talvez fosse. Talvez ele a tivesse escolhido. Talvez ele estivesse dando a ela uma aventura e, a ambos, uma nova chance na vida. Talvez não... De qualquer forma, o bilhete era uma tentação à qual ela não poderia resistir – ela queria sua chance de aventura, de bilhar, de uma noite no Anjo Caído. E não iria mentir, queria uma chance de ver o marido novamente. O marido, a quem desejava mesmo sabendo que não fazia sentido. Ela podia ter se comprometido a evitá-lo, a manter distância de sua tentação, a proteger a si mesma da forma como ele a fazia se sentir, mas ela não conseguia resistir. Então, tudo o que pôde fazer foi esperar pela noite, na escuridão, a chegada da hora marcada. Vestiu-se cuidadosamente, desejando não se importar tanto com o que ele poderia pensar, como ele poderia vê-la, escolhendo uma seda salmão, completamente inadequada para o começo de fevereiro, mas uma cor que sempre considerou que favorecia sua pele clara e a deixava com aparência menos simples e mais... *mais*.

A carruagem chegou na entrada de serviço da Mansão do Diabo, e foi a Sra. Worth quem a buscou, com os olhos iluminados por uma sagacidade que fez Penélope corar de expectativa.

"Precisará disso", a governanta sussurrou ao lhe entregar uma máscara simples de seda preta, adornada com laços escarlates.

"Precisarei?"

"Aproveitará sua noite muito mais se não estiver preocupada em ser descoberta."

O coração de Penélope disparou quando ela acariciou a máscara, adorando a sensação da seda – e a emoção que ela carregava em si.

"Uma máscara", sussurrou, mais para si mesma do que para a governanta. A expectativa aumentou. "Obrigada."

A governanta sorriu, silenciosa e cúmplice.

"O prazer é meu." Ela fez uma pausa, observando Penélope levar a máscara até os olhos, amarrando-a atrás da cabeça, e ajustando a seda na altura da testa. "Posso dizer, senhora, o quanto estou feliz que ele a tenha escolhido?"

Era presunçoso e de forma alguma o tipo de coisa que governantas diziam, mas Worth não era o tipo de governanta que se tinha normalmente, então, Penélope sorriu e disse:

"Não estou segura de que ele concordaria com você."

Algo se acendeu nos olhos da outra.

"Acho que é só uma questão de tempo até ele concordar." Worth acenou a aprovação com a cabeça. Penélope saiu pela porta e entrou na carruagem que a esperava, com o coração na garganta, antes que ela pudesse se virar de costas. Antes que pudesse parar...

A carruagem não a deixou na entrada principal do Anjo Caído, mas em uma entrada estranha e nada impressionante, acessível pelas cavalariças que percorriam as laterais do prédio. Ela saiu na quase escuridão, segurando a mão do cocheiro que a ajudou a descer e a acompanhou até uma porta de aço escurecida. O nervosismo aumentou. Ela estava mais uma vez no clube de Michael, desta vez a convite, no que acreditava ser seu vestido mais bonito, para um jogo de bilhar. *A emoção era extraordinária.* O cocheiro bateu na porta para ela e se afastou quando a porta se entreabriu e um par de olhos – pretos como carvão – apareceu. Nenhum som saiu de trás da porta.

"Eu… eu recebi um convite. Para bilhar", ela disse, levantando a mão para conferir se sua máscara estava bem presa, detestando o movimento e o nó na garganta, a forma como seu nervosismo a deixava zonza.

Houve uma pausa, e a porta se fechou, deixando-a parada sozinha na escuridão, no meio da noite, nos fundos de um cassino de Londres. Engoliu em seco. *Bem, aquilo não estava acontecendo exatamente conforme o esperado.* Ela bateu novamente. A porta se entreabriu uma vez mais.

"Meu marido é…"

A porta se fechou.

"…seu patrão", ela disse para a porta, como se ela pudesse se abrir sozinha mediante a uma palavra certa. E infelizmente, continuou bem fechada.

Penélope puxou a capa ao seu redor e olhou por cima do ombro para o cocheiro atrás dela, voltando ao seu lugar. Felizmente, ele percebeu suas dificuldades e disse:

"Normalmente há uma senha, senhora."

Claro! A palavra estranha no final do convite. Quem afinal precisava de uma senha para fazer qualquer coisa? Parecia algo tirado de um romance gótico. Ela limpou a garganta e confrontou a imensa porta uma vez mais.

Bateu novamente. A porta entreabriu com um clique, e Penélope sorriu para os olhos que apareceram. Nenhum sinal de reconhecimento.

"Eu tenho uma senha!", ela anunciou triunfantemente.

Os olhos não se impressionaram.

"Éloa", ela sussurrou, sem saber como o processo funcionava.

A porta fechou de novo. *Francamente?* Ela esperou, virando-se de costas para a carruagem e lançando um olhar nervoso para o cocheiro. Ele encolheu os ombros, como se querendo dizer "não faço a menor ideia". E quando estava prestes a desistir, ela ouviu o barulho de uma fechadura e o raspar de metal em metal... e a imensa porta se abriu. Ela não conseguiu conter a excitação. O homem no lado de dentro era enorme, com pele escura, olhos escuros e um semblante imutável que deveria deixar Penélope nervosa; no entanto, ela estava empolgada demais. Ele vestia calças curtas e uma camisa escura, cuja cor não conseguiu diferenciar à luz fraca, e não usava um casaco. Ela poderia ter considerado que ele estava vestido de modo inadequado, mas rapidamente lembrou a si mesma que jamais havia entrado em um cassino através de uma porta misteriosa que exigia senha, assim, deduziu que sabia muito pouco sobre a roupa adequada para um homem naquela situação. Acenou com o papel que havia lhe sido entregue mais cedo naquele dia.

"Gostaria de ver meu convite?"

"Não." Ele deu um passo para o lado para deixá-la entrar.

"Ah", ela disse, ligeiramente decepcionada, ao passar por ele para a pequena entrada, observando enquanto ele fechava a porta atrás de si com um barulho assustador. Ele não olhou para ela. Em vez disso, sentou-se em um banquinho ao lado da porta, pegou um livro de uma estante próxima e começou a ler à luz de um candeeiro de parede.

Penélope piscou diante da cena. Aparentemente, tratava-se de um homem letrado. Ela ficou ali parada por um longo tempo, sem saber ao certo o que fazer a seguir. Ele pareceu não perceber. Ela limpou a garganta, ele virou uma página, e finalmente, Penélope disse:

"Perdão?"

Ele não ergueu o olhar.

"Sim?"

"Sou Lady..."

"Sem nomes."

Penélope arregalou os olhos.

"Perdão?"

"Sem nomes deste lado." Ele virou mais uma página.

"Eu..." Ela parou, sem saber ao certo o que dizer. *Este lado?* "Muito bem, mas eu..."

"Sem nomes."

Os dois continuaram em silêncio por mais um tempo até ela não conseguir suportar mais um instante sequer.

"Talvez possa me dizer se eu devo ficar aqui a noite toda? Se for o caso, eu deveria ter trazido meu próprio livro."

Ele ergueu o olhar diante daquilo, e ela gostou de ver a forma como os olhos negros se arregalaram ligeiramente, como se ela o tivesse surpreendido. Ele apontou para a outra ponta da entrada, onde mais uma porta se ocultava na escuridão. Ela não a tinha visto antes. Seguiu naquela direção.

"O bilhar é por ali?"

Ele a observou cuidadosamente, como se ela fosse um espécime sendo examinada.

"Entre outras coisas, sim."

Ela sorriu.

"Excelente. Eu perguntaria seu nome para agradecer adequadamente, senhor, mas..."

Ele voltou ao livro.

"Sem nomes."

"Exato."

Ela abriu a porta, deixando entrar a luz vinda do corredor do outro lado. Voltou a olhar para o homem estranho, impressionada com o efeito da luz dourada sobre a pele escura dele, e disse:

"Bem, obrigada mesmo assim."

Ele não respondeu, e ela entrou no corredor bastante iluminado, fechando a porta firmemente atrás de si, ficando sozinha no novo espaço. O corredor era largo e comprido, crescendo em ambas as direções. Velas acesas a cada poucos metros brilhavam contra a decoração dourada, deixando todo o espaço caloroso e iluminado. As paredes eram cobertas por um delicado tecido de seda estampado escarlate e veludo cor de vinho, e Penélope não conseguiu resistir a estender a mão para tocá-las, adorando a sensação de suavidade em seus dedos.

Uma explosão de risada feminina veio de uma das pontas do corredor, e ela seguiu, por instinto, naquela direção, sem saber o que iria encontrar, mas sentindo-se estranhamente preparada para o que quer que viesse a seguir. Continuou pelo corredor, os dedos roçando a parede, acompanhando seu movimento, tocando uma porta depois da outra. Fez uma pausa diante de uma porta aberta, e olhou o ambiente vazio exceto por uma mesa comprida, e ela entrou sem pensar, para ver mais de perto.

Havia um tecido verde grosso estendido na mesa – vários centímetros abaixo da borda –, e o pano macio tinha bordado em fio branco e uma grade de números que percorria a largura e o comprimento. Penélope inclinou-se para examinar a confusão de texto cuidadosamente trabalhado – a combinação misteriosa de números, frações e palavras. Estendeu a mão para passar um dedo enluvado sobre a palavra *Sorte*, sentindo um tremor de excitação percorrê-la ao traçar as curvas do S e o círculo do O.

"Você descobriu o jogo."

Ela arfou de surpresa e virou na direção da voz, com a mão na garganta, para encontrar Sr. Cross parado na porta da sala, um meio-sorriso no rosto bonito. Ficou tensa, sabendo que havia sido apanhada.

"Desculpe. Eu não sabia aonde… Não havia ninguém na…" Ela parou de falar, decidindo que o silêncio era uma escolha melhor do que continuar parecendo uma imbecil.

Ele riu e se aproximou.

"Não há necessidade de se desculpar. Você é membro agora e pode movimentar-se livremente pelo clube."

Ela inclinou a cabeça.

"Membro?"

Ele sorriu.

"Estamos em um clube, minha senhora. A filiação é obrigatória."

"Estou aqui apenas para jogar bilhar. Com Michael?" Ela não pretendia que saísse como uma pergunta.

Cross sacudiu a cabeça.

"Comigo."

"Eu…", ela parou, franzindo a testa. *Não com Michael.* "O convite não foi dele."

Cross sorriu, mas Penélope não ficou reconfortada.

"Não."

"Ele não está aqui?" Ela não o veria ali também?

"Está aqui, em algum lugar. Mas não sabe que *você* está aqui."

A decepção tomou conta dela. *Claro que ele não sabia.* Ele não estava interessado em passar as noites com ela. Junto com esse pensamento, veio outro. *Ele ia ficar furioso.*

"O convite foi seu."

Ele meneou a cabeça.

"Foi do Anjo Caído."

Ela pensou nas palavras, e no mistério delas. *O Anjo Caído.*

"É mais do que um convite, não é?"

Cross ergueu um ombro.

"Você sabe a senha agora. Isso a torna membro do clube."

Membro. A oferta era tentadora – acesso a um dos clubes mais famosos de Londres e toda a aventura que ela sempre desejou. Pensou na excitação que sentiu com o convite para o bilhar, no encantamento que sentiu quando atravessou a porta que dava no corredor caloroso e brilhante daquele lugar misterioso. Na emoção que a dominou ao ver a roleta girando em sua primeira visita. E pensava que sua próxima visita – naquela noite – seria com ele, mas estava errada.

Ele não queria nada dela. Não assim. Ele a lembrava disso todas as vezes que os dois fingiam sua história de amor. Todas as vezes em que ele a tocava para garantir sua participação naquela farsa. Todas as vezes em que ele a deixava em casa em vez de passar a noite com ela. Todas as vezes em que ele escolhia a vingança em vez do amor. Afastou o nó de emoção que sentia na garganta. Ele não lhe daria o casamento... *Então, ela deveria pegar a aventura no lugar.* Ela já tinha ido longe demais naquele caminho para poder lhe dar as costas, afinal. Encarou o silencioso olhar cinzento de Cross e respirou fundo.

"Ao bilhar, então. Pretende cumprir essa promessa?"

Cross sorriu e acenou na direção do corredor.

"A sala de bilhar é do outro lado." O coração de Penélope disparou. "Posso pegar sua capa? Está encantadora", ele disse quando a lã preta deu lugar ao cetim salmão – o vestido que ela havia escolhido para um homem diferente, que não o veria e que, se o visse, não daria a menor importância para sua aparência.

Afastou o pensamento e cruzou o olhar amistoso de Cross, sorrindo quando ele lhe estendeu uma rosa branca e a entregou com o caule virado em sua direção.

"Bem-vinda ao Outro Lado", ele disse, quando ela aceitou o botão. "Vamos?"

Ele indicou o corredor, e Penélope saiu na frente. Antes que pudesse abrir a porta da sala de bilhar, uma intensa conversa se aproximou deles pelo corredor. Ela se virou, agradecida por seu disfarce simples, quando um grupo de mulheres, igualmente mascaradas, apressou-se na direção deles. Elas baixaram a cabeça ao passar, e Penélope foi dominada pela curiosidade. Eram igualmente parte da aristocracia? Eram mulheres como ela? Em busca de aventura? *Seus maridos também as ignoravam?* Ela sacudiu a cabeça diante do pensamento errante e indesejável, antes que uma das mulheres de olhos azuis brilhando atrás de sua máscara cor-de-rosa, parasse diante de Cross.

"Cross...", ela disse com a voz relativamente arrastada, inclinando-se para frente para proporcionar uma visão de primeira mão de seu decote. "Soube que as vezes sente-se solitário à noite."

O queixo de Penélope caiu. Cross levantou uma sobrancelha.

"Não nesta noite em particular, querida."

A dama se virou para Penélope, olhando para a rosa em sua mão.

"Primeira noite? Pode se juntar a nós, se desejar."

Penélope arregalou os olhos diante do convite.

"Obrigada, mas não." Ela fez uma pausa e acrescentou: "Embora eu me sinta bastante… lisonjeada." Pareceu a coisa certa a ser dita.

A mulher inclinou a cabeça para trás e riu alto e sem hesitação, e Penélope percebeu que não achava ter alguma vez ouvido uma risada sincera de qualquer mulher que não fosse sua parente. *Que lugar era aquele?*

"Vá em frente, querida", Cross disse dando um sorriso encorajador. "As beldades têm uma luta a assistir, não?"

O sorriso se transformou em uma careta perfeita, e Penélope resistiu à tentação de repetir a expressão. Algumas mulheres faziam o flerte parecer tão absolutamente fácil.

"É verdade. Soube que Temple está em excelente forma esta noite. Quem sabe não ficará solitário depois da luta."

"Quem sabe…", Cross disse de uma forma que fez Penélope pensar que não havia qualquer dúvida de que Temple ficaria solitário depois da luta.

A dama mascarada levou um dedo aos lábios.

"Ou quem sabe Bourne…", ela disse, pensativamente.

Penélope franziu a testa. *Bourne absolutamente não.* A simples ideia daquela mulher com seu marido fez Penélope querer arrancar a máscara dos olhos dela e lhe dar uma luta assustadora para testemunhar de perto. Abriu a boca para dizer a ela exatamente isso quando Cross interrompeu, parecendo compreender a direção que a conversa estava tomando.

"Duvido que Bourne estará disponível esta noite, querida. Vocês perderão o começo se não se apressarem."

Isso pareceu fazer as outras mulheres se apressarem.

"Que pena... Tenho que ir. Verei você no Pandemônio?"

Cross abaixou a cabeça com graça.

"Não perderia isso."

A mulher saiu apressadamente, e Penélope a ficou observando por um longo momento antes de se virar para ele.

"O que é o Pandemônio?"

"Nada com que você precise se preocupar."

Ela pensou em pressioná-lo em relação ao assunto quando ele chegou à porta da sala de bilhar. Se a outra mulher estava planejando comparecer àquele evento, Penélope também iria querer, ainda que apenas para encontrar a coragem de dar um basta na Jezebel. *Não que Penélope fosse muito diferente*. Afinal, ela estava vestindo uma máscara, prestes a ganhar uma aula de bilhar de um homem que não era...

"Estava na hora de você aparecer. Não tenho tempo para você e suas damas esta noite. E o quê, em nome dos céus, estamos fazendo jogando deste lado? Chase vai arrancar as nossas cabeças se..."

...*seu marido*. Ele estava lindo, apoiado na mesa de bilhar em questão, com o taco na mão. E muito, muito irritado. Ele se endireitou.

"Penélope?"

Era o fim da utilidade da máscara.

"Este lado facilita que a senhora jogue conosco", Cross disse, visivelmente se divertindo.

Michael deu dois passos na direção deles antes de parar, os punhos cerrados nas laterais do corpo. O olhar dele cruzou com o dela, verde-brilhante à luz das velas.

"Ela não vai jogar."

"Não creio que tenha escolha", ela disse, "uma vez que tenho um convite."

Ele pareceu não se importar.

"Tire essa máscara ridícula."

Cross fechou a porta, e Penélope levantou a mão para retirá-la. Desmascarar-se em frente ao marido pareceu mais difícil do que ficar nua diante de todo o Parlamento. Ainda assim, endireitou os ombros e retirou a máscara, olhando-o de frente.

"Eu fui convidada, Michael", ela disse, ouvindo o tom defensivo em sua voz.

"Como? Cross lhe ofereceu um convite quando a acompanhou até em casa no meio da noite? O que mais ele ofereceu a você?"

"Bourne", Cross disse, as palavras repletas de alerta ao dar um passo à frente para se defender.

Para defendê-la... mas ela não precisava da defesa dele. Não havia feito nada errado.

"Não", Penélope disse, com firmeza na voz. "Lorde Bourne sabe exatamente onde estive, e com quem, durante todo nosso curto e desastroso casamento." Deu um passo na direção de Michael, tornando-se mais corajosa com a ofensa. "Em casa, sozinha. Em vez de estar aqui, onde a metade feminina de Londres aparentemente deseja ter a senha para a cama dele." Ele arregalou os olhos.

"Eu gostaria que fosse embora, Michael", ela acrescentou, atirando a máscara e a rosa sobre a mesa de bilhar. "Sabe, venho esperando ansiosamente por esta aula de bilhar e você está tornando muito difícil que eu a aproveite."

Capítulo Dezoito

Caro M,

Gostaria de ter a coragem de ir ao seu clube e me anunciar como sua velha amiga, mas é claro que não tenho. No entanto, é provavelmente melhor assim, já que não sei ao certo do que gostaria mais: de bater em você ou de abraçá-lo.

Sem assinatura
Casa Dolby, março de 1827

Carta não enviada

Ela o estava escorraçando. Aquela esposa suave e doce que ele achava que havia conseguido, com o chapéu coberto de neve enquanto ela falava sobre seus pretendentes passados... Um floco perdido derretendo quase imediatamente na ponta do nariz enquanto ela sorria para ele, havia desaparecido. No lugar daquela mulher havia uma amazona, parada no meio de seu clube, no coração do submundo londrino, jogando na roleta enquanto a cidade a assistia, apostando a segurança de seus amigos e a reputação de suas irmãs, e marcando aulas de bilhar com um dos homens mais poderosos e temidos da cidade.

E agora ela estava na frente dele, cheia de coragem, sugerindo que ele a deixasse sozinha. Ele deveria fazer exatamente isso. Deveria dar as costas a ela e fingir que os dois jamais haviam se casado, devolvendo-a a Surrey ou, melhor, despachando-a para o Norte, para viver seus recentes desejos escandalosos longe dele. Ele tinha Falconwell, as ferramentas para sua vingança, e estava na hora de expulsá-la da vida dele. Mas não queria desistir dela... Queria atirá-la por cima do ombro e levá-la para a cama. Que inferno! A cama sequer era necessária. Ele queria atirá-la nas margens nevadas do Serpentine ou no chão da sala de estar do pai dela ou nos assentos estreitos demais da carruagem dele e deixá-la nua, desprotegida para suas mãos e sua boca, e aquele desejo não havia mudado. A mesa de bilhar era forte o bastante para suportar os dois, ele tinha certeza.

"Não vou a lugar algum até me dizer por que está aqui." Ele grunhiu, sem confiar em si mesmo o bastante para se aproximar, incerto de sua capacidade de ficar perto dela sem atacá-la, sem lhe explicar, muito claramente, que aquele lugar não era para ela. Que ela não era bem-vinda ali.

Que aquilo a arruinaria. Esse último pensamento o levou ao limite.

"Responda, Penélope. Por que você está aqui?"

Ela o encarou com os olhos azuis firmes.

"Eu lhe disse... Estou aqui para jogar bilhar."

"Com Cross."

"Bem, para ser justa, eu pensei que pudesse ser com você."

"O que a fez pensar isso?" Ele jamais a teria convidado para seu antro de jogatina.

"O convite me foi entregue pela Srta. Worth. Pensei que você o tivesse enviado."

"Por que eu lhe enviaria um convite?"

"Não sei. Talvez tivesse se dado conta de que estava errado e não quisesse admitir em voz alta?"

Cross deu uma risadinha de onde estava, perto da porta, e Michael pensou em matá-lo. Mas estava ocupado demais tratando da questão com sua difícil esposa.

"Pois pensou errado. Diga-me que contratou uma carruagem de aluguel novamente."

"Não", ela respondeu, "uma carruagem foi me apanhar."

Ele arregalou os olhos.

"Uma carruagem de *quem*?"

Ela meneou a cabeça, pensando.

"Não sei ao certo."

Ele sinceramente pensou que podia ter enlouquecido.

"Você aceitou transporte em uma carruagem estranha para a entrada dos fundos de um dos mais famosos cassinos de Londres..."

"Que pertence ao meu *marido*", ela disse, como se isso fizesse diferença.

"Resposta errada, querida." Ele deu um passo para trás, obrigando-se a se apoiar na mesa de bilhar. "Você veio até aqui em uma carruagem estranha."

"Eu achei que você a tivesse enviado!"

"Bem, eu não enviei!", ele rugiu.

"Bem, isso não é culpa minha!"

Os dois ficaram em silêncio, a resposta furiosa dela ecoando ao redor da pequena sala, ambos respirando forte e rápido. Ele não iria deixá-la ganhar.

"Como diabos entrou aqui?"

"Meu convite incluía uma senha", ela disse, e ele ouviu o prazer em sua voz. Ela estava apreciando a surpresa dele.

Penélope se aproximou, e ele se sentiu atraído pela forma como sua pele cintilava à luz das velas. Ele respirou fundo, dizendo a si mesmo que era para ser algo tranquilizador, e não porque estava desesperado para sentir seu perfume suave – como o das violetas que cresciam no verão de Surrey.

"Alguém a viu entrar?"

"Ninguém além do cocheiro e do homem na porta, que pegou a senha."

As palavras não o acalmaram.

"Você não devia estar aqui."

"Eu não tinha escolha."

"É mesmo? Não tinha escolha além de deixar nossa casa quente e confortável no meio da noite e vir para o meu local de negócios – um lugar aonde eu expressamente lhe disse para nunca vir? Um lugar que não é de modo algum o tipo de lugar onde mulheres do seu tipo devem estar?"

Ela paralisou, os olhos azuis brilhando com algo que ele não conseguiu reconhecer.

"Em primeiro lugar, não é *nossa* casa. É *sua* casa. Embora eu não consiga imaginar por que sequer a tem, levando em consideração o tempo que passa lá. No entanto, certamente não é *minha* casa."

"É claro que é." Do que ela estava falando? Ele praticamente havia entregado a casa a ela.

"Não. Não é. Os criados respondem a você. A correspondência chega para você. Pelo amor de Deus, você nem sequer me deixa responder aos convites sociais!" Ele abriu a boca para responder, mas descobriu que não tinha defesa. "Éramos para estar *casados*, mas eu não faço ideia de como aquela casa funciona ou de como você vive. Eu nem sei qual é sua sobremesa preferida!" As palavras estavam saindo mais rápidas e mais furiosas agora.

"Achei que você não quisesse um casamento baseado em sobremesa", ele disse.

"E não quero! Pelo menos, não achei que quisesse! Mas como não sei quase mais nada a seu respeito, eu me contentaria com a sobremesa!"

"Pudim de figo, querida", ele ironizou. "Você fez dele o meu preferido."

Ela estreitou os olhos para ele.

"Eu deveria atirar um pudim de figo na sua cabeça."

Cross segurou o riso, e Michael lembrou-se de que eles tinham plateia. Olhou para o sócio.

"Fora."

"Não. Ele me convidou. Deixe-o ficar."

Cross levantou uma sobrancelha.

"É difícil dizer não a uma dama, Bourne."

Ele ia assassinar aquele varapau ruivo. E ia gostar.

"O que está fazendo, convidando minha esposa para sair de casa no meio da noite?", perguntou, sem conseguir deixar de dar um passo ameaçador na direção do velho amigo.

"Posso lhe garantir, Bourne, estou gostando tanto de ver sua esposa lhe

fazendo correr em círculos, que gostaria de ter sido *eu* a enviar o convite. Mas não fui."

"Como?", Penélope perguntou. "Você não mandou o convite? Se não foi você, quem foi?"

Bourne sabia a resposta.

"Chase..."

Chase era incapaz de se afastar das questões dos outros.

Penélope se virou para ele.

"Quem é Chase?"

Como Bourne não disse nada, Cross respondeu:

"Chase fundou o Anjo Caído. Foi quem nos reuniu nesta sociedade."

Penélope sacudiu a cabeça.

"Por que me convidaria para o bilhar?"

"Excelente pergunta." Michael virou-se para Cross. "Cross?"

Cross cruzou os braços e se encostou na porta.

"Parece que Chase considera que a dama tem um crédito."

Bourne levantou uma das sobrancelhas, mas não falou. Penélope sacudiu a cabeça.

"Impossível. Nós nunca nos encontramos."

Michael estreitou os olhos para Cross, que sorriu e disse:

"Infelizmente, Chase está sempre um passo à nossa frente. Se eu fosse você, simplesmente aceitaria o pagamento."

Penélope levantou as sobrancelhas.

"Em visitas a um cassino?"

"Parece ser a oferta."

Ela sorriu.

"Seria rude recusar."

"De fato, seria, senhora." Cross riu, e Michael sentiu desprezo pela familiaridade no tom.

"Ela aceitará convites de Chase, ou de qualquer outro, para o Anjo Caído, por cima do meu cadáver", ele resmungou, e Cross pareceu, afinal, reconhecer que ele estava falando sério. "Saia."

Cross olhou para Penélope.

"Estarei ali fora se precisar de mim."

As palavras deixaram Bourne ainda mais furioso.

"Ela não precisará de você."

Eu darei tudo de que ela precisa. Ele não precisou dizer isso, uma vez que Cross já havia saído, e Penélope estava falando.

"Suportei muitas coisas dos homens ao longo dos anos, Michael. Sofri em um noivado com um homem que não dava a mínima importância para mim e se preocupava apenas com minha reputação; um noivado rompido que ecoou através de salões de baile por duas temporadas completas, e quando meu ex-noivo se casou com o amor de sua vida e teve seu herdeiro, ninguém pareceu se importar com isso."

Ela marcava os itens com os dedos ao falar, indo na direção dele.

"Depois disso, vieram cinco anos de homens me cortejando porque me viam como nada além de um dote – não que evitar *aqueles* casamentos tenha servido de alguma coisa, já que pareço ter acabado em um casamento que não tem nada a ver comigo e tudo a ver com minha vinculação a um pedaço de *terra*."

"E quanto a Tommy, seu mais querido amor?"

Os olhos dela flamejaram.

"Ele não é meu amor mais querido, e você sabe disso. Ele não era nem sequer meu noivo."

Michael não conseguiu esconder a surpresa.

"Não era?"

"Não. Eu menti para você. Fingi que ele era, para você parar com seus planos malucos de me raptar para casar."

"Não funcionou."

"Não, não funcionou. E depois disso eu não estava muito animada para dizer a verdade." Ela parou e se recompôs. "Você era exatamente como todos os outros, então por que eu deveria? Pelo menos o noivado com Leighton envolveu algum aspecto da minha própria personalidade – ainda que tenha sido o aspecto tedioso e decente dela."

Michael conteve a língua enquanto ela avançava. Não havia nada tedioso ou decente naquela Penélope, parada em um cassino como se fosse a proprietária, absolutamente furiosa. Ela era vibrante e magnífica, e ele jamais iria desejar qualquer coisa no mundo da forma como a desejava naquele momento. Ela continuou.

"Como não dá a menor importância aos meus desejos, eu decidi assumir o controle de meus próprios prazeres. Enquanto receber convites para aventuras, eu os aceitarei."

Não... sem ele, não aceitaria. Foi a vez de ele avançar sobre ela, sem saber por onde começar, pressionando-a na direção da mesa de bilhar.

"Você se dá conta do que poderia lhe acontecer em um lugar como este? Você poderia ter sido atacada e deixada para morrer."

"As pessoas são raramente atacadas e deixadas para morrer em Mayfair, Michael." Ela deu uma risadinha. Uma risada *de verdade*, e Michael pensou em ele mesmo estrangulá-la. "A menos que eu corresse o risco de ser atacada por seu porteiro letrado, creio que este lugar é bastante seguro, francamente."

"Como pode saber? Você nem sequer sabe onde está."

"Eu sei que estou do outro lado do Anjo Caído. Foi como o homem na porta se referiu a esse lugar. Como Cross se referiu a ele. Como *você* se referiu a ele."

"Que senha você recebeu?"

"Éloa."

Ele inspirou fundo. Chase havia lhe dado carta branca no clube. Acesso a qualquer ambiente, a qualquer evento, a qualquer aventura que ela desejasse, sem acompanhante. *Sem ele.*

"O que isso significa?", ela perguntou, quando percebeu a surpresa dele.

"Significa que eu vou ter uma conversa com Chase."

"Quero dizer, o que Éloa significa?"

Ele estreitou o olhar, respondendo literalmente.

"É o nome de um anjo."

Penélope inclinou a cabeça, pensando.

"Nunca ouvi falar nele."

"Não teria como ouvir."

"Ele era um anjo caído?"

"*Ela* era, sim." Ele hesitou, não querendo contar a história, mas não conseguiu parar. "Lúcifer a enganou a cair do paraíso."

"A enganou como?"

Ele a encarou.

"Ela se apaixonou por ele."

Penélope arregalou os olhos.

"Ele a amava?"

Como um viciado ama seu vício.

"Da única forma como ele sabia amar."

Sacudiu a cabeça.

"Como ele pôde enganá-la?"

"Ele nunca lhe disse seu nome."

Ela parou um instante.

"Sem nomes..."

"Não deste lado, não."

"O que acontece deste lado?" Ela se encostou na mesa de bilhar, as mãos apertando as almofadas laterais.

"Nada que você precise saber."

Ela sorriu.

"Você não pode esconder isso de mim, Michael. Sou membro agora."

Ele não queria que ela fosse. Não queria que ela fosse tocada por aquele mundo. Moveu-se lentamente na direção dela, sem conseguir resistir.

"Não deveria ser."

"E se eu quiser ser?"

Ele estava perto dela agora, perto o bastante para tocá-la, para passar os dedos pela pele clara e macia de seu rosto. Quando ele levantou a mão para fazer isso, ela se afastou, virando-se de costas e passando a mão enluvada sobre o tecido verde. *Não toque em mim.* Suas palavras passaram sussurradas pela mente dele, e ele se segurou para não segui-la.

"Michael?" Seu nome o tirou de seu devaneio. "O que acontece aqui?"

Ele olhou em seus olhos azuis.

"Este é o lado feminino do clube."

"Há mulheres do outro lado também."

"Não são damas. Aquelas mulheres entram com homens… ou vão embora com eles."

"Quer dizer que são amantes." Os dedos de Penélope encontraram uma bola de bilhar branca, e ela ficou girando-a para frente e para trás na mão. Michael ficou hipnotizado pela forma como a mão dela se movia, segurando e soltando, rolando e parando.

Ele queria aquela mão nele.

"Sim."

"E deste lado?"

Ela estava exatamente na frente dele agora, um metro e oitenta de ardósia e feltro entre eles.

"Deste lado, há damas."

Penélope arregalou os olhos.

"Damas *de verdade?*"

Ele não conseguiu evitar o tom seco na voz.

"Bem, não estou seguro do quanto elas merecem o adjetivo, mas, sim. Elas detêm os títulos, na maior parte."

"Quantas são?" Ela estava fascinada. Ele não podia culpá-la. A ideia de que qualquer número de mulheres aristocratas tivesse acesso ao vício e ao pecado em qualquer instante era, de fato, escandalosa.

"Não muitas. Cem?"

"*Cem!?*" Ela espalmou as mãos sobre a mesa e se inclinou para frente, e os olhos dele foram atraídos pela protuberância dos seios subindo e descendo rapidamente sob a costura do vestido. O tecido estava ajustado com uma longa fita branca, as pontas de seda implorando para serem desatadas. "Como isso se mantém em segredo?"

Ele sorriu.

"Eu já lhe disse, querida, nós negociamos com segredos."

Ela sacudiu a cabeça com o rosto cheio de admiração.

"Incrível! E elas vêm aqui para jogar?"

"Entre outras coisas..."

"*Que* coisas?"

"Tudo o que homens fazem. Elas jogam, assistem a lutas, bebem com extravagância, comem com extravagância…"

"Elas se encontram com amantes aqui?"

Ele não gostou da pergunta, mas sabia que deveria responder. Talvez isso a assustasse.

"Às vezes."

"Que excitante!"

"Não tenha ideias."

"Sobre ter um amante?"

"Sobre qualquer coisa. Você não deve fazer uso do Anjo Caído, Penélope. Não é para mulheres com você." *E certamente não com um amante.* A ideia de outro homem tocando nela fez Michael querer bater em alguém.

Ela o observou em silêncio durante um longo tempo antes de se mexer, dando a volta na mesa, em direção a ele.

"Você fica dizendo isso. *Mulheres como eu.* O que isso quer dizer?"

Havia tantas maneiras de responder à pergunta – mulheres que eram inocentes. Mulheres que tinham comportamentos perfeitos, com passados perfeitos e criações perfeitas, e vidas perfeitas. Mulheres que eram perfeitas.

"Eu não a quero tocada por esta vida."

"Por que não? É a sua vida também."

"Isso é diferente. Esta vida não é para você."

Não é boa o bastante para você.

Ela parou no canto da mesa, e ele viu a mágoa em seus olhos. Sabia que ela estava incomodada com as palavras dele. Sabia também que era melhor para os dois que ela continuasse magoada e se mantivesse longe daquele lugar.

"O que há de tão errado comigo?", ela sussurrou.

Ele arregalou os olhos. Se ele tivesse tido um ano para pensar no que ela poderia dizer naquela situação, jamais teria lhe ocorrido a ideia de que ela considerasse que sua proibição de ela ir ao Anjo Caído fosse por haver algo de errado com ela. Deus, não havia nada de errado com ela. Ela era perfeita. Perfeita demais para aquilo. *Perfeita demais para ele.*

"Penélope." Ele deu um passo na direção dela, então parou, querendo dizer a coisa certa. Com mulheres de toda a Grã-Bretanha ele sabia o que dizer, mas jamais parecia saber o que dizer para ela.

Ela soltou a bola de bilhar, deixando-a rolar sobre a mesa, para mandar outra em uma nova direção. Quando a bola parou, Penélope olhou para ele, os olhos azuis brilhando à luz das velas.

"E se eu não fosse Penélope, Michael? E se as regras estivessem valendo aqui? E se realmente não houvesse nomes?"

"Se realmente não houvesse nomes, você estaria correndo sério perigo."

"Que tipo de perigo?"

O tipo de perigo que termina com outro anjo caído.

"Isso é irrelevante. Há nomes. Você é minha *esposa*."

O sorriso dela se abriu em um sorriso amargo.

"Não é irônico que, do outro lado daquela porta, cem esposas dos homens mais poderosos na Inglaterra estejam conseguindo o que desejam, com quem quer que desejem, e aqui eu não consigo nem sequer convencer meu marido a me mostrar o que poderia ser? Meu marido, que é *dono* do clube. Que o adora. Por que não dividi-lo comigo?" As palavras eram suaves e tentadoras, e não havia nada que Michael desejasse mais do que mostrar a ela cada centímetro de sua vida decadente.

Mas pela primeira vez na vida, ele iria fazer a coisa certa. Então, ele disse:

"Porque você merece coisa melhor." Ela arregalou os olhos quando ele a seguiu pela sala, afastando-a da mesa. "Você merece coisa melhor do que uma sala de bilhar em um cassino, do que apostar na roleta com um punhado de homens que acha que você é, na melhor das hipóteses, a amante de alguém e, na pior, algo muito menos lisonjeiro. Você merece coisa melhor do que um lugar em que a qualquer momento pode começar uma briga, uma fortuna pode ser apostada, ou uma inocência pode ser perdida. Você merece ser mantida longe desta vida de pecado e vícios, onde o prazer e a devastação são vermelho e preto, dentro e fora. Você merece coisa melhor", ele repetiu. "Melhor do que eu."

Ele continuou se aproximando, vendo os olhos dela se arregalarem, o azul escurecer de medo ou de nervosismo ou algo mais, mas não conseguiu se conter.

"Não houve uma única coisa valiosa na minha vida que eu não tenha arruinado ao tocar, Penélope. E eu me amaldiçoarei se permitir que aconteça o mesmo que você."

Sacudiu a cabeça.

"Você não vai me arruinar. Você não faria isso."

Ele levou a mão ao rosto dela, deslizando o polegar pela pele incrivelmente macia, sabendo que ao fazer aquilo estava tornando mais difícil ainda deixá-la ir. Ele sacudiu a cabeça.

"Não percebe, Seis Cents? Eu já fiz isso. Eu já trouxe você aqui, já a expus a este mundo."

Ela negou com a cabeça.

"Não! Eu vim até aqui sozinha. Eu fiz esta escolha."

"Mas não teria vindo se não fosse por mim. E a pior parte é que..."

Ele parou, sem querer dizer mais alguma coisa, mas ela levantou a mão e cobriu a dele, segurando-a em seu rosto.

"O que é, Michael? O que é a pior parte?"

Ele fechou os olhos ao toque, à forma como ela o fazia arder. Não era para ser desse jeito. Ela não deveria afetá-lo dessa maneira. Ele não deveria desejá-la tanto. Ele não deveria se sentir tão atraído por aquela mulher aventureira e excitante, que havia se transformado a partir da mulher com quem ele havia se casado. *E no entanto, era como se sentia.* Ele pressionou a testa na dela, ansiando por beijá-la, por tocá-la, por atirá-la no chão e fazer amor com ela.

"A pior parte é que, se eu não mandá-la de volta, vou querer mantê-la aqui."

Os olhos dela eram tão azuis, tão encantadores, emoldurados por cílios espessos e dourados, da cor do trigo do outono, e ele podia ver desejo dentro deles. Ela o queria. A mão dela passou para o peito dele, parando ali por um longo momento, antes de deslizar até sua nuca, os dedos se enroscando nos cabelos dele com um toque lindo e insuportável. O tempo ficou mais lento enquanto ele saboreava a sensação dela contra ele, do calor dela nos seus braços, no perfume dela prendendo seus pensamentos, a noção de que ela era macia e perfeita e *dele* naquele momento.

"E você irá me odiar por isso." Ele fechou os olhos e sussurrou: "Você merece coisa melhor".

Muito melhor do que eu.

"Michael", ela disse baixinho, "não há ninguém melhor. Não para mim."

As palavras o invadiram, e ela inclinou a cabeça, levantou-se na ponta dos pés e deu um beijo nos lábios dele. Foi o beijo mais perfeito que ele jamais recebeu, os lábios dela firmes nos dele, suaves, doces e absolutamente fascinantes. Ele a desejou por dias, e ela o reivindicou para si com a carícia, pegando o lábio inferior dele com os seus e acariciando, uma, duas vezes, até ele se abrir para ela, e ela roubou seu fôlego com a hesitante exploração da língua – um deslizar sedoso contra a dele. Ele a tomou em seus braços, puxando-a para bem perto, adorando a sensação dela, macia onde ele era duro, seda onde ele era aço. Quando ela finalmente recuou do beijo, seus lábios estavam inchados e rosados, e Michael não conseguiu desviar o olhar deles, abrindo-se docemente antes de se movimentarem ao redor das palavras.

"Eu não quero aprender sobre bilhar esta noite, Michael."

O olhar dele passou dos lábios para os olhos dela.

"Não?"

Ela sacudiu a cabeça devagar, o movimento funcionando como uma promessa pecaminosa.

"Prefiro muito mais aprender sobre você."

Ela o beijou novamente, e ele não lhe pôde resistir. Não havia um homem no mundo que poderia. As mãos dele estavam sobre ela, puxando-a para muito perto de si. Ele estava perdido... Sua esposa estava diante dele como a encarnação da tentação, pedindo para ele fazer amor com ela – arriscando sua reputação e tudo pelo que ele vinha trabalhando para manter. E ele descobriu que não se importava. Ele esticou a mão para trás dela, puxando uma alavanca escondida e abrindo a parede para revelar uma escada que subia para uma intensa escuridão. Esticou a mão para ela, com a palma virada para cima, permitindo que ela tomasse a decisão de subir com ele. Não queria jamais que ela pensasse que a havia forçado naquele momento a ter aquela experiência. Na verdade, a impressão que tinha era justamente o contrário, como se aquela aventureira corajosa o estivesse chamando. E quando ela pôs a mão sobre a dele sem hesitação, sem remorso, ele foi dominado por um desejo rápido e quase insuportável. Ele a puxou para ele, beijando-a intensamente antes de levá-la para a escadaria escura, fechando a porta atrás deles, mergulhando-os na escuridão.

"Michael?"

Ela sussurrou o nome dele, e o som, suave e melodioso, foi como um canto de sereia. Ele se virou para ela, apertando sua mão, puxando-a para o primeiro degrau com ele, sentindo sua cintura, adorando a sensação do corpo dela sob suas mãos, os quadris arredondados, o volume suave da sua pelve. A respiração de Penélope falhou quando Michael a levantou até o degrau logo acima dele. Os lábios dos dois estavam na mesma altura, e ele lhe roubou um beijo, acariciando-a profundamente, adorando seu sabor, uma droga da qual ele jamais teria o suficiente. Ele se afastou, apenas um pouco, e ela suspirou, o som de seu prazer fazendo-o desejá-la mais do que ele jamais imaginou possível. Ele tomou sua boca novamente, e as mãos dela foram para os cabelos dele, enroscando-se nos cachos, puxando-os, fazendo-o desejar que os dois estivessem nus, e ela estivesse guiando sua boca para onde mais a desejava. Ele grunhiu diante da fantasia e se afastou, segurando a mão dela e dizendo:

"Não aqui. Não no escuro. Eu quero ver você."

Ela o beijou, pressionando os seios no peito dele, deixando-o sem fôlego, deixando-o desesperado por ela, por sua pele, por seu toque, pelos gritinhos que o deixavam mais duro do que pedra. Quando ela o soltou da carícia intoxicante, ele descobriu que havia perdido a paciência. Ele a queria naquele instante, imediatamente, sem hesitação. Então, levantou-a em seus braços e a carregou escada acima, para a luxúria, para o prazer...

Capítulo Dezenove

Caro M,

Hoje, faço vinte e seis anos.

Vinte e seis anos e solteira – ficando mais velha e murcha a cada hora, apesar do que minha mãe gosta de dizer, em seus momentos mais alegres.

Oito anos de temporadas, e nem um pretendente decente... um fraco registro para a filha mais velha da Casa de Needham e Dolby. Esta manhã, durante o café da manhã, vi a decepção no olhar de todos.

Mas, sabendo quais eram minhas opções, não consegui me ver concordando com a censura.

Sou uma má filha, de fato.

Sem assinatura
Solar Needham, agosto de 1828

Carta não enviada

A escada levava à suíte dos sócios. Michael a colocou em pé logo depois da porta secreta que se abriu no topo da passagem, fechando-a bem atrás deles, antes de seguir com graça até a porta principal da sala. Ela o acompanhou de perto, ansiosa pelo que veria a seguir, não querendo perder um instante daquilo. E dele... Ela pensou que ele a levaria para a cama – pois certamente naquele imenso clube, aonde os homens iam explorar a lascívia e o prazer, havia um lugar onde ele dormia. Onde ela poderia dormir com ele e fazer outras coisas, também, antes de precisarem voltar à realidade e relembrar todos os motivos pelos quais o casamento deles estava em ruínas, e suas vidas, totalmente erradas.

Quando ele trancou a porta e se voltou para ela, Penélope paralisou no meio da sala, iluminada pela luz quente de um trio de lareiras e a grande janela dourada que dava para o salão do Anjo Caído. Então ela se deu conta do que estava acontecendo. *Ele queria que eles... Ali.* Ela recuou por instinto, e ele a acompanhou, lenta e constantemente, numa promessa suave cintilando em seus olhos.

"Aonde está indo?", ele perguntou.

Ela prendeu a respiração e respondeu com dificuldade, dando um passo para trás.

"Seremos descobertos."

Ele sacudiu a cabeça.

"Não seremos interrompidos."

"Como você sabe?"

Ele levantou uma sobrancelha.

"Eu sei..."

Ela acreditou nele. Penélope sentiu o coração batendo nas orelhas quando ele a seguiu através da sala grande e escura, na direção da janela, com uma intenção clara. Ele a possuiria e seria glorioso. Ela não estava recuando dele por nervosismo, preocupação ou vergonha. Ela estava recuando porque era insuportavelmente excitante ser perseguida por ele. Ele era lindo e elegante, e se movia com uma determinação inexistente em homens inferiores. Era aquela resolução que a atraía a ele, que o tornava tão tentador. A busca de Michael pelas coisas que desejava era implacável. E, naquele momento, ele a desejava... Penélope foi dominada pela expectativa e paralisou. No instante seguinte, ele estava junto dela, estendendo-lhe a mão, envolvendo seu rosto e levantando-o para ele, capturando seu olhar com tamanha atenção. Tamanho foco. *Todo sobre ela.* Ela estava sem ar, consumida por excitação e percepção do que estava por vir.

"O que está pensando?" O polegar dele traçou sua linha do maxilar, deixando um rastro de calor.

"A forma como você olha para mim", ela disse, sem conseguir desviar o olhar dele. "Faz com que eu me sinta…" Ela parou de falar, insegura sobre o que dizer, ele se inclinou para lhe dar um beijo na base do pescoço, onde o pulso acelerou.

Ele levantou a cabeça mais uma vez.

"Como faz você se sentir, amor?"

"Faz com que eu me sinta poderosa."

Ela não havia se dado conta daquilo até dizer as palavras, e um lado da boca de Michael se levantou em um pequeno sorriso. A ponta dos dedos percorriam a pele dela, roçando-lhe a clavícula e a borda do vestido de seda, fazendo o prazer inundar toda sua pele.

"Como assim?"

Ela respirou fundo com o prazer que ele provocava, com a forma como seus olhos acompanhavam o caminho dos dedos na pele dela e disse:

"Você me quer."

O castanho dos olhos dele ficou mais intenso, e sua voz se transformou em fumaça.

"Quero."

"Isso me faz sentir como se eu pudesse ter qualquer coisa."

Ele puxou gentilmente o laço que mantinha o corpete do vestido justo sobre seus seios, soltando a fita e fazendo o tecido se soltar. O dedo dele mergulhou abaixo da borda do tecido, provocando-a, incitando-a.

"Eu lhe darei qualquer coisa que você quiser. Qualquer coisa que pedir."

Me ame. Não... Isso, ela sabia que ele não lhe daria. Mas antes que ela conseguisse concluir o raciocínio, ele estava levantando suas mãos e lhe desabotoando as luvas, tirando-as lentamente. A carícia deliciosa da pelica na pele garantia que ela jamais seria capaz de pensar novamente em calçar ou descalçar uma luva como qualquer coisa que não fosse um ato sexual. Ele deslizou a mão para dentro do corpete aberto, por baixo do tecido da camisa, para segurar um seio e tirá-lo de dentro da roupa. Ela arfou com a sensação e ele se inclinou para capturar o som com um beijo.

"Quero deitá-la na luz do Anjo Caído e fazer amor com você." As palavras foram pontuadas pela carícia áspera do polegar dele sobre um mamilo, e o raspar dos dentes em seu pescoço. "E acho que você quer isso também."

Ela não conseguiu deixar de assentir com a cabeça ou de confessar.

"Quero."

Desde que seja com você.

Ele a moveu, virando-a de frente para a imensa janela de vitral. Ela olhou para o salão do Anjo Caído, apinhado de gente, enquanto ele trabalhava em seus botões, soltando-os metodicamente.

"Diga-me o que você vê", ele sussurrou, os lábios pressionando, quentes e suaves, a curva de seu ombro.

"Há… homens… por todo lado." Penélope arfou e segurou o tecido que se soltava rapidamente junto ao peito.

Ele alcançou seu corpete e trabalhou rapidamente nos cordões, liberando-a da prisão de barbatanas e tecido. Ela suspirou com a sensação, e as mãos dele a acariciaram por sobre a camisa de algodão, aliviando a pele abaixo dela. Uma de suas mãos se apoiou na janela para lhe dar firmeza diante da sensação, tão bem-vinda na pele aflita. Ele pareceu compreender o som e lambeu sua orelha, deslizando as mãos por baixo do vestido e do corpete, acariciando-a e deixando um rastro de prazer.

"Minha pobre querida", ele sussurrou, as palavras soando como conhaque fino. "Vem sendo negligenciada."

E ela sentiu como se isso fosse verdade. Foi como se sua pele ansiasse pelo toque dele. Pelo beijo dele. Pelas longas e calorosas carícias que a levavam a um prazer quase torturante.

"Apenas homens?", ele sussurrou, atraindo sua atenção novamente para o salão, através dos vidros que definiam o belo pescoço amarrado de Lúcifer.

As mãos dele deram a volta para segurar os seios dela sobre a camisa, levantando-os e moldando-os com suas palmas quentes, antes de segurar os bicos ardentes entre os dedos e beliscá-los muito levemente, o bastante apenas para provocar uma onda de prazer em todo seu corpo. Ela arfou.

"Responda-me, Penélope."

Ela se forçou a focar-se na cena diante dela.

"Não... Há mulheres."

"E o que elas estão fazendo?"

Penélope focou em uma mulher que vestia uma linda seda, os cabelos pretos presos no topo da cabeça, com cachos caindo ao seu redor.

"Uma delas está sentada no colo de um cavalheiro."

Ele pressionou contra ela, então, balançando os quadris contra seu traseiro, e Penélope desejou que eles não estivessem separados por camadas e mais camadas de roupas.

"O que mais?"

"Ela está com os braços ao redor do pescoço dele."

Ele segurou a mão que a firmava contra a janela e a prendeu atrás dela, ao redor de seu pescoço, obtendo maior acesso às curvas encantadoras.

"E?"

"E ela está falando no ouvido dele."

"Guiando o jogo de cartas?" Os dedos dele a beliscaram novamente, e ela arfou, fechando os olhos e se virando de frente para ele.

"Michael", ela sussurrou, desejando que ele a beijasse.

"Adoro quando diz meu nome. Você é a única que me chama de Michael", ele disse, antes de lhe dar o que ela queria, a língua a acariciando profunda e suavemente, até ela estar se contorcendo nos braços dele, pressionando os seios em suas mãos mágicas.

"Você detestava...", ela protestou.

"Você me venceu." Ele sugou suavemente a pele macia do pescoço dela. "Fale mais sobre a mulher."

Penélope se virou novamente para a janela, esforçando-se para encontrar o foco uma vez mais. Viu a mulher se inclinar para frente, permitindo que o parceiro tivesse uma vista direta para dentro de seu corpete. Ele sorriu, aproximando-se para lhe dar um beijo na clavícula antes de deslizar uma das mãos pela coxa e pela canela dela e finalmente desaparecer sob a bainha do vestido. Penélope arqueou para trás, contra Michael.

"Ah, ele a está tocando..."

Os dedos dele ficaram mais leves com aquelas palavras, a carícia mal sendo perceptível, sua suavidade fazendo Penélope desejar que ambos estivessem nus na sala escura.

"Tocando onde?"

"Embaixo das..." Ela fez uma pausa quando a mão de Michael desceu, na direção do lugar onde ela mais ansiava por ele. Ela suspirou a palavra seguinte enquanto os dedos dele encontravam seu cerne, acariciando suavemente. "...saias."

"Assim?" Apesar dos tecidos das saias de Penélope, o joelho de Michael encontrou o caminho por entre suas pernas, abrindo-as mais, enquanto deslizava a mão para seu calor, movendo a palma contra ela.

A cabeça dela caiu para trás, sobre o ombro dele.

"Não sei."

"O que você acha?"

"Pelo bem dela, espero que sim", ela sussurrou enquanto ele a acariciava.

Ele riu, uma risada baixa e rouca.

"E eu, por ele."

Penélope fechou os olhos enquanto as mãos de Michael se moviam em concerto; uma em seu seio, brincando, tentadora, e a outra entre suas pernas, acariciando-a com maestria. As carícias continuaram por vários minutos antes de Penélope suspirar, deliciando-se na sensação dele contra ela, pressionando para trás, para se encaixar o mais perfeitamente possível nele. Ele balançou junto com ela, sussurrando em seu ouvido.

"Se continuar com isso, querida, não conseguirá olhar para eles por muito mais tempo."

"Eu não quero mais olhar para eles, Michael."

"Não?" A pergunta saiu curiosa na altura do ombro dela, onde os dentes dele estavam raspando a pele.

Ela sacudiu a cabeça, entortando-a para lhe dar melhor acesso.

"Não", ela confessou. "Eu quero olhar para você." Os dedos dele fizeram algo maravilhoso entre as coxas dela, e ela suspirou. "Por favor..."

"Bem", ele disse, e ela ouviu o sorriso provocador nas palavras. "Como você pediu tão direitinho…"

Ele a virou de frente para ele, os olhos estremecendo sobre o lugar onde ela ainda segurava o tecido do vestido sobre o peito.

"Solte o vestido, Penélope", ele ordenou, as palavras fluidas, e ela apertou ainda mais.

"E se…"

"Ninguém pode ver você."

"Mas…"

Ele sacudiu a cabeça.

"Você acredita mesmo que eu deixaria qualquer um vê-la, minha querida gloriosa. Não pode imaginar que eu os mataria se eu permitisse isso?"

As palavras foram tão possessivas, que ela não conseguiu evitar o prazer que provocaram. Ninguém jamais a havia chamado de gloriosa. Ninguém jamais sequer pareceu minimamente interessado em possuí-la. Mas, naquele momento, Michael a queria. Ela o observou cuidadosamente por um longo tempo, adorando a forma como seus olhos imploravam que ela se despisse para ele, antes de soltar o tecido, deixando-o cair no chão, deixando-a nua, exceto pelas meias, para a penumbra do quarto... e para seu marido. Ele paralisou, percorrendo seu corpo com os olhos, finalmente fixando-se em seu rosto antes de dizer, de modo reverente:

"Você é a coisa mais linda que eu já vi."

Ele estava a seus pés, retirando as botas e as calçolas, deixando-a apenas com as meias. Ele acariciou suas pernas sob as meias, dedicando mais tempo no ponto onde a seda encontrava a pele. Quando ela arfou pela sensação, ele lambeu a pele ali.

"Tenho uma queda por meias, querida. Suaves e sedosas, como a sua parte mais macia."

Ela corou, sem querer admitir que adorava a sensação das meias em sua pele, sem querer dizer a ele que, desde a noite de núpcias, ela saboreava a carícia do cetim em suas pernas fingindo ser o toque dele.

"Vejo que gosta delas também", ele provocou, e ela sentiu a curva de seus lábios em suas coxas.

"Eu gosto de *você*...", ela sussurrou, fixando uma das mãos na nuca de Michael, acariciando seus cachos macios com os dedos.

Ele se levantou, deixando-a de meias, beijando-a, de maneira firme e maravilhosa.

"Você é feita de curvas perfeitas e pele macia" – uma das mãos a acariciou para cima, abrindo a palma sob o seio – "tão linda e voluptuosa."

As palavras dele estavam destruindo sua sanidade. Eram ainda mais danosas do que seu toque. Ela arqueou o corpo na direção dele, na direção de seu beijo, e ele a deixou sem fôlego, sem palavras e sem pensamentos, os lábios e a língua a acariciando, prometendo mais prazer do que ela poderia imaginar. Quando ele interrompeu o beijo, ela suspirou, esquecendo de protestar e o observou recuar, tirar as roupas em movimentos rápidos e ágeis, e ficar de frente para ela. A luz do cassino do outro lado da janela o transformava em um mosaico de cores e texturas, as pernas compridas e os músculos fortes, quadris magros, ombros largos e... *Não. Ela não deveria estar olhando para aquilo.* Não importava que quisesse olhar. Que estivesse incrivelmente curiosa. *Apenas uma olhadela rápida. Minha nossa.* Penélope ficou imediatamente tímida, movendo as mãos para cobrir a própria nudez.

"Não podemos... eu não... não era isso que eu estava esperando."

Ele sorriu então, um raro sorriso predador.

"Você está nervosa?"

Ela sabia que deveria fingir não estar – ele provavelmente já havia feito isso com uma dúzia de outras mulheres. Mas ela *estava* nervosa.

"Um pouco."

Ele a levantou, levando-a até uma *chaise* baixa em um lado do quarto, colocando-a em seu colo para um beijo longo e intenso que lhe roubou o fôlego, e as inibições. Ela lambeu o lábio inferior dele, sugando-o gentilmente, e ele recuou, respirando forte. Penélope arregalou os olhos.

"Sinto muito… o lábio. Os socos de Temple têm a tendência de permanecer."

Ela recuou, levantando a mão para acariciar os cabelos dele e examinar seu rosto em busca de outros ferimentos.

"Não deveria deixá-lo bater em você", ela sussurrou, dando um beijo suave ao lado do ferimento.

"Era a única maneira de parar de pensar no fato de que eu não podia ir para casa e levá-la para a cama." Ele passou a mão pelo braço dela, em uma longa e deliciosa carícia. "Você me apavora." Os lábios dele se abriram em um sorriso triste, enquanto seus dedos acariciavam e provocavam a pele do pulso, do cotovelo e do ombro dela.

"Como isso é possível?"

"Eu não consigo ficar com pequenas provas de você, querida. Consigo apenas me empanturrar de você. Você é irresistível." Ele deu um beijo em seu ombro, estendendo a língua para lamber sua pele. "Você é como o chocalho dos dados, o embaralhar das cartas… Você me atrai até eu ficar maluco de desejo." As palavras saíram como um sussurro na base do pescoço dela. "Eu poderia facilmente ficar viciado em você."

As palavras fizeram o coração dela disparar.

"E isso é ruim?"

Ele riu, a risada vibrando contra a barriga e os seios dela.

"Para mim, sim. Muito, muito ruim." Ele a beijou, longa e lentamente. "E para você também. Você me pediu para não tocá-la e eu queria respeitar seu desejo."

Só que aquele não era o desejo dela. Não de verdade. Ela sempre quis que ele a tocasse, mesmo quando dizia o contrário. Ela sempre o havia desejado, mesmo quando disse a si mesmo o contrário. Ele era sua fraqueza. Ele a salvou de precisar falar ao tocá-la, os dedos brincando em um dos seios até ela suspirar com a sensação, deslizando as mãos pelos cabelos dele. Ela recuou e o encarou em seus lindos olhos escuros.

"Michael", ela sussurrou. Ele não desviou os olhos dos dela quando a levantou como se ela não pesasse nada, passando a mão por uma das coxas, estimulando-a a abrir as pernas.

A simples ideia disso era um escândalo. *Um sonho.* Ela hesitou por apenas uma fração de segundo antes de seguir as instruções silenciosas, montando nele. Havia orgulho e prazer em sua voz quando ele disse:

"Minha bela aventureira..."

Ela sabia que era um exagero. Ela não era *bela*. Mas, naquela noite, ela *estava* se sentindo linda, e nem sequer cogitou ignorar o pedido. A nova posição lhe deu acesso a todo ele, aos ombros largos e firmes, ao peito amplo que subia e descia com a respiração, e ela não pôde deixar de espalmar as mãos sobre aquele homem lindo e maravilhoso que era seu marido. Ele gemeu de prazer ao toque dela e a levantou até os seios estarem na altura de sua boca, e ele soprar os mamilos em um fluxo longo e constante. Ela acompanhou o olhar dele, tão atento sobre ela, observando seus mamilos enrijecerem – primeiro um, depois o outro – insuportavelmente duros e excitados. *Penélope queria sua boca nela.*

"Toque em mim", ela sussurrou.

Ele já estava lá, lambendo e sugando até ela achar que poderia morrer com aquele prazer lascivo e maravilhoso. As mãos dela percorriam os cabelos dele, segurando-o perto de si, até ele recuar e levar a boca até o outro seio, negligenciado, lambendo-o em carícias longas e deliciosas, antes de fechar os lábios ao seu redor e lhe dar exatamente o que ela queria. Ela se contorceu nos braços dele, no ritmo da sucção de seus lábios, das lambidas da língua, do raspar dos dentes. Céus... Ele lhe dava prazer como um mestre, com arte e habilidade e ela não queria que aquilo terminasse jamais. Ele recuou, afinal, levantando-a mais alto, para mais perto dele, dando um beijo quente na pele macia de seu torso, antes de abaixá-la e capturar sua boca uma vez mais. Os joelhos dele levantaram embaixo dela, segurando-a firme contra seu peito e enfiando os dedos pelos cabelos dela, fazendo grampos saírem voando por todo lado e se espalharem no chão do ambiente luxuoso. A boca de Michael foi para o pescoço dela, onde lambeu a pele delicada acima do ponto da pulsação, e Penélope suspirou o nome dele uma vez mais, sentindo-se embriagada de prazer. Prazer que ela não sabia que existia antes dele e que ela jamais teria conhecido se não fosse por ele.

"Michael..."

Ele sorriu, satisfeito consigo mesmo, um sorriso absolutamente masculino, fazendo a mão que estava nas costas dela deslizar por entre eles. Ela voltou o olhar para aquela mão lasciva e gatuna, hipnotizada por seu movimento, e então seus dedos estavam roçando nela, em seu cerne, muito levemente, como se tivesse um tempo infinito para explorá-la. Ela jamais quis tanto algo na vida. Os dedos dele se agitaram contra ela, e Penélope se contorceu contra ele, com uma das mãos descendo pelo torso para tentar chegar, hesitante, à parte dele sobre a qual ela estava tão curiosa. Ele inspirou fundo quando a mão dela tocou em seu aço fervendo.

"Penélope..." A palavra se perdeu em um gemido.

Ela queria tocá-lo, aprendê-lo, dar a ele todo o prazer que ele estava dando a ela.

"Mostre-me como. Me ensine."

Os olhos dele estavam encobertos de prazer, e ele usou a outra mão para guiá-la, mostrando-lhe exatamente como tocar, como acariciar. Quando ele gemeu, longa e encantadoramente, ela se inclinou para frente e deu um beijo suave no rosto dele, sussurrando contra sua pele:

"Isto é muito mais interessante do que bilhar."

Ele deu uma risada rouca.

"Não posso concordar mais."

"Você é tão macio", ela disse, acariciando sua extensão, maravilhando-se com a sensação dele. "Tão duro." Michael fechou os olhos enquanto Penélope o tocava. Ela observava seu rosto, apreciando o efeito do prazer em sua expressão. Ela esfregou o polegar com firmeza na ponta, e ele arfou, abrindo ligeiramente os olhos.

"Faça isso de novo."

Ela fez, e ele a puxou em sua direção para beijá-la longa e profundamente enquanto ela continuava sua exploração, a mão dele em cima da sua, mostrando como ela devia se mover, onde permanecer, quanta pressão exercer. Michael jogou a cabeça para trás e sua respiração ficou rápida e superficial.

"Assim está bem?"

Ele gemeu com a pergunta.

"Está perfeito. Não quero que pare nunca." Ela não estava interessada em parar. Adorava vê-lo sentindo prazer. Finalmente, ele a afastou com um movimento rápido. "Espere... Deixe eu estar dentro de você novamente." As palavras a fizeram corar, e ele riu, baixo e encantador. "O fato de que eu quero estar dentro de você a encabula, minha linda?"

Sacudiu a cabeça.

"O fato de que *eu* quero você dentro de mim me encabula. Damas não pensam esse tipo de coisa."

Ele a beijou avidamente.

"Eu não quero que você jamais silencie seus pensamentos lascivos. Na verdade, quero ouvir cada um deles. Quero tornar todos realidade."

Os dedos dele estavam se movendo firmemente, fazendo coisas maravilhosas entre as coxas dela, e ela estava arfando.

"Michael... Mais disso."

"Mais o quê, minha linda?" As pontas dos dedos dele deslizaram sobre o lugar onde ela o queria, mais uma provocação do que um toque. "Mais aqui?"

Ela arfou com a sensação, e ele se afastou antes que ela repetisse seu nome, ouvindo a súplica em sua voz.

"Ou quem sabe mais aqui?" Um dedo longo deslizou profundamente para dentro, e ela gemeu com a sensação.

"Em tudo..."

"Que mulher tão gulosa com quem me casei." Ele provocou, beijando-a, lambendo profundamente, segurando-a firme enquanto explorava sua boca, o tempo todo com os dedos percorrendo círculos maliciosos. Ele levantou uma sobrancelha e um segundo dedo se juntou ao primeiro, em um deslizar lento e demorado de prazer.

"Aqui?"

"Sim", ela arfou. Ele estava perto.

"Aqui?" Ele se mexeu.

Para mais perto... Ela mordeu o lábio e fechou os olhos.

"Sim..."

"Aqui?"

Tão. Perto... Ela se manteve perfeitamente imóvel, não querendo que ele parasse.

"Adoro tocá-la aqui, Penélope", ele sussurrou, enquanto sua mão maliciosa a explorava. "Adoro descobrir a sua forma, a sua sensação, o quanto fica molhada por mim." Os dedos acariciaram uma vez mais, os sussurros contínuos. Ele torceu a mão, fazendo um círculo simples, ameaçando aquele lugar maravilhoso. "Adoro explorá-la."

"Encontre...", ela sussurrou, sem conseguir ficar em silêncio.

"Encontrar o quê, amor?" Ele fingia inocência. Um mentiroso perverso.

Ela o encarou, sentindo-se poderosa.

"Você sabe o quê."

"Vamos encontrar juntos."

Aquilo era demais. Ela pôs a mão entre a dele, agarrando-a, afinal, empurrando-o contra ela. Ela se inclinou sobre ele, encontrando seus olhos, vendo o prazer intenso nele, a necessidade firmemente controlada. Os dedos dele deslizaram através dos cachos macios dela, abrindo suas dobras secretas, girando, circundando, guiados pela mão dela em seu pulso. O polegar a acariciou longa e lentamente em um arco lascivo que a fez questionar a própria sanidade. Ele a observou lutar contra o peso do prazer, provocando-a tanto com as palavras quanto com os dedos.

"Aí, amor? É aí que é bom?"

Ela estava perdida nas palavras maliciosas e estimulantes e nos dedos maliciosos e estimulantes, e sussurrou sua resposta, movimentando-se contra ele. Então Michael começou a tocá-la exatamente como ela queria, em círculos perfeitos, acariciando-a com a quantidade perfeita de pressão. Era como se ele conhecesse seu corpo melhor do que ela mesma.

Era como se seu corpo pertencesse a ele. *E talvez pertencesse mesmo.* Com um dos lindos dedos longos ainda dentro dela, e a palma da mão pressionando um ponto de prazer agudo, quase insuportável, ela gritou o nome dele, balançando contra seu toque, sabendo que algo incrível estava prestes a acontecer.

"Michael", ela sussurrou, querendo mais. Querendo tudo.

Estava cheia de desejo e cobiça e queria que ele nunca mais parasse de tocar naquela sua parte mais secreta. A parte que agora pertencia a ele.

"Espere por mim", ele sussurrou, abrindo suas pernas. Ele ficou mais próximo dela, tirando os dedos e os substituindo pela ponta larga e macia e, enquanto pressionava Penélope contra si, deu um longo suspiro em seu ouvido, antes de sussurrar: "Por Deus, Penélope... Você é como o fogo. Como o sol. E eu não consigo deixar de desejá-la. Quero ficar dentro de você e nunca mais sair. Você é meu novo vício, amor... mais perigoso do que qualquer outro que eu já tive."

Ele deslizou profundamente para dentro dela, rangendo os dentes quando sua ponta se encaixou na entrada dela, onde ela se sentia tão vazia... onde precisava dele. Ela se aproximou dele, adorando a sensação de seu corpo contra o dela, querendo-o mais fundo. Ele paralisou.

"Penélope." Ela abriu os olhos, encontrando o olhar escuro e sério dele. Ele se inclinou e tomou seus lábios em um beijo longo, lento e cheio de promessas. "Sinto tanto que tenha se sentido desonrada, amor... neste momento, não há nada em você que eu não considere absolutamente precioso. Saiba disso."

As palavras impressionantes e repletas de verdade encheram os olhos de Penélope de lágrimas. Ela assentiu com a cabeça.

"Está bem."

Ele não desviou o olhar.

"Você vê? Vê o quanto eu a valorizo? Sente isso?" Ela assentiu novamente, derramando uma lágrima, que rolou pelo seu rosto e caiu sobre a pele macia do ombro dele. Uma das mãos dele subiu até a bochecha dela, e o polegar limpou a trilha salgada. "Eu a adoro", ele sussurrou. "Queria ser o homem que você merece."

Ela levantou a própria mão para segurar a dele junto ao seu rosto.

"Michael... você pode ser esse homem."

Ele fechou os olhos diante do que ela disse, puxando-a em direção a ele para um beijo profundo e comovente, antes de pôr a mão entre os dois para procurar e encontrar aquele lugar maravilhoso onde o prazer parecia estar se acumulando dentro dela. Ele a acariciou e circundou por longos minutos, ininterruptamente em um ritmo perfeito, quase insuportável, até ela estar empurrando a si mesma contra ele, sentindo o próprio prazer aumentar. Ele parou antes que ela chegasse ao limite, deixando-a voltar para a terra antes de penetrar mais uma vez e hesitar novamente. Ela gritou de frustração.

"Michael…"

Ele beijou a lateral do pescoço dela e sussurrou em seu ouvido:

"Mais uma vez. Mais uma vez e eu deixarei que o pegue. Deixarei que me pegue."

Dessa vez, quando ela chegou ao limite, quando estava prestes a ultrapassá-lo, ele deslizou para dentro dela em um golpe longo e suave, expandindo-a. Preenchendo-a, gloriosamente. E ela se perdeu, caindo no precipício, segura nos braços dele enquanto os dois balançavam juntos e ela gritava o nome dele e pedia por mais, e ele dava mais a ela sem parar, até ela não conseguir mais respirar ou falar e não conseguir fazer nada além de atirar-se nos braços dele. Ele a segurou por uma eternidade, acariciando-lhe as costas, com um movimento suave, generoso e paciente. *Ela jamais deixaria de amá-lo.* Não pelo imenso prazer que ele havia lhe dado, mas pela suavidade quase insuportável que lhe oferecia agora. Pela forma com que a acariciava gentilmente e sussurrava o nome dela como se tivesse todo o tempo do mundo, enquanto permanecia no fundo dela, duro e insatisfeito. Ele havia esperado que ela sentisse seu prazer, querendo garantir que tivesse o dela primeiro. Michael havia feito muito esforço para esconder esse seu lado, mas ali estava, todo o carinho. Ela amava aquilo. O amava. *E ele jamais aceitaria isso.* Penélope paralisou ao pensar isso, levantando a cabeça, com medo de encará-lo nos olhos, preocupada que ele pudesse ler seus pensamentos. As mãos dele se apertaram ao redor dela.

"Eu machuquei você?" A pergunta saiu rouca, como se ele não pudesse suportar a ideia.

Ela sacudiu a cabeça.

"Não…"

Ele se mexeu embaixo dela, tentando sair de seu corpo.

"Penélope… deixe-me… eu não quero machucar você."

"Michael..."

E então, porque ela estava com medo demais de falar – com medo demais que, caso se permitisse falar, pudesse dizer algo que ele não queria escutar –, ela se balançou contra ele, levantando-se apenas um pouco e afundando novamente sobre ele, adorando a forma como sua cabeça caiu para trás, os olhos semiabertos, os dentes cerrados, o pescoço marcado pelo controle absoluto. Ela repetiu o movimento, e sussurrou:

"Toque em mim."

Com essas palavras, ele abandonou o controle e, finalmente, se mexeu. Ela suspirou com o movimento, e ele a acariciou linda e profundamente,

com todo prazer e perfeição. Os dois se mexeram juntos, as mãos dele em seus quadris, suas mãos nos ombros dele, e ela se colocou acima dele.

"Mais...", ela sussurrou, sabendo, de alguma forma, inquestionavelmente, que ele tinha mais a dar.

E ele lhe deu em estocadas mais longas e mais profundas.

"Linda Penélope... tão quente, macia e gloriosa", ele sussurrou no ouvido dela. "Quando a vi desmoronar em meus braços, achei que poderia morrer com o prazer daquilo. Você é linda em êxtase. Quero levá-la até lá de novo... e de novo... e de novo." As palavras dele foram pontuadas pelas estocadas, pelas mãos acariciando-lhe as costas, os ombros, descendo para envolver seu traseiro e guiá-la, lindamente, sobre ele.

"Michael, eu..." E então as mãos dele estavam sobre ela, entre eles, e ele estava tão fundo, que ela não conseguiu concluir a frase... porque aquela sensação estranha e impressionante de prazer havia voltado, agigantando-se diante dela, e ela nunca quis tanto algo como queria alcançá-la.

"Diga", ele sussurrou asperamente, estocando com mais força, mais rápido, dando a ela tudo o que ela não sabia que queria e que precisava.

Eu amo você. De alguma forma, ela interrompeu a si mesma quando o prazer a dominou novamente. Ele ultrapassou o limite com ela, gritando seu nome na sala escura.

Capítulo Vinte

Caro M,

Estou meio reflexiva – passaram-se seis anos desde "O desastre Leighton", como meu pai gosta de se referir ao caso, e eu rejeitei três pedidos de casamento – um menos atraente do que o outro.

Todavia, minha mãe continua a perturbar-me com lojas de modistas e chás femininos, como se pudesse de alguma forma apagar o passado com alguns metros de seda ou um aroma de bergamota. Isso não pode prosseguir para sempre, pode?

Pior, eu continuo escrevendo cartas para um espectro e imaginando que, um dia, possam chegar respostas pelo correio.

Sem assinatura
Casa Dolby, novembro de 1829

Carta não enviada

"*P*udim de groselha."

Penélope não levantou a cabeça de onde estava, no ombro de Michael, os cabelos loiros espalhados ao redor deles.

"Perdão?"

Ele deslizou a mão quente ao longo da coluna dela, provocando um arrepio de prazer em todo seu corpo.

"Tão educada." Ele se inclinou sobre a beirada da *chaise*, sem querer se desenroscar de Penélope ainda, mas sabendo que ela sentiria frio se não fizesse alguma coisa. Pegou o paletó de onde o havia deixado em uma pilha no chão, na pressa de chegar à esposa, e puxou a lã azul-marinho por cima dos dois.

Ela se aninhou contra ele embaixo do casaco, e ele inspirou ao senti-la, macia e sedosa contra ele.

"Pudim de groselha", ele repetiu.

"Não é uma forma muito gentil de se referir à sua esposa", Penélope disse com um sorrisinho, sem sequer abrir os olhos. "Embora depois do que acabamos de fazer, posso estar mesmo parecendo um pudim de groselha para você."

Foi algo incrivelmente bobo, e Michael não conseguiu conter o riso. *Quanto tempo fazia que ele não ria de algo tão bobo?* Uma vida inteira.

"Engraçadinha", ele disse, apertando os braços ao redor dela. "Pudim de groselha é a minha sobremesa preferida."

Ela ficou imóvel, parando de mexer nos pelos do peito dele com os dedos. Michael segurou sua mão e levou os dedos dela aos lábios, beijando-os rapidamente.

"Gosto de pudim de framboesa também. E de ruibarbo."

Ela levantou a cabeça, procurando seus olhos com os olhos azuis, como se ele tivesse acabado de fazer uma confissão impressionante.

"Pudim de groselha..."

Ele começou a se sentir meio idiota. Ela não se importava realmente com sua sobremesa preferida.

"Sim."

Ela deu um sorriso largo e deslumbrante, e ele parou de se achar idiota, sentindo-se como um rei. Ela deitou a cabeça no peito dele uma vez mais, os seios subindo e descendo em um ritmo tentador.

Então ela disse simplesmente:

"Eu gosto de melado." E ele quis fazer amor com ela outra vez.

Como era possível que uma conversa sobre sobremesa pudesse ser tão afrodisíaca? A mão dele desceu pelas costas dela novamente, acompanhando a curva de seu traseiro arredondado, puxando-a contra si, adorando a sensação. Beijou sua têmpora.

"Eu me lembro disso." Ele não se lembrava até o instante em que ela falou, quando lhe veio claramente a imagem da jovem Penélope na cozinha dos Falconwell, com rosto redondo coberto de melado. Ele sorriu para a lembrança. "Você costumava convencer a nossa cozinheira a deixá-la lamber a tigela."

Ela virou o rosto para o peito dele, encabulada.

"Não pedia, não."

"Pedia, sim."

Ela sacudiu a cabeça, os cabelos sedosos se prendendo na aspereza da barba por fazer.

"As colheres, talvez, mas nunca a tigela. Damas não lambem tigelas."

Ele deu gargalhada diante da correção, surpreendendo a ambos. Era bom estar deitado ali, rindo com ela, sentindo-se melhor do que se sentia havia muito, muito tempo. Mesmo que soubesse que aquele momento era tudo o que eles tinham, o último momento tranquilo antes de tudo se perder, e ele arruinar a pequena boa vontade que ela tinha em relação a ele. Ele passou o outro braço ao redor dela, segurando-a apertado junto a si, enquanto o pensamento ecoava em sua mente. *Por ora, ela era dele.*

"Parece que sua aventura foi um sucesso."

Ela levantou a cabeça, apoiando o queixo nas palmas das mãos e olhando para ele, os olhos azuis cintilando de provocação.

"Estou esperando ansiosamente pela próxima."

Michael deslizou a mão por uma coxa, brincando com a parte de cima da meia de seda.

"Por que tenho medo de perguntar?"

"Quero jogar dados."

Ele imaginou Penélope beijando os dados de marfim antes de atirá-los sobre o viçoso tecido verde em uma das salas lá embaixo.

"Você sabe que jogos de dados ninguém ganha."

Penélope sorriu.

"Dizem isso sobre a roleta também."

Ele sorriu para ela.

"É verdade. Você simplesmente teve sorte."

"Número vinte e três."

"Infelizmente, os dados só somam até doze."

Ela encolheu os ombros levemente, com o casaco dele escorregando pela pele pálida e perfeita de seu ombro.

"Irei perseverar."

Ele inclinou a cabeça para frente, para dar um beijo na pele nua.

"Vamos ver sobre os dados. Ainda estou me recuperando da aventura desta noite, sua raposa.

E amanhã você se lembrará de todos os motivos pelos quais não me quer por perto. Ela fechou os olhos e suspirou, relembrando o prazer, e o som o fez se remexer embaixo dela para esconder o desejo aumentando. Ele a desejava novamente, mas iria se controlar. *Deviam se levantar.* Ele não conseguiu se mexer.

"Michael?" Quando os olhos dela se abriram de novo, estavam azuis como o céu de verão. Um homem poderia se perder naqueles olhos. "Para onde você foi?"

"Para onde eu fui quando?"

"Depois de... perder tudo."

Ele foi dominado por um arrepio de desgosto. Não queria responder a ela. Não queria dar mais um motivo para ela lamentar o casamento.

"Eu não fui a lugar algum. Fiquei em Londres."

"O que aconteceu?"

Que pergunta! Tanta coisa havia acontecido. Tanta coisa havia mudado. Tanta coisa que não queria que ela soubesse, que não queria que ela fizesse parte. *Que ele não gostaria de ter feito parte.* Respirou fundo, levando as mãos à cintura dela para movê-la, para se levantar.

"Você não quer saber sobre isso."

Ela se posicionou em cima dele, as mãos espalmadas em seu peito, interrompendo seu movimento.

"Eu quero saber sobre isso." Ela o encarou, recusando-se a deixá-lo se levantar.

A *deixá-lo recuar.* Ele se deitou, resignado.

"Quanto você sabe?"

"Eu sei que você perdeu tudo em um jogo de azar."

Ela estava tão perto, os olhos azuis tão atentos, e ele foi dominado pelo arrependimento. Ele odiava que ela conhecesse seus erros, sua vergonha... Desejava que pudesse ser outra pessoa para ela. Alguém novo. *Alguém digno dela.* Mas talvez, se ele lhe contasse a história, se ela soubesse de tudo, isso a impediria de se aproximar demais. Talvez evitaria que ele se importasse. *Mas era tarde demais.* Ele se defendeu do pensamento, apenas um sussurro.

"Foi no *vingt-et-un.*"

Ela não desviou o olhar.

"Você era jovem."

"Vinte e um anos. Idade suficiente para não apostar tudo o que eu possuía."

"Você era jovem", ela repetiu enfaticamente.

Ele não discutiu.

"Apostei tudo. Tudo o que não estava comprometido e que não estava

obrigado há gerações. Como um tolo." Esperou que ela concordasse. Como ela não concordou, continuou: "Langford me levou a apostar mais e mais, me estimulando, me provocando até tudo o que eu possuía estar sobre a mesa, e eu estar seguro de que iria ganhar".

Ela sacudiu a cabeça.

"Como poderia saber?"

"Eu não poderia, certo? Mas eu estava me saindo bem naquela noite – ganhando uma mão depois da outra. Quando entramos numa onda de sorte, é... eufórico. Então chega um ponto em que tudo vira, a razão vai embora, e pensamos que é impossível perder." As palavras estavam saindo livremente naquele momento, junto com as lembranças que ele manteve trancadas por tanto tempo. "Jogar é uma doença para algumas pessoas e eu a tinha... A cura era ganhar. Naquela noite, eu não podia parar de ganhar. Até que parei de ganhar e perdi tudo." Ela o estava observando, absolutamente atenta. "Ele me levou à tentação, convencendo-me a apostar mais e mais..."

"Por que você?" Ela estava com a testa franzida e raiva na voz, e Michael levantou a mão para alisar a pele enrugada ali. "Você era tão jovem!"

"Tão rápida para me defender sem todas as informações." O toque dele seguiu a curva do nariz de Penélope. "Ele havia construído tudo. As terras, o dinheiro, tudo... Meu pai era um bom homem, mas, quando morreu, o patrimônio não estava tão sólido como deveria. Mas havia o bastante com que Langford pudesse trabalhar, fazer prosperar, e ele fez isso. No momento em que eu herdei tudo, o marquesado valia mais do que as terras dele. E ele não queria abrir mão daquilo."

"Cobiça é um pecado."

Assim como a vingança. Ele fez uma pausa, pensando no jogo de tanto tempo atrás que ele reviveu centenas ou milhares de vezes.

"Langford me disse que eu acabaria lhe agradecendo por ter tirado tudo de mim", ele disse, sem conseguir evitar o tom de escárnio na voz.

Ela ficou em silêncio por um longo momento, com os olhos azuis sérios.

"Talvez ele tivesse razão."

"Ele não tinha." Não se passou um dia sem que Michael lamentasse o ar que Langford respirava.

"Bem, talvez gratidão seja um pouco demais. Mas pense no quanto você cresceu apesar dos obstáculos dele. Pense em como você enfrentou as dificuldades. Como as superou..."

Havia uma falta de fôlego urgente na voz de Penélope, que Michael ao mesmo tempo adorou e detestou.

"Eu lhe disse uma vez para não fazer de mim um herói, Penélope. Nada do que eu fiz... nada do que eu sou... é heroico."

Ela sacudiu a cabeça.

"Você está errado. Você é muito mais do que imagina."

Ele pensou nos papéis no bolso de seu casaco, nos planos que havia disparado naquela manhã. Na vingança pela qual ele vinha esperando por todos aqueles anos. Ela veria muito em breve que ele não era um herói.

"Eu gostaria que isso fosse verdade."

Por você. Essa ideia o atormentava. Ela se inclinou para mais perto, com o olhar sério e decidido.

"Você não vê, Michael? Não vê o quanto é mais hoje do que teria sido? O quanto é mais forte, mais poderoso? Se não por aquele momento, pela forma como ele o modificou, a forma como modificou a sua vida… você não estaria aqui." A voz dela diminuiu para um sussurro. "E eu também não estaria."

Ele apertou os braços ao seu redor.

"Bem, isso é uma alguma coisa."

Os dois ficaram ali deitados por um longo tempo, perdidos nos próprios pensamentos, antes de Penélope mudar de assunto.

"E depois do jogo? O que aconteceu?"

Michael olhou para o teto, relembrando.

"Ele me deu um guinéu."

Ela levantou a cabeça.

"O seu amuleto..."

Sua esposa inteligente.

"Eu não o gastei. Eu não pegaria nada dele. Não até eu poder pegar tudo."

Ela o estava observando cuidadosamente.

"Vingança."

"Eu não tinha nada além da roupa do corpo e um punhado de moedas no bolso – Temple me encontrou. Havíamos sido amigos na escola, e ele estava lutando contra qualquer um que lhe pagasse por uma luta. Nas noites em que ele não estava lutando, nós organizávamos jogos de dado no Bar."

Ela franziu a testa.

"Isso não era perigoso?"

Ele viu a preocupação nos olhos dela, e parte dele ansiou por sua maciez e doçura. A presença dela ali, em seus braços, enquanto ele contava aquela história, era uma bênção. Era como se ela pudesse, com sua preocupação e seu cuidado, salvá-lo. Contudo, ele já havia passado do ponto de ser salvo, e ela não merecia aquela vida repleta de pecado e vícios. Ela merecia muito mais. Algo muito melhor. Ele encolheu um ombro.

"Aprendemos rapidamente quando lutar e quando fugir."

Ela levou uma das mãos ao rosto dele, tocando levemente no lábio que cicatrizava.

"Você ainda luta."

Ele sorriu, e sua voz ficou sombria.

"E faz um bom tempo que não fujo."

Ela desviou o olhar para a janela, onde a noite estava se alongando, e as velas nos candelabros, apagando.

"E o Anjo Caído?"

Ele levantou a mão e segurou um cacho de cabelos loiros, enroscando-o em seus dedos, adorando a forma como se prendia nele.

"Quatro anos e meio mais tarde, Temple e eu havíamos aperfeiçoado nosso negócio... nossos jogos de dados se mudavam de um lugar a outro, dependendo dos jogadores, e uma noite, tínhamos vinte ou trinta homens, todos apostando no resultado. Eu estava com uma pilha de dinheiro na mão, e sabíamos que era uma questão de tempo antes que precisássemos encerrar o jogo ou correr o risco de sermos roubados." Ele soltou o cabelo dela e passou o polegar pelo seu rosto. "Eu nunca fui bom em saber quando parar. Sempre queria mais um jogo, mais uma rodada de dados."

"Você apostava nos jogos?"

Ele a encarou, querendo que ela escutasse a promessa em suas palavras.

"Eu não faço uma aposta há nove anos."

Ela foi tomada pela compreensão. E pelo orgulho também.

"Desde que perdeu para Langford."

"Isso não muda a forma como as mesas me atraem. Não torna os dados menos tentadores. E quando a roleta gira... eu sempre tento adivinhar onde ela vai parar."

"Mas você nunca aposta."

"Não. Mas adoro ver os outros apostarem. Naquela noite, Temple disse várias vezes que devíamos ir embora, que o jogo estava esfriando... mas eu podia continuar por mais uma, duas horas, e ficava adiando. Mais um jogo de dados... Mais uma rodada de apostas... Mais uma..." Ele se perdeu nas lembranças. "Eles vieram do nada, e precisamos agradecer que estivessem armados com tacos e não pistolas. Os homens que estavam jogando os dados fugiram ao primeiro sinal de problema, mas teriam se safado mesmo que tivessem ficado."

"Eles queriam vocês." Penélope falou num sussurro.

Michael assentiu com a cabeça.

"Eles queriam a nossa receita. Mil libras ou talvez mais."

Mais do que qualquer um deveria ter em uma rua em Temple Bar.

"Nós lutamos o melhor que conseguimos, mas éramos dois contra seis, que pareciam nove." Ele riu, baixo demais para se ouvir. "Mais pareciam dezenove."

Ela não achou divertido.

"Você devia ter dado o dinheiro a eles. Não valia a sua vida."

"Minha esposa esperta. Se ao menos você estivesse lá." Ela empalideceu. Michael puxou a boca de Penélope até a dele para lhe dar um beijo rápido. "Eu estou aqui, vivo e bem, infelizmente para você."

Ela sacudiu a cabeça, e sua seriedade o deixou com dor no estômago.

"Nem brinque. O que aconteceu?"

"Achei que estávamos perdidos quando uma carruagem apareceu, sabe Deus de onde, e um batalhão de homens do tamanho de Temple e maiores do que ele saiu. Eles ficaram do nosso lado, expulsaram os ladrões e, quando todos haviam fugido com o rabo entre as pernas, Temple e eu fomos atirados para dentro da carruagem para conhecermos nosso salvador."

Ela estava à frente na história.

"Chase..."

"A principal pessoa do Anjo Caído."

"O que Chase queria?"

"Sócios. Alguém para administrar os jogos. Alguém para tratar da segurança. Homens que compreendessem tanto o brilho quanto a vulgaridade da aristocracia."

Ela soltou um longo suspiro.

"Ele salvou a sua vida."

Michael estava perdido na lembrança daquele primeiro encontro, em que se deu conta de que poderia ter uma chance de recuperar tudo o que havia perdido.

"Sim."

Ela se levantou e lhe deu um beijo no lábio inchado, pondo a língua ligeiramente para fora para lamber o ferimento.

"Ele está errado."

Michael voltou a atenção a ela.

"Chase?"

Ela assentiu com a cabeça.

"Ele acha que tenho crédito com ele."

"É o que parece."

"Eu tenho uma dívida. Ele salvou você. Para mim..."

Ela o beijou novamente, e ele prendeu a respiração, dizendo a si mesmo que era uma reação à carícia, quando na verdade eram as palavras dela que ameaçavam sua força. Ele enterrou as mãos nos cabelos dela enquanto sentia o sabor da gratidão, do alívio e de mais alguma coisa que não conseguiu identificar... uma tentação maravilhosa. Algo que ele tinha certeza de que não merecia. Agarrou os cabelos dela com uma das mãos e recuou do beijo, desejando, desesperadamente, que pudesse continuar. Mas não podia permitir a ela –

não podia permitir a si mesmo – outro momento sem lembrá-la exatamente de quem ele era... do que ele era.

"Eu perdi tudo, Penélope. *Tudo*. Terras, dinheiro, o que havia dentro das minhas casas... *das casas do meu pai*. Eu perdi tudo o que me fazia lembrar deles." Fez-se um longo silêncio. Então, baixinho, ele disse: "Eu perdi você".

Ela inclinou a cabeça, olhando fixamente em seus olhos.

"Você reconstruiu tudo. Dobrou tudo. Mais do que isso."

Ele sacudiu a cabeça.

"Não é a parte mais importante."

Ela paralisou, como se tivesse esquecido dos planos dele. Do futuro deles.

"Sua vingança..."

"Não. O respeito. O lugar na sociedade. As coisas que eu deveria ter sido capaz de dar à minha esposa. As coisas que eu deveria ter sido capaz de dar a você."

"Michael..." Ele ouviu a censura na voz dela e a ignorou.

"Você não está me ouvindo. Eu não sou o homem certo para você. Nunca fui. Você merece alguém que não cometeu os erros que eu cometi. Alguém que possa cobri-la de títulos, respeitabilidade, decência e mais do que um pouco de perfeição."

Ele fez uma pausa, detestando a forma como ela havia ficado tensa em seus braços ao ouvir as palavras, resistindo à verdade naquilo que tinham. Ele a obrigou a olhar em seus olhos, obrigou a si mesmo a dizer o resto. "Eu gostaria de ser esse homem, Seis Cents. Você não vê? Eu não tenho nada disso. Não tenho nada digno de você. Nada que a fará feliz."

E, por Deus, eu quero que você seja feliz. Quero fazer você feliz.

"Por que você pensa isso?", ela perguntou. "Você tem tanto... tanto mais do que eu jamais iria precisar."

Não o suficiente. Ele havia perdido mais do que jamais poderia recuperar. Ele poderia ter cem casas, vinte vezes mais dinheiro, todas as riquezas que pudesse acumular, e jamais seria suficiente. Porque isso jamais apagaria seu passado, sua inconsequência, seu fracasso. Isso jamais o tornaria o homem que ela merecia.

"Se eu não tivesse obrigado você a se casar comigo...", ele começou, e ela o interrompeu.

"Você não me obrigou a fazer nada. *Eu escolhi você.*"

Ela não podia acreditar nisso. Ele sacudiu a cabeça.

"Você realmente não enxerga o quanto é incrível, não é." Ele desviou os olhos ao ouvir aquelas palavras. A mentira contida nelas. "Não! Olhe para mim." As palavras foram firmes, e ele não pôde deixar de obedecer aqueles olhos tão azuis, tão sinceros... "Você acha que de alguma forma perdeu toda

a respeitabilidade quando perdeu a sua fortuna. Mas o que era aquela fortuna além de dinheiro e terras acumulados por gerações de outros homens? Eram realizações *deles*. Era a honra *deles*. Não a sua. Você..." Ele ouviu a reverência naquelas palavras, viu a verdade dos sentimentos nos olhos dela. "...você construiu o seu próprio futuro. Fez um homem de si mesmo."

Um sentimento encantador, romântico, mas errado.

"Você está se referindo a um homem que roubou a esposa no meio da noite, obrigou-a a se casar com ele, usou-a para conseguir terras e vingança e então... esta noite... despiu-a no cassino mais famoso de Londres?" Ele ouviu o desdém em seu tom de voz e desviou o olhar, na direção da escuridão que envolvia o teto alto do ambiente, sentindo como se pertencesse à sarjeta. Ele a queria vestida e longe dele. "Meu Deus. Eu jurei que jamais voltaria a desonrá-la. Eu sinto tanto, Penélope."

Ela se recusou a se sentir intimidada. Pondo a mão no queixo dele, forçou-o a encará-la.

"Não faça com que pareça sujo. *Eu* quis isso. *Gostei* disso. Não sou uma criança para ser mimada. Eu me casei com você para *viver*, e isto... você... tudo é *viver*." Ela fez uma pausa e sorriu, alegre e linda, e o prazer e o arrependimento que aquele único sorriso provocaram foram como um golpe físico. "Não houve um momento esta noite em que eu tenha me sentido desonrada ou usada. Na verdade, eu me senti bastante... idolatrada."

Era porque ele a havia idolatrado.

"Você merece coisa melhor."

Ela franziu a testa, endireitou-se e se levantou da *chaise* como uma fênix, enrolando-se no casaco dele.

"É *você* quem não está escutando. Eu odeio que você me coloque em uma estante onde guarda as coisas de valor que não quer que se quebrem. Eu não quero esse lugar de honra. Eu o detesto! Detesto a forma como me deixa lá por medo de me ferir. Por medo de me quebrar, como se eu fosse uma espécie de boneca de porcelana sem força alguma. Sem personalidade."

Ele se levantou, seguindo na direção dela. Ele jamais pensou que ela não tinha personalidade. Na verdade, se ela tivesse um pouco mais de personalidade, o enlouqueceria. Quanto à força, ela era Atlas. Uma pequena e encantadora Atlas, vestindo nada além do casaco dele. Ele estendeu a mão, e ela deu um passo para trás.

"Não. Não. Ainda não acabei. Eu tenho personalidade, Michael."

"Eu sei disso."

"Muita personalidade."

Mais do que ele jamais imaginou.

"Sim."

"Não sou perfeita. Desisti da perfeição quando me dei conta de que a única coisa que ela me conseguiria seria um casamento solitário com um marido igualmente perfeito." Ela estava tremendo de raiva, e ele estendeu a mão na sua direção, querendo puxá-la para seus braços. Mas ela recuou, recusando-se a deixar que ele a tocasse. "E quanto a você não ser perfeito, bem, graças a Deus por isso. Eu tive uma vida perfeita ao meu alcance um dia, e era um *tédio terrível*. A perfeição é limpa demais, fácil demais. Eu não quero perfeição tanto quanto *não* quero ser perfeita. Eu quero a imperfeição. Quero o homem que me atirou por cima do ombro no meio do bosque e me convenceu a me casar com ele pela aventura. Quero o homem que é quente e frio, com altos e baixos. O que administra um clube masculino, um clube feminino, um cassino e o que quer que seja este lugar incrível. Você acha que eu me casei com você *apesar* das suas imperfeições? Eu me casei com você *por causa* das suas imperfeições, seu tolo. As suas gloriosas e insuportavelmente irritantes imperfeições."

Não era verdade, é claro. Ela havia se casado com ele porque não tinha escolha. Mas ele não ia simplesmente deixá-la ir embora. Não depois de ter descoberto o quanto era maravilhoso tê-la em seus braços.

"Penélope..."

Ela soltou as mãos, e o casaco dele se abriu, exibindo uma longa e estreita faixa de pele que ia do pescoço ao joelho.

"O quê?" Ele teria dado risada da irritação no tom dela, se não tivesse ficado embasbacado com a aparência dela vestindo meias, o casaco e nada mais. Ela respirou fundo, e o tecido ameaçava revelar seus seios gloriosos.

"Já acabou?"

"Talvez", ela disse, reservando-se o direito de falar mais.

"Você sabe ser muito difícil quando quer, sabia?"

Uma de suas lindas sobrancelhas loiras se ergueu.

"Bem... Se não é o roto falando do esfarrapado, não sei o que é."

Ele estendeu a mão para ela, e ela deixou que ele a pegasse dessa vez. Deixou que a puxasse para seus braços, pressionando seu corpo voluptuoso e curvilíneo contra o dele.

"Eu sou imperfeito demais para você", ele sussurrou na têmpora dela.

"Você é perfeitamente imperfeito para mim."

Ela estava errada, mas ele não queria mais pensar nisso. Em vez disso, disse:

"Você está nua em um cassino, amor."

A resposta dela saiu abafada contra o peito dele, e ele mais sentiu as palavras do que as ouviu.

"Eu não posso acreditar nisso."

Uma das mãos dele acariciou as costas dela, sobre o tecido do casaco, e ele sorriu ao pensar que ela estava usando suas roupas.

"Eu acredito, minha doce e aventureira dama." Michael beijou o topo da cabeça loira, deslizando a mão para dentro do casaco para tocar um dos seios encantadores, adorando o arrepio que a percorreu com o toque. "Eu deveria querer que você ficasse nua sob as minhas roupas todos os dias."

Ela sorriu.

"Você sabe que estou nua sob as minhas próprias roupas todos os dias, não?"

Ele gemeu.

"Você não deveria ter dito isso. Como vou conseguir fazer qualquer coisa além de pensar em você nua de agora em diante?"

Ela se afastou com uma risada, e os dois começaram a se vestir, Penélope batendo nas mãos de Michael toda vez que ele tentava segurá-la.

"Eu estou ajudando."

"Você está atrapalhando."

Ela endireitou o lacinho cor de creme na frente do vestido enquanto ele dava o nó na gravata sem se olhar no espelho. Ele se vestiria alegremente com ela todos os dias, pelo resto da eternidade. Mas ele não faria isso. *Não depois dela descobrir suas mentiras.* O sussurro ecoou em sua mente.

"Isto é água?" Ela apontou para uma jarra em um canto, ao lado de um lavatório.

"Sim."

Ela derramou água na bacia e mergulhou as mãos até os pulsos. Não as lavou, apenas as deixou paradas dentro do líquido frio. Ele a observou por um tempo enquanto ela fechava os olhos e respirava fundo uma, duas, três vezes. Ela retirou as mãos de dentro da água e sacudiu o líquido, virando-se novamente de frente para ele.

"Tem algo que eu sinto que devo dizer a você."

Em nove anos de dados e cartas e todos os outros tipos de jogos que existiam, Michael aprendeu a ler rostos. Aprendeu a identificar nervosismo, euforia, trapaça, mentira, raiva e todos os outros pontos do espectro da emoção humana. Todos, exceto a emoção que preenchia o olhar de Penélope – a emoção que se escondia por trás do nervosismo, do prazer e da excitação. Estranhamente, foi por nunca tê-la visto antes, que Michael soube exatamente de qual emoção se tratava. *Amor.* A ideia o deixou sem fôlego, e ele se endireitou, consumido ao mesmo tempo pelo desejo, pelo medo e por mais alguma coisa em que não queria pensar. Não queria reconhecer. Ele havia dito a ela para não acreditar nele. Ele a havia alertado e, por sua própria sanidade, ele não podia deixá-la dizer a ele que o amava. Descobriu que queria muito isso. Então, fez o que fazia melhor. Resistiu à tentação, aproximando-se e puxando-a para seus braços para um beijo rápido – um beijo que estava desesperado para prolongar. Para aproveitar, para transformar em algo tão poderoso como a emoção que o percorria.

"Está ficando tarde, querida. Chega de conversa esta noite."

O amor no olhar de Penélope deu lugar à confusão, e ele se detestou por isso. Infelizmente, aquela também estava se tornando uma emoção familiar. Alguém bateu na porta, salvando-o. Michael conferiu o relógio. Eram quase três da manhã, tarde demais para visitas, o que significava apenas uma coisa. *Novidades.* Ele atravessou a sala rapidamente e abriu a porta, lendo o rosto de Cross antes do outro ter chance de falar.

"Ele está aqui?"

O olhar de Cross passou por cima do ombro de Michael até Penélope, então voltou para Michael, cinzento e impenetrável.

"Sim."

Ele não conseguiu olhar para ela. Ela estava perto, perto o bastante para seu aroma delicado envolvê-lo, provavelmente pela última vez.

"Quem está aqui?", ela perguntou, e ele não queria responder, ainda que soubesse que ela precisava saber. E que, assim que soubesse, ele a perderia para sempre.

Ele a encarou, fazendo o máximo possível para parecer calmo e impassível, lembrando da meta singular que havia estabelecido para si mesmo uma década atrás.

"Langford."

Ela paralisou ao ouvir o nome ser pronunciado.

"Uma semana", ela disse baixinho, lembrando do acordo deles antes de sacudir a cabeça. "Michael, por favor, não faça isso."

Ele não conseguiu evitar. Era tudo o que ele sempre quis. Até ela chegar...

"Fique aqui. Alguém a levará para casa." Michael deixou a sala, o som da porta que se fechava atrás dele ecoando como um tiro no escuro, o corredor vazio à sua frente, e a cada passo que dava, ele se preparava para o que estava por vir.

Estranhamente, não era enfrentar Langford – o homem que havia arrancado a vida dele – que exigia a força extra. Era perder Penélope.

"Michael!" Ela o havia seguido até o corredor, e o som do nome dele em seus lábios o fez se virar, sem conseguir ignorar a angústia na voz, querendo desesperadamente e instintivamente protegê-la daquilo.

Protegê-la dele mesmo. Ela estava correndo em sua direção, rápida e furiosamente, e ele não pôde fazer nada além de segurá-la, levantando-a em seus braços quando as mãos dela prenderam seu rosto, e ela o encarou nos olhos.

"Você não precisa fazer isso", ela sussurrou, os polegares acariciando suas bochechas, deixando rastros agonizantes. "Você tem Falconwell... e tem o Anjo Caído... e mais do que ele jamais poderia sonhar. Tanta coisa mais do que raiva, vingança e fúria. Você tem a mim." Ela olhou dentro dos olhos dele antes de finalmente dizer, de modo dolorosamente suave: "Eu amo você".

Ele havia dito a si mesmo que não queria as palavras, mas, depois de terem sido ditas, o prazer que o percorreu ao ouvi-las nos lábios de Penélope foi quase insuportável. Ele fechou os olhos e a beijou, profunda e intensamente, desejando lembrar-se do sabor, da sensação, do cheiro dela – daquele momento – para sempre. Quando soltou os lábios de Penélope e a pôs no chão novamente, deu um passo para trás, respirando fundo, adorando a forma como os lindos olhos azuis dela brilhavam quando ele a tocava. Ele não a havia tocado o suficiente. Se pudesse voltar atrás, ele a teria tocado mais. *Eu amo você.* O sussurro ecoou através dele, pura tentação. Ele sacudiu a cabeça.

"Pois não deveria."

Ele se virou de costas, deixando-a no corredor escuro, seguindo para enfrentar seu passado, recusando-se a olhar para trás, recusando-se a reconhecer o que estava deixando. O que estava perdendo.

Capítulo Vinte e Um

Caro M,
Não. Basta disso.

Sem assinatura
Solar Needham, janeiro de 1830

Carta destruída

Bourne havia imaginado aquele momento centenas de vezes – milhares delas. Havia repassado a cena mentalmente, entrado em uma sala de carteado privada onde Langford estivesse sentado, sozinho e no limite, diminuído pelo mero tamanho e o poder do Anjo Caído, o reino onde Michael reinava. Nem uma vez, em todo aquele tempo, ele havia imaginado que sentiria qualquer coisa além de triunfo no momento em que nove anos acumulados de raiva e frustração finalmente chegavam ao fim. Mas não foi triunfo que Michael sentiu ao abrir a porta da luxuosa suíte privada instalada longe do salão principal do clube e encontrou o olhar sem emoção do antigo inimigo.

Foi frustração. E raiva... Porque mesmo naquele momento, nove anos mais tarde, aquele homem ainda estava extorquindo Michael. Essa noite, ele havia lhe roubado seu futuro com sua esposa e aquilo não podia continuar. Na sua memória, Langford sempre havia sido grande – pele bronzeada, dentes brancos, punhos largos –, o tipo de homem que pegava o que queria sem hesitar. O tipo de homem que arruinava vidas sem olhar para trás. E quase uma década depois, Langford não havia mudado. Estava tão forte e saudável como sempre, com um pouco mais de cabelos grisalhos, mas o mesmo pescoço e os mesmos ombros largos. Os anos haviam sido bons com ele.

O olhar de Michael desviou para o lugar onde a mão esquerda de Langford estava espalmada sobre o veludo verde da mesa. Ele lembrou do maneirismo, a forma como aquela mão cerrava em punho e batia na madeira para exigir mais cartas ou comemorar uma vitória. Quando Michael era um jovem, apenas aprendendo os segredos das mesas, ele assistia àquilo e invejava seu controle absoluto. Sentou-se na cadeira diretamente na frente de Langford e aguardou em silêncio. Os dedos de Langford se remexeram contra o tecido verde.

"Protesto por ter sido trazido aqui à força no meio da noite por seus capangas."

"Não achei que fosse atender a um convite."

"E tinha razão." Como Michael não respondeu, Langford suspirou. "Suponho que tenha me chamado aqui para se vangloriar sobre Falconwell?"

"Entre outras coisas." Michael enfiou a mão no bolso do casaco, tirou de lá a prova do nascimento de Tommy, passando os dedos pelo papel.

"Confesso que fiquei surpreso por ter se prestado a casar-se com a garota Marbury, mesmo por Falconwell. Ela não é exatamente um prêmio." Fez uma pausa. "Mas as terras eram o objetivo, não? Parabéns! Os fins justificam os meios, imagino."

Michael cerrou os dentes diante da frase, tão parecida com a forma como ele próprio tinha descrito seu casamento no começo daquela jornada. Detestou o eco, e a lembrança de que ele era tão estúpido como Langford. *Não faça isso.* As palavras de Penélope ecoaram através dele numa súplica, e ele paralisou, sentindo as bordas envelhecidas do papel em seu polegar. *Você é muito mais do que pensa.* Michael revirou o quadrado de papel na mão, pensando nas palavras, nos olhos azuis da esposa pedindo que ele fosse mais. Melhor. *Digno. Eu amo você.* A última arma de Penélope contra sua vingança. A curiosidade deixou Langford impaciente.

"Vamos lá, garoto. O que é?"

E aquelas com as palavras curtas e grossas, Michael voltou a ter 21 anos de idade, encarando aquele homem, querendo destruí-lo. Só que, desta vez, ele tinha poder para fazer isso. Com um movimento do pulso, fez a carta voar até o outro lado da mesa, com uma mira perfeita. Langford a apanhou, abriu, leu e não ergueu o olhar.

"Onde conseguiu isso?"

"Você pode ter as minhas terras, mas não tem o meu poder."

"Isso vai acabar comigo."

"É o meu maior desejo." Michael esperou pelo momento da vitória. Que a surpresa e o lamento atravessassem o rosto do outro antes que ele levantasse os olhos do papel e reconhecesse a derrota. Mas quando Langford encarou Michael por cima do documento amarelado, não era derrota que brilhava em seus olhos.

Era admiração.

"Há quanto tempo você vem esperando por este momento?"

Michael estreitou o olhar, obrigando-se a se recostar na cadeira, ocultando a própria surpresa.

"Desde que você tirou tudo de mim."

"Desde que *você* perdeu tudo para mim", Langford corrigiu.

"Eu era uma criança, com apenas um punhado de jogos na minha história", Michael disse, com a raiva aumentando. "Mas eu não sou mais aquele. Hoje eu sei que você forçou o jogo. Que me deixou ganhar até estar tudo lá, naquela aposta imensa."

"Você acha que eu trapaceei?"

O olhar de Michael não se modificou.

"Eu sei disso."

Uma sombra de um sorriso – suficiente para provar que Michael tinha razão – atravessou os lábios de Langford antes dele devolver a atenção ao maldito papel.

"Então agora você sabe a verdade. O menino era bastardo do meu irmão com a filha de um fazendeiro local. A mulher com quem me casei era inútil – um dote grande o bastante, mas incapaz de produzir um filho. Paguei à garota e assumi o filho como meu. Melhor um herdeiro falso do que herdeiro algum."

Tommy sempre havia sido diferente daquele homem, jamais tão frio e calculista. Agora tudo fazia sentido, e Michael descobriu que em algum lugar, bem no fundo, enterrado onde ele não pensava que houvesse emoção a ser encontrada, sentiu compaixão pelo menino que um dia foi seu amigo – o menino que tentou tanto ser um filho para seu pai. O visconde continuou.

"Havia apenas poucas pessoas próximas o bastante para saber que minha esposa jamais pariu." Ele levantou o papel, um pequeno sorriso nos lábios. "Vejo agora que nem elas deveriam ter recebido minha confiança."

"Talvez elas tenham decidido que você que não era confiável."

Langford ergueu uma das sobrancelhas.

"Continua me culpando?"

"Você continua merecendo."

"Por favor", Langford zombou. "Olhe ao seu redor. Você construiu este lugar, reconstruiu a sua vida, a sua fortuna. O que faria se fosse obrigado a passar tudo adiante? A entregar tudo a alguém que jamais teve uma participação em seu crescimento? Em seu sucesso? Está me dizendo que não faria exatamente a mesma coisa que eu fiz?" O velho largou o papel em cima da mesa. "Seria uma mentira. Você é tão confiável quanto eu, e aí está a prova."

Langford recostou-se na cadeira.

"É uma pena que eu tenha ficado com Tommy e não com você. Você teria sido um ótimo filho para mim, tendo aprendido tão bem as lições que lhe ensinei."

Michael resistiu ao impulso de ficar horrorizado com o que ele dizia, com a insinuação de que ele e Langford eram parecidos, ainda que reconhecesse a verdade. E a desprezasse. Desviou o olhar para o documento em cima da mesa. Aquilo pesava tudo e nada sobre ele ao mesmo tempo. Havia um rugido em seus ouvidos ao registrar a importância do que havia feito. Do que estava fazendo... Inconsciente dos pensamentos de Michael, Langford disse:

"Vamos fazer negócio. Ainda tenho o resto – tudo o que seu pai lhe deixou. Todo o seu passado. Acha que eu não esperava que fosse fazer algo assim?" Enfiou a mão no bolso do casaco e retirou um maço de papéis. "Somos feitos do mesmo material, você e eu." Ele depositou a pilha de papéis sobre a mesa. "*Vingt-et-un* ainda é seu jogo? Meu legado contra o seu."

E quando Michael viu tudo ali, esparramado sobre o tecido verde com clareza calculada, foi tomado pela compreensão. Ele havia repassado aquela noite fatídica centenas de vezes – milhares –, vendo as cartas virarem e deslizarem sobre o tecido até seus lugares, contando dez, catorze e os vinte e dois que marcaram o fim de sua herança e sua juventude. E ele sempre pensou que aquele momento marcava o fim de tudo de bom que havia nele. Mas não...

Mas esse seria. Pensou em Penélope em seus braços, os lábios macios contra os dele, a respiração suspensa ao implorar para que ele não fosse até ali, para não fazer aquilo. A forma como ela o encarou direto nos olhos e lhe pediu para não abrir mão de sua última chance de ser bom – o último vestígio de sua decência. Para não deixar a vingança vencer o amor.

Ele pegou a pilha de escrituras em cima da mesa, folheando-as, espalhando-as sobre o feltro: Gales, Escócia, Newcastle, Devon – uma coleção de casas acumuladas pelas gerações de marqueses –, um dia tão vitalmente importantes para ele… agora apenas um amontoado de tijolo e argamassa. Apenas o passado. Não o futuro. *Não havia nada sem Penélope. O que ele havia feito? Bom Deus. Ele a amava.* A percepção o atingiu como um golpe, absolutamente fora de controle, e mais poderosa do que qualquer outra coisa. E ele se odiou por não ter tido a chance de dizer a ela. E de repente, como se ele a houvesse chamado, ela estava ali, com sua voz aumentando do lado de fora da porta.

"Pode tentar me impedir com o seu silêncio e a sua… enormidade… mas, não se engane, eu *entrarei* nesta sala!"

Michael se levantou e viu a porta da sala escancarar, revelando um Bruno confuso e, logo atrás dele, uma Penélope furiosa. O guarda ergueu as mãos em uma expressão impotente que Michael teria achado divertida, se estivessem em outro momento e local. Bruno não parecia compreender o que fazer com aquela mulher pequena e estranha que tinha a força de dez ou vinte homens. Ela passou por ele e entrou na sala, queixo erguido, ombros eretos, raiva, frustração e determinação no rosto encantador. Ele jamais a desejou tanto na vida. Mas ele não a queria em nenhum lugar perto de Langford. Aproximou-se dela, puxando-a de lado, e dizendo baixinho:

"Você não deveria estar aqui".

"Nem você."

Michael virou-se para Cross, que tinha aparecido na porta ao lado de Bruno.

"Você devia tê-la levado para casa."

Cross levantou o ombro num gesto frouxo.

"A dama é deveras… incontrolável."

Penélope lançou um sorriso para o homem alto e ruivo.

"Obrigada. Esta pode muito bem ter sido a melhor coisa que alguém já disse a meu respeito."

Michael teve a nítida impressão que toda aquela noite estava prestes a sair do controle. Antes que pudesse dizer qualquer outra coisa, Penélope passou por ele, adentrando mais na sala.

"Lorde Langford", ela disse, baixando os olhos para o homem.

"Penélope", ele respondeu, sem conseguir esconder a surpresa no olhar.

"Lady Bourne para você", ela corrigiu, fria e enfaticamente, e Michael tinha certeza de que ela jamais tinha estado mais linda. "Pensando bem, sempre foi lady para você. E nunca se referiu a mim dessa forma."

O outro estreitou os olhos de irritação, e Michael teve uma vontade imensa de acertar o rosto do visconde com um murro por aquele olhar. Não foi necessário. Sua esposa era mais do que capaz de cuidar de si mesma.

"Vejo que não gosta disso. Bem, deixe-me dizer do que eu não gosto.

Eu não gosto de insolência. E não gosto de crueldade. E definitivamente não gosto de você. Está na hora de nós dois acertarmos as contas, Langford, porque, embora possa ter roubado as terras, os fundos e a reputação do meu marido e possa ter sido um pai verdadeiramente terrível para meu amigo, eu absolutamente me recuso a permitir que tire mais alguma coisa de mim, seu velho desprezível."

Michael ergueu as sobrancelhas diante daquilo. Sabia que deveria interrompê-la, porém, achava que não queria fazê-lo.

"Eu não preciso ouvir isso." Langford ficou vermelho, levantou-se subitamente da cadeira, com descrença furiosa e olhou para Michael. "Controle sua mulher antes que eu seja obrigado a fazê-lo por você."

Michael avançou, dominado pela fúria por conta da ameaça. Penélope virou o rosto para ele antes que pudesse chegar ao visconde, forte como o aço.

"Não. Esta batalha não é sua."

Ele ficou paralisado com as palavras, embora não devesse ficar surpreso. Sua esposa o mantinha em um estado de perpétua mudez. *De que diabos ela estava falando? Aquela era absolutamente uma batalha dele.* Ainda que ele não estivesse esperando por aquele momento durante quase uma *década*, Langford havia acabado de ameaçar a única coisa que lhe era preciosa. Michael paralisou com esse pensamento. *A única coisa que lhe era preciosa.* Era verdade. Havia Penélope, e depois todo o resto. Todas as terras, todo o dinheiro, o Anjo Caído, a vingança... nada daquilo valia sequer uma fração daquela mulher. Aquela mulher maravilhosa que havia virado as costas para ele uma vez mais, estava encarando o inimigo dele e acenando uma mão para porta, onde Bruno e agora Cross estavam parados, parecendo muito sérios e muito assustadores.

"Gostaria de tentar fugir antes de eu terminar?"

Michael não pôde evitar. Ele sorriu. Ela era uma rainha guerreira. *Sua* rainha guerreira.

"Você teve uma vida muito livre de consequências, Langford, e, embora eu lhe assegure que adoraria vê-lo perder tudo o que lhe importa em uma só tacada, temo que isso cobraria um preço muito alto daqueles a quem amo."

Ela olhou para a mesa, vendo os papéis ali expostos, compreendendo imediatamente a situação.

"É para ser uma aposta, então? O vencedor fica com tudo?" Ela olhou para Michael, os olhos arregalados de emoção por uma fração de segundo antes de desviar o olhar que ele reconheceu mesmo assim – decepção. "Você ia apostar?"

Ele queria dizer a verdade a ela, que tinha decidido antes dela entrar que não valia a pena... que nada daquilo valia arriscar a felicidade dela. O futuro deles. Mas Penélope já havia se virado para a porta.

"Cross?"

Cross se endireitou.

"Senhora?"

"Traga um baralho."

Cross olhou para Bourne.

"Eu não acho que…"

Bourne assentiu uma vez com a cabeça.

"A dama deseja um baralho."

Cross não ia a lugar algum sem suas cartas, então atravessou a sala e entregou o baralho a Penélope. Ela sacudiu a cabeça.

"Eu pretendo jogar. Precisamos de um crupiê."

Michael voltou o olhar para ela quando Langford zombou:

"Eu não vou jogar cartas com uma *mulher*."

Ela assumiu o lugar em um lado da mesa.

"Eu normalmente não jogo cartas com homens que roubam heranças de garotos, mas esta noite parece ser uma noite de exceções."

Cross olhou para Michael.

"Ela é incrível."

Michael foi dominado pela possessividade quando sentou na cadeira mantendo os olhos fixos na esposa.

"Ela é minha."

Langford inclinou-se na direção de Penélope, o olhar furioso.

"Eu não jogo cartas com mulheres e certamente não jogo com mulheres que não tenham nada que eu queira."

Penélope tirou de dentro do corpete um papel seu, que pôs em cima da mesa.

"Pelo contrário, tenho algo que você quer desesperadamente." Michael inclinou-se para frente para ver melhor o papel, mas Penélope o cobriu com a mão. Quando ele levantou a cabeça, o olhar azul e frio de sua esposa estava sobre o visconde. "Tommy não é seu único segredo, não é?"

Langford estreitou os olhos, furioso.

"O que você tem? Onde conseguiu?"

Penélope levantou uma sobrancelha.

"Parece que jogará cartas com uma mulher, afinal."

"Qualquer coisa que tiver, destruirá Tommy igualmente."

"Acho que ele ficará bem se tiver permissão para ir embora. Mas, eu lhe garanto, você não." Ela fez uma pausa. "E acho que sabe por quê."

Langford franziu a testa, e Michael reconheceu a frustração e a raiva no rosto do outro homem, ao se virar para Cross.

"Dê as cartas."

Cross olhou para Michael, a pergunta em seu olhar tão clara como se ele tivesse falado em voz alta. Michael não apostava havia nove anos. Durante todo aquele tempo, não tinha jogado uma única rodada de cartas, como se estivesse esperando por aquele momento, quando apostaria contra Langford novamente... e, dessa vez, venceria. Mas ao ver a esposa, orgulhosa e gloriosa, enfrentar o homem que ele passou tanto tempo da vida odiando, ele se deu conta de que aquele desejo maldito que o tinha importunado durante toda a última década sempre que pensava em Langford e nas terras que ele lhe havia roubado havia desaparecido, junto com seu desejo de vingança. Aqueles desejos eram seu passado. Penélope era seu futuro. *Se ele a merecesse.*

"A dama joga por mim." Ele tirou a prova da ilegitimidade de Tommy de onde estava na frente dele e a pôs sobre a mesa diante dela, que voltou a atenção para ele, os olhos claros e azuis, cheios de surpresa ao registrar o significado do movimento. Ele não arruinaria Tommy. Algo atravessou sua expressão... uma mistura de felicidade, orgulho e mais alguma coisa, e Michael decidiu naquele instante trazê-la de volta muitas e muitas vezes, todos os dias. A expressão desapareceu em um instante, substituída por... súbita apreensão.

"Tem o que queria, amor. É seu." Ele levantou uma sobrancelha. "Mas eu não pararia se fosse você. Está numa onda de sorte."

Ela olhou para a aposta de Langford – o passado de Michael –, e ele quis beijá-la profundamente pela emoção que demonstrou... nervosismo e desejo... desejo de vencer. Por ele. Acenou com a cabeça para Cross, que deu início aos trabalhos, embaralhando as cartas com movimentos rápidos e hábeis.

"Uma mão de *vingt-et-un*. O vencedor fica com tudo."

Cross deu as cartas, uma para baixo, uma para cima, e ocorreu a Michael que o jogo não era para damas. Embora as regras fossem enganosamente simples, Penélope provavelmente jamais o havia jogado, e sem um golpe de sorte muito bom, ela se veria destruída por um jogador veterano como Langford. Enquanto Michael pensava nessa possibilidade – de que depois de todos aqueles anos ele teria chegado tão perto de destruir Langford e recuperar as terras do marquesado, e fracassado –, percebeu que, por tempo demais, tinha considerado essas coisas como marcos de sua redenção. Agora, no entanto, conhecia a verdade. Penélope era sua redenção. Diante dela, virado para cima, estava o quatro de paus. Ele a observou levantar o canto da outra carta, em busca de qualquer indicação do que ela poderia ter na mão. Imaginou que não era nada impressionante. Virou-se para Langford, encarando um dez de copas, a mão esquerda espalmada sobre a mesa, como sempre. Cross olhou para Langford, que bateu com a palma da mão na mesa uma vez.

"Segure." Uma boa mão.

Langford provavelmente chegava à mesma conclusão de Michael – que Penélope era uma novata e, como todas as novatas, pediria cartas demais. Cross olhou para Penélope.

"Senhora?"

Ela mordiscou o lábio inferior, chamando a atenção de Michael.

"Pode me dar outra?"

Um lado da boca de Michael levantou em um sinal de sorriso. Tão educada, mesmo apostando mais de um milhão de libras em imóveis em um dos mais exclusivos cassinos de Londres. Cross deu mais uma carta: o três de copas. Sete. Michael desejou que ela segurasse, sabendo que a próxima carta a levaria acima de vinte e um. Era o erro mais comum, apostar em um par de cartas baixas.

"Outra, por favor."

Cross hesitou, sabendo das chances e não gostando delas.

"A moça pediu outra carta", Langford disse, todo convencido, sabendo que estava prestes a vencer, e Michael jurou que, embora o outro pudesse deixar o clube sem perder nada, sairia de lá tendo sentido toda a força de seu punho.

O seis de copas ganhou o lugar ao lado das outras cartas. *Treze.* Penélope mordeu o lábio e conferiu a carta virada para baixo novamente – prova de que era novata no jogo. Se tivesse vinte e um, não teria olhado. Encarou Cross, e, com os olhos preocupados, encarou Michael. Ele seria capaz de apostar toda sua fortuna que ela havia passado.

"Só isso?"

"A menos que queira outra."

Ela sacudiu a cabeça.

"Não."

"A garota passou. Um cego veria isso." Langford revelou sua segunda carta com um sorriso: uma dama. *Vinte.*

O visconde era o homem de maior sorte em Londres naquela noite. E Michael não se importava. Simplesmente queria que aquela noite acabasse, para poder levar sua esposa para casa e dizer a ela que a amava. *Finalmente.*

"De fato, passei de vinte", Penélope disse, revelando sua carta final.

Michael inclinou-se para frente, certo de estar enganado. *O oito de ouros.* Cross não conseguiu conter a surpresa na voz.

"A dama tem vinte e um."

"Impossível!" Langford inclinou-se para frente. "Impossível!"

Michael não conseguiu se conter. Deu risada, chamando a atenção dela com o som.

"Minha esposa magnífica", ele disse, a voz cheia de orgulho, sacudindo a cabeça, sem acreditar.

Houve um movimento atrás dela, e a briga começou.

"Sua *cadela* trapaceira." As mãos pesadas de Langford estavam nos ombros dela, arrancando-a da cadeira com raiva furiosa. Penélope gritou e tropeçou antes dele levantá-la do chão e sacudi-la violentamente. "Acha que isto é uma brincadeira? Sua *cadela* trapaceira!"

Não passou mais do que um ou dois segundos para Michael alcançá-la, mas pareceu uma eternidade o tempo que ele levou para arrancá-la dos braços de Langford e passá-la para Cross, que já estava a postos, esperando para mantê-la a salvo. E então Michael foi para cima de Langford com fúria visceral.

"Eu não preciso acabar com você, afinal", ele rosnou. "Irei matá-lo." E então estava com as lapelas do outro nas mãos, girando-o na direção da parede, jogando-o contra ela com toda a força, querendo puni-lo ininterruptamente por ousar tocar em Penélope.

Por ousar machucá-la. Queria aquele homem morto. Naquele momento.

"Acha que eu ainda sou um garoto?", ele perguntou, puxando Langford para longe da parede e atirando-o novamente contra ela. "Acha que pode vir ao *meu* clube e ameaçar *minha* esposa sem repercussões? Acha que eu deixaria você *tocar* nela? Você não é digno de respirar o mesmo *ar* que ela."

"Michael!", ela gritou do outro lado da sala, onde Cross a impedia de entrar na confusão. "Pare com isso!" Ele se virou para ela, viu as lágrimas escorrendo em seu rosto e paralisou, dividido entre machucar Langford e confortá-la. "Ele não vale a pena, Michael."

"Você se casou com ela pela terra", Langford disse, recuperando o fôlego. "Pode ter enganado o resto de Londres, mas não a mim. Eu sei que Falconwell importa mais a você do que qualquer coisa no mundo. Ela era um meio para um fim. Acha que não vejo isso?"

Um meio para um fim. O eco das palavras – tão frequentemente repetidas no começo do casamento dos dois – foi um golpe, em parte por serem verdadeiras, mas principalmente por serem tão falsas.

"Seu miserável. Acha que me conhece?" Atirou Langford contra a parede novamente, a força da emoção o deixando furioso. "*Eu a amo.* Ela é a *única* coisa que importa. *E você ousou tocar nela.*"

Langford abriu a boca para falar, mas Michael o interrompeu.

"Você não merece misericórdia. Foi uma desgraça como pai, como guardião e como homem. Por causa da generosidade da dama, você me deve o fato de que ainda pode caminhar. Mas se chegar a um quilômetro dela novamente, ou se eu ouvir um sussurro seu contra ela, terei prazer em arrancar cada membro seu. Fui claro?"

Langford engoliu em seco e assentiu rapidamente com a cabeça.
"Sim."
"Duvida que eu faria isso?"
"Não."
Empurrou o visconde na direção de Bruno.
"Livre-se dele. E mande buscar Thomas Alles." Michael atravessou a sala, certo de que suas ordens seriam cumpridas, e abraçou Penélope com força.

Ela deitou o rosto na curva de seu pescoço.
"O que foi que você disse?", ela sussurrou para a pele dele, a voz tremendo enquanto as mãos dele a seguravam contra si. Levantou a cabeça, os olhos azuis brilhando com as lágrimas, e repetiu: "O que foi que você disse?".

Não foi da forma como ele havia planejado lhe dizer, mas nada em seu casamento acontecia de modo tradicional, e ele pensou que aquele momento não tinha por que ser diferente de todo o resto. Então ali, parado no meio de uma sala de jogos de cartas de um cassino, ele encarou a esposa nos olhos e disse:

"Eu amo você."
Ela sacudiu a cabeça.
"Mas você escolheu a ele. Você escolheu a vingança."
"Não", ele disse, apoiando-se na mesa, puxando-a para o meio de suas coxas, segurando as mãos dela nas dele. "Não. Eu escolho você. Eu escolho o amor."

Penélope inclinou a cabeça, olhando no fundo dos olhos dele.
"Isso é verdade?"
E, de repente, a verdade importava mais do que ele jamais poderia ter imaginado.

"Meu Deus, sim. Sim, é verdade." Ele segurou o rosto dela nas mãos. "Eu escolho você, Penélope. Eu escolho o amor em vez da vingança. Escolho o futuro em vez do passado. Escolho a sua felicidade em vez de todo o resto."

Ela ficou em silêncio por um longo tempo. Tempo suficiente para deixá-lo preocupado.

"Seis Cents?", ele perguntou, subitamente apavorado. "Você acredita em mim?"

"Eu...", ela começou, então parou, e ele soube o que ela estava prestes a dizer.

Desejou que pudesse impedir.
"Não sei..."

Capítulo Vinte e Dois

Penélope não dormiu naquela noite. Nem sequer tentou. Assim, quando Tommy a procurou na manhã seguinte, não importava que fosse cedo demais para receber visitas. Ele estava parado diante da lareira, de sobretudo, chapéu e bengala na mão, quando ela entrou na antessala. Ele se virou, viu os olhos vermelhos da amiga e disse, cheio de cuidado:

"Deus meu. Sua aparência está tão horrível como a dele."

Foi tudo o que precisou. Ela explodiu no choro. Tommy foi em sua direção.

"Ah, Pen. Não. Ah – maldição. Não chore. Eu retiro o que disse. Você não está horrível."

"Mentiroso", ela disse, secando as lágrimas.

Um canto da boca de Tommy levantou.

"De forma alguma. Você está ótima. Nem um pouco parecida com uma dama falsa."

Ela se sentiu uma tola.

"Não consigo evitar, sabe."

"Você o ama."

Penélope respirou fundo.

"Profundamente."

"E ele ama você."

As lágrimas ameaçaram voltar.

"Ele diz que sim."

"Você não acredita nele?"

Penélope queria acreditar. Desesperadamente.

"Eu não consigo... não entendo por que ele me amaria. Não compreendo o que em mim o teria mudado. O que o teria tocado. O que o teria feito me amar." Ela encolheu um ombro e olhou para os pés, a ponta dos sapatos verdes aparecendo por baixo da barra do vestido.

"Ah, Pen..." Ele suspirou, puxando-a para um abraço caloroso e fraternal. "Eu fui um idiota. E Leighton também. E todos os outros. Você era melhor do que qualquer um de nós. Do que todos nós somados." Tommy deu um passo para trás e segurou-a pelos ombros, firmemente, encarando-a nos olhos. "E você é melhor do que Michael também."

Ela respirou fundo, estendendo a mão para alisar a lapela do sobretudo do amigo.

"Não sou, sabe."

Um lado da boca do amigo levantou em um sorriso triste.

"E este é o motivo pelo qual ele não merece você. Porque ele é um cretino, e você o ama mesmo assim."

"Amo", ela disse baixinho.

"Eu o vi ontem à noite, sabe, depois que você o deixou." Ela olhou para cima. "Ele me deu a prova do meu escândalo. Disse que você a ganhou dele."

"Ele a deu para mim", Penélope corrigiu. "Não precisei apostar por ela. Ele não ia arruiná-lo, Tommy. Ele desistiu."

Tommy sacudiu a cabeça.

"*Você* o fez desistir. Você o amou o bastante para mostrar a ele que havia mais na vida do que vingança. Você o mudou. Você deu a ele outra chance de ser o Michael que conhecíamos, em vez do Bourne duro e frio que ele se tornou. Você moveu a montanha." Ele levantou a mão para lhe dar um tapinha no queixo. "Ele a adora. Qualquer um pode ver isso."

Eu escolho você. Eu escolho o amor. As palavras que ela repetiu várias vezes, mentalmente ao longo da noite, de repente faziam sentido. E, como se uma vela tivesse sido acesa, ela soube, sem dúvida, que eram verdadeiras. Que ele a amava. Essa percepção a deixou exultante.

"Ele me ama", ela disse, primeiro baixinho, deixando as palavras ecoarem, testando a sensação delas em sua boca. "Ele me ama", ela repetiu, dando risada, dessa vez para Tommy. "Ele realmente me ama."

"É claro que ama, sua boba", Tommy disse com um sorriso. "Homens como Bourne não fazem juras falsas de amor." Ele baixou a voz até um sussurro conspiratório. "Não combina muito bem com o personagem."

Claro que não! O grande e perigoso Bourne, todo frio e cruel, o homem que administrava um antro de jogatina, raptava mulheres no meio da noite e vivia a vida por vingança não era alguém que se apaixonava pela própria esposa. Mas, de alguma forma, ele havia feito isso. E Penélope sabia que não devia passar nem mais um instante se perguntando como ou por quê... quando podia simplesmente passar o resto da vida retribuindo seu amor.

Ela sorriu para Tommy e disse:

"Preciso ir atrás dele. Preciso dizer que acredito nele."

O amigo assentiu uma vez com a cabeça, satisfeito, endireitando o sobretudo.

"Ótimo plano. Mas, antes de sair correndo para salvar seu casamento, tem um instante para dizer adeus a um velho amigo?"

Em sua ansiedade para ir ao encontro de Michael, Penélope não compreendeu as palavras imediatamente.

"Sim, é claro." Ela fez uma pausa. "Espere... Adeus?"

"Estou partindo para a Índia. O navio sai hoje."

"Índia? Por quê?" Ela franziu a testa. "Tommy, você não precisa ir agora. Seu segredo... é seu novamente."

"E por isso eu serei eternamente grato. Mas estou com passagem marcada, e seria uma pena desperdiçá-la."

Ela o observou atentamente.

"Realmente deseja isso?"

Ele levantou uma sobrancelha.

"Você realmente deseja Michael?"

Sim. Meu Deus, sim. Penélope sorriu.

"Então que seja uma aventura para nós dois."

Ele riu.

"Desconfio que a sua seja mais desafiadora do que a minha."

"Sentirei sua falta", ela disse.

Tommy abaixou a cabeça.

"E eu a sua. Mas enviarei presentes de longe para seus filhos."

Filhos. Ela queria ver Michael. Imediatamente.

"Por favor, faça isso", ela disse. "E eu lhes contarei histórias de seu tio Tommy."

"Michael irá adorar isso", ele respondeu dando uma risada. "Espero que eles sigam os meus passos, tornando-se pescadores extraordinários e poetas medíocres. Agora, vá encontrar seu marido."

Ela sorriu.

"Creio que irei."

Michael subiu a escada de entrada da Mansão do Diabo de dois em dois degraus, desesperado para chegar à esposa, furioso consigo mesmo por não tê-la trancado em uma sala do clube na noite anterior e se recusado a deixá-la sair até acreditar que ele a amava. Como ela podia não acreditar nele. Como podia não ver que ela estava provocando estragos em sua mente e seu corpo, que ela havia destruído sua tranquilidade e o aniquilado com seu amor? Como podia não enxergar que ele estava desesperado por ela?

A porta se abriu quando ele chegou ao último degrau, e o objeto de seus pensamentos saiu correndo da casa, quase o derrubando escada abaixo. Ela parou de repente, a capa verde girando ao seu redor, roçando nas pernas dele, e os dois se encararam por um longo momento. Ele recuperou o fôlego diante dela. Como era possível que algum dia a tivesse considerado sem graça? Ela parecia uma joia naquele dia frio e chuvoso de fevereiro, bochechas coradas, olhos azuis e lábios rosados que o faziam querer levá-la para a cama mais próxima. Para a cama deles. Porque estava na hora de os dois terem uma cama. Ele ia derrubar a parede entre os quartos para nunca mais precisar olhar para aquela maldita porta novamente. Ela interrompeu seus pensamentos.

"Michael…"

"Espere." Ele a interrompeu, não querendo arriscar ouvir o que ela tinha a dizer. Não antes de falar a sua parte. "Sinto muito. Pode entrar, por favor?"

Ela o acompanhou para dentro de casa, o som da grande porta de carvalho que se fechava atrás deles ecoando no saguão de mármore. O olhar dela desviou para o pacote na mão dele.

"O que é isso?"

Ele havia se esquecido de que estava com aquilo. Sua arma.

"Venha comigo." Ele pegou sua mão, desejando que não estivessem usando luvas, desejando que pudesse tocá-la, pele na pele, e subiu a escada até o primeiro andar da casa, puxando-a para a sala de jantar e colocando o pacote embrulhado em papel pergaminho sobre a longa mesa de mogno.

"É para você."

Ela sorriu, curiosa, e ele resistiu ao desejo de beijá-la, sem querer apressar as coisas. Sem querer assustá-la. Ela abriu o papel cuidadosamente, puxando-o apenas o suficiente para espiar o que havia dentro. Olhou para cima, a testa franzida de confusão antes de remover o pergaminho.

"É…"

"Espere." Ele pegou um fósforo, e acendeu.

Ela riu, e ele relaxou um pouco com o som, como música no salão vazio.

"É um pudim de figo."

"Não quero que seja uma mentira, Seis Cents. Quero que seja a verdade. Quero que tenhamos nos apaixonado com um pudim de figo", ele disse, com a voz embargada. "Em você, eu vejo o meu coração, o meu propósito… a minha alma."

Houve um momento de silêncio absoluto quando ela recordou da primeira vez que ele havia dito aquelas palavras, e ele pensou, fugazmente, que pudesse ser tarde demais. Que aquele pudim bobo era muito pouco. Mas então ela estava em seus braços, beijando-o, e ele pôs todo seu amor, toda sua emoção naquela carícia, adorando a forma como as mãos dela brincavam em sua nuca, adorando o arfar dela quando ele segurou seu lábio inferior entre os dentes. Ela se afastou e abriu os lindos olhos azuis para encará-lo, mas ele não estava pronto para soltá-la, e roubou mais um beijo antes de prometer:

"Eu sou seu, meu amor… seu, para fazer comigo o que quiser. Quando a roubei no meio da noite e a reivindiquei como minha, como poderia saber que agora, esta noite, para sempre, eu que seria seu? Que o meu coração seria roubado? Sei que sou indigno de você. Sei que tenho uma vida inteira de ruína que preciso reparar. Mas eu juro que farei tudo o que puder para fazê-la feliz, meu amor. Vou trabalhar todos os dias para ser um homem digno de você. Do seu amor. Por favor… por favor, me dê essa chance."

Por favor, acredite em mim. Os olhos dela se encheram de lágrimas, e quando ela sacudiu a cabeça, ele ficou sem fôlego, incapaz de encarar a possibilidade de ela rejeitá-lo, de não acreditar nele. O silêncio se estendeu entre os dois, e ele ficou desesperado pelas palavras de Penélope.

"Durante tanto tempo, eu desejei", ela sussurrou, os dedos no rosto dele, como que para convencer a si mesma que ele estava lá. Que ele era dela. "Eu ansiei por *mais*, sonhei com amor. Eu desejei este momento. Eu desejei *você*." Uma lágrima correu, descendo pelo rosto encantador, e ele levantou a mão para secá-la. "Acho que eu o amo desde que éramos crianças, Michael. Acho que sempre foi você."

Ele encostou a testa na dela, puxando-a para ele, querendo-a perto de si.

"Eu estou aqui. Sou seu. E, por Deus, Penélope, eu desejei você também. Tanto, tanto."

Ela sorriu, tão linda.

"Como isso é possível?"

"Como poderia não ser?", ele perguntou, as palavras roucas e cheias de emoção. "Durante nove anos, eu achava que era a vingança que iria me salvar, e foi preciso você – minha esposa linda e forte – para provar que eu estava errado, que o amor era a minha salvação. Você é a minha redenção", ele sussurrou. "Você é a minha bênção."

Ela estava chorando de verdade, e ele bebeu suas lágrimas antes de capturar sua boca em um beijo longo e intenso, despejando todo seu amor na carícia, até ambos estarem arfando, sem fôlego. Ele levantou a cabeça.

"Diga que acredita em mim."

"Eu acredito em você."

Michael fechou os olhos diante da onda de alívio que tomou conta dele ao ouvir aquelas palavras.

"Diga de novo."

"Eu acredito em você, Michael."

"Eu amo você."

Penélope sorriu.

"Eu sei."

Ele a beijou, profunda e rapidamente.

"É costume a dama retribuir o sentimento…"

Ela riu.

"É?"

Ele fez uma careta.

"Diga que me ama, Lady Penélope."

"É Lady Bourne, para você." Ela passou os braços ao redor dos ombros dele e enroscou os dedos em seus cabelos. "Eu amo você, Michael. Amo você desesperadamente. E estou muito feliz que tenha decidido me amar também."

"Como eu poderia não amar?", ele perguntou. "Você é minha guerreira, enfrentando Bruno e Langford para lutar."

Ela sorriu timidamente.

"Não consegui ir embora. Eu não seria seu anjo caído. Eu o seguiria até o inferno… mas apenas para trazê-lo de volta."

As palavras o comoveram.

"Eu não mereço você", ele disse, "mas temo que não posso deixá-la ir."

O olhar azul sério dela não se abalou quando ela perguntou:

"Promete?"

Com tudo o que ele era.

"Prometo." Michael a envolveu em seus braços, repousando o queixo na cabeça da amada, antes de lembrar da outra coisa que havia levado para ela. "Trouxe seus ganhos, amor." Tirou os papéis do jogo de cartas da noite anterior e os colocou ao lado do pudim.

"Sua propriedade."

Deu um beijo no pescoço dela e sorriu quando ela suspirou com a carícia.

"Não minha. Sua. Conquistada facilmente."

Ela sacudiu a cabeça.

"Há apenas uma coisa dos ganhos de ontem à noite que eu quero."

"O que é?"

Ela se levantou para beijá-lo intensamente, deixando-o sem fôlego.

"Você."

"Acho que poderá se arrepender desse ganho, Seis Cents."

Ela sacudiu a cabeça, muito séria.

"Jamais."

Os dois se beijaram novamente, perdendo-se um no outro por longos minutos, antes dele ficar curioso e levantar a cabeça.

"O que você tinha contra Langford?"

Ela deu uma risadinha e deu a volta nele para pegar a aposta, revirando a pilha de papéis onde recuperou o quadradinho de papel.

"Você se esqueceu de me ensinar a regra mais importante dos canalhas."

"Que é qual?"

Ela desdobrou cuidadosamente o papel e entregou-o para ele.

"Na dúvida, blefe."

Era o convite dela para o Anjo Caído. A surpresa deu lugar ao riso, e então ao orgulho.

"Minha esposa esperta e jogadora. Eu acreditei que você tinha algo realmente danoso."

Ela sorriu, corajosa e alegre, e ele achou que havia conversado demais. Preferiu levar a esposa até o chão da sala de jantar e deixá-la nua, idolatrando cada centímetro glorioso de pele que ela revelava. E quando a risada deu lugar aos suspiros, ele a lembrou repetidamente do quanto a amava.

Durante anos, quando os filhos e netos perguntavam sobre a marca redonda escura na mesa de jantar da Mansão do Diabo, a marquesa de Bourne contava a história de um pudim de figo que deu errado... antes do marquês dizer que, na opinião dele, havia dado muito certo.

Epílogo

Cara Seis Cents,

Eu guardei todas elas, sabe. Cada carta que você me mandou, mesmo aquelas que nunca respondi. Sinto muito por tantas coisas, meu amor: por tê-la deixado, por nunca voltar para casa, por ter levado tanto tempo para me dar conta de que você era o meu lar e que, com você ao meu lado, nada mais importava.

Mas, nas horas mais escuras, nas noites mais frias, quando sentia que havia perdido tudo, eu ainda tinha suas cartas. E, através delas, de algum modo, tinha você.

Eu a amava então, minha querida Penélope, mais do que podia imaginar – exatamente como a amo agora, mais do que você pode entender.

Michael
Mansão do Diabo, fevereiro de 1831

Uma semana depois...

Como costumava ocorrer, Cross acordou em uma cama improvisada dentro de seu escritório no Anjo Caído, entre uma estante de livros lotada e um imenso globo terrestre, cercado de papéis. No entanto, ao contrário do que costumava acontecer, havia uma mulher sentada à sua mesa. Corrigindo. Não uma mulher. Uma dama. Uma dama jovem, loira e de óculos. Ela estava lendo o livro contábil.

Ele se sentou, ignorando o fato de que estava sem camisa e que, convencionalmente, cavalheiros não cumprimentavam damas seminus. Azar das convenções. Se a mulher não queria vê-lo seminu, não deveria ter invadido seu escritório à noite. O fato de que a maioria dos homens não tinha o hábito de dormir em seus escritórios tinha pouca relevância.

"Posso ajudá-la?"

Ela não ergueu o olhar.

"Você calculou errado a coluna F."

Que diabo?

"Não calculei."

Ela empurrou os óculos no nariz e passou uma mecha de cabelos loiros para trás da orelha, inteiramente focada no livro contábil.

"Calculou, sim. O cálculo correto deveria dar cento e doze mil, trezentos e quarenta e seis libras e dezessete centavos."

Impossível! Ele se levantou, indo olhar por cima do ombro dela.

"É o que diz aí."

Ela sacudiu a cabeça, apontando para a tabela com um dedo esguio. Ele percebeu que a ponta do dedo era ligeiramente torta, um pouco para a direita.

"Você escreveu cento e doze mil, trezentos e quarenta e *cinco* libras e dezessete centavos. Você..." Ela olhou para ele, arregalando os olhos atrás dos óculos ao registrar a altura e o peito nu dele. "Você... você perdeu uma libra."

Ele se inclinou por cima dela, deliberadamente pressionando-a e apreciando a forma como a fez prender o fôlego com a proximidade.

"Isso é um *seis*."

Ela limpou a garganta e olhou novamente.

"Ah." Ela se inclinou e conferiu o número novamente. "Então imagino que tenha perdido sua habilidade de escrita", ela disse secamente, e ele riu quando ela pegou um lápis para arrumar o número.

Cross observou, fascinado com o calo na ponta do segundo dedo, antes de sussurrar baixo em seu ouvido:

"Você é uma fada da contabilidade que foi mandada no meio da noite para checar meus números?"

Ela se inclinou para longe do sussurro e virou-se para olhar para ele.

"É uma hora da tarde", ela disse, com naturalidade, e ele sentiu uma imensa vontade de tirar os óculos do rosto dela e beijá-la enlouquecidamente, apenas para ver o que aquela moça estranha diria.

Preferiu reprimir o desejo e em vez disso, sorriu.

"Enviada na calada do dia, então?"

Ela piscou.

"Sou Philippa Marbury."

Ele arregalou os olhos e deu um imenso passo para trás, derrubando um

chapéu e virando-se para segurá-lo, antes de se dar conta de que de forma alguma poderia estar parado em seu escritório, em um antro de jogatina, sem camisa, com a cunhada de Bourne. A cunhada *comprometida* de Bourne.

Pegou uma camisa. Estava amassada e usada, mas serviria. Enquanto procurava infrutiferamente pela abertura no tecido, voltou a recuar, para mais longe. Ela se levantou e deu a volta na mesa, indo na sua direção.

"Incomodei você?"

Por que aquela camisa não tinha uma abertura? Como último recurso, ele segurou a peça de roupa na frente do corpo, um escudo contra os olhos imensos e perspicazes dela.

"De forma alguma, mas não tenho por hábito manter encontros clandestinos com a irmã de um dos meus sócios, seminu."

Ela pensou nas palavras antes de entortar a cabeça para um lado e dizer:

"Bem você estava dormindo, então, não tinha realmente como evitar."

"De algum modo, duvido que Bourne veja isso assim."

"Pelo menos me conceda uma audiência. Eu vim até aqui."

Cross sabia que devia recusar. Sabia, com a experiência de um jogador de longa data, que não deveria continuar aquele jogo. Que era um jogo impossível de ganhar. Mas havia algo naquela moça que o deixava incapaz de se controlar.

"Bem, já que veio até aqui... como posso servi-la, Lady Philippa?"

Philippa respirou fundo e soltou a respiração.

"Preciso *me perder* e ouvi dizer que você é um especialista no assunto."

LEIA TAMBÉM

**Entre a culpa
e o desejo**
Sarah MacLean
Tradução de A C Reis

**Amor para
um escocês**
Sarah MacLean
Tradução de A C Reis

**Entre a ruína
e a paixão**
Sarah MacLean
Tradução de A C Reis

**Perigo para
um inglês**
Sarah MacLean
Tradução de A C Reis

**Nunca julgue uma
dama pela aparência**
Sarah MacLean
Tradução de A C Reis

**Cilada para
um marquês**
Sarah MacLean
Tradução de A C Reis